L'HÉRITIER OUBLIÉ

Découvrez la série où tout a commencé :

Les Royaumes invisibles

Tome 1 : La princesse maudite

Tome 2 : La captive de l'Hiver

Tome 3 : Le serment d'une reine

Tome 4 : Le prince exilé

Julie Kagawa

L'HÉRITIER OUBLIÉ

DARKISS

Collection : DARKISS

Titre original :
THE LOST PRINCE

Traduction de l'américain par MARYLINE BEURY

Réalisation graphique couverture : C. GRASSET

83-85 boulevard Vincent-Auriol, 75646 PARIS CEDEX 13.
Service Lectrices — Tél. : 01 45 82 47 47
www.harlequin.fr
ISBN 978-2-2802-8504-9 — ISSN 2109-7631

Loi n° 49-956 du 16 juillet 1949 sur les publications destinées à la jeunesse.

A mon Guro, Ron

PREMIÈRE PARTIE

1. Le nouveau

Mon nom est Ethan Chase.

Et je risque fort de ne jamais atteindre mon dix-huitième anniversaire.

Je ne dramatise pas. C'est comme ça, tout simplement. Je regrette juste d'avoir entraîné tant de gens dans cette histoire. Ils n'avaient pas à souffrir par ma faute. Surtout… elle. Si seulement je pouvais revenir en arrière ! Jamais je ne lui aurais révélé mon monde, le monde caché autour de nous. Quelle grossière erreur que de l'y avoir laissée pénétrer. Une fois qu'on les voit, *elles* ne vous laissent plus de répit. *Elles* ne vous lâchent plus. Si j'avais été plus fort, peut-être ne serait-elle pas là, avec moi, à attendre le compte à rebours final.

Tout a commencé le jour où je suis arrivé dans un nouveau lycée. Une fois de plus.

Mon réveil avait sonné à 6 heures du matin, mais j'étais déjà réveillé depuis une heure et me préparais à affronter une nouvelle journée de mon étrange vie. J'aimerais être le genre de mec qui saute du lit, enfile un T-shirt et est prêt à partir ; malheureusement, mon existence n'est pas aussi normale. Ce jour-là, par exemple, j'avais rempli les poches latérales de mon sac à dos avec du millepertuis séché et glissé une petite boîte de sel au milieu de mes cahiers et de mes crayons. J'avais également planté trois clous dans les talons des nouvelles bottes que ma mère venait de m'acheter. Je portais une croix de fer au bout d'une chaîne sous mon T-shirt, et l'été dernier, je m'étais fait percer les oreilles, et portais maintenant des boucles de métal. Au début, je m'étais également fait faire un piercing à la lèvre et à l'arcade, mais mon père avait piqué une crise monumentale quand j'étais rentré à la maison comme ça, et je n'avais eu le droit de conserver que les boucles d'oreilles.

Un soupir m'a échappé comme je jetais un rapide coup d'œil dans le miroir, afin de vérifier que j'avais l'air aussi peu fréquentable que possible. Je surprends parfois le regard triste que maman pose sur moi, comme si elle se demandait où est passé son petit garçon. Avant, j'avais des cheveux châtains et bouclés, comme ceux de papa ; jusqu'au jour où j'ai pris une paire de ciseaux pour les tailler n'importe comment, en pointes hérissées et irrégulières. J'avais aussi de grands yeux bleus, comme ma mère — et, apparemment, comme ma sœur. Mais au fil des années, mes yeux sont devenus plus sombres et ont pris une teinte bleu-gris foncé — « à force de lancer des regards noirs », comme dit papa pour me charrier. Oui mais avant, je ne dormais pas avec un couteau sous mon matelas, du sel autour de ma fenêtre et un fer-à-cheval au-dessus de ma porte… Je n'étais pas « soucieux », « maussade » et « impossible », comme mes parents n'arrêtent pas de me le rabâcher. Je souriais, je riais plus souvent. Mais ça, ça ne m'arrive plus que rarement.

Je sais que maman s'inquiète pour moi. Papa dit que c'est une rébellion d'ado normale, que je traverse une

« phase », et que ça me passera. Désolé, papa. Mais ma vie est loin d'être normale. Et j'essaie de gérer ça comme je peux.

— Ethan ?

La voix de ma mère m'est parvenue à travers la porte, douce et hésitante.

— Il est 6 heures passées. Tu es levé ?

— Oui, oui.

J'ai attrapé mon sac à dos et je l'ai balancé sur le T-shirt blanc que j'avais enfilé à l'envers, l'étiquette dépassant du col. Encore un petit truc auquel mes parents avaient dû s'habituer.

— J'arrive tout de suite.

J'ai pris mes clés et je suis sorti de ma chambre avec ce sentiment d'angoisse et de résignation qui était mon lot quotidien. *Allez, courage. C'est parti pour une nouvelle journée.*

Autant être clair : j'ai une famille bizarre.

On ne dirait pas, en nous voyant. Nous avons l'air parfaitement normaux : une belle petite famille américaine vivant dans un beau quartier résidentiel, avec de belles rues bien propres et de gentils voisins. Quand je pense qu'il y a dix ans nous habitions en pleine cambrousse, où nous faisions de l'élevage de cochons… Nous étions des ploucs, pauvres mais heureux. C'était avant que nous ne déménagions en ville, avant que nous ne regagnions la « civilisation ». Les premiers temps, mon père n'a pas aimé ce changement. Il avait été fermier toute sa vie, et il a eu du mal à s'habituer à ce nouveau mode de vie ; mais il a fini par s'y faire. Ma mère a réussi à le convaincre que nous avions besoin de nous rapprocher des gens, que *moi* j'avais besoin de me rapprocher des gens, que cet isolement constant était mauvais pour un enfant. Ça, c'était le discours pour papa, évidemment ; mais je connaissais ses véritables raisons. Elle avait peur. Elle avait peur d'*elles*, qu'elles m'enlèvent de nouveau, que je sois kidnappé par des fées et emmené dans le pays de Nulle Part.

Comme je vous le disais, ma famille est bizarre. Et encore, ce n'est pas ça le pire !

Quelque part, là-bas, j'ai une sœur. Une demi-sœur que je n'ai pas vue depuis des années, et pas parce qu'elle est mariée, occupée, ou qu'elle vit de l'autre côté de l'océan.

Non. C'est parce que c'est une reine. Une reine des fées, l'une d'entre *elles*, et qu'elle ne pourra jamais revenir parmi nous.

Si *ça*, ce n'est pas bizarre…

Et bien sûr, je ne peux en parler à personne. Pour les humains normaux, le monde des fées est caché — *glamouré* — et invisible. La plupart des gens ne verraient pas un gobelin, même s'il leur sautait dessus pour leur mordre le nez. Très peu d'humains sont dotés du don de Vision Absolue, qui permet de voir les fées rôdant dans les coins sombres ou sous les lits. Ceux-là savent que la désagréable impression d'être observé qu'on a parfois n'est pas le fruit de leur imagination, et que les bruits dans la cave ou dans le grenier ne sont pas « juste » les craquements naturels de la maison.

Quelle chance. *Je suis l'un d'entre eux.*

Mes parents s'inquiètent, bien sûr, surtout ma mère. Les gens me trouvent déjà étrange, à la limite effrayant, peut-être même un peu fou. Voilà ce que ça fait, de voir des fées partout. Parce que si les fées *savent* que vous pouvez les voir, elles ont une fâcheuse tendance à transformer votre vie en enfer. L'année dernière, je me suis fait virer de l'école pour avoir mis le feu à la bibliothèque. Que pouvais-je dire ? Que j'étais innocent, que j'étais seulement en train d'essayer d'échapper à une bande de bonnets-rouges qui m'avaient suivi depuis la rue ? Ce n'était pas la première fois que les fées me créaient des problèmes. J'étais le « sale gosse », celui dont les professeurs parlaient à voix basse, le gamin taciturne et pas très net dont tout le monde pensait qu'il finirait par faire la une des journaux pour avoir commis quelque crime atroce. Parfois, ça me mettait hors de moi. Je me fichais pas mal de ce qu'on pensait de moi, mais c'était dur pour ma mère ; alors je faisais de mon mieux, même si ça ne servait pas à grand-chose.

Ce trimestre, j'allais intégrer un nouveau lycée, totalement ailleurs. Un endroit où je pouvais certes repartir « clean », mais ça ne ferait pas tout. Tant que je verrais les fées, elles ne me laisseraient pas de répit. Tout ce que je pouvais faire, c'était me protéger et protéger ma famille, en espérant que je ne finisse pas par faire de mal à quelqu'un d'autre.

Maman m'attendait à la table de la cuisine lorsque je suis sorti de ma chambre. Papa n'était pas là. Il travaillait de nuit chez UPS et dormait souvent jusqu'en milieu d'après-midi. La plupart du temps, je ne le voyais qu'au dîner et le week-end. Ce qui ne l'empêchait pas de se sentir très concerné par ma vie ; ma mère me connaissait peut-être mieux, mais mon père n'avait aucun problème à me punir s'il trouvait que je me relâchais, ou si maman s'en plaignait. Une fois, deux ans auparavant, j'avais eu une très mauvaise note en sciences… Je peux vous jurer que ça a été la dernière que j'aie jamais eue !

— C'est le grand jour, m'a dit ma mère alors que je posais mon sac pour prendre du jus d'orange dans le réfrigérateur. Tu es sûr que tu connais le chemin pour aller à ton nouveau lycée ?

J'ai confirmé d'un signe de tête.

— Je l'ai rentré dans le GPS de mon téléphone. Ce n'est pas très loin. Ça ira.

Elle a hésité. Je savais qu'elle n'avait pas envie que je m'y rende seul en voiture, même si j'avais bossé comme un dingue pour économiser et m'acheter un véhicule. Le pick-up gris-vert rouillé, garé près du camion de papa dans l'allée, était le fruit d'un été entier de travail acharné — à retourner des burgers, faire la plonge et essuyer nourriture, boissons renversées ou flaques de vomi. Il représentait des week-ends passés à travailler tard, à regarder les jeunes de mon âge s'amuser, s'embrasser, et dépenser de l'argent comme s'il leur tombait du ciel. J'avais *gagné* cette voiture à la sueur de mon front, et je ne comptais certainement pas prendre un satané bus pour me rendre au lycée.

Le regard triste et presque effrayé que maman posait sur moi m'a arraché un soupir.

— Bon. Tu veux que je t'appelle quand je serai arrivé ?

Elle a hésité — clairement.

— Non, mon cœur…

Ma mère s'est redressée et a repris un air normal.

— C'est bon, pas la peine. Simplement… fais attention, s'il te plaît.

Je compris ce que ses mots sous-entendaient : *fais attention à* elles. *N'attire pas leur attention. Ne les laisse pas te créer d'ennuis. Essaie de rester dans ce lycée, cette fois.*

— Je serai prudent.

Elle a hésité encore quelques instants, a déposé un rapide baiser sur ma joue puis est partie en direction du salon comme si elle avait quelque chose à y faire. J'ai fini mon verre, et me suis versé une nouvelle rasade de jus d'orange avant d'ouvrir le frigo pour y remettre la bouteille.

En refermant la porte, un aimant s'en est détaché et est tombé par terre, laissant voleter le petit papier qu'il retenait. *Démonstration de kali, samedi,* pouvait-on y lire. Je l'ai ramassé, un peu nerveux. Depuis quelques années, j'avais commencé à pratiquer le kali, un art martial philippin, afin de pouvoir mieux me défendre contre ce qui m'entourait. Cette discipline m'avait plu car elle apprenait non seulement à se défendre à mains nues, mais aussi à l'aide d'un bâton, d'un couteau ou d'une épée. Et dans un monde rempli de gobelins armés de poignards et de nobles maniant l'épée, je voulais être préparé à toute éventualité. Ce week-end, notre cours organisait une démonstration lors d'un tournoi d'arts martiaux, et j'étais de la partie.

Du moins, si je me tenais à l'écart des ennuis jusque-là… Avec moi, ce n'était jamais gagné.

Débarquer dans un nouveau lycée en cours d'année est une vraie galère.

J'étais bien placé pour le savoir : ce n'était pas la première fois que ça m'arrivait… Il faut dénicher son casier, supporter les regards curieux dans les couloirs, et marcher tête baissée jusqu'à sa table dans sa nouvelle classe, tandis qu'une vingtaine de paires d'yeux vous suivent dans l'allée.

Jamais deux sans trois, me suis-je dit avec résignation en me laissant tomber sur ma chaise, laquelle, par chance, se trouvait dans le fond de la classe. J'ai senti comme prévu le feu de deux douzaines de regards braqués sur le haut de ma tête, mais je les ai tous ignorés. *Peut-être vais-je réussir à tenir un trimestre complet sans me faire virer, cette fois. Une année, plus qu'une année et je suis libre.* Au moins, le prof ne m'a pas demandé de venir sur l'estrade pour me présenter à toute la classe — c'était déjà ça. Ça serait vraiment mal tombé. Franchement, je ne comprendrai jamais pourquoi les enseignants estiment cette humiliation nécessaire. Il était déjà difficile de s'intégrer, on n'avait certainement pas besoin de se retrouver en plus sous les projecteurs dès le premier jour.

Même s'il faut avouer que je n'en faisais pas lourd en matière « d'intégration ».

Je sentais toujours ces fichus regards braqués sur moi et je me suis concentré pour ne pas relever les yeux — *surtout ne pas croiser un regard.* J'ai entendu des chuchotements et me suis voûté plus encore, faisant mine d'examiner la couverture de mon livre d'anglais.

Quelque chose a soudain atterri sur mon bureau : une demi-page de cahier, pliée en quatre. Je n'ai pas levé la tête, ne voulant pas savoir qui me l'avait envoyée. Je l'ai malgré tout fait glisser sous ma table pour l'ouvrir discrètement.

C'est toi le gars qu'a mis le feu à son bahut ? y était inscrit d'une écriture maladroite.

J'ai poussé un soupir avant de froisser le papier au creux de ma main. Ils étaient donc déjà au courant des rumeurs. Très bien. Apparemment, j'avais été mentionné dans le journal local comme le jeune voyou qui avait été vu fuyant le lieu du délit. Seulement, personne ne m'ayant réellement *vu* mettre le feu à la bibliothèque, j'avais pu éviter la prison. *De justesse.*

Des rires et des chuchotements me sont parvenus depuis ma droite, et un autre morceau de papier plié m'a atterri sur le bras. Agacé, je m'apprêtais cette fois à jeter le billet sans même le lire, mais la curiosité l'a emporté de nouveau, et j'y ai jeté un rapide coup d'œil.

C'est vrai que t'as planté un mec en taule ?

— Monsieur Chase.

Mlle Singer s'est avancée vers moi dans l'allée, une expression sévère derrière ses lunettes. A moins que ce ne soit juste l'effet de son chignon trop serré, qui lui tirait sur les yeux. Dans un cliquetis de bracelets, elle a tendu la main vers moi et a agité ses doigts. Le ton n'était pas à la plaisanterie.

— Donnez-moi ça, monsieur Chase.

Je lui ai tendu le papier du bout des doigts sans la regarder. Elle l'a saisi d'un geste sec, puis a marmonné après quelques instants :

— Vous viendrez me voir à la fin du cours.

Bon sang. Même pas *une demi-heure* dans un nouveau lycée, et les ennuis commençaient ! Ça n'augurait rien de bon pour la suite… Je me suis replié encore plus sur ma chaise, m'isolant de tous les regards, tandis que Mlle Singer retournait à son bureau pour reprendre sa leçon.

Je suis resté à ma place à la fin du cours, à écouter le frottement des chaises par terre et le bruit des élèves s'affairant à ranger leurs cahiers dans leurs sacs. Ils riaient et discutaient tandis que des petits groupes se formaient. Lorsqu'ils ont fini par se diriger vers la sortie, j'ai enfin relevé la tête et laissé mon regard se poser sur les quelques-uns qui s'attardaient. Un garçon blond à lunettes déblatérait devant le bureau de Mlle Singer, laquelle l'écoutait avec un amusement contrôlé. A en juger par son regard de merlan frit, le gars devait être soit gravement amoureux, soit un lèche-bottes de première.

Près de la porte, un groupe de filles gloussaient et ricanaient, agglutinées comme un banc de sardines. Plusieurs garçons leur ont lancé un regard appuyé en sortant, espérant retenir leur attention — en pure perte. J'ai rigolé doucement dans ma barbe. *Bonne chance, les mecs.* Au moins trois des filles étaient blondes, minces et canons, et deux d'entre elles portaient en prime des jupes extrêmement courtes qui découvraient leurs longues jambes bronzées. De toute évidence, il devait s'agir de l'équipe des pom-pom girls, et les types comme moi — ou n'importe qui qui ne soit pas riche ou sportif — n'avaient aucune chance.

C'est alors qu'une des filles s'est tournée vers moi et m'a regardé droit dans les yeux.

J'ai détourné le regard, espérant que personne n'ait remarqué. L'expérience m'avait appris que les pom-pom girls sortaient souvent avec des stars du football, baraqués et excessivement jaloux — dont la technique était de cogner d'abord et de discuter ensuite. Je n'avais aucune envie de me retrouver plaqué contre mon casier ou la porte des toilettes dès mon premier jour ici, et de me faire casser la figure juste parce que j'avais eu l'audace de regarder la copine du quaterback. J'ai tendu l'oreille. Des chuchotements… *encore.* J'imaginais trop bien les doigts qui devaient se pointer vers moi, quand soudain des glapissements choqués ont retenti à l'unisson.

— Elle va *vraiment* le faire ! s'est exclamée une voix pendant que des bruits de pas résonnaient dans la classe.

L'une des filles s'était détachée du groupe et s'approchait de moi. *Génial.*

Va-t'en, ai-je songé en me rapprochant du mur. *Je n'ai rien à voir avec toi. Je ne suis pas là pour que tu puisses montrer à tout le monde que tu n'as pas peur du nouveau, alias le « Psychopathe pyromane », et je n'ai pas envie de me battre avec ton abruti de copain. Fiche-moi la paix.*

— Salut.

Résigné, je me suis retourné et j'ai regardé la fille.

Elle était moins grande que les autres, et mignonne plutôt que vraiment « belle ». Ses longs cheveux raides étaient d'un noir de jais, et quelques mèches d'un bleu saphir encadraient son visage. Elle portait des baskets et un jean noir assez étroit pour souligner la finesse de ses jambes — sans qu'il paraisse pour autant avoir été cousu sur elle. Ses yeux d'un brun chaud se sont plantés dans les miens tandis qu'elle se balançait d'un pied sur l'autre, les mains jointes dans le dos, comme s'il lui était impossible de rester sur place sans bouger.

Comme je la dévisageais avec méfiance, elle s'est lancée :

— Désolée pour le mot. J'ai dit à Regan de ne pas le faire — Mlle Singer a des yeux de lynx. On ne voulait pas te créer d'ennuis.

Elle m'a alors souri, et son sourire a illuminé toute la pièce. Mon cœur a chaviré. Franchement. Sauf que… *Stop !* Je ne voulais pas de ça. Je ne voulais pas que cette fille m'inspire quoi que ce soit, et surtout pas que je me mette à la trouver extrêmement séduisante.

— Moi, c'est Kenzie. Enfin, Mackenzie, en entier, mais tout le monde m'appelle Kenzie. Par contre ne m'appelle *jamais* Mac, sinon je te frappe.

Derrière elle, les autres filles se faisaient des messes basses en nous décochant des regards furtifs. Soudain, j'avais comme la désagréable impression d'être un animal de foire, et le ressentiment est monté en moi. C'était clair, je n'étais qu'une bête curieuse pour elles, le nouveau de la classe un peu inquiétant, l'objet de tous les regards et de tous les ragots.

— Et toi… tu es… ? m'a demandé Kenzie.

J'ai détourné le regard.

— Pas intéressé.

— *O.K.* Waouh.

Elle a paru surprise — mais pas fâchée. Pas encore en tout cas…

— Ce n'est pas… ce que j'attendais.

— Va falloir t'y habituer.

Je me suis hérissé intérieurement en entendant ma propre voix. Je me conduisais comme un vrai mufle, j'en avais parfaitement conscience. Là, j'étais en train de saboter toutes mes chances de me faire accepter dans ce lycée. On ne parle pas de cette manière à une pom-pom girl populaire, et adorable en plus, sans devenir un vrai paria. Elle allait retourner avec ses copines, tout leur raconter, de nouveaux cancans allaient circuler, et je serais pointé du doigt pour le reste de l'année.

Parfait, me suis-je dit tout en essayant de me convaincre. *C'est exactement ce que je veux. Comme ça, je ne ferai de mal à personne. Tout le monde me fichera la paix.*

Sauf que… la fille ne partait pas. Du coin de l'œil, je l'ai vue se planter face à moi et croiser les bras, arborant un petit sourire en coin.

— Pas la peine d'être désagréable, m'a-t-elle dit, visiblement indifférente à mon agressivité. Je ne te demande pas un rencard, gros dur ; juste ton nom.

Pourquoi me parlait-elle encore ? Ne m'étais-je pas fait clairement comprendre ? Je n'avais pas envie de *discuter.* Je n'avais pas envie de répondre à ses questions. Plus je parlerais à quelqu'un, plus il y aurait de chances qu'*elles* le remarquent, et le cauchemar recommencerait.

— C'est Ethan, ai-je maugréé sans quitter le mur des yeux.

J'ai vraiment pris sur moi pour prononcer les mots suivants :

— Maintenant, dégage.

— Oh. Super sympa, dis donc.

Et encore manqué. Etre désagréable n'avait pas l'effet escompté. Au lieu de la rebuter, cela semblait presque… la stimuler. *Bravo.* J'ai résisté à l'envie de la regarder, sentant son sourire toujours braqué sur moi.

— Je voulais juste être gentille, vu que c'est ton premier jour ici, et tout ça. Tu es aussi cool avec tout le monde ?

— Mademoiselle Saint James ?

La voix de notre professeur s'est élevée dans la pièce. Kenzie s'est retournée, et j'en ai profité pour la regarder furtivement.

— Je dois parler avec M. Chase, a poursuivi Mlle Singer en souriant à Kenzie. Veuillez rejoindre votre prochain cours, s'il vous plaît.

Kenzie a hoché la tête.

— Très bien, mademoiselle Singer.

Jetant un regard en arrière, elle m'a surpris en train de l'observer et a souri avant que j'aie eu le temps de regarder ailleurs.

— A plus, gros dur !

Elle a sautillé jusqu'à son groupe d'amies, lesquelles se sont empressées de l'entourer en une ronde de petits rires et de chuchotements — comme prévu. Après quelques regards peu discrets dans ma direction, elles ont franchi la porte pour rejoindre le couloir, me laissant seul avec la prof.

Je me suis remis les idées en place et je me suis avancé jusqu'à son bureau. Les yeux noirs perçants de Mlle Singer m'ont scruté par-dessus ses lunettes, puis elle s'est lancée dans un discours sur sa politique de tolérance zéro vis-à-vis du chahut, tout en me disant qu'elle comprenait bien ma situation et que je pouvais tout à fait sortir mon épingle du jeu si je le voulais. Comme si cela suffisait !

Merci, mais vous auriez pu économiser votre salive. Je connais la chanson. Comme il doit être difficile de débarquer dans une nouvelle école, de tout recommencer… Comme ça doit être dur, chez moi… Oh pitié, ne faites pas comme si vous saviez ce que je traverse. Vous ne me connaissez pas. Vous ne connaissez rien de ma vie. Ni vous, ni personne.

Et si ça ne tenait qu'à moi, d'ailleurs, personne n'en connaîtrait jamais rien.

J'ai passé mes deux cours suivants de la même façon — en ignorant tout le monde autour de moi. Quand l'heure du déjeuner est arrivée, j'ai regardé les élèves partir vers la cafétéria, et j'ai pris la direction opposée.

Mes camarades de classe commençaient franchement à me taper sur les nerfs. J'avais envie d'être dehors, loin d'eux et de leurs regards curieux. Je ne voulais pas me retrouver coincé tout seul à une table, à redouter que quelqu'un arrive et s'installe près de moi pour « discuter ». Personne ne le ferait juste pour être sympa, c'était couru d'avance. A l'heure qu'il était, cette fille et ses copines avaient certainement raconté à tout le lycée la façon dont nous nous étions parlé, peut-être même en gonflant un peu l'histoire — du genre avec quelques noms d'oiseaux que je lui aurais envoyés, tout en la draguant en même temps, bien sûr. Raison de plus pour camper sur mes positions. Je voulais éviter les petits copains avec une tendance à péter les plombs autant que les questions agaçantes. Et surtout, je voulais être seul.

J'ai bifurqué et pris un autre couloir, dans l'idée de trouver un coin isolé où je pourrais manger tranquillement ; c'est alors que je suis tombé pile sur ce que je souhaitais le plus éviter.

Acculé contre le mur de casiers se tenait un garçon aux épaules frêles et voûtées, l'air à la fois piégé et résigné. Devant lui, deux types grands et costauds, avec de vrais cous de taureaux, toisaient l'élève qu'ils venaient de coincer. L'espace d'un instant, j'ai cru que celui-ci avait… *des moustaches d'animal* ? Il a tourné la tête vers moi, m'implorant silencieusement du regard. Dans un flash, j'ai soudain distingué, sous une mèche de cheveux couleur paille, deux yeux orange et deux oreilles velues de chaque côté de sa tête.

J'ai lâché un juron — tout bas, mais un de ceux pour lesquels ma mère m'aurait trucidé sur place. Ces deux idiots ne se rendaient pas compte de ce qu'ils étaient en train de faire. Ils ne pouvaient pas *voir* qui était vraiment ce garçon, bien entendu. Car « l'élève » qu'ils malmenaient était l'une d'entre *elles*, une fée, ou du moins une demi-fée. Le mot *sang-mêlé* m'est venu à l'esprit, et j'ai serré les poings sur mon sac de repas. *Pourquoi ?* Pourquoi ne pouvais-je pas me débarrasser d'elles ? Pourquoi s'acharnaient-elles à me suivre pas à pas ?

— Me raconte pas de bobards, tête de naze, a lancé l'un des costauds en poussant les épaules du garçon contre les casiers.

Il avait des cheveux courts, tirant sur le roux, et était un peu plus petit que son acolyte taillé comme un catcheur.

— Regan t'a vu tourner autour de ma voiture, hier. Tu trouves ça drôle que j'aie failli me foutre dans le fossé, hein ?

Il l'a encore poussé avec fracas contre les casiers.

— Ce serpent n'est pas arrivé là tout seul.

— Ce n'est pas moi ! a protesté le sang-mêlé en reprenant son souffle après le choc.

Dans un éclair, j'ai aperçu des canines pointues lorsqu'il a ouvert la bouche, mais les deux sportifs n'ont rien remarqué.

— Brian, je le jure, ce n'était pas moi.

— Ah ouais ? Alors tu traites Regan de menteuse, c'est ça ? a aboyé le plus petit avant de se tourner vers son ami. Je crois que ce naze a traité Regan de menteuse, t'as entendu ça, Tony ?

Le dénommé Tony a grogné et a fait craquer ses jointures pendant que Brian se retournait vers le sang-mêlé.

— C'est pas très malin de ta part, pauvre minable. Et

si on allait faire un petit tour ensemble aux toilettes ? Payer une petite visite à monsieur Caca, hein, ça te dit ?

Super. Je n'avais pas besoin de ça. Le mieux était que je tourne les talons sans plus attendre. *Il est à moitié fée,* m'a matraqué mon esprit rationnel. *Mêle-toi de ça, et tu attireras leur attention pour de bon.*

Le sang-mêlé s'est recroquevillé, l'air pitoyable et résigné. Comme s'il avait l'habitude de ce genre de traitement.

J'ai soupiré. Et fait alors quelque chose de totalement stupide.

— Eh bien, à ce que je vois, il y a les mêmes débiles à face de singe ici que dans mon ancien lycée, ai-je lancé sans bouger de là où j'étais.

Ils ont pivoté d'un bloc pour me regarder, les yeux écarquillés, pendant que je souriais en coin.

— Qu'est-ce qu'il se passe, papa vous a privés d'argent de poche ce mois-ci pour que vous soyez obligés de vous en prendre aux plus minables du bahut ? Ou bien le sport ne suffit pas à vous défouler ?

— T'es qui, *toi* ?

Le plus petit, Brian, s'est avancé vers moi d'un pas menaçant pour me dévisager. J'ai soutenu son regard sans me départir de mon sourire.

— C'est ton mec, c'est ça ?

Il a pris une voix suraiguë.

— Tu veux faire un dernier vœu, la fiotte ?

Naturellement, nous commencions à attirer l'attention, maintenant. Les élèves qui avaient fait semblant de ne pas voir le trio contre les casiers ont commencé à hésiter, sentant la violence planer dans l'air. Le mot « bagarre » s'est répandu dans les rangs, de plus en plus vite, et j'ai bientôt eu comme l'impression que presque toute l'école assistait au petit drame qui se jouait en plein milieu du couloir. Le garçon auquel ils s'en prenaient, le sang-mêlé, m'a coulé un regard craintif et désolé avant de disparaître dans la foule. *Pas de quoi,* ai-je pensé en me retenant de lever les yeux au ciel. Bon, j'avais mis le pied dans ce pétrin… restait donc à en sortir.

— C'est le nouveau, a grogné l'acolyte de Brian en s'éloignant des casiers pour le rejoindre. Celui du quartier sud.

— Ah, d'accord.

Brian a lancé un regard à son crétin d'ami, puis à moi, avec une moue dédaigneuse.

— Alors c'est toi, le mec qu'en a planté un autre en cabane, a-t-il continué en haussant la voix pour que tout le monde en profite. Après avoir mis le feu à ton lycée et menacé un prof avec un couteau.

J'ai haussé un sourcil étonné. *Ah, tiens ? Elle est nouvelle, celle-là !*

Des murmures et des exclamations scandalisées ont parcouru l'assemblée comme une traînée de poudre. L'école au grand complet serait au courant avant demain matin. Combien de crimes allait-on encore ajouter à ma longue liste imaginaire ?

— Tu te prends pour un caïd, la fiotte ?

Stimulé par la foule, Brian s'est approché tout près de moi, un sourire mauvais sur les lèvres.

— Donc tu es un pyromane et un criminel. *Super.* Et tu crois peut-être que j'ai peur de toi ?

Tu ferais bien, gros naze.

Je me suis redressé et j'ai fixé mon adversaire des yeux, presque nez à nez.

— Oooh, « pyromane » ? ai-je dit en affichant le

même sourire narquois que lui. Et moi qui croyais que tu étais aussi bête que tu en avais l'air. Dis-moi… Tu as appris ce joli mot en cours, aujourd'hui ?

Son visage s'est crispé, mais pas de chance pour lui je l'ai vu préparer son coup. Nous étions extrêmement proches, et son crochet du droit me visait directement la mâchoire. Je l'ai évité de justesse et lui ai tiré le bras au passage, l'envoyant droit dans le mur. Des clameurs se sont élevées autour de nous alors que le dénommé Brian se retournait, furieux, et me visait une deuxième fois. J'ai esquivé de nouveau en gardant mes poings près de mes joues pour me défendre, à la façon d'un boxeur.

— Ça suffit !

Des profs ont soudain déboulé de je ne sais où pour nous séparer. Brian a lâché un juron et s'est débattu pour essayer de m'atteindre, tandis que je préférais me laisser entraîner sur le côté. Celui qui m'avait attrapé me tenait fermement par le col, comme si je risquais de m'échapper et de lui coller mon poing dans la figure.

— Kingston, dans le bureau du principal ! a ordonné le prof en entraînant l'autre idiot dans le couloir. Allez !

Il s'est retourné vers moi.

— Toi aussi, le nouveau. J'espère pour toi que tu n'as pas un couteau caché quelque part, ou tu seras renvoyé avant d'avoir eu le temps de dire « ouf ».

Comme on m'emmenait vers le bureau du principal, j'ai entraperçu la demi-fée qui m'observait depuis la foule. Ses yeux orange, graves et solennels, n'ont pas quitté les miens jusqu'à ce qu'on bifurque dans un couloir, me soustrayant à sa vue.

2. Le sang-mêlé

Je me suis affalé sur la chaise devant le bureau du principal, bras croisés, attendant que l'homme assis de l'autre côté daigne nous considérer. Sur la surface d'ébène, un écriteau doré annonçait *Richard S. Hill, Principal,* bien que son propriétaire ne nous ait accordé qu'un bref regard à notre entrée. Chauve, de petite taille, doté d'un nez aquilin et de fins sourcils froncés, ce dernier restait assis, les yeux collés à son écran d'ordinateur. Sa bouche s'est pincée tandis qu'il scrutait l'écran, nous faisant attendre.

Au bout d'une ou deux minutes, monsieur le sportif s'est agité sur la chaise voisine de la mienne et a lâché un soupir impatient.

— Pardon, euh, vous n'avez plus besoin de moi ? a-t-il demandé en se penchant en avant comme pour partir. Je peux y aller ?

— Kingston, a dit le principal en relevant enfin les yeux.

Il a regardé Brian et a froncé de nouveau les sourcils.

— Vous avez un match important ce week-end, pas vrai ? Oui, vous pouvez y aller. Et évitez les ennuis, désormais. Je ne veux plus entendre parler de bagarre dans les couloirs, compris ?

— Compris, monsieur Hill.

Brian s'est levé, m'a adressé un rictus triomphant et il est sorti du bureau. Fin de l'histoire.

Bravo, bel exemple de justice ! Cou-de-taureau a été le premier à me donner un coup de poing, mais il ne faudrait pas risquer de mettre en péril nos chances de remporter le match, n'est-ce pas ? J'ai attendu que le principal me prenne en considération, mais il avait recommencé à lire ce qui s'affichait sur son ordinateur. Je me suis donc tassé sur ma chaise, j'ai croisé les jambes et lorgné avec envie du côté de la porte. Le tic-tac de la pendule résonnait dans la petite pièce, et des élèves s'arrêtaient pour me regarder par la fenêtre de la porte avant de poursuivre leur chemin.

— Vous avez un sacré dossier, monsieur Chase, a déclaré Hill de but en blanc sans même relever les yeux.

J'ai réprimé une grimace.

— Bagarre, absentéisme, dissimulation d'armes, incendie criminel.

Il a repoussé son fauteuil, et son regard noir et dur s'est enfin posé sur moi.

— Souhaitez-vous ajouter quelque chose à cette liste ? Comme attaquer le meilleur quaterback de l'école dès votre premier jour ici ? Le père de M. Kingston fait partie du conseil d'établissement, au cas où vous ne le sauriez pas.

— Ce n'est pas moi qui ai commencé, ai-je marmonné. C'est lui qui a essayé de me frapper.

— Oh ? Alors que vous, bien sûr, vous ne faisiez que vous occuper de vos affaires ?

Les lèvres cireuses du principal ont dessiné un léger sourire.

— Et il vous a frappé comme ça, pour rien ?

J'ai soutenu son regard.

— Lui et son pote du foot s'apprêtaient à mettre la tête d'un gars dans les toilettes. Je suis intervenu avant qu'ils ne le fassent. Il n'a pas apprécié que je lui gâche son plaisir, et il a essayé de m'en coller une.

J'ai haussé les épaules.

— Excusez-moi de n'avoir pas fait semblant de ne rien voir, comme les autres.

— Votre attitude ne plaide pas en votre faveur, monsieur Chase, m'a rétorqué Hill en fronçant les sourcils. Vous auriez dû aller chercher un professeur pour régler cette affaire. Vous êtes sur le fil du rasoir, sachez-le.

Il a croisé ses mains pâles et fines sur son bureau et s'est penché en avant.

— Puisque c'est votre premier jour parmi nous, je vous laisse partir sans vous donner d'avertissement pour cette fois. Mais je vous ai à l'œil, monsieur Chase. Faites un seul autre pas de travers, et je ne serai pas aussi clément. C'est bien compris ?

J'ai haussé les épaules.

— De toute façon…

Un éclair a traversé son regard.

— Croyez-vous être quelqu'un de spécial, monsieur Chase ?

Sa voix comportait maintenant une note de mépris.

— Croyez-vous être le seul « jeune en difficulté » à vous être assis dans ce bureau ? J'en ai vu d'autres de votre genre avant, et ils finissent tous de la même manière : en prison, dans les rues, ou morts dans un fossé. Si c'est le chemin que vous souhaitez prendre, surtout, continuez comme ça. Partez. Prenez un job minable quelque part. Mais ne faites pas perdre de temps à cette école à tenter de vous instruire. Et n'entraînez pas avec vous ceux qui ont un vrai projet de vie.

Il a fait un signe de tête en direction de la porte.

— Maintenant, sortez de mon bureau. Et que je ne vous y revoie plus.

Exaspéré, je me suis levé et j'ai pris la porte sans demander mon reste.

Les couloirs étaient vides. Tout le monde était revenu en classe après la pause-déjeuner — et entamait sa digestion en comptant les minutes avant la sonnerie finale. L'espace d'un instant, j'ai songé à rentrer chez moi, à abandonner cette tentative ridicule de repartir de zéro dans un nouvel établissement, et à simplement accepter le fait que je ne m'adapterais *jamais*, que je ne pourrais jamais être « normal ». Personne ne m'en laisserait l'occasion, où que j'aille.

Seulement, je ne pouvais pas rentrer à la maison, car ma mère serait là. Elle ne dirait rien, mais elle me regarderait avec une expression pleine de tristesse, de déception et de culpabilité — elle voulait tellement que j'y arrive, que je sois « comme les autres ». Elle espérait tant que ça marche, *cette fois*. Si je rentrais de bonne heure, quelle qu'en soit la raison, elle me demanderait de réessayer le lendemain ; après quoi, elle s'enfermerait sûrement dans sa chambre pour pleurer.

Je ne pouvais pas affronter ça. Ce serait encore pire que la leçon de morale que mon père ne manquerait pas de me donner en apprenant que j'avais quitté l'école. De plus, il avait développé un intérêt croissant pour les cours particuliers ces derniers temps, et je ne voulais pas risquer d'en subir de nouveaux !

Allez, plus que deux heures à tirer, me suis-je dit en

reprenant à contrecœur le chemin de la classe. O joie, j'allais en plus arriver en plein cours de trigonométrie ! Pourquoi tous les emplois du temps plaçaient-ils donc les cours de maths juste après le déjeuner, quand tout le monde est à moitié endormi ? *Secoue-toi, mon vieux. Tu peux survivre quelques heures de plus, non ? Que peut-il arriver d'autre, de toute façon ?*

J'aurais pourtant dû m'en douter…

En tournant dans un couloir, j'ai soudain senti cette impression de froid et de picotement au niveau de la nuque, qui m'indiquait toujours que j'étais observé. En temps normal, je l'aurais ignorée ; mais à ce moment-là j'étais énervé et moins réfléchi qu'à l'accoutumée. Je me suis retourné, et j'ai regardé derrière moi.

Le sang-mêlé était debout au fond du couloir, près de l'entrée des toilettes, d'où il me considérait fixement. Ses yeux orange luisaient, et la pointe de ses oreilles velues s'est orientée dans ma direction.

Quelque chose planait à côté de lui, quelque chose de petit et d'humanoïde, avec une peau vert foncé et des ailes de dragon produisant un bourdonnement. La chose a cligné de ses grands yeux noirs vers moi et a découvert ses dents acérées en un étrange rictus avant de s'envoler dans les airs, droit vers le plafond.

Mon regard l'a suivie sans que je puisse m'en empêcher. La *pixie* a sursauté, surprise — et j'ai pris conscience de l'erreur que je venais de commettre.

Furibond, j'ai immédiatement baissé la tête, mais il était trop tard. *Bon Dieu ! Quelle erreur stupide, Ethan !* Les yeux du sang-mêlé se sont écarquillés comme il passait de moi à la pixie, bouche bée. *Il savait.* Il savait que je pouvais les voir.

Et maintenant, *elles* le savaient, elles aussi.

***

Je suis parvenu à éviter le sang-mêlé le temps de mon cours. Lorsque la sonnerie de fin de journée a retenti, j'ai attrapé mon sac et me suis hâté vers la porte, tête baissée, espérant me sauver sans plus tarder.

Malheureusement, il m'a suivi sur le parking.

— Hé !

Il m'a interpellé en arrivant à ma hauteur tandis que nous slalomions entre les voitures.

Je l'ai ignoré et j'ai poursuivi mon chemin, le regard braqué droit devant. Il trottait obstinément pour garder le même rythme que moi.

— Ecoute, je voulais te remercier. Pour ce que tu as fait. Merci d'être intervenu, je te dois une fière chandelle.

Il s'est tu, comme s'il s'attendait à ce que je réponde. Ne voyant rien venir, il a ajouté :

— Au fait, je m'appelle Todd.

— Laisse tomber, ai-je marmonné sans le regarder.

Il a froncé les sourcils, visiblement étonné par ma réaction, tandis que je m'efforçais de maintenir une expression aussi indifférente et peu amicale que possible. *Ce n'est pas parce que je t'ai tiré des pattes de ces deux footeux qu'on est potes, maintenant. J'ai vu ta « petite copine ». Tu joues avec le feu, et je ne veux pas me mêler de ça. Dégage.* Todd a hésité, puis m'a suivi sans mot dire, toujours pas décidé à dégager.

— Euh, et sinon…, a-t-il poursuivi en baissant la voix alors que nous approchions du fond du parking.

J'avais garé mon pick-up aussi loin que possible des Mustang et des Camaro des autres élèves, souhaitant là encore éviter de me faire remarquer.

— Depuis quand tu es capable de *les* voir ?

Mon ventre s'est serré. Au moins n'avait-il pas dit « les fées » — car prononcer leur nom à voix haute était le plus sûr moyen d'attirer leur attention. Etait-ce par hasard ou délibéré de sa part, je n'aurais su le dire.

— Je ne vois pas de quoi tu parles, ai-je répondu froidement.

— Bien sûr que si !

Il s'est interposé devant moi, l'air contrarié, me forçant à m'arrêter.

— Tu sais ce que je suis, a-t-il insisté, renonçant à toute subtilité.

Il s'est penché vers moi ; son regard était implorant, presque désespéré.

— Je t'ai vu, et Chardon t'a surpris en train de la regarder, aussi. Tu *les* vois, et tu sais à quoi je ressemble vraiment. Alors pas la peine de jouer les naïfs, d'accord ? *Je sais.* On sait tous les deux.

Ce mec commençait sérieusement à me gonfler. Pire, plus je lui parlais, plus j'allais attirer *leur* attention. Ses petites « amies » étaient sûrement déjà en train de nous observer, et cela me faisait peur. Quoi que ce sang-mêlé attende de moi, il fallait que ça cesse, et tout de suite.

Je l'ai toisé avec mépris et j'ai pris ma pire intonation.

— Waouh, toi t'es un *vrai* naze de chez naze. Pas étonnant que Kingston s'en prenne à toi. T'as pas pris tes petits comprimés magiques, ce matin ?

Un sentiment de colère et de trahison s'est lu dans le regard orange de Todd, me remplissant de honte, mais je me suis forcé à conserver mon ton le plus odieux.

— Ecoute, j'adorerais rester à papoter avec toi et tes amis imaginaires, mais j'ai des trucs à faire dans le monde réel, tu vois. Va donc voir ailleurs si tu trouves une licorne à qui parler, O.K. ?

Son visage s'est rembruni plus encore. Je l'ai écarté de mon chemin et j'ai avancé sans attendre, en espérant qu'il cesse de me suivre. Cette fois, il m'a laissé. Mais j'avais à peine fait trois pas quand ses mots m'ont arrêté tout net :

— Chardon connaît ta sœur.

Je me suis figé sur place et tous mes muscles se sont tendus d'un seul coup.

— Je me disais que ça pourrait t'intéresser…

La voix de Todd comportait maintenant une touche de triomphalisme.

— Elle l'a vue, au pays de Nulle Part. Meghan Chase, la reine de Fer…

D'un bloc, j'ai tourné sur mes talons et je l'ai attrapé par la chemise, le soulevant du sol.

— Qui d'autre est au courant ? ai-je sifflé entre mes dents pendant que Todd se décomposait, les oreilles aplaties. Qui d'autre a entendu parler de moi ? Qui sait ce que je suis, ici ?

— Je ne sais pas !

Todd a levé les mains en l'air, et de petites griffes ont brillé sous la lumière du soleil.

— C'est pas toujours facile de piger ce que raconte Chardon, tu sais. Tout ce qu'elle a dit, c'est qu'elle savait qui tu étais : le frère de la reine de Fer.

— Si tu le dis à qui que ce soit…

J'ai serré les poings, résistant à l'envie de le secouer.

— Si tu le dis à l'une d'entre *elles,* je jure que…

— Je ne dirai rien ! a crié Todd.

J'ai soudain pris conscience de la tête que je devais avoir avec mes yeux fous, comme prêt à mordre. J'ai inspiré profondément et j'ai essayé de me calmer. Todd s'est relâché un peu et a secoué la tête.

— Eh, détends-toi, mon gars. Bon, elles savent qui tu es… et alors, c'est pas la fin du monde !

J'ai ricané et je l'ai repoussé en arrière.

— Tu dois être très protégé, toi.

— J'ai été adopté, a répliqué Todd. Tu crois peut-être que c'est facile de faire semblant d'être humain, quand tes propres parents ne savent même pas qui tu es ? Personne ne me calcule ici, personne ne se doute de ce que je peux faire. On me bouscule tout le temps… et je riposte à ma façon.

— Alors tu as bel et bien mis un serpent dans la voiture de Kingston ?

J'ai secoué la tête, dégoûté.

— J'aurais dû le laisser te mettre la tête dans le caca tout à l'heure.

Todd s'est gaussé et a remis l'avant de sa chemise en place.

— Kingston est un crétin, m'a-t-il déclaré comme si cela justifiait tout. Il pense que l'école lui appartient et qu'il a le principal et les profs dans sa poche. Il se croit intouchable.

Un petit sourire vengeur a fait briller ses yeux orange.

— Parfois, j'aime bien lui rappeler que ce n'est pas le cas.

J'ai poussé un soupir. *Bien joué, Ethan. Voilà ce qui se passe quand on se mêle de* leurs *affaires. Même les demi-fées ne peuvent s'empêcher d'asticoter les humains à la moindre occasion.*

— Les membres du Peuple Invisible sont les seuls qui me comprennent, a poursuivi Todd, comme pour essayer de me convaincre. Ils savent ce que je vis. Ils sont trop heureux de me venir en aide.

Son sourire s'est élargi et s'est fait plus menaçant.

— Pour tout dire, Chardon et ses amies sont en train de pourrir la vie du footeux en ce moment même.

Un frisson m'a parcouru le dos.

— Qu'est-ce que tu leur as promis ?

Il a eu l'air perplexe.

— Quoi ?

— Elles ne font jamais rien gratuitement.

J'ai avancé d'un pas, le faisant reculer d'autant.

— Qu'est-ce que tu leur as promis ? En échange ?

— Qu'est-ce que ça peut faire ?

Le sang-mêlé a haussé les épaules.

— Ça lui pendait au nez, à ce gros débile. Et puis, deux pixies et un boggart, ça ne peut pas faire grand mal.

J'ai fermé les yeux. *Bon sang, tu ne peux même pas imaginer dans quel pétrin tu viens de te fourrer.*

— Ecoute-moi bien, lui ai-je dit en rouvrant les yeux. Quels que soient les marchés conclus, les accords passés, arrête ça tout de suite. Tu ne peux pas leur faire confiance. Elles t'utiliseront, parce que c'est leur nature. Elles ne peuvent pas s'en empêcher.

Todd a haussé un sourcil dubitatif, tandis que je restais sidéré par son ignorance. Comment avait-il pu vivre si longtemps sans avoir rien appris ?

— Ne passe *jamais* de marché avec elles. C'est la première règle, et la plus importante. Les choses ne se passent jamais comme tu l'avais imaginé, et une fois que tu as dit oui, tu es coincé. Tu ne peux plus t'en sortir, quoi qu'elles te demandent en retour.

Todd ne semblait toujours pas convaincu.

— Et à quel titre serais-tu un expert en matière *féerique* ? m'a-t-il défié en prononçant le mot qui me faisait tiquer. Tu es humain, tu ne sais pas ce que c'est. J'ai conclu quelques marchés, fait quelques promesses… et alors, qu'est-ce que ça peut te faire ?

— Rien.

J'ai fait un pas en arrière.

— Simplement, ne m'entraîne pas dans tes histoires. Je ne veux rien avoir à faire avec *elles*, ni avec toi, compris ? J'aimerais mieux ne jamais les revoir.

Sans attendre de réponse, je me suis retourné, j'ai ouvert la portière de ma voiture et l'ai claquée derrière moi. Je suis sorti du parking dans un crissement de pneus, ignorant la silhouette désolée du sang-mêlé qui rétrécissait peu à peu dans mon rétroviseur.

— Alors, comment ça s'est passé, à l'école ? m'a demandé ma mère tandis que j'ouvrais brusquement la porte et balançais mon sac sur la table.

— Bien, ai-je grommelé en fonçant droit sur le réfrigérateur.

Elle s'est écartée de mon chemin en soupirant, consciente qu'il était inutile de me parler quand j'avais faim. J'ai trouvé un reste de pizza de la veille et j'en ai enfourné deux tranches dans le micro-ondes tout en mâchonnant le dernier tiers, froid. Trente secondes plus tard, je m'apprêtais à monter mon assiette dans ma chambre quand maman s'est postée pile devant moi.

— J'ai reçu un coup de fil du principal, cet après-midi.

Mes épaules sont retombées d'un coup.

— Ah ?

D'un geste ferme, elle a désigné la table, et j'ai pris place sur une chaise sans tergiverser, l'appétit soudain coupé. Elle s'est assise en face de moi, les traits tirés.

— Tu as quelque chose à me dire ?

Je me suis frotté les yeux. Inutile de faire des cachotteries, elle savait sûrement déjà tout — du moins, ce que Hill avait bien voulu lui dire.

— Je me suis bagarré.

— Oh ! Ethan.

La déception perceptible dans sa voix m'a frappé de plein fouet.

— Dès ton premier jour ?

Ce n'était pas ma faute, avais-je envie de lui dire. Mais j'avais utilisé cette excuse tant de fois auparavant qu'elle ne servait plus à rien, dorénavant. Aucune excuse ne servait plus à rien, d'ailleurs. Je me suis donc contenté de hausser les épaules et de m'enfoncer dans ma chaise en évitant son regard.

— Est-ce que… c'était à cause d'*elles* ?

J'en suis resté coi. Ma mère ne parlait presque jamais des fées, probablement pour les mêmes raisons que moi — elle pensait que cela risquait d'attirer leur attention. Elle préférait habituellement fermer les yeux et faire comme si elles n'existaient pas, comme si elles n'étaient pas là, à nous observer. C'était l'une des raisons pour lesquelles je ne lui parlais jamais ouvertement de mes problèmes. Tout cela l'effrayait trop.

J'ai hésité — *est-ce que je devais lui parler du sang-mêlé et de ses amis invisibles rôdant dans les couloirs ?* Mais si ma mère découvrait leur existence, elle risquait de me retirer de ce lycée sans même chercher à comprendre. D'accord, je détestais y aller, c'est vrai, mais je n'avais aucune envie de tout recommencer ailleurs une fois de plus !

— Non, ai-je menti en tripotant le bord de mon assiette. Juste deux abrutis qui avaient besoin d'une bonne leçon.

Maman a laissé échapper un grognement exaspéré et désapprobateur.

— Ethan, a-t-elle repris d'un ton plus cassant, ça ne peut pas durer. On en a déjà parlé.

— Je sais.

— Si tu continues, tu te feras de nouveau renvoyer ! Et je ne sais pas où nous pourrons t'inscrire après ça. Je ne sais pas…

Elle a inspiré fébrilement et s'est couvert les yeux de sa main. Je me sentais mal, *vraiment* mal, maintenant.

— Je suis désolé, ai-je dit d'une voix qui se voulait posée. Je vais… faire plus d'efforts.

Elle a hoché la tête sans lever les yeux.

— Je ne le dirai pas à ton père, pas cette fois, a-t-elle murmuré d'une vois lasse. Ne mange pas trop de pizza ou tu n'auras plus faim pour le repas de ce soir.

Je me suis levé, j'ai mis mon sac à dos sur une épaule et j'ai embarqué l'assiette dans ma chambre en fermant la porte d'un coup de pied derrière moi.

Avachi devant mon bureau, j'ai mangé la pizza en allumant mon ordinateur portable sans grande conviction. L'épisode avec Kingston, sans parler de la discussion avec le sang-mêlé, m'avaient mis sur les nerfs. Je me suis rendu sur YouTube et j'ai regardé des vidéos d'élèves pratiquant le kali, essayant de déceler les faiblesses dans leurs attaques et les trous dans leur défense. Puis, pour m'occuper, j'ai pris mes bâtons de rotin sur le mur et me suis entraîné à faire quelques figures au milieu de ma chambre, frappant des cibles imaginaires à face de Brian Kingston, tout en prenant garde de ne pas heurter les murs ou le plafond. J'avais déjà occasionné quelques trous dans les cloisons par le passé — sans le faire exprès, bien sûr —, à la suite de quoi papa avait décrété que je devais m'entraîner uniquement dehors ou au dojo. Mais j'avais progressé depuis, et puisqu'il ne le saurait pas, il n'y avait pas de problème, non ?

Alors que je terminais une figure, j'ai perçu comme un mouvement furtif du coin de l'œil et je me suis retourné. Une créature noire et grêle, telle une araignée géante dotée de grandes oreilles, était accroupie sur le bord de la fenêtre, en train de m'observer. Ses yeux brillaient d'un vert électrique dans l'obscurité naissante.

J'ai pesté et je me suis avancé vers elle, mais dès que la créature a compris que je l'avais identifiée, elle a émis un bourdonnement d'alerte et a disparu en un éclair. Je me suis précipité jusqu'à la fenêtre et j'ai scruté la pénombre pour retrouver cette petite vermine, mais elle s'était envolée.

— Maudits gremlins, ai-je maugréé.

J'ai balayé ma chambre du regard pour vérifier que tout était bien en place. J'ai vérifié mes lumières, mon réveil, mon ordinateur ; tout fonctionnait bien, à mon grand soulagement. La dernière fois qu'un gremlin s'était introduit dans ma chambre, il avait bousillé mon ordinateur portable, et j'avais dû payer de ma poche les réparations.

Les gremlins étaient des fées un peu particulières. C'étaient des fées de Fer, ce qui signifiait que toutes mes précautions et protections contre le monde féerique ne fonctionnaient pas sur elles. Le fer ne les faisait pas fuir, les barrières de sel ne les arrêtaient pas, et les fers-à-cheval au-dessus des portes et des fenêtres les laissaient indifférentes. Elles étaient tellement habituées au monde humain, tellement familiarisées avec le métal, la science et la technologie, que les anciens charmes et rituels de protection étaient trop dépassés pour les affecter. J'avais rarement des problèmes avec les fées de Fer, mais elles étaient partout. Je suppose que la reine de Fer elle-même ne pouvait savoir où se trouvaient tous ses sujets…

La reine de Fer. Un nœud s'est formé dans mon ventre. J'ai fermé la fenêtre, rangé mes bâtons et me suis laissé tomber dans mon fauteuil de bureau. Plusieurs minutes durant, j'ai regardé fixement le tiroir du haut de mon meuble, sachant ce qu'il renfermait. Et me demandant s'il valait la peine que je me tourmente plus encore en sortant son contenu.

Meghan. Penses-tu seulement encore à nous ?

Je n'avais vu ma demi-sœur que quelques rares fois depuis sa disparition de notre monde, presque douze ans plus tôt. Elle ne restait jamais longtemps ; quelques heures seulement, le temps de s'assurer que tout le monde allait bien, puis elle disparaissait de nouveau. Avant notre déménagement, je comptais sur ses visites au moins le jour de mon anniversaire et pendant les vacances… Elles se sont espacées à mesure que je grandissais. Et pour finir, il n'y a plus rien eu.

Je me suis penché — et j'ai ouvert le tiroir. Ma grande sœur, partie depuis longtemps, était un autre sujet tabou dans cette maison. Il suffisait que je prononce simplement son nom, et maman déprimait pendant toute une semaine. Officiellement, ma sœur était morte.

Meghan ne faisait plus partie de ce monde ; elle était l'une d'entre *elles*, et nous devions faire comme si elle n'existait plus.

Mais ce sang-mêlé connaissait son existence, ce qui pouvait être embêtant… Comme si j'avais besoin de ça ! Comme si être un délinquant taciturne et infréquentable ne suffisait pas. Et maintenant, par-dessus le marché, il fallait que quelqu'un soit au courant de mon rapport avec le monde des fées.

Les mâchoires serrées, j'ai refermé le tiroir sans ménagement et je suis sorti de ma chambre, l'esprit en ébullition. *J'étais humain, et Meghan était partie.* Quoi que puisse raconter cette demi-fée, je ne faisais pas partie de leur monde. J'allais rester de ce côté-ci du Voile, sans me préoccuper de ce qui se passait en Faérie.

En dépit de toutes leurs tentatives pour m'y attirer.

3. Une fée dans le sac de sport

Jour deux.

De purgatoire.

Ma « bagarre » avec le quaterback du lycée et mon entretien dans le bureau du principal n'étaient évidemment pas passés inaperçus. Mes camarades me regardaient avec insistance dans les couloirs, en parlant à voix basse. Et surtout : ils me fuyaient comme si j'avais la peste. Les profs, eux, me jetaient des regards noirs, comme s'ils craignaient que le psychopathe que j'étais se mette subitement à frapper quelqu'un ou sorte un couteau. Vous voulez savoir ? *Honnêtement, je m'en fichais.* Peut-être Hill leur avait-il dit ce qui s'était passé dans son bureau, ou mieux : peut-être leur avait-il déclaré que j'étais officiellement un cas désespéré. Eh bien tant pis. Au moins, tant que je conservais la tête baissée, ils m'ignoraient totalement.

A l'exception de Mlle Singer, qui m'a interpellé à plusieurs reprises pendant son cours pour s'assurer que je suivais bien. J'ai répondu à ses questions sur *Don Quichotte* d'un ton monocorde, espérant que cela suffirait pour qu'elle me lâche un peu. En tout cas, elle a paru agréablement surprise de constater que j'avais suivi les consignes de travail de la veille — même si j'avais été quelque peu distrait par l'idée que des gremlins rôdaient autour de mon ordinateur.

Apparemment satisfaite de voir que je pouvais à la fois écouter et regarder par la fenêtre, Mlle Singer a fini par me laisser tranquille, et j'ai pu reprendre mes ruminations.

Coup de chance, Kingston et son acolyte étaient absents aujourd'hui ; par contre, j'ai aperçu Todd dans un de mes cours, l'air étrangement content de lui. Il n'arrêtait pas de jeter des coups d'œil à la table vide du quaterback et se souriait à lui-même en hochant la tête. Son comportement bizarre m'a stressé, mais j'ai décidé de laisser tomber. Si le sang-mêlé voulait s'amuser à titiller ce malade, qu'il ne compte pas sur moi quand il se ferait dépouiller à nouveau.

Lorsque la sonnerie du dernier cours a retenti, j'ai rangé mes affaires en toute hâte et me suis rué vers la sortie, espérant éviter le scénario de la veille. En franchissant la porte, j'ai bien vu que Todd me regardait comme s'il souhaitait me parler, mais je me suis rapidement fondu dans la foule du couloir encombré.

Arrivé devant mon casier, j'ai fourré mes livres et mes devoirs dans mon sac, j'ai claqué la porte… et me suis retrouvé face à face avec Kenzie.

— Salut, gros dur.

Oh ! non. Qu'est-ce qu'elle voulait encore ? Probablement me soutirer quelque information sur la bagarre. Si elle faisait partie de l'équipe des pom-pom girls, Kingston était probablement son copain. Les rumeurs qui couraient prétendaient soit que j'avais donné un « coup bas » au quaterback, soit que je l'avais menacé dans le couloir et m'étais fait botter les fesses avant que les profs ne nous séparent. Aucune des deux versions n'était flatteuse, et je me demandais quand quelqu'un viendrait m'en reparler… Seulement, je ne m'attendais pas à ce que ce soit elle.

Je m'apprêtais à partir, mais elle s'est interposée doucement pour me bloquer le passage.

— Juste une seconde ! a-t-elle insisté en se plantant devant moi. Je veux te parler.

Je lui ai décoché mon regard le plus noir, celui qui avait un jour stoppé des bonnets-rouges en pleine course et fait rebrousser chemin à deux *korrigans*. Eh bien, Kenzie n'a pas bronché et est restée fermement campée sur ses deux jambes. *J'ai capitulé.*

— Quoi ? ai-je grogné. Tu es venue me prévenir que je ferais bien de laisser ton mec tranquille si je tiens à la vie, c'est ça ?

Elle a froncé les sourcils.

— Mon mec ? *Quel* mec ?

— Le quaterback.

— Oh.

Elle a fait une petite grimace qui lui a plissé le nez. Adorablement, c'est vrai.

— Brian n'est pas mon mec.

— Ah bon ?

Ça alors… J'étais sûr qu'elle allait me rentrer dedans au sujet de la bagarre, voire me menacer de représailles si je faisais du mal à son précieux sportif. Pour quelle autre raison cette fille s'adresserait-elle à moi, franchement ?

Kenzie a profité de ma surprise et a fait un pas vers moi. J'ai dégluti et réprimé mon envie d'en faire un en arrière. Elle était bien plus petite que moi, mais cela ne semblait pas la gêner.

— T'en fais pas, gros dur. Je n'ai pas de copain

planqué dans les toilettes qui t'attend pour te faire la peau.

Une lueur amusée a brillé dans ses yeux.

— Si ça devait se faire, je m'en chargerais *moi-même*.

Je ne doutais pas qu'elle en soit capable !

— Qu'est-ce que tu veux, alors ? ai-je redemandé, de plus en plus intrigué par cette fille étrange et… chaleureuse, malgré tous mes efforts pour la rembarrer.

— Je suis la rédactrice en chef du journal de l'école, m'a-t-elle annoncé comme si c'était une chose évidente. Et je voulais savoir si tu voudrais bien me rendre un service. Chaque trimestre, j'interviewe les nouveaux arrivés en cours d'année, tu vois, pour que les autres apprennent à les connaître. J'aimerais beaucoup t'interviewer — si tu le veux bien.

Pour la deuxième fois en moins de trente secondes, j'étais sidéré.

— Tu es rédactrice en chef ?

— Oui, enfin, plutôt journaliste, si tu veux. Mais comme tous les autres détestent la partie technique, c'est moi qui me coltine aussi le rédactionnel.

— Pour le journal ?

Elle a souri.

— C'est généralement ce que font les journalistes, oui.

— Mais… je croyais…

Je tentais de rassembler mes esprits.

— Je t'ai vue avec les pom-pom girls, lui ai-je fait, quasiment sur le ton de l'accusation.

Les minces sourcils de Kenzie se sont levés.

— Et alors, quoi ? Tu as cru que j'en faisais partie ?

Elle a haussé les épaules.

— Ce n'est pas mon truc, mais merci de l'avoir cru. Je

ne suis pas assez « près du ciel » pour ça, comme elles disent, et j'arrive à peine à traverser une salle de gym sans me casser la figure et me faire des bleus partout. En plus, il faudrait que je me décolore les cheveux en blond — et ça me ferait des pointes fourchues.

Je ne savais pas trop si elle plaisantait ou non, mais je ne pouvais pas m'attarder.

— Ecoute, je dois y aller, là, lui ai-je dit — ce qui était vrai.

J'avais un cours avec mon professeur de kali, Guro Javier, et si j'arrivais en retard, il me ferait faire cinquante pompes et cent abdos — s'il était de bonne humeur, *bien sûr.* Guro ne plaisantait pas avec la ponctualité.

— On peut en reparler plus tard ?

— Tu m'accorderas cette interview ?

J'ai hésité… mais pas longtemps.

— Bon, O.K, d'accord.

J'ai levé une main en signe d'abdication.

— Si ça peut me permettre de me débarrasser de toi…

Son visage s'est illuminé.

— Quand ça ?

— Je m'en fiche !

Cela ne l'a pas rebutée. Apparemment, *rien* ne la rebutait. Je n'avais jamais rencontré quelqu'un capable de rester aussi détendu et sympathique devant autant de muflerie manifeste.

— Bon, tu as un numéro de téléphone ? a-t-elle poursuivi, l'air étrangement amusée. Ou alors, je te donne le mien. Ce qui voudrait dire que tu devras m'appeler, bien entendu…

Elle m'a coulé un regard dubitatif, et a secoué la tête.

— Non, donne-moi plutôt le tien. Quelque chose

me dit que même si je te tatouais mon numéro sur le front, tu oublierais de m'appeler.

— Ça m'est égal, ai-je marmonné.

Alors que je gribouillais les chiffres sur un bout de papier, je n'ai pu m'empêcher de songer comme il me semblait bizarre de donner mon numéro de téléphone à une fille aussi mignonne. Ça ne m'était jamais arrivé auparavant — et ça avait peu de chances de se reproduire. Si Kingston savait ça, s'il me voyait simplement lui parler, copine ou pas, il essaierait probablement de me mettre un pain.

Kenzie est venue se poster à mon côté et s'est haussée sur la pointe des pieds pour regarder par-dessus mon épaule. De douces mèches de cheveux m'ont alors effleuré le bras ; la chair de poule m'a envahi, et mon cœur s'est emballé. J'ai senti un subtil parfum de pomme, de menthe, ou d'un autre arôme sucré, je ne sais pas, et j'ai perdu le fil de ce que j'écrivais pendant un instant.

— *Hum.*

Elle s'est penchée encore plus près et a tendu un doigt menu vers mes gribouillis sur le papier.

— C'est un six ou un zéro, là ?

— Un six, me suis-je étranglé avant de m'écarter un peu d'elle.

Bon sang, mon cœur battait à tout rompre dans ma poitrine. *Qu'est-ce qu'il m'arrivait ?*

Je lui ai tendu le papier.

— Voilà. Je peux y aller, maintenant ?

Elle l'a glissé dans la poche de son jean en m'adressant un sourire, malgré un je-ne-sais-quoi de déception que j'avais vu passer sur son visage une seconde auparavant.

— File, gros dur. Je t'appellerai en soirée, d'accord ?

Sans lui répondre, je l'ai contournée ; cette fois, elle m'a laissé partir.

La séance de kali a été rude. A moins d'une semaine du tournoi, Guro Javier voulait être sûr que nous donnerions le meilleur de nous-mêmes.

— Allez, continue de faire bouger ces bâtons, Ethan, m'a-t-il lancé en observant mon partenaire et moi tourner en rond, un bâton de rotin dans chaque main.

J'ai acquiescé et fait tournoyer mes bâtons d'escrime, maintenant la figure tout en cherchant des failles dans la garde de mon adversaire. Nous portions une tenue de protection et un casque, afin d'éviter toutes traces de coups de bâton, pas très belles à voir et surtout douloureuses, mais aussi afin de pouvoir vraiment viser notre adversaire sans le blesser gravement pour autant. Ce qui ne m'empêchait pas de rentrer régulièrement à la maison avec de beaux bleus — des « médailles du courage », comme disait Guro.

Mon adversaire a attaqué. Je me suis déporté sur le côté, contrant son assaut d'une main avec un bâton tout en décochant trois petits coups sur son casque avec l'autre.

— Bien ! a fait Guro, mettant un terme à l'échange. Ethan, fais attention à tes bâtons. Ne les laisse pas là, à ne rien faire, fais-les bouger, garde-les en mouvement, tout le temps. Chris, contre-attaque la prochaine fois, ne recule pas pour le laisser te toucher comme ça.

— Oui, Guro, avons-nous répondu en chœur avant de nous saluer mutuellement pour marquer la fin du match.

Je me suis retiré dans un coin et j'ai ôté mon casque, laissant l'air frais caresser mon visage. On pourrait dire de moi que j'étais violent et agressif — mais le fait est que j'adorais ça. La danse des bâtons, la montée d'adrénaline, le bruit mat de votre arme touchant un point vital sur l'armure de l'adversaire… pour moi, il n'y avait rien d'aussi excitant au monde. Ici, j'étais un autre genre d'élève, celui de Guro Javier. Les cours de kali étaient le seul endroit où je pouvais oublier ma vie, le lycée, le regard et le jugement des autres, et être simplement moi-même.

Sans parler du fait que frapper quelqu'un à coups de bâton représentait un excellent moyen de déverser son trop-plein d'agressivité.

— Bravo à tous, ce fut un bon cours, a déclaré Guro en nous invitant à rejoindre l'avant de la salle.

Nous avons salué notre maître, portant un bâton sur notre cœur et l'autre à notre front, tandis qu'il poursuivait :

— N'oubliez pas que le tournoi a lieu samedi. Ceux d'entre vous qui participent à la démonstration, j'aimerais que vous soyez présents en avance afin de pouvoir vous entraîner et répéter les différentes figures. Oh ! et Ethan, je dois te parler avant que tu ne partes. Fin du cours !

Il a frappé dans ses mains et le groupe a commencé à se disperser en discutant avec excitation du tournoi et d'autres choses liées au kali. J'ai dégrafé mon armure, je l'ai posée délicatement sur les tapis et j'ai attendu.

Guro m'a fait un signe ; je l'ai suivi dans le coin et l'ai aidé à rassembler les gants de protection et les bâtons d'escrime laissés près du mur. Après les avoir soigneusement rangés sur les étagères, je me suis retourné. Guro me regardait avec un air solennel.

Guro Javier n'était pas imposant à proprement parler. A vrai dire, je faisais bien dix centimètres de plus que lui pieds nus, et je n'étais pourtant pas très grand. J'avais une assez bonne condition physique — d'accord, je n'étais pas aussi baraqué qu'un rugbyman, mais je me débrouillais. Guro était sec et musclé, avec une grâce comme je n'en avais jamais vu de ma vie. Même en s'échauffant ou en s'entraînant, il avait l'air de danser, faisant tournoyer ses bâtons à une vitesse dont j'étais bien loin, et que je craignais de ne jamais atteindre. Et il pouvait frapper comme un cobra. Un instant, il pouvait être devant vous à vous expliquer une technique, et celui d'après, vous vous retrouviez à terre sans avoir compris ce qui vous était arrivé. Il était difficile de lui donner un âge, malgré les mèches argentées qui parcouraient ses courts cheveux noirs et les lignes rieuses qui se dessinaient autour de ses yeux et de sa bouche. Il me poussait vraiment à progresser, beaucoup plus que les autres, me harcelant sur mes figures, insistant sans relâche pour que j'acquière une technique proche de la perfection avant de passer à l'étape suivante. Il ne faisait pas de favoritisme, mais je pense qu'il avait compris que j'en voulais plus, que j'en avais davantage besoin que les autres élèves. Ce n'était pas juste un hobby pour moi. Mais des compétences qui pourraient un jour *me sauver la vie.*

— Comment ça se passe à ton nouveau lycée ? m'a demandé Guro sur un ton anodin.

J'ai commencé à hausser les épaules, mais me suis ravisé aussitôt. J'essayais vraiment de ne pas avoir la même attitude désinvolte avec mon maître qu'avec les autres. Il méritait mieux qu'un haussement d'épaules et une réponse monosyllabique.

— Ça va, Guro.

— Le courant passe bien avec tes professeurs ?

— On essaie.

— Mmh.

Machinalement, Guro a pris un bâton et l'a fait virevolter dans les airs tout en gardant les yeux dans le lointain. Il effectuait souvent ce mouvement lorsqu'il réfléchissait, nous montrait une technique ou nous parlait, tout simplement. Une sorte d'habitude, me semblait-il ; je crois qu'il ne se rendait même pas compte qu'il le faisait.

— J'ai parlé à ta mère, a poursuivi Guro calmement tandis que mon estomac se nouait. Je lui ai demandé de me tenir informé de tes progrès au lycée. Elle s'inquiète pour toi, et je dois avouer que je n'aime pas beaucoup ce que j'ai entendu dire.

Le bâton a cessé de tournoyer un moment, et Guro m'a regardé dans les yeux.

— Je n'enseigne pas le kali dans un but de violence, Ethan. Si j'apprends que tu t'es encore battu, ou que tes notes dégringolent, j'en déduirai que tu as davantage besoin de te concentrer sur tes cours que sur l'entraînement de kali. Tu seras exclu de la démonstration. C'est clair ?

J'ai retenu mon souffle. *Super. Merci, maman.*

— Oui, Guro.

Il a hoché la tête.

— Tu es un bon élément, Ethan. Mais je veux que tu réussisses aussi ailleurs qu'ici, d'accord ? Le kali n'est pas tout, dans la vie.

— Je le sais, Guro.

Le bâton a recommencé à tournoyer et Guro m'a fait un signe de tête m'invitant à prendre congé.

— Alors à samedi. Et n'oublie pas : trente minutes avant l'heure, minimum !

Je me suis incliné devant lui et j'ai rejoint le vestiaire.

Mon téléphone clignotait quand je l'ai sorti de mon sac, m'annonçant que j'avais un nouveau message, d'un numéro inconnu. Perplexe, j'ai interrogé ma messagerie et une voix familière, très chaleureuse, m'a fait :

« *Hé, gros dur, n'oublie pas que tu me dois une interview. Appelle-moi ce soir, enfin, quand tu auras fini de braquer des banques et de voler des bagnoles. A plus !* »

J'ai poussé un grognement. Je l'avais complètement oubliée, celle-là ! J'ai fourré le téléphone dans mon sac, que j'ai mis sur mon épaule, et je m'apprêtais à partir quand les lumières ont vacillé avant de s'éteindre pour de bon.

Bien. Probablement encore un coup de Redding pour essayer de me ficher la frousse. Roulant des yeux, j'ai attendu et guetté un bruit de pas ou un ricanement dans l'ombre. Chris Redding, mon partenaire de combat, se targuait d'être un grand farceur et aimait particulièrement viser ceux qui lui mettaient une volée aux entraînements. C'est-à-dire moi, la plupart du temps.

J'ai retenu ma respiration et je suis resté immobile, sur le qui-vive. Mais le silence s'est éternisé, et la contrariété a bientôt cédé la place au malaise. L'interrupteur était à côté de la porte — je le voyais de là où je me trouvais, et il n'y avait personne aux alentours. J'étais seul dans le vestiaire.

Prudemment, j'ai descendu le sac de mon épaule, je l'ai ouvert et en ai sorti un bâton de rotin, au cas où. Ensuite j'ai avancé, le bâton devant moi, tout en scrutant les lieux. Je n'étais vraiment pas d'humeur à ça. Si Redding déboulait de quelque part en hurlant « Aaah ! », il allait se prendre un bon coup sur la tête, et je m'excuserais plus tard.

Un léger bourdonnement s'est alors fait entendre au-dessus de moi. J'ai levé les yeux juste au moment où une petite chose voletait maladroitement depuis le plafond vers ma tête. J'ai fait un bond en arrière, et la chose est tombée par terre en tressautant comme un oiseau étourdi.

Je me suis approché, prêt à l'écraser si elle me sautait de nouveau dessus. A terre, la créature frémissait faiblement, telle une guêpe géante ou une araignée ailée. D'après ce que je pouvais en voir, elle était verte, avec de longues jambes et deux ailes transparentes froissées sur son dos. J'ai avancé encore et je l'ai fait bouger du bout de mon bâton. Elle a tendu un long bras frêle vers le rotin.

Une pixie ? Qu'est-ce qu'elle fait ici ? Au rayon des fées, les pixies constituaient habituellement une espèce assez inoffensive, bien qu'elles puissent se livrer à de sales tours si on les embêtait. Si petites qu'elles soient, c'était quand même des fées. J'ai été tenté d'envoyer celle-ci sous un banc comme une araignée morte et de poursuivre mon chemin vers ma voiture, quand elle a relevé la tête du sol et m'a fixé avec de grands yeux terrifiés.

C'était Chardon, l'amie de Todd. Du moins me semblait-il — toutes les pixies se ressemblaient beaucoup, pour moi. Cependant, j'ai cru reconnaître son petit visage pointu et sa chevelure jaune pissenlit. Sa bouche s'est ouverte, et ses ailes ont bourdonné légèrement, mais elle paraissait trop faible pour se relever.

Je me suis accroupi pour mieux la voir, tout en gardant mon bâton en main, au cas où tout ça ne serait que du cinéma.

— Comment es-tu arrivée là ? ai-je murmuré en la poussant doucement avec mon bâton.

Elle s'est agrippée à l'extrémité mais n'a pas bougé du sol.

— Tu m'as suivi ?

La créature a émis un bourdonnement poussif et s'est effondrée, visiblement à bout de forces. J'ai hésité, ne sachant que faire. De toute évidence, elle avait des ennuis ; mais aider une fée allait contre toutes les règles que je m'étais imposées depuis des années. *N'attire pas l'attention sur toi. Ne communique pas avec le Petit Peuple. Ne passe jamais de contrat, et n'accepte jamais leur aide.* La meilleure chose à faire était de partir sans se retourner.

Cependant, si j'aidais celle-ci, ce serait la pixie qui aurait une dette envers moi, et je voyais bien quelque chose que je pourrais lui demander en échange… Qu'elle me laisse tranquille, par exemple. Ou qu'elle laisse Todd tranquille. Ou qu'elle renonce à tout contrat en cours avec le sang-mêlé.

Mieux encore : je pourrais lui demander de ne parler à personne de ma sœur et de mon lien avec elle.

C'est stupide, ai-je pensé en regardant la pixie ramper faiblement autour de mon bâton et essayer de se redresser en s'y agrippant. *Tu sais très bien que les fées trouvent toujours le moyen de retourner les arrangements en leur faveur, même si elles te doivent quelque chose. Tout ça finira mal.*

Et puis, tant pis ! Depuis quand est-ce que je faisais ce qu'il fallait faire, de toute façon ?

Dans un soupir, je me suis penché et j'ai attrapé la pixie par les ailes pour la porter devant moi. Elle oscillait mollement, délirant à moitié, pour une raison qui m'était totalement inconnue. Etait-ce moi, ou bien cette fée était-elle presque… transparente ? Pas seulement au niveau des ailes ; son image s'évanouissait peu à peu, telle une photo de plus en plus floue.

C'est alors que j'ai distingué une silhouette derrière le corps de la pixie, tapie dans l'obscurité, au fond du vestiaire. Une silhouette pâle et fantomatique, dont les longs cheveux ondulaient autour de la tête comme du brouillard.

— Ethan ?

La voix de Guro a résonné dans le vestiaire, et la silhouette s'est évanouie. J'ai ouvert prestement mon sac et y ai caché la pixie tandis que mon professeur apparaissait dans l'encadrement de la porte. Ses yeux se sont plissés quand il m'a vu.

— Tout va bien ? m'a-t-il demandé comme je mettais le sac sur mon dos et avançais vers lui.

Et était-ce mon imagination, ou venait-il de jeter un œil dans le coin où l'étrange silhouette se tenait juste avant ?

— J'ai cru entendre quelque chose, a-t-il repris. Chris n'est pas caché quelque part, prêt à nous faire une blague ?

— Non, Guro. Tout va bien.

J'ai attendu qu'il sorte de l'encadrement de la porte afin d'éviter de trop m'approcher de lui avec mon sac. Mon cœur battait, et mes cheveux se sont dressés sur ma nuque. *Il y avait encore quelqu'un dans la pièce ;*

je sentais qu'on nous regardait, je sentais un regard froid dans mon dos.

Les yeux de Guro se sont plissés pour scruter l'angle de nouveau.

— Ethan, m'a-t-il dit à voix basse, mon grand-père était un *Mang-Huhula*… Tu sais ce que ça signifie, n'est-ce pas ?

J'ai acquiescé, essayant de dissimuler mon impatience. Le *Mang-Huhula* était le chef spirituel d'une tribu, une sorte de guérisseur ou de chamane. Guro lui-même était un *tuhon*, c'est-à-dire une personne chargée de transmettre sa culture et ses coutumes, pour garder les traditions vivantes. Il nous l'avait mentionné auparavant ; mais je ne voyais pas pourquoi il m'en reparlait maintenant.

— Mon grand-père était un sage, a poursuivi Guro, soutenant mon regard. Il m'a appris qu'on ne devait pas se fier uniquement à ses yeux. Il m'a appris que pour voir vraiment, il faut parfois accorder sa foi aux choses invisibles. Qu'il faut croire ce que les autres ne veulent pas croire. Comprends-tu ce que je veux dire ?

J'ai entendu un léger bruissement derrière moi, comme un tissu mouillé traînant sur le sol, et tous mes poils se sont hérissés. Il m'a fallu toute ma volonté pour ne pas dégainer mon bâton et faire volte-face.

— Je crois, Guro.

Guro s'est tu quelques instants, puis a reculé, l'air un peu déçu. Apparemment, j'avais raté quelque chose ; ou bien il voyait que je n'étais pas très concentré. Mais il s'est contenté de dire :

— Si tu as besoin d'aide, Ethan, tu n'as qu'à demander. Si tu as des ennuis, tu peux venir me voir. Pour quoi que ce soit, même si cela semble fou ou dérisoire. Souviens-toi de ça.

La chose qui bruissait s'est rapprochée. J'ai hoché la tête en essayant de ne pas broncher.

— Je m'en souviendrai, Guro.

— Allez, file, maintenant.

Guro s'est détourné légèrement et m'a fait un signe de tête.

— Rentre chez toi. A samedi, au tournoi.

J'ai quitté la pièce en me retenant de regarder en arrière. Et je ne me suis pas arrêté avant d'être arrivé à ma voiture.

Mon téléphone a sonné dès mon arrivée à la maison. Après avoir fermé la porte de ma chambre, j'ai balancé mon sac de sport sur le lit et entendu un bruissement d'ailes qui s'échappait de l'intérieur. Visiblement, la pixie était toujours vivante, même si elle ne devait guère apprécier d'être enfermée dans un sac avec des vêtements pleins de sueur. Souriant à cette idée, j'ai regardé mon téléphone, qui était en train de vibrer. Même numéro inconnu. J'ai poussé un soupir et collé l'appareil à mon oreille.

— Dis donc, tu es tenace, ai-je fait en guise de bonjour.

Kenzie a eu un petit rire au bout du fil.

— C'est indispensable, pour un journaliste, m'a-t-elle répondu. S'ils avaient tous peur de la violence, des enlèvements ou de la mort, il n'y aurait plus de nouvelles. Il faut savoir affronter plein de choses pour obtenir une info. Considère-toi comme un entraînement pour le monde réel.

— Très honoré, ai-je répliqué, ce qui l'a fait rire.

— Bon, bref, tu es libre demain ? Genre, après les cours ? On pourrait se retrouver à la bibliothèque pour l'interview.

— Pourquoi ? ai-je grogné dans le téléphone, ignorant le bourdonnement mécontent en provenance de mon sac. Tu n'as qu'à me poser tes questions maintenant, et ce sera fait.

— Oh ! non, je ne fais jamais d'interview par téléphone si je peux faire autrement.

Le bourdonnement est monté d'un cran, et mon sac a commencé à remuer. Je lui ai décoché une bourrade, et un cri outré s'en est échappé.

— Les interviews téléphoniques sont trop impersonnelles, a poursuivi Kenzie, ignorant tout du combat ridicule auquel je me livrais avec mon sac. J'ai besoin d'être en face de la personne à qui je pose des questions, de voir ses réactions, pour avoir un véritable aperçu de ses pensées, de ses sentiments. On ne peut pas faire ça au téléphone. Bon, alors demain à la bibliothèque, d'accord ? Après le dernier cours. Tu y seras ?

Un tête-à-tête avec Kenzie… Mon cœur s'est emballé à cette idée, mais je l'ai refréné illico. D'accord, Kenzie était mignonne, intelligente, populaire et *extrêmement* attirante. Il aurait fallu être aveugle pour ne pas le voir. Elle était également outrageusement riche — du moins, sa famille l'était. Les quelques rumeurs que j'avais entendues prétendaient que son père possédait trois manoirs et un jet privé, et que si Kenzie fréquentait une école publique, c'était son choix personnel. Seulement, quand bien même j'aurais été un peu plus « normal », Mackenzie Saint James était loin d'être une fille pour moi.

Et même en dehors de ça ; je ne pouvais pas me permettre de nouer des liens avec cette fille, de relâcher ma garde ne serait-ce qu'une seconde. A l'instant où je laisserais des gens m'approcher, les fées en feraient une nouvelle cible. Je ne voulais plus que cela se reproduise.

Mon sac a soudain fait un bond impressionnant sur mon lit, se rapprochant du bord. Je l'ai poussé pour éviter qu'il ne finisse par terre.

— Ça marche, ai-je répondu distraitement, sans vraiment réfléchir. Pas de problème, j'y serai.

— Génial !

Kenzie souriait à l'autre bout du fil. Ça s'entendait presque.

— Merci, gros dur. A demain !

J'ai raccroché.

Dehors, des éclairs annonçaient l'arrivée imminente d'un orage. J'ai attrapé mon bâton d'escrime et ouvert la fermeture Eclair de mon sac, laissant s'échapper une odeur de fauve en même temps qu'une pixie furieuse qui s'est envolée dans la pièce.

Comme on pouvait s'y attendre, la petite fée a foncé droit vers la fenêtre, mais elle a rebroussé chemin lorsqu'elle a remarqué le sel versé le long de son rebord. Elle s'est ruée alors en direction de la porte, hélas pour elle protégée par un fer-à-cheval au-dessus du chambranle et par du fil de fer au niveau de la poignée. Elle s'est alors mise à tournoyer au plafond, telle une guêpe affolée, puis s'est rabattue vers la tête de lit, où elle s'est posée sur une des deux colonnes. Les bras croisés, elle m'a lancé un regard irrité et résigné.

Je lui ai souri avec ironie.

— Eh bien, on dirait que ça va mieux ? Tu ne sortiras

pas d'ici avant que je l'aie décidé, alors pose-toi un peu et détends-toi.

Les ailes de la pixie ont vibré ; je gardais mon bâton à portée de main, prêt à m'en servir si elle décidait de me foncer dessus.

— Je t'ai sauvé la vie, tout à l'heure, lui ai-je rappelé. Je crois donc que tu me dois quelque chose. En général, c'est comme ça que ça se passe. Tu as une dette de vie envers moi, et je veux en être payé sur-le-champ.

Elle a frémi, a croisé les jambes et s'est assise au sommet de la colonne de lit, l'air abattu. J'ai relâché un peu ma garde.

— C'est énervant de se retrouver dans cette position, pas vrai ?

Jubilant de la situation, je me suis assis à mon tour, sur le bord de mon bureau.

La pixie m'a dévisagé, puis a levé un bras dans un geste d'impatience qui disait clairement : « Eh bien, vas-y, annonce la couleur ! » Sans la quitter des yeux, j'ai traversé ma chambre et verrouillé la porte, plus pour éviter une intrusion de parents curieux qu'une fuite de fée énervée. Dette de vie ou pas, je préférais ne pas imaginer la pagaille que la pixie pourrait semer dans la maison si elle parvenait à s'échapper.

— Chardon, c'est ça ? l'ai-je interrogée en revenant vers mon bureau.

La pixie a hoché une fois la tête en signe de confirmation. Je me demandais si je devais lui parler de Meghan, mais j'ai finalement décidé de m'abstenir. Comme je l'avais appris, les pixies étaient connues pour être difficiles à comprendre, et avaient la capacité de concentration d'un moucheron. Il était quasiment impossible d'avoir de vraies conversations avec elles, car elles avaient tendance à oublier la question dès que la réponse était donnée.

— Alors comme ça, tu connais Todd ?

La pixie a bourdonné et hoché la tête de nouveau.

— Qu'as-tu fait pour lui dernièrement ?

En guise de réponse, j'entendis un méli-mélo suraigu de mots et de phrases, prononcés si rapidement qu'ils m'ont fait tourner la tête. Autant écouter parler un écureuil gavé de speed.

— O.K., ça suffit ! me suis-je écrié en levant les mains en l'air. On va reprendre.

Uniquement des réponses par oui ou par non, Ethan, pigé ? La pixie m'a lancé un regard décontenancé, que j'ai ignoré avant de poursuivre :

— Donc : est-ce que tu m'as suivi aujourd'hui ?

Un hochement de tête.

— Pourquoi ?

Elle a alors poussé un hurlement de terreur et s'est envolée frénétiquement à travers la pièce, manquant de peu de me heurter au passage. J'ai esquivé et me suis couvert la tête tandis qu'elle filait dans tous les sens en poussant des cris stridents et affolés.

— D'accord, d'accord ! Calme-toi ! Je te demande pardon.

Elle a fini par se poser dans un coin et a secoué la tête, les yeux exorbités. Je l'ai observée prudemment.

Hum, hum. C'était… intéressant.

— De quoi s'agissait-il ? ai-je repris d'une voix plus douce.

La pixie a bourdonné et serré ses bras autour d'elle, les ailes tremblantes.

— Quelqu'un te poursuivait ce soir, c'est ça ? Cette

personne que j'ai vue dans les vestiaires… elle était à tes trousses. Tu as cherché des noises à une fée de Fer ?

Les fées de la cour de Fer étaient les seules créatures auxquelles je pouvais penser qui étaient susceptibles de provoquer une telle réaction. Je ne savais pas comment ça se passait au pays de Nulle Part, mais ici les fées de l'ancien monde et les fées de Fer ne faisaient pas bon ménage. En général, les deux groupes s'évitaient, faisant comme si l'autre n'existait pas. Seulement, les fées étaient imprévisibles, destructrices et violentes, et des combats éclataient encore de temps à autre entre elles — souvent avec une issue fatale.

Mais la pixie a secoué la tête et a poussé un petit cri en agitant ses bras menus. J'ai froncé les sourcils.

— Ce n'était pas une fée de Fer, ai-je deviné.

Elle a de nouveau secoué la tête, avec vigueur.

— Qu'est-ce que c'était, alors ?

— Ethan ?

On a frappé à ma porte, et la voix de mon père s'est fait entendre à travers la porte.

— Tu es là ? A qui est-ce que tu parles ?

J'ai fait la grimace. A l'inverse de maman, papa n'avait aucun scrupule à envahir mon espace personnel. S'il n'y avait eu que lui, je n'aurais même pas eu de porte à ma chambre !

— Je suis au téléphone, papa ! ai-je répondu.

— Ah, d'accord. Bon, le repas est prêt. Dis à ton ami que tu le rappelleras plus tard, O.K. ?

J'ai maugréé tandis que ses pas s'éloignaient dans le couloir. La pixie était restée dans son coin, me regardant toujours de ses grands yeux noirs, terrorisée. Elle avait beau être une fée et avoir sûrement joué des milliers de tours à d'innocents humains, j'ai soudain eu l'impression d'être une vraie brute.

Un soupir m'a échappé.

— Tu sais quoi ? lui ai-je dit en m'approchant de la fenêtre. Oublie tout ça. J'ai été bête. Je ne veux rien avoir à faire avec aucun d'entre vous, dette de vie ou pas.

J'ai enlevé le sel du rebord et ouvert la fenêtre en grand, laissant pénétrer un air frais au parfum de pluie.

— Sors de là, ai-je dit à la pixie qui me contemplait avec stupéfaction. Tu veux régler ta dette envers moi ? Dans ce cas, arrête tout ce que tu fais pour ce sang-mêlé. Je ne veux plus te voir tourner autour de lui, ni autour de moi. Allez, sauve-toi, maintenant.

J'ai donné un bref coup de tête vers la fenêtre, et la pixie n'a pas hésité une seconde de plus. Elle a filé devant moi à la vitesse de l'éclair et a disparu dans la nuit.

4. Un visiteur inattendu

Les orages me mettent toujours d'humeur maussade — encore plus que d'habitude, je veux dire.

Je ne sais pas pourquoi. Peut-être me rappellent-ils mon enfance dans les marais. Il pleuvait beaucoup quand nous vivions dans notre petite ferme, et le bruit des gouttes de pluie martelant le toit de tôle me berçait. Ou peut-être est-ce parce que, quand j'étais tout petit, je sortais alors de mon lit pour aller me faufiler dans la chambre de ma sœur ; là, elle me serrait contre elle pendant que le tonnerre grondait et me racontait des histoires jusqu'à ce que je m'endorme.

Je n'avais pas envie de me remémorer cette période. Cela ne faisait que me rappeler qu'elle n'était plus là, et qu'elle ne le serait jamais plus.

J'ai mis la dernière assiette dans le lave-vaisselle avant d'en refermer la porte, alors qu'un coup de tonnerre faisait vaciller les lumières. Pourvu que l'électricité ne soit pas coupée, cette fois ! Je suis peut-être parano, mais j'étais certain que si je me promenais dans le noir avec une bougie pour tout éclairage, les fées tapies dans les recoins n'allaient pas tarder à surgir.

J'ai fini de débarrasser la table et me suis rendu dans le salon, où je me suis vautré sur le canapé. Mon père était déjà parti travailler et maman était en haut ; la maison était donc relativement calme lorsque j'ai allumé la télévision, en poussant le son pour couvrir le bruit de l'orage.

C'est alors qu'on a sonné à la porte.

Je n'ai pas bougé. Ce n'était pas pour moi, j'en étais sûr. Je n'avais pas d'amis ; personne ne venait à la maison pour passer du temps avec un sauvage comme moi. Ce devait être notre voisine, Mme Tully, qui était copine avec ma mère — et aimait m'espionner à travers les lames de ses stores vénitiens. Comme si elle craignait que je balance des œufs sur sa maison ou que je file des coups de pied à son petit roquet ! Elle ne se privait pas de donner des conseils à maman sur la façon de procéder avec moi, et prétendait connaître quelques bonnes écoles militaires qui me remettraient illico dans le droit chemin… *Sympa.* Je l'imaginais bien devant la porte, planquée sous son parapluie, avec un sac de bougies comme prétexte pour venir faire la causette, sûrement à mon sujet, comme d'habitude. Maman était trop gentille pour l'envoyer promener, mais moi je n'avais pas sa patience. Elle pouvait bien rester là, c'était le cadet de mes soucis.

La sonnerie a retenti une nouvelle fois, avec plus d'insistance.

— Ethan ! a appelé ma mère depuis l'étage. Tu y vas, s'il te plaît ? Qui que ce soit, ne laisse pas cette personne attendre sous la pluie !

J'ai soupiré et me suis levé pour me rendre à la porte, m'attendant à y découvrir la petite vieille boulotte qui me fusillerait du regard. Or ce n'était pas Mme Tully.

C'était Todd.

Je ne l'ai pas reconnu immédiatement. Il portait une large veste de treillis, deux fois trop grande pour lui, dont la capuche lui tombait sur les yeux. Lorsqu'il l'a repoussée d'une main, la lumière du porche s'est reflétée dans ses pupilles, leur conférant cette lueur orange caractéristique. Ses cheveux et ses oreilles velues étaient trempés, et il semblait encore plus petit que d'habitude, perdu dans ce grand manteau. Derrière lui, sur la pelouse, un vélo était couché sur le côté, ses roues tournant encore sous la pluie.

— Ah, super, c'est la bonne maison.

Todd m'a souri, dévoilant ses canines scintillantes. Une pixie à peau violette a surgi de sa capuche, clignant de ses grands yeux noirs. J'ai eu un mouvement de recul.

— Salut, Ethan ! a lancé gaiement le sang-mêlé en jetant un coup d'œil dans la maison. Sale temps, hein ? Euh, je peux entrer ?

Je lui ai refermé la porte au nez aussi sec, ne laissant qu'un mince entrebâillement pour pouvoir le regarder.

— Qu'est-ce que tu fais ici ? ai-je grincé.

Ses oreilles se sont aplaties devant mon intonation, et il a pris soudain un air apeuré.

— Il faut que je te parle, a-t-il murmuré en lançant un regard furtif par-dessus son épaule. C'est important, et tu es la seule personne qui puisse m'aider. Je t'en prie, laisse-moi entrer.

— Pas question.

J'ai gardé le pied fermement bloqué derrière la porte, refusant de céder à la pression qu'il y exerçait.

— Si tu as des problèmes avec *elles,* tu n'as qu'à t'en prendre à toi-même. Je t'avais prévenu. Je ne veux pas m'en mêler.

J'ai regardé la pixie recroquevillée sous le bord de la capuche de Todd, qu'elle étudiait attentivement.

— Va au diable. Rentre chez toi.

— Je ne peux pas !

Todd s'est penché vers moi, les yeux écarquillés.

— Je ne peux pas rentrer chez moi, parce qu'*ils* m'attendent !

— Qui ça, *ils* ?

— Je ne sais pas ! Des trucs bizarres, flippants, qui ressemblent à des fantômes. Ils traînent autour de ma maison depuis hier, à m'observer, et ils se rapprochent de plus en plus.

Un frisson glacé m'a parcouru l'échine. J'ai regardé derrière lui, dans les rues mouillées, guettant un bruit, un mouvement, l'ombre d'une chose qui ne serait pas vraiment là.

— Qu'est-ce que tu as fait ? ai-je grondé en jetant un regard noir au demi-phouka terrifié.

— Je ne sais pas !

Todd a eu un geste d'impuissance désespérée, et son amie pixie a poussé un petit cri strident.

— Je n'ai jamais vu ce genre de fée auparavant. Mais ils n'arrêtent pas de me suivre et de m'épier. Je crois qu'ils sont à nos trousses, a-t-il poursuivi avec un signe en direction de la fée posée sur son épaule. Violette et Beetle sont terrorisées, et je ne retrouve plus Chardon.

— Et donc tu viens ici, *chez moi*, pour entraîner ma famille dans cette histoire ? Tu es dingue, ou quoi ?

— Ethan ?

Ma mère est apparue derrière moi et a regardé par-dessus mon épaule.

— A qui donc parles-tu ?

— A personne !

Trop tard. Elle l'avait déjà vu.

Todd s'est haussé sur la pointe des pieds et a salué

ma mère d'un signe de la main en arborant un sourire niais.

— Euh, bonjour, madame la maman d'Ethan, a-t-il dit, soudain charmant et poli. Je m'appelle Todd. Ethan et moi devions échanger des notes de cours ce soir, mais on peut dire que je me suis bien fait surprendre par la pluie, en chemin. Ce n'est pas grave, j'ai l'habitude de faire du vélo en ville. Sous la pluie. Et dans le froid.

Il a reniflé et a jeté un regard triste en direction de son vélo, couché par terre derrière lui.

— Désolé de vous avoir dérangés, a-t-il ajouté avec le pire regard de chien battu que j'aie jamais vu de ma vie. Il est tard. Je devrais rentrer, maintenant.

— Quoi ? Par ce temps ? Non, Todd, voyons, tu attraperais la mort.

Maman m'a poussé de l'entrebâillement de la porte et a fait signe d'entrer au demi-phouka resté sur le seuil.

— Viens au moins te sécher un peu. Tes parents savent-ils où tu es ?

— Merci !

Tout sourires, Todd a franchi la porte. Je serrais les poings pour me retenir de le renvoyer direct sous la pluie.

— Et, oui, pas de problème ; j'ai dit à ma mère que je rendais visite à un copain.

— Eh bien, si cette pluie ne s'arrête pas, sache que tu es le bienvenu pour passer la nuit ici, a lancé ma mère, ne me laissant plus le choix. Ethan peut te prêter un sac de couchage s'il le faut, et vous pourrez aller ensemble à l'école demain, avec sa voiture, qu'en dis-tu ?

Elle m'a décoché un regard glacial, et j'ai compris

que les répercussions pourraient être terribles si je ne coopérais pas.

— Ça ne te dérange pas, *n'est-ce pas* ?

J'ai poussé un soupir.

— Ça m'est égal.

Todd était aux anges. D'un geste vague, je lui ai fait signe de me suivre.

— Allez, viens. Je vais te trouver ce sac de couchage.

Il m'a suivi jusqu'à ma chambre en jetant des regards curieux tout autour de lui. L'ambiance a changé quand j'ai claqué la porte derrière nous, le faisant sursauter.

— O.K., ai-je maugréé en avançant vers lui jusqu'à l'acculer au mur. Maintenant vas-y, raconte-moi tout. Qu'y a-t-il de si important pour que tu sois venu *chez moi* et que tu entraînes ma famille dans je ne sais quel pétrin où tu t'es fourré ?

— Ecoute, Ethan…

Todd a levé ses petites mains griffues.

— Tu avais raison, c'est vrai. Je n'aurais pas dû me mêler de ces histoires de fées, mais il est trop tard pour revenir en arrière et défaire… ce que j'ai pu faire.

Il m'énervait, avec ses hésitations !

— Mais qu'est-ce que tu as fait, à la fin ?

— Je t'ai dit, je n'en sais rien !

Il a eu une grimace de désarroi.

— Des choses anodines, rien que je n'aie déjà fait auparavant. Des petits contrats avec Chardon, Violette et Beetle pour m'aider à faire quelques blagues, rien de plus. Mais je crois que quelque chose ou quelqu'un de plus important nous a remarqués, et maintenant je suis vraiment dans la panade.

— Et qu'est-ce que tu veux que j'y fasse, *moi* ?

— Eh bien…

Todd s'est tu et a froncé les sourcils.

— Attends une seconde, a-t-il murmuré en tâtant sa capuche.

Elle était vide.

— Violette ? Où est-elle passée ?

Il a aussitôt retiré sa veste et l'a secouée vigoureusement.

— Elle était là il y a quelques minutes !

— Ta copine pixie ? lui ai-je demandé avec une pointe de contentement. Ah, oui, désolé, elle n'a pas dû pouvoir passer la porte d'entrée. Aucune fée ne peut franchir le seuil de cette maison sans ma permission, et je n'étais pas prêt à laisser ce truc s'installer chez moi. Malheureusement, ça ne marche pas pour les demi-sang.

Ses yeux se sont arrondis comme des soucoupes.

— Tu veux dire qu'elle est toujours *dehors* ?

Pile à ce moment, un bruit nous est parvenu de la fenêtre, sur le rebord de laquelle j'avais déposé une nouvelle barrière de sel. Trempée, la pixie nous regardait à travers la vitre, visiblement très contrariée. Je lui ai souri d'un air triomphant.

— Je le savais, a chuchoté Todd en balançant sa veste mouillée sur une chaise. Je savais que tu étais la personne qu'il me fallait.

— Qu'est-ce que tu veux dire ?

— Eh bien…

Il a jeté un nouveau regard vers la pixie.

— Dis, euh… Je peux… la laisser entrer ? J'ai peur que ces créatures soient encore là.

— Si je refuse, je suppose que tu vas me harceler jusqu'à ce que je cède ?

— Il y a des chances, oui.

Prenant sur moi, j'ai balayé le sel du rebord de la fenêtre et l'ai ouverte en grand. La pixie est entrée dans un bourdonnement d'ailes et une bouffée d'air humide. Deux fées dans ma chambre en un soir ; les choses tournaient décidément au cauchemar.

— Ne touche à rien.

Je lui ai lancé un regard noir tandis qu'elle se posait avec soulagement sur l'épaule de Todd.

— Je te préviens, j'ai une vieille cage à oiseau qui sera parfaite pour toi si jamais quoi que ce soit venait à disparaître.

La pixie a émis quelques bourdonnements de protestation en gesticulant vers moi, et Todd a secoué la tête.

— Je sais, je sais ! Mais c'est le frère de la reine de Fer. Il est le seul à pouvoir nous aider.

Mon cœur s'est mis à battre plus fort en entendant prononcer les mots « reine de Fer » ; je plissai les yeux vers Todd.

— Qu'est-ce que tu as dit, *là* ?

— Il faut que tu nous aides, s'est exclamé Todd, indifférent à ma soudaine colère. Ces choses sont à mes trousses, et elles n'ont pas l'air sympa du tout. Tu es le frère de la reine de Fer, et tu sais comment tenir les fées à distance. Donne-moi un truc pour les éloigner. Les sortilèges habituels marchent un peu, mais je ne crois pas qu'ils soient assez puissants. Il me faut quelque chose de beaucoup plus fort.

Il s'est penché vers moi, les oreilles dressées et le regard plein d'espoir.

— Tu sais bien comment les repousser, pas vrai ? C'est obligé, tu as dû le faire toute ta vie. Montre-moi comment.

— N'y pense même pas.

Ses oreilles ont commencé à retomber, mais je ne me suis pas laissé attendrir.

— Qu'est-ce qu'il se passerait si je te révélais tous mes secrets, hein ? Tu t'en servirais pour continuer tes blagues idiotes, voilà tout. Je n'ai pas l'habitude de confier des choses pour me prendre un sale retour de boomerang.

J'ai croisé les bras en contemplant ses oreilles, désormais complètement affaissées.

— Et puis, que fais-tu de tes petites copines ? Les trucs que je connais marchent sur *toutes* les fées, pas juste sur quelques-unes. Qu'est-ce qu'elles deviendraient ?

— On trouvera une solution, a dit Todd précipitamment. Il doit bien y avoir un moyen. Ethan, je t'en prie. Je suis vraiment désespéré. Qu'est-ce qu'il te faut de plus ?

Il s'est encore approché.

— Donne-moi une piste. Une astuce. Même un truc écrit dans un *fortune cookie*, peu importe. Je suis prêt à tout essayer. Dis-le-moi maintenant, et je jure que je te laisserai tranquille après ça.

J'ai haussé un sourcil.

— Toi d'accord, mais… et tes copines ?

— Je ferai en sorte qu'elles te fichent la paix, elles aussi.

J'ai poussé un nouveau soupir. Je faisais probablement une bêtise monumentale, mais je ne savais que trop bien ce que c'était que de se sentir piégé, sans avoir personne vers qui se tourner.

— D'accord, ai-je finalement dit, à contrecœur. Je vais t'aider. Mais je veux ta parole que tu cesseras tout marché et tout contrat à partir d'aujourd'hui. Si je fais ça pour toi, plus de « coup de main » de la part des Bons Voisins, compris ?

La pixie a bourdonné tristement, mais Todd a opiné du chef sans hésiter.

— Marché conclu ! Euh, je veux dire... Je le jure.

— Plus de marchés, plus de contrats ?

— Plus de marchés, plus de contrats.

Il a soupiré et a eu un petit geste d'impatience.

— Et maintenant, on pourrait en venir aux faits, s'il te plaît ?

J'avais de gros doutes sur sa capacité à tenir cette promesse — les demi-fées n'étaient pas engagées par leur parole comme l'étaient les fées normales —, mais que pouvais-je faire d'autre ? Il avait besoin de mon aide, et si quelque chose était *réellement* à ses trousses, je ne pouvais pas rester les bras croisés. Je me suis donc rendu jusqu'à mon bureau en me frottant les yeux, j'ai ouvert le tiroir du bas et sorti de sous une pile de papiers un vieux livre relié de cuir. Après un moment d'hésitation, je me suis retourné et je l'ai lancé sur mon lit.

Todd a cligné des yeux, perplexe.

— Qu'est-ce que c'est que ça ?

— Toutes mes recherches sur les Bons Voisins, lui ai-je répondu en prenant un bloc-notes à moitié utilisé sur mon étagère. Et si tu en parles à qui que ce soit, je te promets que tu le regretteras.

Je lui ai lancé le bloc-notes, qu'il a attrapé maladroitement.

— Prends des notes. Je vais te dire ce qu'il y a de plus important à savoir ; après, à toi de te débrouiller.

***

Nous avons passé le reste de la soirée dans ma chambre, lui assis sur mon lit, à prendre des notes comme un fou, et moi appuyé contre mon bureau, à lui lire des sortilèges, protections et autres remèdes notés dans mon livre. Je lui ai fait part des répulsifs les plus courants, comme le sel, le fer et le fait de porter ses vêtements à l'envers. Nous avons ensuite passé en revue les choses qui pouvaient attirer les fées dans une maison : les bébés, les objets brillants, les grandes quantités de sucre ou de miel. Nous avons également discuté brièvement du sortilège le plus puissant répertorié dans mon livre : un cercle de champignons vénéneux qui pousseraient autour d'une maison et rendraient invisible aux fées tout ce qui se trouverait à l'intérieur. Mais ce sort était extrêmement compliqué à mettre en place, car il nécessitait des ingrédients rarissimes et ne pouvait être pratiqué en toute sécurité que par un druide ou une sorcière un soir de deuxième lune gibbeuse. Etant donné que je ne connaissais aucune sorcière dans le quartier et que je n'avais pas de poudre de corne de licorne sous la main, nous ne risquions guère d'avoir à pratiquer ce sort dans un futur proche… En outre, comme je l'ai expliqué à un Todd quelque peu désappointé, il suffisait d'installer une clôture en fer forgé autour de sa maison pour obtenir quasiment le même effet répulsif sur les fées.

— Bon, a fait Todd au bout de quelques heures.

Je sentais qu'il commençait à en avoir marre. Je m'étonnais déjà qu'un demi-phouka ait tenu tout ce temps sans se déconcentrer !

— Assez parlé des fées comme ça. Le bruit court

dans le lycée que tu t'es conduit comme un vrai naze avec Mackenzie Saint James.

J'ai relevé le nez de mon livre, sur lequel j'apportais de petites corrections à un charme à base de gui et de séneçon.

— Ouais, et alors ?

— Mon gars, tu ferais bien de faire gaffe avec cette fille.

Todd a rebouché son stylo et a posé ses yeux orange sur moi avec beaucoup de sérieux. Du haut de l'étagère, la pixie a bourdonné pour venir se poser sur son épaule.

— L'année dernière, un mec l'a collée pendant tout un moment, pour essayer de sortir avec elle. Il n'a pas voulu lui foutre la paix, même quand elle l'a rembarré.

Il a secoué sa tête hirsute.

— L'équipe de foot au complet l'a coincé derrière les gradins pour « discuter » de Kenzie. Le pauvre gars n'a plus jamais osé poser les yeux sur elle après ça.

— Je ne m'intéresse pas à Kenzie Saint James, ai-je déclaré d'un ton qui se voulait indifférent.

— Tant mieux, m'a répondu Todd. Parce que Kenzie, c'est chasse gardée. Et pas seulement pour les types comme toi ou moi. Il ne faut pas l'embêter, il ne faut pas raconter d'histoires à son sujet, il ne faut pas lui tourner autour, bref, ne pas se faire *mal voir*, sinon la brigade des demeurés viendra te refaire le portrait.

— Ça m'a quand même l'air un peu excessif, ai-je marmonné, intrigué malgré moi. Pourquoi tout ce foin ? Elle a largué l'un de ces sportifs, et maintenant le mec ne veut plus qu'elle sorte avec qui que ce soit, ou quoi ?

— Non…

Todd a secoué la tête.

— Kenzie n'a pas de petit ami. Elle n'en a jamais eu. Pas un. Tu te demandes pourquoi, hein ? Elle est superbe, intelligente, et tout le monde dit que son père est plein aux as. Mais elle n'est jamais sortie avec personne. Pourquoi ?

— Peut-être parce que personne n'a envie de se faire éclater la tête par une bande de gorilles gavés de testostérone ? ai-je lancé en roulant des yeux.

— Non, non, je ne pense pas que ce soit ça, m'a coupé Todd en s'agaçant de mon regard incrédule. Enfin, quand on y pense, tu crois que quelqu'un pourrait l'en empêcher si Kenzie avait envie d'être avec un mec, même le grand manitou Kingston ?

Non, ai-je pensé, *certainement pas.* Personne ne pourrait l'en empêcher. J'avais la nette impression que si Kenzie voulait quelque chose, elle l'obtiendrait, quels que soient les obstacles. Elle avait même réussi à m'extorquer une interview, à *moi* — ce qui n'était pas peu dire. Pour elle, un « non » n'était pas une réponse.

— Il y a de quoi se poser des questions, a fait Todd d'un air songeur. Une jolie fille comme elle, qui n'a pas de copain et ne semble s'intéresser à aucun mec… Tu crois qu'elle pourrait être…

— Je m'en moque totalement, l'ai-je interrompu, balayant mes pensées sur Mackenzie Saint James.

Je ne voulais pas penser à elle. Parce que même si Kenzie était jolie, gentille, et m'avait traité comme un être humain normal en dépit de mon comportement, je ne pouvais pas me permettre de faire entrer quelqu'un d'autre dans mon monde déjanté — et dangereux. J'étais tout de même en train de passer ma soirée à enseigner des techniques anti-fées à une pixie et à un demi-phouka ! Voilà qui constituait une bonne indication du niveau de chaos que ma vie avait atteint.

Dehors, un coup de tonnerre a soudain fait vibrer le plafond et vaciller la lumière au moment où ma mère frappait à la porte. J'ai refermé prestement le livre comme elle passait sa tête par l'entrebâillement, et dans un même mouvement Todd s'est emparé du bloc-notes posé sur le lit pour en dissimuler le contenu.

— Ça va, les garçons ? a demandé maman en souriant à Todd, qui lui a rendu son sourire.

J'ai gardé un œil sur la pixie pour être sûr qu'elle ne profite pas de l'ouverture de la porte pour s'échapper.

— Tout se passe bien ?

— Très bien, maman, ai-je dit avec une nonchalance calculée, espérant qu'elle referme vite cette fichue porte.

Elle m'a regardé d'un air contrarié, puis s'est tournée vers mon « invité ».

— Todd, j'ai bien l'impression que l'orage va durer toute la nuit. Mon mari est parti travailler, il ne peut donc pas te raccompagner chez toi, et je ne veux pas te renvoyer dehors par ce temps. Je crois que tu vas devoir rester ici pour dormir.

Il a paru soulagé — et pour cause ! —, et j'ai fait de mon mieux pour réprimer un grognement.

— Surtout, appelle bien tes parents pour leur dire où tu es, d'accord ?

— D'accord, madame Chase.

— Ethan t'a-t-il passé son sac de couchage ?

— Pas encore.

Todd m'a considéré en souriant.

— Mais il s'apprêtait justement à le faire, pas vrai, Ethan ?

Je l'ai foudroyé du regard.

— *Exactement.*

— Bien. Je vous dis à demain matin, alors. Oh ! et, Ethan ?

— Oui ?

Elle m'a dardé un de ces coups d'œil qui voulaient dire : « Tiens-toi bien ou ton père en entendra parler. »

— Il y a école demain. On ne tarde pas à éteindre, d'accord ?

— D'accord.

La porte s'est refermée, et Todd s'est retourné vers moi, les yeux écarquillés.

— Waouh, et moi qui trouvais que mes parents étaient stricts… Je n'ai pas entendu ce genre de remarque depuis que j'ai dix ans ! Tu as un couvre-feu, aussi ?

Mon regard peu aimable l'a dissuadé de poursuivre ses remarques.

— Hum. Euh, où sont les toilettes, déjà ?

Je me suis levé, j'ai pris un duvet dans mon placard et je l'ai jeté par terre avec un oreiller.

— Dans le fond du couloir à droite, ai-je marmonné en revenant vers mon bureau. Fais juste attention de ne pas faire de bruit. Mon père rentre tard, et ça pourrait le faire flipper s'il n'est pas au courant que tu es là. Et la pixie reste ici. Elle ne quitte pas cette pièce, vu ?

— *Vu.*

Todd a refermé le bloc-notes, l'a roulé, et l'a glissé dans une de ses poches.

— J'essaierai quelques-uns de tes trucs quand je rentrerai chez moi, pour voir si ça marche. Au fait, Ethan… Merci beaucoup pour ce que tu as fait. J'ai une dette envers toi.

— Mmmh.

Je lui ai tourné le dos et ouvert mon ordinateur portable.

— Tu ne me dois rien, ai-je ajouté comme il franchissait la porte. Tu peux juste me remercier en ne parlant de ça à personne — *jamais*.

Todd s'est arrêté dans le couloir. Il semblait sur le point d'ajouter quelque chose, mais voyant que je ne relevais pas les yeux il est sorti sans dire un mot et a refermé la porte derrière lui.

J'ai poussé un long soupir et branché mes écouteurs sur l'ordinateur avant de les caler sur mes oreilles. Malgré l'insistance de maman pour que je ne tarde pas à me coucher, le sommeil n'était pas gagné. Pas avec une pixie et un demi-phouka dans ma chambre. J'allais sûrement me réveiller la tête contre une plinthe, trouver mon ordinateur collé au plafond, ou des choses de ce genre... J'ai jeté un coup d'œil du côté de la pixie assise sur mon étagère, balançant ses jambes dans le vide, et elle m'a rendu mon regard en me montrant ses petites dents pointues.

Mon vieux, c'est mal barré pour dormir cette nuit. Au moins, j'avais du café et une vidéo en *streaming* pour me tenir compagnie — c'était déjà ça.

— Oh ! cool, tu aimes *Firefly* ?

Revenu dans la chambre, Todd a regardé l'écran de l'ordinateur par-dessus mon épaule. Il a attrapé un tabouret et s'est posté à côté de moi, ignorant totalement mon expression contrariée.

— Franchement, ça craint qu'ils aient arrêté la série comme ça. J'ai vraiment failli envoyer Chardon et quelques-unes de ses copines mettre un peu de boxon à la Fox jusqu'à ce qu'ils reprennent la diffusion.

Il a tapoté un côté de sa tête, indiquant mes écouteurs.

— Vas-y, mets le son. C'est mon épisode préféré. Ils auraient dû s'en tenir à la série télé et ne pas s'embarquer dans ce film pourri.

J'ai retiré mes écouteurs.

— Qu'est-ce que tu racontes ? *Serenity* était génial. Et il fallait bien ça pour boucler tout ce qui était resté en suspens, comme ce qui s'est passé avec River et Simon.

— C'est sûr, après avoir tué tous les personnages importants, a ironisé Todd en roulant des yeux. C'est nul qu'ils aient dégommé l'espèce de curé. J'en ai eu ma claque une fois que Wash est mort.

— Au contraire, c'était génial, ai-je objecté. Du coup, on se disait, hé, si Wash est mort, plus personne n'est en sécurité !

— Mouais. Toi, tu dois être du genre à avoir applaudi quand Anya est morte dans *Buffy contre les vampires*, je me trompe ?

J'ai réprimé un sourire. A quoi étions-nous en train de jouer ? Je n'avais pas besoin de ça. Je n'avais pas besoin de quelqu'un avec qui plaisanter et commenter les meilleurs moments des films de Whedon. Ça, c'est ce qu'on faisait entre *amis*. Et Todd n'était pas mon ami. D'ailleurs, je n'étais l'ami de personne. J'étais le mec à éviter, à tout prix. Même quelqu'un comme Todd courait des risques si je ne conservais pas mes distances avec lui. Sans parler des problèmes qu'il pourrait m'occasionner…

— Bon.

J'ai retiré les écouteurs et les ai posés sur le bureau, devant le sang-mêlé, sans retirer ma main.

— Vas-y, assomme-toi. Mais n'oublie pas…

Todd a tendu la main vers les écouteurs, mais je les ai écartés vivement.

— Dès demain, c'est terminé. Tu ne me parles pas, tu ne me cherches pas, et tu ne remets *jamais* les pieds devant ma porte. Quand on sera à l'école, tu feras ta vie et moi la mienne. Ne reviens jamais ici, *c'est bien compris* ?

— Ouais.

La voix de Todd était triste et résignée.

— C'est compris.

Je me suis relevé et je l'ai laissé poser les écouteurs sur ses oreilles velues.

— Où tu vas ?

— Me faire du café.

J'ai lancé un coup d'œil à la pixie, maintenant posée sur le bord de la fenêtre, à regarder tomber la pluie — et me suis résolu à l'inévitable.

— Tu en veux ?

— Euh, en temps normal je te dirais non, a marmonné Todd avec une grimace.

Son regard a suivi le mien en direction de la fenêtre, et ses oreilles se sont aplaties.

— Mais là, oui, j'en veux bien une tasse. Noir… super fort… comme tu veux.

Il a frissonné en regardant la tempête faire rage derrière la vitre.

— Je crois que ni l'un ni l'autre n'allons beaucoup dormir cette nuit.

5. La fée fantôme

— Oh-oh, a fait Todd depuis la place passager de mon pick-up. On dirait que Kingston est revenu.

J'ai jeté un regard las à la Camaro garée sur le parking, sans trop chercher à comprendre ce que Todd sous-entendait. J'étais vraiment crevé. Une nuit blanche à écouter les commentaires incessants de Todd sur de vieux épisodes d'*Angel* et de *Firefly*, en buvant du café pour rester éveillé, ce n'était pas vraiment mon kiff. L'un de nous deux au moins avait pu dormir quelques heures… Todd avait en effet fini par se recroqueviller et ronfler sur le sac de couchage, mais la pixie et moi nous étions décochés des regards mauvais jusqu'à l'aube.

La journée allait être dure, *très* dure.

Todd a ouvert sa portière et a sauté de la voiture avant même que j'aie coupé le moteur.

— Bon, bah, euh… à plus, alors ! m'a-t-il fait en s'éloignant. Merci encore pour hier soir. Je vais m'y mettre dès que je serai rentré chez moi.

Je me suis contenté d'un bâillement en guise de réponse. Todd a paru hésiter à me dire encore quelque chose. Il a fait la grimace.

— Sinon… tu ferais peut-être bien d'éviter Kingston aujourd'hui, mon gars. De près ou même de loin. Conseil d'ami.

Je lui ai jeté un regard perplexe. Je n'avais pas spécialement l'intention d'aller faire la causette à Kingston, mais…

— *Pourquoi ?*

Il a traîné les pieds sur le sol.

— Oh ! juste… comme ça. Allez, ciao, Ethan.

Sur ce, il a détalé à travers le parking, flottant dans son grand manteau. Je l'ai regardé s'éloigner et j'ai secoué la tête.

Pourquoi ai-je l'impression de m'être fait avoir ?

Effectivement, le sang-mêlé avait dû me cacher quelque chose, parce que Kingston était sur les dents. Personnellement, je ne lui aurais pas prêté plus d'attention que cela, s'il ne s'était évertué à me dévisager pendant chaque cours, à me suivre dans les couloirs, et à faire craquer ses jointures en me marmonnant « T'es mort, gros naze » chaque fois qu'on se croisait. Je ne voyais pas où était son problème. Il ne pouvait pas encore m'en vouloir à cause de cette bagarre dans le couloir — si on pouvait appeler ça une bagarre ! Peut-être enrageait-il de ne pas avoir réussi à me péter les dents. J'ai ignoré ses provocations peu subtiles et mis un point d'honneur à ne pas le regarder, en me jurant que la prochaine fois que je croiserais Todd, nous aurions une petite conversation…

A part ses regards mauvais et ses pseudo-menaces, Kingston m'a fiché la paix dans les couloirs avant et après les cours. Mais je m'attendais à ce qu'il tente un mauvais coup pendant l'heure du déjeuner, et j'ai donc trouvé un coin tranquille à la bibliothèque, où je pourrais manger en paix. Ce n'est pas que j'avais peur de ce footeux et de sa bande de macaques ; mais je tenais à participer à la démonstration de kali, et je ne comptais pas les laisser me priver de ça en me faisant virer.

La bibliothèque était sombre et sentait la poussière et le vieux papier. Un panneau *Pas de boisson ni de nourriture* était affiché à l'accueil ; j'ai fourré mon sandwich sous ma veste, j'ai glissé ma canette de soda dans ma poche et me suis réfugié dans le fond. La documentaliste m'a regardé passer devant son bureau, ses yeux de chouette brillant derrière ses lunettes, mais elle ne m'a pas arrêté.

J'ai ouvert ma canette sans faire de bruit et me suis assis par terre entre les allées M-N et O-P avec un soupir de soulagement. Adossé contre le mur, je me suis mis à scruter les espaces entre les livres, regardant les élèves circuler dans le dédale des rayonnages. A un moment, une fille a déboulé dans mon allée, un livre en main. Elle a fait brusquement halte, l'air ahuri. Je l'ai dévisagée froidement, et elle a rebroussé chemin sans demander son reste.

Le moins que l'on puisse dire, c'est que ma vie n'était une fois de plus pas très glorieuse. J'en étais réduit à me cacher au fond d'une bibliothèque pour éviter que le quaterback star du lycée me mette la tête au carré… Et si j'avais le malheur de lui retourner la politesse, c'était l'expulsion directe. J'ai fini mon sandwich avec morosité et j'ai consulté ma montre : encore trente-cinq minutes avant le prochain cours. Désœuvré, j'ai pioché un livre sur l'étagère la plus proche et j'ai commencé à le feuilleter : *L'Histoire du fromage et de sa fabrication*. Passionnant.

Alors que je le reposais, mes pensées ont dérivé vers

Kenzie. J'étais censé la retrouver après les cours, pour cette stupide interview. Quelles questions comptait-elle me poser ? Qu'est-ce qu'elle voulait donc savoir ? Et surtout : pourquoi diable m'avait-elle choisi, moi, alors que je lui avais fait comprendre que je ne voulais rien avoir à faire avec elle ?

Peut-être était-ce justement là la raison, ai-je songé avec amusement. Elle aimait les défis. Ou peut-être était-elle intriguée par ceux qui ne cherchaient pas à lui parler. D'après les dires de Todd, Mackenzie Saint James devait plutôt être habituée à tout avoir sur un plateau.

Arrête de penser à elle, Ethan. Peu importent les raisons ; après aujourd'hui, tu recommenceras à l'ignorer, elle comme les autres.

Soudain, j'ai entendu un bourdonnement dans les airs, comme un doux bruissement d'ailes — et tous mes sens se sont mis en alerte.

L'air de rien, j'ai repris le livre et fait semblant de le parcourir tout en tendant l'oreille vers la fée posée sur les rayonnages. Si cette pixie tentait quoi que ce soit, elle se retrouverait bientôt écrabouillée comme une vulgaire araignée sous *L'Histoire du fromage et de sa fabrication.*

La petite fée a alors poussé un cri de sa voix suraiguë, battant des ailes. J'ai été tenté de lever les yeux pour voir s'il s'agissait de celle que j'avais secourue dans le vestiaire, ou de la copine violette de Todd. Si l'une ou l'autre revenait me harceler juste après que j'aie sauvé leur misérable vie et que je me sois dévoué pour Todd, j'allais être dans de beaux draps.

— Ah, tu es là !

Une silhouette dont les yeux orange luisaient dans

la pénombre est apparue au bout de l'allée. J'ai étouffé un grognement en voyant le sang-mêlé s'avancer vers moi, pantelant. Ses oreilles étaient à plat sur son crâne, et ses lèvres retroussées sur ses canines. Il s'est laissé tomber à terre, près de moi.

— Je t'ai cherché partout, a-t-il murmuré en scrutant entre les livres, le regard hagard. Ecoute, il faut que tu m'aides. *Elles* sont encore à nos trousses !

— T'aider ?

Je l'ai dévisagé durement, le faisant légèrement reculer.

— Je t'ai déjà aidé bien plus que je n'aurais dû. Et tu as juré de me laisser tranquille après. Qu'est-ce que tu fais de ça ?

Todd a ouvert la bouche pour répliquer, mais j'ai levé une main autoritaire.

— Stop, oublie cette question. Laisse-moi plutôt t'en poser une autre : pourquoi Kingston veut-il me faire la peau, aujourd'hui ?

Il a tripoté le bout de sa manche.

— Ecoute, mon gars, il faut que tu comprennes… c'était avant que je te connaisse. Avant que je me rende compte que ces trucs étaient après moi. Si j'avais su que je te demanderais de l'aide… tu ne te mettras pas en colère, promis ?

Je n'ai pas répondu, laissant le silence s'installer. Todd a grimacé, puis a lâché le morceau :

— Bon, alors voilà… J'ai demandé à Chardon de lui faire payer ce qu'il m'avait fait, en s'assurant qu'il ne fasse pas le rapprochement avec moi. Elle a mis quelque chose dans son short, un truc qui, euh… qui grattait et l'a fait gonfler grave. C'est pour ça qu'il n'était pas là, hier. Le problème, c'est qu'il sait que quelqu'un lui a fait ça.

— Et il pense que c'est *moi.*

J'ai basculé la tête en arrière et l'ai laissée heurter le mur. Voilà donc pourquoi le quaterback cherchait la guerre. J'ai relevé la tête et fixé Todd droit dans les yeux.

— Donne-moi une seule bonne raison de ne pas te démolir la tronche sur-le-champ.

— Ethan, *elles* sont ici !

Todd s'est collé encore plus au mur, apparemment trop paniqué pour prendre ma menace au sérieux.

— Je les ai vues, en train de regarder par les fenêtres, de m'épier ! Je ne peux pas rentrer chez moi tant qu'elles sont là ! Elles attendent juste que je mette un pied dehors.

— Qu'est-ce que tu veux que j'y fasse ? ai-je demandé.

Todd semblait hors de lui.

— Fais-les partir ! Dis-leur de me laisser tranquille.

Il a attrapé ma manche.

— Tu es le frère de la reine de Fer ! Tu dois faire quelque chose.

J'ai tiré le bras d'un coup sec.

— Absolument pas. Et baisse d'un ton, s'il te plaît !

Je me suis levé et j'ai regardé le sang-mêlé et sa pixie.

— C'est ton problème. Je te l'ai déjà dit, je ne veux rien avoir à faire avec *elles,* et tes « amies » n'ont fait que me causer des problèmes depuis mon arrivée ici. Je me suis interposé entre Kingston et toi, j'ai laissé une pixie et un demi-phouka pénétrer dans ma chambre hier soir, et regarde où ça me mène. Voilà ce que je récolte pour m'être donné tout ce mal.

Todd s'est décomposé sur place, mais j'étais trop en colère pour m'en soucier.

— Je t'avais prévenu, lui ai-je lancé en quittant l'allée. C'est terminé. Alors ne t'approche plus de moi, pigé ? Je ne veux plus vous voir, toi ou tes copines, rôder autour de moi, de ma maison, de ma famille ou même de ma voiture. Je vous ai aidés autant que j'ai pu. Maintenant, lâche-moi la grappe.

Sans attendre de réponse, j'ai tourné les talons et je suis parti à grands pas, tout en scrutant la salle du coin de l'œil au cas où des créatures invisibles seraient tapies dans les recoins, prêtes à bondir. Si, comme Todd le prétendait, elles traînaient effectivement autour du lycée, je devrais relever le niveau de protection de certains de mes sortilèges, à la fois pour mon véhicule et pour moi. Et si Kingston tenait vraiment à me mettre la tête dans les toilettes, je serais également bien inspiré de retourner directement en classe et de faire profil bas jusqu'à ce que lui et ses sbires se calment un peu.

Mais alors que j'approchais du bureau de la documentaliste, le bruit d'un sanglot faible et étouffé m'est parvenu aux oreilles ; je me suis arrêté.

Bon sang. J'ai fermé les yeux et hésité, tiraillé entre la colère et la culpabilité. Je savais ce que c'était que d'être poursuivi par des fées. Je connaissais la peur et le désespoir qu'on éprouvait en étant confronté au Petit Peuple, quand il vous cherchait des noises. Quand on prenait conscience d'être seul contre *elles*, et que personne ne pouvait vous aider. Et quand on comprenait qu'*elles* le savaient très bien.

J'ai réprimé un soupir et j'ai fait demi-tour pour retourner dans l'allée du fond — tout en me maudissant une fois encore de m'être mis dans ce pétrin. J'ai trouvé Todd assis là où je l'avais laissé, recroquevillé, l'air anéanti, la pixie sur son épaule. Tous deux ont levé la tête à mon approche, et Todd a cligné des yeux tandis que ses oreilles se redressaient avec espoir.

— Bon, je vais te reconduire chez toi, lui ai-je dit en regardant son visage s'illuminer de soulagement. Mais c'est ma dernière faveur, d'accord ? Tu as ce qu'il faut maintenant pour les repousser, il te suffit de suivre les instructions que je t'ai données, et tout ira bien. Ne me remercie pas, ai-je ajouté en le voyant ouvrir la bouche. Contente-toi de me retrouver ici après les cours. J'ai une interview à faire avec la fille du journal, mais ça ne devrait pas prendre très longtemps. On partira quand j'aurai fini.

— *La fille du journal ?*

Le sourire de Todd s'est transformé en rictus ironique en une fraction de seconde.

— Tu veux dire Saint James. Alors comme ça, tu es déjà à ses pieds ? Eh ben dis donc, ça n'aura pas pris longtemps.

— Tu préfères rentrer tout seul ?

— O.K. Pardon.

Le rictus a disparu aussi vite qu'il était apparu.

— Je serai là. En fait, Violette et moi allons même rester ici jusqu'à la fin des cours. Fais ton interview tranquillement. On ne sera pas loin, sûrement planqués sous une table ou dans un recoin.

J'ai pris note dans un coin de ma tête de vérifier sous la table avant le début de l'interview… puis je suis parti sans un mot de plus. Cette fois, je ne me suis pas retourné.

Maudites fées ! Pourquoi donc ne me fichaient-elles

pas la paix ? Ou à Todd, en l'occurrence ? Pourquoi s'acharnaient-elles à pourrir la vie de tous ceux qui croisaient leur chemin ? Humains, sang-mêlé, jeunes, vieux, peu leur importait. Je n'étais pas plus en sécurité aujourd'hui que je ne l'étais treize ans auparavant — juste un peu plus paranoïaque et hostile, c'était tout. Allais-je passer toute mon existence à scruter constamment par-dessus mon épaule et à m'isoler pour que personne ne soit blessé ? Allais-je un jour être débarrassé d'*elles* ?

Alors que je franchissais les portes de la bibliothèque, toujours absorbé dans mes pensées, quelqu'un m'a attrapé par l'épaule sans prévenir et m'a plaqué violemment contre le mur. Ma tête a heurté le béton avec un craquement douloureux tandis que l'air quittait brusquement mes poumons. Des étoiles ont dansé devant mes yeux pendant une seconde avant que je les chasse de ma vision.

Me clouant au mur par l'avant de mon T-shirt, Kingston m'a toisé durement. Deux de ses gorilles l'escortaient, tels des chiens de combat prêts à bondir.

— Salut, le naze.

Le souffle chaud de son haleine m'a effleuré le visage, dans un mélange de tabac et de menthe.

— Je crois qu'on doit avoir une petite conversation, toi et moi.

La démonstration de kali, Ethan… Garde ton calme.

— Qu'est-ce que tu veux ? ai-je grogné en me forçant à ne pas bouger, à ne pas lui passer un bras autour du cou, lui baisser la tête et lui coller mon genou dans sa sale tronche.

Ou à saisir la main qui me tenait par le col, me détourner et lui envoyer la tête droit dans le mur. Il y avait tant de possibilités… Mais j'ai gardé mon self-control, sans croiser son regard.

— Je ne t'ai rien fait.

— Ferme-la !

Il a resserré sa prise, me pressant encore plus fort contre le mur.

— Je sais que c'était toi. Me demande pas comment, je le sais, c'est tout. Mais on va y venir après.

Il a rapproché son visage du mien et ses lèvres se sont tordues en un sourire sinistre.

— Il paraît que tu as parlé à Mackenzie.

Non, je rêve… Je n'ai fait que lui dire de me laisser tranquille, et voilà où on en arrive ?

— Et alors ? l'ai-je provoqué bêtement.

Kingston a plissé les yeux.

— Qu'est-ce que tu comptes faire ? Pisser sur son casier pour que tout le monde sache que c'est chasse gardée ?

Cela ne l'a pas fait rire. Kingston a armé son poing libre, sur lequel je gardais un œil prudent au cas où il remonterait subitement vers mon visage.

— C'est chasse gardée pour *toi*, m'a-t-il rétorqué avec un sérieux absolu. Et tu ferais bien de t'en souvenir, si tu ne veux pas manger à la paille jusqu'à la fin de tes jours. Alors tu ne lui parles pas, tu ne lui tournes pas autour, tu ne la regardes même pas. Oublie même son nom, pigé ?

J'aimerais bien, ai-je songé avec amertume. *Mais va lui dire à elle !* Et, en même temps, quelque chose s'est rebiffé en moi à l'idée de ne plus jamais adresser la parole à Kenzie. Peut-être que je n'avais pas bien compris le message ; peut-être que les mystérieuses fées de Todd m'avaient conditionné à la bataille ; en tout cas, je me suis alors redressé et j'ai regardé Brian Kingston droit dans les yeux.

— Va te faire foutre.

Il s'est tendu, et ses deux amis se sont rapprochés de nous comme des taureaux furieux.

— O.K., gros naze, m'a fait Kingston en reprenant son sale rictus. Si c'est ce que tu veux… Très bien. Tu dois déjà payer pour m'avoir fait manquer l'entraînement hier. Et maintenant, je peux te dire que tu vas le regretter.

La pression s'est accentuée sur mon épaule pour me pousser vers le sol.

— A genoux, pauvre mec. Ah, ça te plaît, hein ?

— Hé !

Une voix claire et aiguë a résonné dans le couloir une seconde avant que je n'explose, démonstration de kali ou pas. Mackenzie Saint James a avancé vivement vers nous, une pile de livres sous le bras, apparemment très énervée.

— Lâche-le, Brian, a-t-elle ordonné en fonçant sur le quaterback, tel un chaton affrontant un rottweiler. Bon Dieu, mais c'est quoi ton problème ? Fiche-lui la paix !

— Oh ! salut Mackenzie.

Brian l'a regardée, l'air presque penaud. *Maintenant tu quittes ton adversaire des yeux,* ai-je pensé. *Tu es vraiment nul.*

— Quelle coïncidence. Nous parlions justement de toi à notre ami, ici présent.

Il m'a de nouveau poussé contre le mur, et je me suis retenu de lui faire une clé pour lui bloquer le bras.

— Il a promis d'être bien plus gentil avec toi à l'avenir, pas vrai, gros naze ?

— Brian !

— C'est bon, c'est bon.

Kingston a levé les mains en l'air et s'est écarté, suivi par ses amis.

— T'énerve pas comme ça, Mac, on s'amusait juste un peu.

Il m'a lancé un regard narquois ; je n'ai pas baissé les yeux, le mettant au défi de me toucher de nouveau.

— Tu as eu de la chance, pauvre naze, m'a-t-il lancé en reculant. Souviens-toi de ce que je t'ai dit. Il n'y aura pas toujours une petite demoiselle dans le coin pour te protéger.

Ses copains ont ricané, et il a cligné de l'œil en direction de Kenzie, qui a levé les yeux au ciel.

— On se revoit bientôt. *Très* bientôt.

— Pauvre type, a marmonné Kenzie comme ils s'éloignaient en riant et en se tapant dans les mains. Je ne vois vraiment pas ce que Regan lui trouve.

Elle a secoué la tête et s'est tournée vers moi.

— Ça va ?

J'étais furieux et plus qu'embarrassé.

— J'aurais très bien pu me débrouiller tout seul, ai-je répondu avec hargne.

J'avais une méchante envie de coller mon poing dans un mur ou sur la figure de quelqu'un.

— Tu n'avais pas à intervenir, ai-je grogné.

— Je sais, gros dur.

Elle m'a fait un petit sourire, sans que je sache si elle était sérieuse ou non.

— Mais Regan aime bien ce gros bourrin, et je n'avais pas envie que tu l'abîmes trop.

Les yeux braqués dans la direction où ils étaient partis, j'ai serré les poings en tentant de contrôler mes émotions, et surtout mon envie de courir derrière

Kingston pour lui écraser la tête par terre. *Pourquoi moi ?* avais-je envie de crier à Kenzie. *Pourquoi ne me laisses-tu pas en paix ? Et pourquoi l'équipe entière de foot est-elle prête à passer à tabac le premier qui te regarde de trop près ?*

— A part ça, a-t-elle repris, ça tient toujours pour l'interview, n'est-ce pas ? J'espère que tu seras là. J'ai trop hâte de savoir ce que tu rumines dans cette petite tête.

— Je ne rumine pas.

Elle a eu un petit rire.

— Arrête, gros dur. Si la rumination était un sport, tu aurais des médailles d'or plein ta chambre.

— Mouais, c'est ça…

Elle a ri et elle est passée devant moi pour ouvrir la porte de la bibliothèque, avant de s'arrêter dans l'encadrement.

— A tout à l'heure, Ethan.

J'ai haussé les épaules.

— Je compte sur toi, gros dur. Promets-moi que tu ne vas pas te débiner ou prétendre que tu as oublié.

— *O.K.*

J'ai poussé un soupir tandis qu'elle me souriait, et la porte s'est refermée derrière elle.

— J'y serai.

Je n'y suis pas allé.

Ce n'était pas faute d'avoir essayé. Malgré l'incident dans le couloir — ou peut-être *à cause* de lui —, je n'avais aucune envie de laisser qui que ce soit me dicter avec qui j'avais le droit de parler ou pas. Comme je l'ai dit, je ne suis pas du genre à plier devant les menaces, et pour être honnête, j'étais plus qu'intrigué par Mackenzie Saint James. Après la dernière sonnerie, j'ai donc rassemblé mes affaires, me suis assuré que Kingston et sa bande ne traînaient pas dans les couloirs, et j'ai marché vers la bibliothèque.

A mi-chemin, je me suis rendu compte que j'étais *suivi*.

Les couloirs étaient presque vides quand je suis passé devant la cafétéria. Les quelques personnes que j'ai croisées allaient dans l'autre sens, vers le parking et les véhicules qui les ramèneraient chez elles. Mais alors que j'avançais dans les allées silencieuses, j'ai ressenti cet étrange picotement sur la nuque qui m'indiquait que je n'étais pas seul.

L'air de rien, j'ai fait halte devant une fontaine et me suis penché pour boire un peu d'eau. Ce faisant, mon regard a balayé obliquement tout un côté du couloir.

Mes tripes se sont nouées instantanément, mais je me suis forcé à me redresser calmement et à repartir comme si de rien n'était. Je sentais la présence de cette *chose* dans mon dos, en train de me suivre, et mon cœur a commencé à s'affoler dans ma poitrine. C'était la même créature que celle que j'avais vue dans le vestiaire, l'autre soir, quand la pixie m'était tombée dessus. Qu'est-ce que cela pouvait bien être ? Une fée, à coup sûr ; seulement, je n'en avais jamais vu de ce genre auparavant — pâle et transparente, presque fantomatique. Une banshee, peut-être ? Mais les banshees annonçaient habituellement leur présence avec des gémissements et des cris à vous faire dresser les cheveux sur la tête. Elles ne suivaient pas quelqu'un dans un couloir sombre, sans un bruit, en prenant soin de ne pas se montrer. Et je n'étais certainement pas sur le point de mourir.

Enfin, je l'espérais…

Qu'est-ce qu'elle me veut ? Je me suis arrêté devant la porte de la bibliothèque et j'ai posé la main sur la poignée, sans l'ouvrir. Par la petite fenêtre rectangulaire, j'ai entraperçu le comptoir et les cheveux grisonnants de la documentaliste penchée sur son ordinateur. Kenzie devait être quelque part par là, à m'attendre. Ainsi que Todd. Je leur avais promis à tous deux de les retrouver, et je détestais ne pas tenir parole.

Un souvenir m'a alors traversé l'esprit : *la fois où j'avais fui les bonnets-rouges et pris refuge dans la bibliothèque de mon lycée d'alors.* Couteau brandi, me cachant entre les allées, à les attendre. Les fées sadiques mettant le feu aux murs de livres pour me forcer à sortir. Je m'étais échappé, mais ma hâte à fuir la scène du délit avait été interprétée comme une preuve à charge, et avait abouti à mon renvoi du lycée…

J'ai inspiré calmement devant la porte, tandis que la colère et la peur m'envahissaient. Non, je ne pouvais pas faire ça. Si je rentrais, si *elles* me voyaient parler à Kenzie, elles pourraient l'utiliser pour m'atteindre. J'ignorais ce qu'elles voulaient, mais je n'allais certainement pas entraîner une autre personne dans mon existence chaotique. *Pas une fois de plus.*

Alors, j'ai lâché la poignée et me suis éloigné dans le couloir. Je sentais la chose me suivre, et en passant l'angle, j'ai cru entendre la porte de la bibliothèque s'ouvrir. Je ne me suis pas retourné.

J'ai marché jusqu'au parking mais je ne m'y suis pas arrêté. Monter dans ma voiture et rentrer à la maison me sauverait peut-être temporairement la mise, mais cela ne me donnerait aucune explication sur les raisons pour lesquelles j'étais suivi. Au lieu de quoi, j'ai dépassé les rangées de voitures, franchi le trottoir et continué sur le terrain de football américain. Par chance, il était vide ce jour-là. Pas d'entraînement, pas d'entraîneur en train de hurler, pas de types harnachés en train de se rentrer les uns dans les autres. Si Kingston et ses amis me prenaient en train de déambuler sur leur territoire, l'air de dire « Va te faire voir, Kingston, qu'est-ce que tu dis de ça ? », ils essaieraient de m'enterrer sur place. D'ailleurs, et si quelqu'un d'autre me voyait ? Est-ce que je me ferais balancer au quaterback, comme quoi j'étais venu défier sa majesté ? J'ai souri à cette idée, vaguement tenté de pousser le bouchon plus loin. Mais j'avais des choses plus importantes à régler, et jouer à qui fait pipi le plus loin avec Kingston n'était pas à l'ordre du jour.

Je me suis arrêté derrière les gradins. Là, une barrière séparait le terrain d'une rangée d'arbres, de l'autre côté, rendant l'endroit frais et ombragé. J'aurais aimé avoir mon couteau avec moi. Quelque chose de tranchant, de métallique — et de mortel — à interposer entre moi et ce qui me suivait. Mais je m'étais déjà fait attraper avec un couteau par le passé, et cela m'avait causé pas mal d'ennuis ; je le laissais donc dorénavant à la maison.

Alors je me suis adossé à la barrière, et j'ai attendu.

Quelque chose a contourné les gradins, ou plutôt, a *miroité* autour des gradins, à peine visible sous le soleil. Et en dépit du fait que nous étions au beau milieu d'un après-midi d'automne chaud et ensoleillé, j'ai eu soudain froid. Je me suis senti faiblir. Comme si mes pensées et mes émotions étaient lentement aspirées, ne laissant plus qu'une coquille vide.

Tremblant, j'ai relevé la tête et regardé fixement la chose qui se tenait à quelques mètres de moi. Elle ne ressemblait à aucune fée que j'aie pu voir auparavant. Ce n'était pas une nymphe, une banshee, un boggart, une dryade, *rien* de ce que je connaissais. Non que je sois particulièrement expert en types de fées ; mais j'en avais tout de même vu davantage que la plupart des gens, et celle-là était vraiment… très étrange.

Elle était plus petite que moi d'une trentaine de centimètres, et si fine qu'on avait du mal à croire que ses jambes puissent la porter. En fait, ses jambes finissaient sur des pointes acérées comme des aiguilles, ce qui donnait l'impression de la voir marcher sur des cure-dents plutôt que sur des pieds. Son visage était taillé à la serpe, et ses doigts tellement pointus qu'on pouvait craindre qu'un seul coup de ses ongles ne vous transperce le crâne. Mal en point, le squelette d'anciennes ailes dépassait de ses épaules rachitiques, tandis que la créature flottait à quelques centimètres du sol, comme si la terre elle-même ne voulait pas la toucher.

Pendant quelques instants, nous nous sommes considérés sans mot dire.

— Bon, ai-je lancé d'un ton neutre sans que la fée me quitte du regard. Tu m'as suivi jusque-là, tu voulais donc sûrement me voir. Qu'est-ce que tu veux ?

Ses yeux, immenses et à multiples facettes comme ceux d'un insecte, ont cligné lentement. Mon image s'est reflétée cent fois dans son regard. La fente tranchante qui lui servait de bouche s'est ouverte, et elle a pris une inspiration.

— Je suis venue te mettre en garde, Ethan Chase.

J'ai réprimé un mouvement de recul. Cette créature dégageait quelque chose de particulièrement... mauvais. Elle ne faisait pas partie de ce monde, du *vrai* monde. Les fées que j'avais vues, même les fées de Fer, faisaient tout de même partie de la réalité, allant et venant entre ce royaume et celui de Nulle Part. Mais cette *chose*... C'était comme si son corps était désynchronisé du reste du monde, à la façon trouble dont il oscillait, comme s'il n'était pas vraiment là. Pas sous forme solide, en tout cas.

La fée a levé un long doigt osseux et l'a pointé vers moi.

— N'interviens pas, a-t-elle murmuré. Ne te mêle pas de ce qui va bientôt se produire autour de toi. Ce n'est pas ton combat. Nous ne cherchons pas les problèmes avec la cour de Fer. Mais si tu te mêles de nos affaires, humain, tu mettras en danger ceux que tu aimes.

— Vos affaires ? Mais qui êtes-vous ?

Ma voix s'est faite plus agressive que je ne l'aurais voulu.

— J'imagine que vous n'êtes pas de la cour Seelie ou Unseelie.

La bouche fendue de la fée a esquissé un sourire.

— Nous ne sommes rien. On nous a oubliées. Nul ne se souvient de nos noms, ou même de notre existence. Tu devrais en faire de même, humain.

— Ah-ah. Donc, tu es venue t'assurer que je sache que tu es là, me poursuivre et menacer ma famille, juste pour me dire de t'oublier ensuite ?

La fée a fait un pas en arrière, glissant au-dessus du sol.

— Ceci est un avertissement, a-t-elle répété en jetant quelque chose de gris et petit à mes pieds. Voici ce qui arrivera à ceux qui s'en mêleront, a-t-elle murmuré. Notre retour ne fait que commencer.

Je me suis accroupi sans la perdre de vue et j'ai jeté un œil à ce qu'elle avait jeté par terre.

Une pixie. Celle que j'avais vue tout à l'heure avec Todd — j'en étais certain. Seulement, sa peau était désormais d'un gris terne, comme si toute la couleur en avait été aspirée. Doucement, je me suis penché et je l'ai prise au creux de ma main. Elle a roulé sur le côté et a cligné de ses grands yeux vides et hagards. Elle vivait encore, mais, en quelques secondes à peine, le minuscule corps de la fée s'est mis à onduler et… a disparu. Tel un brouillard dissipé par le vent. Ne laissant plus rien derrière lui.

Un frisson glacé m'a parcouru. J'avais déjà vu des fées mourir — elles se transformaient alors en feuilles, en branches, fleurs, insectes ou poussière, ou se volatilisaient purement et simplement. Mais jamais de cette manière.

— Que lui as-tu fait ? ai-je demandé brusquement à la chose en me redressant.

Celle-ci n'a pas répondu. Elle a eu de nouveau cet étrange chatoiement, proche de la transparence, comme si elle aussi menaçait de s'évanouir dans les airs. Levant les mains en l'air, elle a contemplé ses doigts qui se brouillaient comme une image de télé mal réglée.

— Pas suffisant, a-t-elle murmuré en secouant la tête. Jamais suffisant. Mais il y a quand même quelque chose. Tu peux me voir, me parler… C'est un début. Peut-être le demi-sang sera-t-il plus fort.

Elle a reculé.

— Nous t'aurons à l'œil, Ethan Chase, m'a-t-elle

averti avant de se retourner subitement, comme si elle avait vu quelque chose de l'autre côté. Je suppose que tu n'as pas envie que d'autres gens souffrent par ta faute.

D'autres gens ? Oh ! non, me suis-je dit en comprenant ce à quoi la fée faisait allusion. La mort de Chardon, le « demi-sang » qu'elle venait de mentionner… Todd.

— Hé, ai-je aboyé en avançant vers elle. Attends un peu. Tu es *quoi,* au juste ?

La fée a souri, puis a ondulé dans la lumière et s'est éloignée, passant la barrière avant de disparaître de ma vue. Je m'apprêtais à la poursuivre quand un bruit a retenu mon attention derrière les gradins. J'ai fait volte-face.

Debout derrière les bancs, un bloc-notes dans une main, Kenzie me regardait. Et à en juger par son expression, elle avait tout entendu.

6. Volatilisé

J'ai ignoré Kenzie et me suis élancé à travers le terrain de football sans me retourner.

— Hé !

Elle m'a interpellé en se précipitant à mes trousses.

Mon cerveau était en ébullition. *Todd avait raison,* voilà ce qu'il me chuchotait. *Il était bien pourchassé. Bon sang, mais qu'est-ce que c'était que ce truc ? Je n'avais jamais rien vu de semblable auparavant.*

Je me sentais affreusement oppressé. Ça ne s'arrêterait donc jamais ? Quoi que soit cette « chose », ces maudites fées s'apprêtaient encore à gâcher ma vie et à s'en prendre à tout le monde autour de moi. Il fallait que je trouve Todd, que je le prévienne. J'espérais juste qu'il allait bien ; le sang-mêlé était peut-être énervant et ignorant, mais il n'avait pas à souffrir à cause de moi.

— Ethan ! Juste une seconde ! Arrête-toi un instant, s'il te plaît !

Kenzie a piqué un sprint comme nous arrivions au bout du terrain, et elle m'a bloqué le passage.

— Tu veux bien me dire ce qui se passe ? J'ai entendu des voix, mais je n'ai vu personne d'autre. Est-ce que quelqu'un te menaçait ?

Ses yeux se sont plissés.

— Tu n'es pas impliqué dans un truc illégal, au moins ?

— Ne reste pas là, Kenzie, lui ai-je lancé.

La créature pouvait tout à fait être encore en train de nous regarder. Ou en train de se rapprocher de Todd. Il fallait que je me débarrasse de Kenzie, au plus vite.

— Fiche-moi la paix, O.K ? Je ne ferai pas cette stupide interview. Et je me fiche totalement de ce que toi, ce lycée ou n'importe qui pense de moi. Tu n'as qu'à écrire *ça* dans ton article, tiens.

Un éclair a traversé son regard.

— Le parking est de l'autre côté, gros dur. Tu vas où, comme ça ?

— Nulle part.

— Dans ce cas, ça ne te dérangera pas que je vienne avec toi, non ?

— *Pas question.*

— Pourquoi ?

J'ai lâché un juron. Elle n'a pas bougé, et mon impatience est montée d'un cran.

— Je n'ai pas le temps, ai-je pesté en l'écartant de mon chemin pour courir vers le couloir menant à la bibliothèque.

Elle m'a suivi, naturellement, mais je ne pensais déjà plus à elle. Si ce monstre de fée s'approchait de Todd, s'il lui réservait le même sort qu'à la pixie, ce serait de ma faute. *Une fois de plus.*

La documentaliste m'a jeté un regard noir lorsque je suis entré précipitamment dans la bibliothèque, talonné par Kenzie.

— Doucement, vous deux, a-t-elle aboyé comme nous passions devant son bureau.

Kenzie a bredouillé une excuse tandis que je l'ignorais pour me ruer vers le fond, cherchant le sang-mêlé dans les allées. Vide. Vide. Deux personnes en train de discuter au rayon histoire. Vide. Mon malaise a augmenté. Où diable était-il ?

— Qu'est-ce qu'on cherche ? a murmuré Kenzie dans mon dos.

Je me suis retourné, prêt à l'envoyer promener pour de bon, quand quelque chose a attiré mon attention sous une fenêtre.

La veste de Todd. Posée par terre, en tas, sur le sol. Je l'ai considérée, essayant de trouver une raison pour laquelle il aurait pu la laisser là. Peut-être l'avait-il simplement oubliée. Peut-être quelqu'un la lui avait-il prise pour lui faire une blague, avant de l'abandonner là. Une brise fraîche est passée par la fenêtre, balayant mes vêtements et mes cheveux. C'était la seule fenêtre ouverte de toute la pièce.

Kenzie a suivi mon regard, elle a froncé les sourcils, puis s'est avancée pour ramasser la veste. Quelque chose de blanc est alors tombé de la poche et a voleté jusqu'au sol. Une note, griffonnée sur une demi-feuille de papier. Je me suis précipité pour l'attraper, mais Kenzie a été plus rapide que moi.

— Donne-moi ça, lui ai-je presque crié en tendant une main.

Elle a esquivé, gardant le papier hors de ma portée. Ses yeux brillaient de défiance.

— Je ne vois pas ton nom d'écrit dessus.

— C'était pour moi, ai-je insisté en avançant.

Elle a fait un bond en arrière, se réfugiant derrière une longue table. La colère m'a envahi.

— Je te préviens, je ne suis pas d'humeur à jouer à ce petit jeu, ai-je grondé aussi bas que possible afin d'éviter que la documentaliste ne débarque. Maintenant, donne-le-moi.

Kenzie a plissé les yeux.

— Pourquoi tant de secrets, gros dur ? m'a-t-elle demandé en manœuvrant habilement autour de la table pour maintenir la distance entre nous. S'agirait-il de coordonnées pour un deal de drogues, ou quelque chose de ce genre ?

— *Quoi* ?

J'ai essayé de l'atteindre, mais elle s'est dérobée adroitement.

— N'importe quoi. Je ne touche pas à ces saletés.

— Alors, une lettre d'une admiratrice secrète, peut-être ?

— Non, ai-je lancé, exaspéré, avant de cesser de tourner autour de la table.

Tout cela était ridicule. On était de retour à l'école primaire, ou quoi ? Je l'ai regardée par-dessus la table, jaugeant la distance entre nous.

— Ce n'est pas une lettre d'amour, ai-je repris en fulminant intérieurement. Ça ne vient même pas d'une fille.

— Tu en es sûr ?

— Absolument.

— Alors tu ne m'en voudras pas de la lire, a-t-elle dit en dépliant la feuille.

Dès qu'elle m'a quitté des yeux, j'ai sauté par-dessus la table et glissé sur sa surface pour lui attraper le bras. Elle a poussé un petit cri de surprise et a essayé de reculer, en vain. Son poignet fin et délicat n'a pas été difficile à saisir fermement.

Nos regards se sont croisés un bref instant, et j'ai entraperçu mon reflet courroucé dans ses yeux. Elle m'a fixé en retour, un léger sourire aux lèvres, comme amusée par cette situation inédite.

— Et maintenant, gros dur ?

Elle a haussé un sourcil interrogatif. Et, pour je ne sais quelle raison, mon cœur s'est accéléré sous ce regard.

Je me suis empressé de lui arracher le papier de la main, puis je l'ai lâchée et j'ai tourné le dos à Kenzie pour lire le billet. Court, rédigé à la hâte, il a rapidement confirmé mes pires doutes.

Elles sont là ! Sauve qui peut. Si tu trouves ce mot, dis à ma famille de ne pas s'inquiéter. Désolé de t'avoir entraîné là-dedans. Todd

J'ai froissé le papier avant de le glisser dans la poche de mon jean. Qu'attendait-il de moi, maintenant ? Que j'aille voir ses parents, pour leur dire qu'une bande de fées sinistres et invisibles étaient aux trousses de leur fils ? Je me ferais interner direct, sans aucun doute.

J'ai senti le regard de Kenzie derrière moi et me suis demandé ce qu'elle avait pu voir du message. Avait-elle eu le temps de le lire, dans la demi-seconde qu'il m'avait fallu pour traverser la table ?

— On dirait que ton pote a des ennuis, a-t-elle murmuré.

Bon, voilà, j'avais la réponse à ma question. Apparemment, elle avait tout lu.

— Ce n'est pas mon pote, lui ai-je répondu sans me retourner. Et tu ne devrais pas t'en mêler. Ce ne sont pas tes affaires.

— Et puis quoi, encore ? m'a-t-elle rétorqué. Si quelqu'un a des ennuis, on doit faire quelque chose. Qui le poursuit comme ça ? Pourquoi ne va-t-il pas voir la police ?

— La police ne peut rien faire.

Je me suis enfin retourné vers elle.

— Pas dans ce genre de cas. Et puis, qu'est-ce qu'on leur dirait ? On ne sait même pas ce qui se passe. Tout ce qu'on a, c'est ce mot.

— Eh bien, on pourrait peut-être au moins vérifier qu'il est bien rentré chez lui ?

J'ai soupiré en me frottant la tête.

— Je ne sais pas où il habite, ai-je avoué, un peu coupable d'en savoir si peu sur lui. Je n'ai pas son téléphone. Et je ne connais même pas son nom de famille.

Kenzie a soupiré à son tour et sorti son téléphone portable.

— Son nom de famille est Wyndham, je crois. Todd Wyndham. On a quelques cours en commun.

Elle a tapoté sur son téléphone, les yeux baissés.

— Deux secondes. Je le rentre dans Google.

J'ai essayé de garder mon calme pendant qu'elle faisait sa recherche, sans pouvoir pour autant m'empêcher de scruter la salle, guettant l'ennemi. Pourquoi n'avais-je jamais vu ces mystérieuses créatures auparavant ? Et que voulaient-elles à Todd ? Le souvenir du corps inerte de la pixie m'est revenu à la mémoire, telle une petite cosse vide et inanimée, avant de s'évanouir. J'ai frémi. Quoi qu'il en soit, ces choses étaient dangereuses, et il fallait que je retrouve le sang-mêlé avant qu'elles ne lui fassent subir le même traitement. Je lui devais bien ça, puisque je n'avais pas tenu ma promesse envers lui en manquant notre rendez-vous.

— Je l'ai, a annoncé Kenzie. Du moins, j'ai son numéro de fixe.

Elle a levé les yeux de son téléphone et a haussé un sourcil.

— Tu veux appeler, ou tu préfères que je le fasse ?

J'ai pris mon portable.

— Je vais le faire.

L'idée ne m'emballait pas, mais je devais finir ce que j'avais commencé.

Elle m'a dicté la série de chiffres que j'ai tapés sur mon téléphone. Je l'ai collé à mon oreille et j'ai écouté la sonnerie retentir une fois, deux fois ; à la troisième, quelqu'un a décroché.

— Résidence Wyndham, a dit une voix de femme.

J'ai dégluti péniblement.

— Euh, bonjour. Je suis... un ami de Todd, ai-je dit d'une voix hésitante. Est-ce qu'il est là ?

— Non, il n'est pas encore rentré de l'école, a répondu la voix à l'autre bout du fil. Voulez-vous que je lui laisse un message ?

— Euh, non. Je voulais juste, euh... lui proposer d'aller faire un tour, euh... tout à l'heure.

J'ai grimacé de ma piètre prestation pendant que Kenzie étouffait un petit rire. Je lui ai fait les gros yeux.

— Vous avez son numéro de portable ? ai-je ajouté, reprenant un peu mes esprits.

— Oui, je l'ai.

La femme semblait maintenant se méfier.

— Pourquoi le voulez-vous ? Qui est à l'appareil ? a-t-elle repris d'un ton soudain acerbe qui m'a arraché une grimace de plus. Etes-vous l'un de ces garçons dont il me parle tout le temps ? Vous croyez que je ne le remarque pas quand il rentre à la maison avec des bleus partout et un œil au beurre noir ? Vous trouvez ça drôle de vous en prendre à un plus faible que vous ? Quel est votre nom ?

J'ai franchement été tenté de raccrocher, mais cela n'aurait fait que confirmer ses suspicions et ne m'aiderait pas à retrouver Todd. Lui avait dit-il seulement dit qu'il avait passé une nuit chez moi ?

— Je m'appelle Ethan Chase, ai-je repris d'une voix aussi posée que possible. Je suis juste… un ami. Todd est resté chez moi la nuit dernière, pendant l'orage.

— Ah.

Il était difficile de dire si la mère de Todd était rassurée ou non, mais quelques secondes plus tard elle a soupiré.

— Désolée. Todd n'a pas beaucoup d'amis, personne qui ait jamais appelé à la maison, en tout cas. Je ne voulais pas t'agresser, Ethan.

— Ce n'est pas grave, ai-je marmonné, un peu gêné. *J'ai l'habitude.*

— Un instant, a-t-elle dit d'une voix qui s'éloignait comme elle posait le combiné. Je vais chercher son numéro, il est sur le frigo.

Une minute plus tard, je remerciais la mère de Todd et raccrochais, soulagé d'en avoir fini.

— Alors ? m'a fait Kenzie en me dévisageant avec curiosité. Tu l'as eu ?

— Oui.

Elle a attendu un peu, puis a piaffé d'impatience.

— Eh bien, tu l'appelles ?

— Oui, oui, je vais le faire.

A vrai dire, je n'en avais aucune envie. *Et s'il allait parfaitement bien, et que ce billet ne soit qu'une farce, une revanche pour une offense imaginaire ?* S'il était à mi-chemin de chez lui, en train de ricaner à l'idée du bon tour qu'il venait de jouer à ce stupide humain ? Todd était un demi-phouka, une fée connue pour sa nature facétieuse et son goût du chaos. Ce pouvait être une mauvaise blague, et si je l'appelais il aurait gagné la partie.

Pourtant, au fond de moi, je savais bien que je ne faisais que me chercher des excuses. Je n'avais pas imaginé cette créature effrayante, ni la pixie morte. Todd ne faisait pas semblant d'avoir peur. Quelque chose se passait, quelque chose de grave, et il était en plein milieu de tout ça.

Sauf que je n'avais pas envie d'y être entraîné.

Trop tard, je suppose. J'ai composé le numéro de Todd, j'ai mis le téléphone contre mon oreille et j'ai retenu mon souffle.

Une sonnerie.

Deux sonneries.

Tr…

La ligne a coupé brusquement, et puis plus rien, sans même basculer sur son répondeur. Une seconde plus tard, la tonalité a résonné à mon oreille en continu.

— Qu'est-ce qu'il y a ? m'a interrogé Kenzie alors que je baissais le bras. Est-ce que tout va bien ?

— Non, ai-je murmuré en baissant les yeux vers la touche « raccrocher » en bas de mon écran. Ça ne va pas.

Je suis rentré chez moi ensuite, après avoir convaincu Kenzie que nous ne pouvions rien faire de plus pour Todd pour le moment. Têtue comme une mule, elle refusait de me croire et s'obstinait à vouloir appeler la police. Je lui ai dit de ne pas tirer de conclusions hâtives, car nous ne savions pas exactement ce qui se passait. Todd pouvait avoir éteint son portable. Il pouvait être sur le chemin de retour, et avoir juste traîné en route. Nous ne possédions pas suffisamment de preuves pour commencer à alerter les autorités. Elle a fini par capituler, mais j'ai eu la nette impression que ce répit ne durerait pas longtemps… J'espérais seulement qu'elle ne ferait rien qui attirerait *leur* attention. Le simple fait de me fréquenter était déjà assez compromettant.

Arrivé à la maison, je suis monté directement à ma chambre et j'ai verrouillé la porte derrière moi. Assis à mon bureau, j'ai ouvert le premier tiroir, j'ai fouillé jusqu'au fond, et en ai sorti une longue enveloppe fine.

Adossé à ma chaise, je l'ai considérée pendant un moment. Le papier était fripé maintenant, jauni par le temps, et dégageait une odeur de vieux journal. Un mot ornait son recto : *Ethan*. Mon prénom, écrit de la main de ma sœur.

Je l'ai retournée, l'ai ouverte et j'en ai sorti la lettre qui s'y trouvait. Je l'avais déjà lue des dizaines de fois, et la connaissais par cœur ; mais je l'ai parcourue une fois de plus du regard quand même, tandis qu'une boule se formait dans ma gorge.

Ethan,

J'ai refait cette lettre cent fois, espérant trouver les mots qu'il faudrait, mais tant pis, je me lance. Tu ne me reverras probablement plus. J'aimerais pouvoir être là pour toi, maman et Luke, mais j'ai d'autres responsabilités désormais — un royaume entier qui a besoin de moi. Tu grandis tellement vite… Chaque fois que je te revois, tu es plus grand, plus fort. J'oublie parfois que le temps ne s'écoule pas de la même façon en Faérie. Et j'ai le cœur brisé de voir tous les moments de ta vie que je manque, quand je reviens à la maison. Sache que tu ne quittes jamais mes pensées, mais il vaut mieux que nous vivions chacun notre vie, maintenant. J'ai des ennemis, ici, et la dernière chose que je souhaite, c'est que maman et toi ayez des ennuis à cause de moi.

Je voulais donc te dire au revoir. Je t'observerai de temps en temps, et je ferai tout ce qui est en mon pouvoir pour m'assurer que vous viviez confortablement. Mais je t'en prie, Ethan, au nom de tout ce qui est sacré, n'essaie pas de me retrouver. Mon monde est bien trop dangereux ; tu es le mieux placé pour le savoir. Tiens-toi loin d'elles, et essaie de mener une existence normale.

En cas d'urgence, si jamais tu as absolument besoin de me voir, tu trouveras ci-joint un jeton qui t'emmènera dans le pays de Nulle Part, auprès de quelqu'un qui pourra t'aider. Pour l'utiliser, dépose une goutte de ton sang sur sa surface et jette-le dans une eau stagnante. Mais il ne peut servir qu'une fois ; après quoi, le souhait sera épuisé. Fais-en donc bon usage.

Je t'aime, petit frère. Prends soin de maman pour moi.

Meghan

J'ai refermé la lettre, l'ai posée sur le bureau et j'ai retourné l'enveloppe. Une petite pièce d'argent a roulé au creux de ma main ; j'ai refermé ma paume sur elle, perdu dans mes pensées.

Voulais-je vraiment mêler ma sœur à tout cela ?

Meghan Chase, la fameuse reine des fées de Fer ? Combien d'années s'étaient-elles écoulées depuis notre dernière rencontre ? Se souvenait-elle même encore de nous ? S'en souciait-elle ?

Ma gorge s'est serrée. Je me suis levé, j'ai jeté la pièce sur le bureau et remis la lettre dans le tiroir avant de le refermer brutalement. Non, je n'allais pas aller pleurer dans les jupons de Meghan, pas pour ça, ni pour rien d'autre. Meghan nous avait quittés. Elle ne faisait plus partie de la famille. Pour moi, elle était une fée, point barre. Et j'avais déjà connu assez de galères avec les fées. J'allais me débrouiller tout seul.

Même si cela impliquait de faire quelque chose de stupide ; quelque chose que je m'étais juré de ne jamais faire.

J'allais devoir contacter les fées.

7. Le parc vide

A 23 h 35, mon réveil a sonné. Je l'ai éteint et me suis extirpé du lit, déjà habillé, avant de prendre mon sac à dos. Je me suis ensuite glissé dans le couloir sans faire de bruit et j'ai vérifié si la lumière de maman était éteinte. Elle veillait parfois tard, attendant que papa rentre à la maison. Mais ce soir, aucune lueur ne filtrait dessous sa porte, et j'ai poursuivi discrètement mon chemin jusqu'à la porte d'entrée puis dans l'allée extérieure.

Je ne pouvais pas prendre ma voiture. Papa allait rentrer plus tard, et il verrait tout de suite si mon pick-up n'était pas là. Faire le mur en pleine nuit risquait de m'attirer les pires punitions. J'ai donc pris mon vieux vélo dans le garage, j'ai vérifié l'état des pneus et je l'ai conduit jusqu'au trottoir.

Dans le ciel, un fin quartier de lune croissante me souriait derrière quelques nuages qui s'étiraient ; une fraîche brise d'automne a transpercé ma veste, me faisant frissonner. Mon côté cynique et désabusé est revenu me harceler, réticent à se lancer dans une telle folie. *Pourquoi t'impliques-tu de la sorte ?* me chuchotait-il. *Ce sang-mêlé n'est rien pour toi. Tu as vraiment envie d'affronter les fées rien que pour lui ?*

Mais il ne s'agissait plus seulement de Todd, maintenant. Quelque chose de bizarre se tramait en

Faérie, et j'avais le pressentiment que cela n'irait pas en s'arrangeant. Je devais savoir ce qui se passait et comment me défendre de ces fées transparentes qui aspiraient la vie de leurs victimes. Je ne pouvais pas rester dans l'ignorance, pas avec ces créatures dans les parages.

De plus, cette étrange créature ne m'avait pas seulement menacé, moi, mais aussi ma famille. Et *ça*, ça me rendait dingue. J'en avais assez de courir et de me cacher. De fermer les yeux en espérant qu'elles me fichent la paix. Ce qui n'arrivait jamais.

J'ai enfourché mon vélo, et j'ai donc commencé à pédaler vers l'endroit même que j'avais toujours évité jusqu'à présent. Un endroit où j'espérais obtenir des réponses.

Si ces maudites fées voulaient que je sois leur ennemi, qu'à cela ne tienne. J'allais devenir leur pire cauchemar.

Même dans les villes les plus grandes, les plus peuplées, où les bâtiments d'acier, les voitures et le béton sont rois, on trouve toujours des fées dans un parc.

Nul besoin que ce parc soit très grand. Il suffit d'un bout de terre, de quelques arbres et de buissons éparpillés, éventuellement d'une petite mare, et le tour est joué. Je me suis laissé dire que Central Park, à New York, compte des milliers de fées ainsi que plusieurs passages vers le pays de Nulle Part, tout cela sur son joli périmètre bien entretenu. Le petit parc situé à cinq kilomètres de chez moi, quant à lui, comportait une douzaine de fées de variétés communes — pixies, gobelins, elfes sylvains — et, à ma connaissance, pas de passage secret.

J'ai garé mon vélo contre un vieil arbre près de l'entrée et j'ai scruté les alentours. Vraiment pas terrible, comme parc. Il y avait un banc de pique-nique, quelques barres à escalader, un vieux toboggan et un vague emplacement de barbecue au sol, inutilisé depuis des lustres. Du moins, par les humains. Cependant, les arbres étaient anciens — d'immenses chênes et des saules pleureurs —, et si l'on regardait bien entre les branches, on pouvait y distinguer des mouvements qui n'étaient pas ceux d'écureuils ou d'oiseaux.

Je me suis éloigné de mon vélo pour m'approcher du coin barbecue et observer le sol. Les cendres étaient grises et froides, datant de quelques jours ou de semaines, mais j'avais vu deux gobelins devant ce foyer quelques semaines auparavant, en train d'y faire rôtir une viande quelconque. Quelques pixies et elfes sylvains avaient également élu domicile dans ces chênes. Il était possible que les fées locales ne sachent rien de ces cousines effrayantes et transparentes, mais ça ne coûtait pas grand-chose de demander.

Je me suis accroupi, j'ai ramassé une pierre plate, je l'ai époussetée et l'ai posée au milieu du foyer. Puis, j'ai sorti un pot de miel de mon sac et me suis levé pour répandre le sirop doré sur les pierres. Le miel était un véritable nectar pour les fées ; elles étaient incapables d'y résister.

J'ai refermé alors le pot, je l'ai rangé dans mon sac et j'ai patienté.

Plusieurs minutes se sont écoulées ainsi, ce qui m'a beaucoup surpris. Je *savais* que des fées fréquentaient cet endroit. Je m'attendais à voir apparaître au moins quelques gobelins ou pixies. Mais la nuit restait parfaitement silencieuse, l'obscurité vide de mouvement… jusqu'à ce qu'un léger bruissement se fasse entendre derrière moi — le bruit de quelque chose marchant sur l'herbe.

— Ce n'est pas comme ça que tu les trouveras, Ethan Chase.

Je me suis retourné en gardant mon calme. *Règle numéro un : ne jamais montrer sa peur devant le Petit Peuple.* J'aurais pu attraper mes bâtons de rotin, ce qui me démangeait d'ailleurs furieusement, mais cela aurait été interprété comme un signe de nervosité ou de malaise.

A travers le rideau végétal du saule pleureur, une longue silhouette élancée me contemplait. Voyant que je ne bougeais pas, une main fine a écarté les branches tombantes, et la fée a avancé dans mon champ de vision.

C'était une dryade ; le saule pleureur devait être son arbre personnel, car elle avait les mêmes longs cheveux verts et une peau semblable à son écorce. Elle était incroyablement grande et mince, et ondulait sur ses pieds avec légèreté, telle une branche sous le vent. Elle m'observait de ses grands yeux noirs, tout son corps enveloppé par sa chevelure, et a secoué lentement la tête.

— Elles ne viendront pas, a-t-elle murmuré tristement en jetant un œil vers le miel répandu à mes pieds. Elles ne sont pas venues depuis plusieurs nuits. Au début, seules une ou deux manquaient à l'appel. Mais maintenant…

Elle a fait un geste en direction du parc vide.

— Maintenant, il ne reste plus personne. Tout le monde est parti. Je suis la dernière.

J'ai froncé les sourcils.

— Comment ça, la dernière ? Où sont les autres ?

J'ai balayé le parc du regard, scrutant en vain l'obscurité et les recoins.

— Bon sang, mais qu'est-ce qui se passe ?

Elle s'est approchée en ondulant délicatement. J'ai été tenté de reculer, mais je me suis forcé à ne pas broncher.

La dryade a penché la tête d'un côté, et ses cheveux de dentelle ont reflété les faibles rayons de lune. Un gros papillon de nuit blanc a surgi de sa chevelure et s'est envolé vers un coin sombre.

— Tu as des questions, m'a-t-elle dit en clignant doucement des yeux. Je peux te dire ce que tu souhaites savoir, mais tu dois faire quelque chose pour moi en retour.

— Ah, ça, non !

Cette fois, j'ai reculé et croisé les bras sans cesser de la regarder.

— C'est hors de question. Pas de marché, pas de contrat. Trouve quelqu'un d'autre pour faire ta sale besogne.

— S'il te plaît, Ethan Chase.

La dryade a tendu vers moi une main terriblement fine, rugueuse comme un tronc d'arbre.

— Fais-le comme une faveur, alors. Tu dois aller voir la reine de Fer pour nous. Informe-la de ce qui nous arrive. Sois notre voix. Elle t'écoutera, toi.

— Aller voir Meghan ?

J'ai songé à la petite pièce abandonnée sur mon bureau et j'ai secoué la tête.

— Tu veux que j'aille au pays de Nulle Part, ai-je

répété, tandis que mon ventre se contractait à cette simple pensée.

Les souvenirs ont afflué, sombres et terrifiants ; je les ai repoussés de mon mieux.

— Aller en Faérie. Avec Mab, Titania, et tous ces autres tarés ?

Un rictus s'est dessiné sur mes lèvres.

— N'y pense même pas. C'est le *dernier* endroit où je mettrais les pieds.

— Il le faut.

La dryade s'est tordu les mains, l'air suppliant.

— La cour ignore ce qui se passe en ce moment, et elle ne s'en soucierait guère même dans le cas contraire. Le bien-être de quelques demi-sang et des Exilés ne les intéresse pas. Mais toi… tu es le demi-frère de la reine de Fer. Elle t'écoutera. Si tu ne le fais pas…

La dryade s'est mise à trembler comme une feuille.

— Je crains bien que nous ne disparaissions toutes.

— Ecoute…

Je me suis passé une main dans les cheveux.

— J'essaie juste de savoir ce qui est arrivé à un ami. Todd Wyndham. C'est un sang-mêlé, et je crois qu'il a des ennuis.

La dryade conservait son expression de supplication. J'ai poussé un soupir.

— Je ne peux pas promettre de t'aider, ai-je maugréé. J'ai déjà mes propres problèmes à régler. Mais…

J'ai hésité, ayant du mal à croire aux mots que je prononçais :

— Mais si tu me donnes des informations sur mon ami, alors je… j'essaierai de faire passer un message à ma sœur. Mais je ne te promets rien ! me suis-je empressé d'ajouter, voyant la dryade sursauter. Par contre, si jamais je vois la reine de Fer prochainement, je lui ferai part de vos problèmes. C'est tout ce que j'ai à offrir.

La dryade a hoché la tête.

— Il faudra faire avec, a-t-elle murmuré en se repliant sur elle-même.

Elle a fermé les yeux tandis qu'un souffle d'air frais parcourait le parc, faisant voleter ses cheveux et les feuilles alentour.

— Beaucoup d'entre nous ont disparu, a-t-elle soupiré. D'autres s'évanouissent petit à petit. Et ils se rapprochent.

— Qui ça, *ils* ?

— Je ne sais pas.

La fée a ouvert les yeux, l'air terrorisé.

— Je ne sais pas, ni moi ni mes compagnons. Le vent lui-même ne connaît pas leur nom. A moins qu'il ne refuse de nous le dire.

— Où puis-je trouver Todd ?

— Ton ami ? Le sang-mêlé ?

La dryade a fait un pas en arrière, le regard distrait.

— Je ne sais pas, a-t-elle avoué. Je ne peux pas te le dire, mais je vais envoyer son nom dans le vent et voir si quelque chose me revient.

Elle m'a dévisagé à travers les cheveux qui couvraient la moitié de son visage.

— Reviens demain soir, Ethan Chase. Alors, j'aurai une réponse à te donner.

Demain soir ? Demain était le jour de la démonstration de kali, l'événement pour lequel je me préparais depuis un mois ! Je ne pouvais pas le manquer, même pour Todd. Guro me tuerait.

J'ai poussé un soupir résigné. La journée du lendemain serait longue. *Très* longue.

— Très bien, ai-je dit en retournant vers mon vélo. Je serai là, probablement un peu après minuit. Et j'espère bien que tu m'expliqueras ce que c'est que tout ce cirque.

La dryade ne m'a pas répondu et m'a regardé partir sans ciller. Alors que j'enfourchais mon vélo et démarrais en espérant être rentré avant mon père, je n'ai pu m'empêcher de songer que je risquais fort de ne jamais la revoir.

8. La démonstration

Le lendemain était un samedi. Mais au lieu de faire la grasse matinée, comme toute personne normale, je me suis levé de bonne heure et me suis rendu dans le jardin pour faire tournoyer mes bâtons d'escrime et marteler le vieux pneu que j'avais installé dans un coin. Je n'avais pas besoin de cet entraînement, mais frapper sur quelque chose constituait un bon moyen de me concentrer et d'oublier l'étrange soirée de la veille — même si je ne pouvais chasser l'impression désagréable que m'avait laissée le dernier avertissement de la dryade.

Beaucoup d'entre nous ont disparu. D'autres s'évanouissent petit à petit. Et ils se rapprochent.

— Ethan !

La voix de mon père est venue interrompre le rythme saccadé du bois frappant le pneumatique ; je me suis retourné. Il me regardait depuis le patio, les yeux troubles. Il portait un peignoir de bain gris, son visage n'était pas rasé, et il n'avait pas l'air content.

— Désolé, papa.

J'ai baissé mes bâtons, haletant.

— Je t'ai réveillé ?

Il a secoué la tête et a fait un pas de côté pour laisser passer deux officiers de police. Un haut-le-cœur m'a saisi. Mes pensées s'embrouillaient. Quel crime aurais-je bien pu commettre sans même m'en rendre compte ? Qu'allait-on encore me reprocher cette fois-ci ?

— Ethan ? a fait l'un d'entre eux sous le regard lugubre de mon père, alors que ma mère apparaissait dans l'encadrement de la porte, les mains sur la bouche. Etes-vous Ethan Chase ?

— Oui.

Je suis resté les bras ballants, mes bâtons parfaitement immobiles, malgré les battements effrénés de mon cœur. L'idée soudaine de me faire arrêter, passer les menottes aux poignets dans mon propre jardin, sous les yeux horrifiés de mes parents, m'a presque donné envie de vomir. J'ai dégluti avec difficulté pour prendre une voix assurée.

— Que me voulez-vous ?

— Connaissez-vous un garçon du nom de Todd Wyndham ?

Je me suis un peu détendu, comprenant soudain l'objet de leur présence. Mon cœur battait toujours la chamade, mais je me suis forcé à prendre un ton léger, désinvolte, et j'ai haussé les épaules.

— Oui, on a quelques cours ensemble, au lycée.

— Vous avez appelé chez lui hier après-midi, c'est exact ? a poursuivi le policier.

Me voyant opiner du chef, il a ajouté :

— Et il est venu dormir chez vous la nuit précédente ?

— En effet.

J'ai feint l'incompréhension, les regardant tous deux tour à tour.

— Pourquoi ? Que se passe-t-il ?

Les officiers ont échangé un regard.

— Il est porté disparu, m'a annoncé l'un d'entre eux.

J'ai haussé les sourcils en signe d'étonnement.

— Sa mère déclare qu'il n'est pas rentré hier soir, et qu'elle a reçu un appel d'Ethan Chase, un garçon de son école, l'après-midi avant sa disparition.

Son regard s'est posé sur les bâtons que je tenais en main, puis a remonté vers moi, les yeux légèrement plissés.

— Vous ne seriez pas au courant de l'endroit où il peut être, Ethan ?

Je me suis efforcé de rester calme et j'ai secoué la tête.

— Non, je ne l'ai pas vu depuis hier. Désolé.

De toute évidence, il ne m'a pas cru, à en juger par le pincement de sa bouche et le ton plus lent qu'il a adopté alors.

— Vous n'avez aucune idée de ce qu'il faisait hier, ni de l'endroit où il aurait pu aller ?

Voyant que j'hésitais, il a pris un ton plus amical.

— La moindre information peut nous être utile, Ethan.

— Je vous l'ai dit, ai-je répondu d'un ton plus ferme. Je n'en sais rien du tout.

Il a pris un petit air exaspéré, comme s'il pensait que je refusais de coopérer — ce qui était vrai, mais pas pour les raisons qu'il croyait.

— Ethan, vous vous rendez compte que nous essayons seulement de l'aider, n'est-ce pas ? Vous ne protégez personne si vous nous dissimulez des informations.

— Je crois que cela suffit.

Mon père s'est avancé soudain dans le jardin, toujours en robe de chambre, et a dévisagé les policiers.

— Messieurs, nous apprécions votre démarche, mais il me semble que mon fils vous a dit tout ce qu'il savait.

Sidéré, je l'ai regardé venir se poster à mon côté, souriant mais ferme.

— Si nous apprenons quoi que ce soit, soyez certains que nous vous appellerons.

— Monsieur, vous n'avez pas l'air de comprendre…

— Je comprends tout à fait, messieurs, a dit mon père sans se départir de son sourire poli. Mais Ethan vous a déjà donné sa réponse. Merci pour votre visite.

Les deux hommes ont paru irrités, mais papa n'était pas un petit gabarit et pouvait parfois avoir des airs de taureau sympa mais borné ; on sentait bien qu'on ne pourrait pas le faire bouger s'il ne l'avait pas décidé. Après un silence pesant — au cas, peut-être, où j'aurais soudainement décidé de passer aux aveux — les officiers ont eu un bref hochement de tête et ont tourné les talons. Après un vague « M'dame » de politesse envers ma mère, ils sont passés devant elle, et elle les a suivis, sans doute jusqu'à la porte.

Papa a attendu quelques secondes après que la porte fut refermée pour se tourner vers moi.

— Todd Wyndham est le garçon qui est resté dormir, l'autre soir. Aurais-tu des trucs à me dire, fiston ?

J'ai secoué la tête sans le regarder.

— Non, ai-je marmonné, mal à l'aise de mentir à celui qui venait de me débarrasser des policiers. Je jure que je ne sais rien.

— Mmh.

Il m'a lancé un regard indéchiffrable, puis est rentré dans la maison. Ma mère a alors refait une apparition dans l'encadrement de la porte pour me regarder. Et j'ai lu la peur et la déception sur son visage. Elle *savait* que je mentais.

Elle a hésité un moment, comme si elle attendait que

j'avoue, que je lui dise autre chose. Mais que pouvais-je bien ajouter ? Que le garçon qui avait passé une nuit chez nous était un sang-mêlé, et que cette horrible nouvelle espèce de fées était à ses trousses pour une raison mystérieuse ? Je ne pouvais pas l'entraîner là-dedans. Elle paniquerait, à coup sûr, pensant que je serais le prochain à y passer. Ni papa ni maman ne pouvaient m'aider sur ce coup-là. J'ai donc détourné le regard, et après un long silence gêné, elle est retournée à l'intérieur en claquant la porte derrière elle.

J'ai fait la grimace. *Super* ; maintenant, ils en avaient tous les deux après moi. Dans un soupir, j'ai pris mes deux bâtons dans une main et je suis rentré à mon tour. J'aurais aimé pouvoir taper le pneu plus longtemps, mais il me semblait préférable de faire profil bas un moment. Je ne voulais surtout pas me retrouver sur le gril, assailli de nouvelles questions auxquelles je ne pourrais pas répondre.

Maman et papa discutaient dans la cuisine — sûrement de moi. Je me suis donc faufilé dans ma chambre et j'ai doucement refermé ma porte.

Mon téléphone était posé sur le coin de mon bureau. L'espace d'un instant, j'ai songé à appeler Kenzie. Que faisait-elle en ce moment ? La police était peut-être aussi venue chez elle pour lui poser des questions sur notre camarade de classe porté disparu. S'inquiétait-elle pour lui… ou pour moi ?

Allons donc ! Et pourquoi s'inquiéterait-elle de ton cas, espèce de malade ? Tu as été un vrai mufle avec elle, et en plus, tu es censé l'oublier, tu te souviens de ça ?

Irrité, je me suis laissé tomber sur mon lit, un bras replié sur le visage. Je devais cesser de penser à elle, mais mon cerveau ne se montrait pas très coopératif ce matin. Au lieu de me concentrer sur la démonstration de kali, la disparition de Todd et la fée flippante qui rôdait autour de nous, mes pensées revenaient sans cesse vers Kenzie Saint James. L'idée de l'appeler, juste pour voir si elle allait bien, se faisait de plus en plus tentante. J'ai fini par sauter du lit pour rejoindre le salon et allumer la télé afin de mettre un terme à cette dangereuse tentation.

La journée s'est écoulée dans un brouillard de vieux films d'action et de publicités. Je n'ai pas décollé du canapé, craignant de retourner dans ma chambre et de voir que mon téléphone ne comportait aucun message de Kenzie. Ou, pire, qu'il y en ait un, et que je sois tenté de la rappeler. J'ai donc squatté le divan du salon, entouré de sacs de chips vides, d'assiettes sales et de canettes de soda jusqu'au milieu de l'après-midi, quand maman a lâché sans prévenir un commentaire exaspéré sur le ramollissement de cerveau ou quelque chose dans le genre, et m'a ordonné de faire autre chose.

J'ai donc éteint la télévision et me suis assis pour réfléchir. J'avais encore deux heures devant moi avant la démonstration. De retour dans ma chambre, j'ai consulté mon téléphone. *Rien.* Aucun appel manqué, pas de sms. J'ai hésité entre le soulagement et la déception.

Alors que je l'avais entre les mains, mon portable s'est mis soudain à sonner. J'ai décroché sans même regarder le numéro qui s'affichait.

— Allô ?

— Ethan ?

Une voix vaguement familière s'est fait entendre au bout du fil ; mais ce n'était pas celle de Kenzie.

— C'est bien Ethan Chase ?

— Oui ?

— Bonjour, c'est… Mme Wyndham à l'appareil, la mère de Todd.

Mon cœur s'est accéléré. J'ai dégluti et serré le téléphone contre mon oreille tandis qu'elle poursuivait :

— Je sais que la police est déjà venue te parler, a-t-elle dit d'une voix abattue. Mais… je voulais te demander moi-même. Tu m'as dit être l'ami de Todd… sais-tu ce qui aurait pu lui arriver ? Je t'en prie, je suis folle d'inquiétude. Je veux juste retrouver mon fils.

Sa voix s'est brisée sur cette dernière phrase, et j'ai fermé les yeux.

— Madame Wyndham, je suis désolé pour Todd, ai-je dit, me sentant vraiment nul.

Pire que nul ; j'étais vraiment le dernier des minables, parce que j'avais laissé tomber une personne de plus, parce que je n'avais pas su protéger Todd contre les fées.

— Mais je ne sais vraiment pas où il est, ai-je ajouté. La dernière fois qu'on a discuté, c'était hier, au lycée, avant que je vous parle, je le jure.

Elle a laissé échapper un petit sanglot qui m'a fendu le cœur.

— Je suis vraiment désolé, ai-je répété, conscient que cela ne servait pas à grand-chose. J'aurais aimé pouvoir vous donner de meilleures nouvelles.

Elle a inspiré avec fébrilité.

— D'accord, merci Ethan. Excuse-moi de t'avoir dérangé.

Elle a reniflé et semblait sur le point de dire au revoir, mais a hésité.

— Si… si jamais tu le vois, a-t-elle repris, ou si tu

apprends quoi que ce soit à son sujet… tu me tiendras au courant ? S'il te plaît ?

— Bien sûr, ai-je répondu. Si je le vois, je ferai en sorte qu'il rentre chez lui, je vous le promets.

Elle a raccroché. Je me suis mis à arpenter ma chambre, ne sachant que faire. J'ai essayé de surfer un peu sur internet, me suis baladé sur YouTube et différents sites d'armes de combat, juste pour me changer les idées. Mais il n'y avait rien à faire ; je ne pouvais m'empêcher de penser à Todd et à Kenzie, tous deux pris dans les jeux tordus des fées. En partie par ma faute. D'accord, Todd avait joué avec le feu, et Kenzie était trop têtue pour savoir quand s'arrêter, mais le dénominateur commun, c'était *moi*.

Et maintenant, l'un des deux avait disparu, laissant une famille en plein désarroi. *Comme la dernière fois.*

J'ai saisi mon téléphone, je l'ai glissé dans la poche de mon jean et j'ai attrapé mes clés sur le bureau, avant de prendre mon sac de sport pour partir. Autant me rendre tout de suite à la démonstration ; cela valait toujours mieux que de rester ici à tourner en rond et à ruminer.

La pièce d'argent qui scintillait sur mon bureau a soudain attiré mon regard, et je me suis arrêté net. Je l'ai prise au creux de ma main pour la regarder. Je me suis demandé où était Meghan, ce qu'elle faisait en ce moment… Pensait-elle parfois à moi ? Serait-elle dégoûtée si elle apprenait comment j'avais tourné ?

— Ethan !

La voix de maman a retenti depuis la cuisine.

— C'est ce soir, ton truc de karaté, non ? Tu veux manger quelque chose avant d'y aller ?

J'ai glissé la pièce dans ma poche avec les clés et quitté ma chambre sans plus attendre.

— C'est du *kali*, maman, pas du karaté, lui ai-je répondu en arrivant dans la cuisine. Non, merci, j'achèterai un truc à manger en chemin. Ne m'attendez pas.

— Le couvre-feu est toujours à onze heures, Ethan.

— Oui, je sais, ai-je marmonné, agacé. Ça fait cinq ans que c'est comme ça, pourquoi ça changerait maintenant ? Ce n'est pas comme si j'étais assez vieux pour décider de ça moi-même, n'est-ce pas ?

Je suis passé devant elle et j'ai franchi la porte sans lui laisser le temps de répondre.

— Et, oui, je passerai un coup de fil si jamais je suis en retard, ai-je lancé par-dessus mon épaule.

J'ai senti le regard mi-fâché, mi-inquiet de ma mère dans mon dos tandis que je refermais la porte en prenant bien soin de la faire claquer derrière moi. Quel idiot je pouvais être. Si j'avais su ce qui allait se passer ce soir-là à la démonstration d'arts martiaux, je ne serais pas parti sur une telle note.

Le bâtiment regorgeait déjà de monde lorsque je suis arrivé. Les tournois se déroulaient depuis une bonne partie de l'après-midi, et les cris, « *kiai* », et le bruissement des pieds nus sur les tapis résonnaient dans la salle quand j'y ai pénétré. Vêtus de leurs tenues blanches aux ceintures de différentes couleurs, les jeunes participants lançaient coups de poing et coups de pied dans les surfaces délimitées à cet effet. Apparemment, c'était au tour des élèves du cours de kempo.

J'ai repéré Guro et me suis frayé un chemin dans la

foule des élèves et des spectateurs. J'ai serré les dents lorsque quelqu'un — un jeune costaud à ceinture violette — m'a envoyé un coup de coude dans les côtes. Il a souri sous mon regard appuyé, comme pour me défier de tenter quoi que ce soit. Comme si j'allais me battre avec ce morveux devant deux cents parents et une douzaine de maîtres de différents arts martiaux ! Ignorant son petit sourire satisfait, j'ai poursuivi mon chemin le long du mur et j'ai rejoint Guro dans un angle. Il regardait le tournoi avec un intérêt détaché et m'a adressé un léger sourire en me voyant.

— Tu es très en avance, Ethan.

J'ai haussé les épaules avec désinvolture.

— J'avais envie de voir ça.

— Es-tu prêt ?

Guro s'est tourné vers moi.

— Notre démonstration aura lieu après celle de kempo. Oh ! et Sean s'est foulé la cheville hier soir ; c'est donc toi qui vas faire la démonstration d'armes.

Je me suis soudain senti un peu plus nerveux.

— Ah bon ?

— Tu as besoin de t'entraîner ?

— Non, ça ira.

J'ai repensé aux quelques fois où j'avais manipulé les vraies armes blanches de Guro, des lames courtes, à simple tranchant, semblables à des machettes. Elles étaient moins longues que mes bâtons de rotin, tranchantes comme des lames de rasoir — et aussi dangereuses qu'elles en avaient l'air. Ces armes appartenaient à la famille de Guro depuis de longues années, et j'appréhendais quelque peu de les manier.

Guro a hoché la tête.

— Va te préparer, m'a-t-il dit avec un coup d'œil

sur mon jean et mon T-shirt. Echauffe-toi un peu si tu veux. On devrait commencer d'ici une heure.

J'ai gagné les vestiaires, j'ai enfilé mon large pantalon noir et une chemise blanche, et j'ai pris soin de retirer de mes poches mon portefeuille, mes clés et mon téléphone pour les ranger dans la poche latérale de mon sac de sport. En sortant mon portable, quelque chose de brillant est tombé par terre, heurtant le sol avec un bruit métallique.

Le jeton d'argent. Je l'avais oublié, celui-là. J'ai considéré la petite pièce, me demandant si je devais la mettre dans mon sac ou la laisser par terre. Mais c'était mon unique lien avec ma sœur, et même si Meghan ne se souciait plus de moi, je ne voulais pas risquer de le perdre. Je l'ai donc ramassée, et l'ai glissée dans ma poche.

Je me suis étiré un peu, j'ai effectué quelques figures à mains nues pour bien me concentrer sur ce que je faisais, puis je suis sorti pour regarder le tournoi. Les autres élèves du cours de kali commençaient à arriver ; ils m'ont croisé en me saluant d'un petit signe de tête ou de la main avant de s'agglutiner autour de Guro, mais je n'avais pas envie de les rejoindre. A la place, j'ai trouvé un coin isolé entre les rangées de chaises et m'y suis installé, bras croisés, pour suivre les matches.

— Ethan ?

Une voix familière m'a surpris en pleine contemplation. J'ai tourné la tête. Kenzie se faufilait parmi la foule pour venir vers moi, un carnet dans une main et un appareil photo autour du cou ! Un petit frisson m'a parcouru, mais je l'ai réprimé aussitôt.

— Ça alors, m'a-t-elle fait avec un sourire étonné et

heureux. Je ne m'attendais pas à te voir ici. Qu'est-ce que tu fais là ?

— Et *toi,* qu'est-ce que tu fais là ? ai-je répliqué, comme si la réponse n'était pas évidente.

— Oh ! tu vois bien, m'a-t-elle dit en brandissant son appareil photo. Un article pour le journal du lycée. Quelques garçons de ma classe prennent des cours ici, et je couvre le tournoi. Et toi ?

Ses yeux se sont illuminés d'un coup.

— Tu fais partie du tournoi ? Je vais te voir te battre ?

— Je ne me bats pas.

— Mais tu fais bien quelque chose ici, pas vrai ? Kempo ? Jujitsu ?

— *Kali.*

— Qu'est-ce que c'est que ça ?

J'ai poussé un soupir.

— Une technique de combat philippine qui utilise des bâtons et des armes blanches. Tu verras ça dans quelques minutes.

— Ah.

Kenzie a semblé réfléchir, puis elle a fait un pas vers moi pour me fixer de ses yeux bruns. J'ai dégluti pour essayer d'atténuer la soudaine sécheresse de ma bouche et me suis appuyé en arrière, où le mur m'empêchait de fuir davantage.

— Eh bien, on peut dire que tu es vraiment plein de surprises, Ethan Chase, a-t-elle ronronné avec un petit sourire en penchant la tête vers moi. Je me demande quels sont les autres secrets dissimulés dans cette petite tête boudeuse.

Je me suis forcé à ne pas bouger et à conserver un ton détaché.

— C'est pour ça que tu me tournes tout le temps autour ? Par curiosité ?

J'ai secoué la tête en arborant un sourire narquois.

— Tu vas être déçue. Ma vie n'a rien d'excitant.

Elle m'a lancé un regard dubitatif et a fait un nouveau pas en avant pour me regarder droit dans les yeux, comme si elle pouvait lire mes pensées. J'en avais le ventre tout retourné.

— Ah-ah. Alors tu gardes tes distances avec tout le monde, tu prends des cours d'arts martiaux en secret, tu as été viré de ton ancien bahut après que la bibliothèque a mystérieusement pris feu quand tu t'y trouvais, et tu oses me dire que ta vie n'a rien d'excitant ?

Je me suis tortillé, de plus en plus mal à l'aise. Cette fille était perspicace, je devais bien l'admettre. Malheureusement, elle se rapprochait un peu trop du côté « excitant » de ma vie en ce moment, ce qui signifiait que j'allais devoir soit mentir, feindre l'ignorance, ou jouer la carte du mufle total pour l'envoyer balader — une fois encore. Sauf que maintenant, bizarrement, je n'avais plus envie de jouer cette carte-là…

J'ai croisé son regard et j'ai haussé les épaules avec un petit sourire suffisant.

— Et alors, je ne peux quand même pas te dire tous mes secrets, n'est-ce pas ? Ça casserait mon image.

Elle s'est rembrunie et a repoussé ses cheveux en arrière.

— Ah, d'accord. Joue donc au mec mystérieux et ténébreux si ça t'amuse. En tout cas, je te rappelle que tu me dois toujours une interview.

Un éclair de malice a traversé son visage, et elle a soudain brandi son carnet.

— D'ailleurs, puisque tu ne fais rien de spécial en ce moment, tu pourrais peut-être répondre à quelques questions ?

— Ethan !

J'ai relevé les yeux avec un curieux mélange de soulagement et de déception. Guro me faisait signe. Tous les élèves de mon cours étaient rassemblés et grouillaient maintenant autour de lui avec nervosité. Apparemment, les matches de kempo touchaient à leur fin.

Bon timing, Guro, ai-je pensé avec une touche de sarcasme. Je me suis décollé du mur et me suis tourné vers Kenzie en haussant les épaules.

— Je dois y aller, lui ai-je fait. Désolé.

— O.K., m'a-t-elle lancé. Mais j'aurai cette interview, gros dur ! On se voit après !

Guro a haussé un sourcil lorsque je suis arrivé, mais ne m'a pas demandé qui était cette fille ou des trucs du genre. Il ne s'immisçait jamais dans la vie privée de ses élèves, ce dont je lui étais reconnaissant.

— On ne va pas tarder à commencer, m'a-t-il dit en me tendant une paire de lames courtes dont le tranchant de métal scintillait sous les néons.

Ce n'étaient pas les couteaux de Guro. Ceux-ci étaient différents — un peu plus longs, peut-être, avec des lames moins courbes. De petites épées, en somme. Je les ai prises en main, jaugeant leur poids et leur équilibre, avant de leur faire faire un petit tour de test. Curieusement, j'ai eu l'impression directe qu'elles étaient faites pour moi.

J'ai jeté un regard interrogateur à Guro, qui a approuvé d'un signe de tête.

— Je les ai affûtées ce matin, sois prudent, s'est-il contenté de me dire.

Je me suis ensuite retiré pour prendre ma place le long du mur.

Bientôt, les tapis ont été dégagés, et une voix a crépité dans les haut-parleurs pour présenter Guro Javier et son cours d'élèves de kali. Une salve d'applaudissements a retenti, et nous avons tous avancé sur les tapis pour faire le salut, tandis que Guro parlait des origines du kali, de ce que cela signifiait et de la façon dont il était utilisé. Je sentais l'ennui et l'impatience des autres élèves le long du mur ; ceux-là ne voulaient pas voir une démonstration, ils ne s'intéressaient qu'à la compétition. J'ai gardé la tête haute et le regard droit. Je ne faisais pas ça pour eux.

Il y a eu un bref éclair de lumière d'un côté de la salle : un flash d'appareil photo. J'ai contenu un grognement, sachant exactement qui était en train de me tirer le portrait. *Génial.* Si ma photo finissait dans le journal de l'école, si les gens apprenaient que je pratiquais un art martial, je n'avais pas fini d'être harcelé ; tout le monde se bousculerait pour venir voir le nouveau « karaté kid ». J'ai maudit tout bas cette fouine de journaliste — tout en me demandant si je pourrais la séparer de son appareil photo suffisamment longtemps pour pouvoir en effacer les images.

La démonstration a commencé avec deux débutants effectuant une figure appelée Sixième Ciel ; le claquement de leurs bâtons de rotin s'entrechoquant a bientôt retenti dans toute la salle. J'ai entraperçu Kenzie. Elle prenait quelques photos tandis qu'ils tournaient sur le tapis. Ensuite, des élèves plus confirmés nous ont montré quelques techniques de désarmement, de plaquage, et enfin de combat libre. Guro tournait autour d'eux pour expliquer ce qu'ils faisaient, comment nous nous entraînions, et comment cela pouvait être appliqué dans la vie réelle.

Ça a alors été mon tour.

— Bien entendu, a dit Guro comme j'entrais sur le tapis, tenant les deux épées à mes côtés, les rotins — les bâtons de kali — sont des armes blanches par procuration. Nous nous entraînons avec des bâtons, mais tout ce que nous faisons peut être transposé aux couteaux, aux épées, ou à mains nues. Comme Ethan va maintenant vous en faire la démonstration. Ceci est une technique avancée, a-t-il prévenu alors que je me positionnais à quelques mètres de lui. N'essayez surtout pas de le faire chez vous.

Je me suis incliné pour le saluer, ainsi que le public. Il a alors levé un bâton, l'a fait tourner une fois et me l'a lancé subitement. J'ai répondu instantanément, projetant mes lames devant moi pour le couper en trois morceaux. Une clameur est montée de l'assemblée, qui s'est redressée sur ses chaises, et j'ai souri.

Waouh. Ça, c'est de la lame.

Guro a hoché la tête et a reculé. Les yeux mi-clos, j'ai mis mes armes en position, l'une verticalement contre une épaule, l'autre plaquée contre mon flanc. Bien campé sur mes deux pieds, j'ai laissé mon esprit s'évader, oubliant les spectateurs et les autres élèves qui nous observaient depuis leur mur. J'ai ralenti ma respiration et fait le vide dans ma tête.

La musique a débuté, martelant son rythme par les haut-parleurs, et je me suis mis à me mouvoir.

J'ai commencé doucement, en faisant tournoyer les deux lames autour de moi, passant d'un mouvement à un autre. *Ne pense pas à ce que tu fais, contente-toi de bouger, à l'instinct.* Je dansais sur le sol, lançant quelques estocs et coups de pied dans mes figures, en rythme avec la musique. A mesure que les tambours s'accéléraient, adoptant un rythme soutenu, je bougeais de plus en plus vite, projetant les lames autour de mon corps jusqu'à sentir le souffle de leur passage fendant l'air et entendre le son redoutable de leur mouvement.

Quelqu'un a poussé un cri dans le public, mais je l'ai à peine entendu. Les spectateurs importaient peu ; rien n'importait en cet instant, à part les lames dans mes mains et le mouvement continu de la danse. Sous la lumière tamisée, les longs couteaux dessinaient des arcs argentés, fluides, souples, presque liquides. Il n'y avait pas à attaquer, bloquer, parer ou contrer ; la danse était déjà tout cela à elle seule. Je me suis dépassé comme jamais, jusqu'à ne plus pouvoir dire où commençaient mes bras et où finissaient mes lames. Je n'étais plus qu'une arme au centre du tapis, et nul ne pouvait me toucher.

Dans une sorte de bouquet final, j'ai tournoyé sur moi-même pour terminer la démonstration sur un genou, les lames revenues dans leur position initiale. Pendant une seconde, un silence absolu a régné dans la salle. Puis, tel un barrage se rompant, un tonnerre d'applaudissements a retenti et a déferlé sur moi, mêlé de sifflets enthousiastes et de bruits de chaises tandis que le public se levait comme un seul homme. Je me suis relevé et me suis incliné devant l'assemblée, puis devant mon maître, qui m'a adressé un hochement de tête plein de fierté. Il avait compris. Compris qu'il ne s'agissait pas d'une simple démonstration pour moi.

C'était quelque chose à quoi j'avais travaillé, durement, et dont j'étais sorti vainqueur — sans avoir eu d'ennuis ou blessé quiconque au passage. Pour une fois, j'avais réussi quelque chose.

Levant les yeux, j'ai croisé le regard de Kenzie de l'autre côté du tapis. Elle avait un sourire radieux et applaudissait comme une folle, son carnet posé par terre à côté d'elle ; je lui ai rendu son sourire.

— C'était dément, s'est-elle exclamée en se faufilant au bord du tapis alors que je le quittais, haletant. Je n'aurais jamais cru que tu puisses faire… un truc pareil. Félicitations, tu es un dur à cuire officiel !

Au fond de moi, j'ai ressenti la douce chaleur de… quelque chose.

— Merci, ai-je murmuré en rangeant précautionneusement les lames dans leur fourreau avant de les déposer sur le sac de Guro.

J'avais du mal à les quitter. J'avais envie de les tenir encore, de sentir leur poids parfait en les faisant valser dans les airs. J'avais vu Guro pratiquer avec ses propres lames ; il avait l'air tellement à l'aise avec elles, comme si elles étaient des extensions de ses bras. Est-ce que j'avais donné la même impression sur le tapis, tandis que les lames effleuraient constamment mon corps sans jamais le toucher ? Guro me laisserait-il un jour m'en servir de nouveau ?

Notre professeur venait d'appeler les derniers élèves pour faire une démonstration de technique de couteaux avec lui, retenant désormais toute l'attention du public. Cependant, j'ai perçu les regards envieux de quelques-uns de mes camarades sur Kenzie, et me suis senti frémir.

— Viens, lui ai-je dit en l'éloignant des autres avant

que ce gros lourd de Chris ne débarque pour « faire connaissance ». J'ai besoin d'un soda. Tu en veux un ?

Elle a acquiescé avec enthousiasme. Nous nous sommes tous deux coulés à travers la foule puis nous avons passé les portes pour rejoindre le hall, laissant le bruit et l'agitation derrière nous.

J'ai mis deux dollars dans la machine au bout du couloir et j'ai récupéré une boisson pour chacun de nous. Kenzie m'a remercié d'un grand sourire comme je lui lançais la canette, et nous nous sommes adossés au mur, baignant dans le silence.

Au bout de quelques secondes, après un regard en biais, Kenzie s'est décidée à parler :

— Alors, tu veux bien répondre à quelques questions, maintenant ?

J'ai appuyé l'arrière de ma tête contre le mur.

— D'accord, ai-je marmonné en fermant les yeux.

Décidément, elle ne me lâcherait pas avec ça tant que ce ne serait pas fait !

— Allons-y. Mais je t'assure que tu risques d'être déçue, ma vie n'a vraiment rien de palpitant.

— Alors là, permets-moi d'en douter.

La voix de Kenzie avait changé. Elle était moins sûre, maintenant, presque nerveuse. J'ai froncé les sourcils sans oser la regarder en face et j'ai entendu le froissement du papier de son carnet, puis une profonde inspiration, comme si elle se préparait à affronter quelque chose.

— Bon, première question : depuis combien de temps pratiques-tu le kali ?

— Depuis l'âge de douze ans, ai-je répondu sans bouger. C'est-à-dire… depuis presque cinq ans, maintenant.

Bon sang, cinq ans déjà ? Je me souvenais de mon premier cours comme si c'était hier : j'étais un garçon timide, taciturne, qui tenait ses bâtons comme s'il s'agissait de serpents venimeux, sous le regard perçant de Guro.

— O.K., très bien. Deuxième question.

Kenzie a hésité, puis m'a demandé d'une voix claire et posée :

— Quel est ton sentiment au sujet des fées, exactement ?

Mes yeux se sont rouverts d'un coup, et j'ai relevé la tête brutalement, me la cognant contre le mur. Ma canette de soda m'est tombée des mains et s'est renversée par terre. Kenzie a reculé d'un pas tandis que je la regardais, bouche bée, n'arrivant pas à croire ce que je venais d'entendre.

— *Quoi ?* me suis-je étranglé avant d'avoir eu le temps de reprendre ma carapace de protection.

— Tu m'as très bien entendue.

Kenzie m'a regardé avec intensité, observant ma réaction.

— Les fées. Que sais-tu d'elles ? En quoi t'intéressent-elles ?

Mon esprit a bouillonné. Les fées. *Elle savait.* Comment, je l'ignorais. Mais on ne pouvait pas continuer avec ce genre de questions. Il fallait que ça cesse, tout de suite. Todd était déjà dans le pétrin à cause d'*elles*. Peut-être même était-il mort. Et la dernière chose que je voulais, c'était bien que Mackenzie Saint James disparaisse de la surface de la Terre par ma faute. Quitte à ce que je me montre désagréable ou cruel. Ce serait toujours mieux que l'autre éventualité.

J'ai rassemblé mes esprits pour me blinder et je l'ai alors toisée en prenant mon ton le plus détestable :

— Waouh, je ne sais pas ce que tu as fumé hier soir, mais ça devait être de la bonne.

Je lui ai lancé un regard plein de mépris.

— Tu t'es entendue parler ? C'est quoi, cette question débile ?

Le regard de Kenzie s'est durci. Elle a tourné plusieurs pages de son carnet et me l'a tendu ; j'ai vu les mots *glamour, cours Unseelie et Seelie* soulignés en rouge. Je me suis souvenu alors qu'elle était présente derrière les gradins lorsque j'avais parlé à cette fée transparente. Mon ventre s'est noué.

— Je suis journaliste, a argumenté Kenzie tandis que j'essayais de trouver un moyen de m'en sortir. Je t'ai entendu parler à quelqu'un le jour où Todd a disparu. L'info n'était pas très dure à dénicher.

Elle a refermé son carnet et m'a défié du regard.

— Changelins, Petit Peuple, cours d'Eté et d'Hiver, Bons Voisins, j'ai appris plein de choses. Et quand j'ai appelé chez Todd cet après-midi, il n'était toujours pas là.

Elle a repoussé ses cheveux en arrière et m'a regardé avec inquiétude.

— Qu'est-ce qui se passe, Ethan ? Vous faites partie d'une sorte de culte païen, Todd et toi ? Tu ne crois pas *vraiment* aux fées, dis-moi ?

Je me suis efforcé de garder mon calme. Au moins Kenzie réagissait-elle comme une personne normale — c'est-à-dire avec malaise et incrédulité. Naturellement, elle ne croyait pas aux fées. Peut-être que je tenais là le moyen de la faire fuir pour de bon.

— Si, ai-je déclaré en croisant les bras. C'est exactement ça. Je fais partie d'un culte ; nous sacrifions des chèvres les soirs de pleine lune et buvons du sang de vierge et de bébé tous les mois.

Elle a froncé le nez, et j'ai fait un pas vers elle.

— C'est super-marrant, surtout quand on sort le crack et la planchette de ouija. Tu veux venir ?

— Très drôle, gros dur.

J'avais oublié que Kenzie n'était pas du genre peureuse. Elle m'a dévisagé, aussi inébranlable qu'un mur.

— Sans blague, qu'est-ce qui se passe ? Vous avez vraiment des ennuis ?

— Et si je te dis oui ? ai-je rétorqué. Qu'est-ce que tu vas faire ? Tu crois que tu vas me sauver ? Tu crois que tu vas publier une de tes petites histoires, et que tout va s'arranger ? Réveille-toi un peu, mademoiselle la Fouine. Ce n'est pas comme ça que ça se passe.

— Arrête de faire ton kéké, Ethan, m'a-t-elle lancé en plissant les yeux. Ce n'est pas toi, et tu n'es pas aussi mauvais que tu le penses. J'essaie juste de t'aider.

— Personne ne peut m'aider.

Brusquement, je me suis senti très fatigué. Fatigué de me battre, fatigué de me forcer à être quelqu'un que je n'étais pas. Je ne voulais pas la blesser, mais si elle continuait sur cette voie, elle allait se jeter tête la première dans un monde qui ferait tout pour la briser. Et je ne voulais pas de ça. Pas une fois de plus.

— Ecoute…

J'ai poussé un soupir et me suis laissé tomber contre le mur.

— Je ne peux pas t'expliquer. Alors… laisse-moi tranquille, tu veux ? S'il te plaît. Tu ne te rends pas compte de là où tu mets les pieds.

— Ethan…

— Arrête de poser des questions, ai-je murmuré en m'éloignant.

Elle m'a interrogé du regard, décontenancée, et j'ai durci le ton :

— Arrête de poser des questions, et ne t'approche plus de moi, compris ? Sinon, ça finira mal pour toi.

— Voilà un conseil que tu aurais dû suivre toi-même, Ethan Chase, a soudain sifflé une voix dans l'obscurité.

9. Un jeton pour Nulle Part

Elles étaient là.

L'horrible fée transparente flottait à quelques centimètres du sol carrelé en avançant vers nous. Sauf que, cette fois, elle n'était pas seule ; tout un tas de ses congénères emplissaient maintenant le couloir et se rapprochaient en faisant cliqueter leurs doigts osseux et leurs ailes décharnées.

— On t'avait mis en garde, a murmuré l'une d'entre elles en me fixant de ses yeux noirs et brillants. On t'avait dit d'oublier, de ne pas poser de questions, de ne pas intervenir. Tu as été prévenu, et tu as choisi d'ignorer cet avertissement. Maintenant, toi et ton amie allez disparaître. Nul ne doit compromettre le retour de notre Lady, pas même le frère mortel de la reine de Fer.

— Ethan ?

Kenzie m'a regardée avec angoisse, mais je ne pouvais détacher mes yeux des fées fantomatiques qui avançaient vers nous. Elle a jeté un regard derrière elle, puis s'est retournée de nouveau vers moi.

— Qu'est-ce que tu regardes comme ça ? Tu commences à me faire peur.

J'ai reculé et attrapé le poignet de Kenzie, ignorant son cri de surprise, avant de courir vers la grande salle.

— Hé !

Elle a essayé de se dégager comme nous franchissions brusquement les portes, manquant de culbuter trois élèves en tenues de combat.

— Aïe ! Mais qu'est-ce que tu fais ? Lâche-moi, à la fin !

Nous commencions à attirer l'attention, malgré le bruit des combats en cours. Plusieurs parents se sont retournés pour me foudroyer du regard. J'ai entraîné Kenzie dans le coin où j'avais laissé mon sac et je l'ai alors lâchée, tout en surveillant la porte que nous venions de passer. Elle m'a regardé en se frottant le poignet.

— La prochaine fois, j'aimerais bien que tu me préviennes.

Voyant que je ne répondais pas, elle a froncé les sourcils et a relâché son avant-bras.

— Ça va ? On dirait que tu es sur le point de craquer. Qu'est-ce qu'il y a ?

Les fées avaient passé les portes et flottaient maintenant au-dessus de la foule, tels des spectres squelettiques, scrutant le sol de leurs yeux noirs. Bien entendu, personne ne les voyait. Leur image a vacillé et disparu une fraction de seconde, avant que tous leurs yeux ne se braquent simultanément sur moi.

J'ai juré tout bas.

— Kenzie, ai-je chuchoté alors que les fées commençaient à se diriger vers nous. Il faut qu'on sorte d'ici. Tu veux bien me faire confiance, juste pour cette fois, sans me poser de questions ?

Elle a ouvert la bouche pour protester. Je l'ai regardée droit dans les yeux.

— S'il te plaît !

Sa mâchoire s'est refermée. Visiblement convaincue

par mon expression, ou quoi que ce soit d'autre, elle a acquiescé.

— Vas-y, je te suis.

J'ai jeté mon sac sur mes épaules et rasé le mur, Kenzie sur mes talons, en slalomant entre les élèves et les parents, jusqu'à ce que nous atteignions le fond du dojo. Là, je me suis précipité vers la sortie de secours, dont la porte était légèrement entrouverte, probablement pour laisser circuler un peu d'air frais.

Mais à l'instant même où je touchais la barre de métal pour l'ouvrir en grand, quelque chose a frappé mon bras, m'envoyant une douleur aiguë à travers l'épaule. J'ai étouffé un cri et j'ai descendu les marches extérieures en titubant, sans lâcher Kenzie derrière moi. De l'autre côté de la porte, j'ai aperçu le visage taillé à la serpe de la fée qui me regardait.

— Ethan, a haleté Kenzie tandis que je l'entraînais à travers le parking.

Il avait encore plu, et l'odeur de l'asphalte mouillé emplissait l'atmosphère. Nous avons couru en nous éclaboussant dans les eaux noires des nombreuses flaques qui brillaient sous la lumière des réverbères.

— Ethan ! a de nouveau crié Kenzie.

Elle avait l'air affolée, mais toutes mes pensées étaient concentrées sur un unique objectif : arriver jusqu'à ma voiture.

— Oh ! mon Dieu ! Attends, regarde ton bras !

J'y ai jeté un œil, *et mes poils se sont hérissés*. Là où la fée m'avait frappé, mon vêtement était tout imbibé de rouge. J'ai relevé ma manche, révélant trois longues coupures bien nettes sur mon triceps. Le sang commençait à goutter le long de mon bras.

— Mais qu'est-ce que c'est que ça ? s'est écriée Kenzie.

Simultanément, la douleur m'a transpercé comme si on était en train de m'écorcher vif. J'ai serré les dents et posé une main ferme sur ma blessure.

— Quelque chose t'a à moitié déchiqueté le bras ! Il faut aller à l'hôpital. Donne.

Elle a tendu le bras en posant doucement une main sur mon épaule valide.

— Allez, donne-moi ton sac.

— Non, ai-je grogné en m'écartant.

Les fées descendaient maintenant les escaliers et enjambaient les premières flaques sur leurs jambes pointues. L'une d'entre elles m'a fixé et a porté une griffe acérée et ensanglantée à sa bouche, pour en lécher le sang d'une langue pâle semblable à un ver.

J'ai entendu alors un bruit de mouvement derrière nous et j'ai fait volte-face ; d'autres créatures arrivaient vers nous par l'angle du bâtiment, nous prenant au piège.

Mes tripes se sont nouées. Etait-ce ce qui était arrivé à Todd — cerné de toutes parts par ces fées sinistres et transparentes, avant de se faire mettre en pièces par leurs longs doigts acérés ?

J'ai frissonné et essayé de garder mon sang-froid. Mes bâtons d'escrime se trouvaient dans mon sac ; l'arme pouvait sembler dérisoire, mais il fallait bien que je tente quelque chose.

Pendant un bref instant, j'ai discerné mon reflet dans la flaque devant moi. Une tache sombre maculait ma joue du côté où je m'étais frotté le visage après avoir touché ma blessure.

Attends un peu. Du sang… Une eau stagnante…

Les fées se rapprochaient dangereusement. Fouillant dans ma poche, mes doigts ensanglantés ont trouvé la pièce d'argent. Je l'ai sortie prestement et j'ai regardé Kenzie, qui me contemplait toujours de son regard inquiet en insistant pour que nous allions voir un médecin.

— Kenzie, ai-je dit en lui prenant la main tandis que le bruit de nos assaillants se faisait de plus en plus proche. Crois-tu aux fées ?

— *Quoi ?*

Elle m'a jeté un regard ébahi, presque fâchée que je ramène ce sujet ridicule sur le tapis.

— Est-ce que je... ? Non, bien sûr que non, c'est stupide !

J'ai fermé les yeux.

— Alors excuse-moi, ai-je murmuré. Je ne voulais pas que ça se passe comme ça. Essaie juste de ne pas paniquer quand on sera là-bas.

— *Là-bas ?* Mais où ?

Toutes griffes dehors, le cercle des fées se refermait autour de nous dans un concert de crachements et de claquements de mâchoires. Priant pour que cela fonctionne, j'ai serré la main de Kenzie de toutes mes forces — et alors, j'ai lancé le jeton dans la flaque à mes pieds.

Il y a soudain eu un flash de lumière blanche aveuglante, suivi d'une vague d'énergie silencieuse. Mon estomac s'est retourné, le sol s'est mis à tourner sous mes pieds, et j'ai retenu mon souffle. Le son infernal des fées transparentes a cessé, et j'ai commencé à tomber.

J'ai atterri brutalement sur le ventre et me suis mordu la lèvre lorsque mon sac de sport a percuté douloureusement mon épaule. Près de moi, j'ai entendu

Kenzie pousser un cri tandis qu'elle s'étalait par terre, le souffle coupé.

— Mais… mais enfin ? a-t-elle haleté en essayant de se relever. Qu'est-ce qui s'est passé ? On est où, là ?

— Tiens, tiens, a répondu une voix calme et amusée, quelque part au-dessus de nous. Regardez qui voilà. Décidément, Ethan Chase, ta famille est douée pour s'attirer des ennuis.

DEUXIÈME PARTIE

10. La grotte du cait sith

Je me suis redressé vivement, faisant tomber mon sac ; une douleur fulgurante m'a parcouru le dos et l'épaule. J'ai serré les dents et me suis remis maladroitement sur pieds en cherchant d'où provenait cette voix mystérieuse. Nous étions dans une sorte de grotte au sol sablonneux, au fond de laquelle se trouvait une petite mare. Le long des murs, d'énormes champignons brillaient çà et là d'une lueur surnaturelle. De minuscules boules lumineuses, telles des lucioles vertes et bleues, flottaient au-dessus de l'eau, éclairant légèrement la caverne ; mais je ne distinguais personne à part Kenzie et moi.

— Qui est là ? a demandé Kenzie d'une voix bien plus assurée que je ne m'y attendais. Où êtes-vous ? Montrez-vous.

— Comme d'habitude, vous autres mortels n'avez pas le moindre talent pour voir ce qui se trouve juste sous votre nez, a poursuivi la voix d'un ton ennuyé avant de bâiller, m'a-t-il semblé. Très bien, humains. Par là-haut, je vous prie.

Une sorte de chatoiement a ondulé le long du mur du fond. Je l'ai suivi du regard jusqu'à un décrochement rocheux à environ cinq mètres du sol. Pendant quelques instants, la niche m'a paru vide. Quand, soudain, deux yeux jaunes et brillants sont apparus, et la seconde suivante un gros chat gris s'est matérialisé, la queue repliée autour de lui, nous considérant d'un air hautain.

— Voilà.

Il a soupiré avec lassitude, comme s'il avait déjà tenu ces propos mille fois.

— Vous me voyez, maintenant ?

Un souvenir m'est brusquement revenu à la mémoire : l'image d'une tour de métal s'écroulant tout autour de nous, et d'un chat gris angora nous menant en lieu sûr. Un nom me restait sur le bout de la langue, sans que je puisse vraiment le retrouver pour le moment. Mais l'image du chat aux yeux dorés était claire. Et bien entendu, il n'avait pas du tout changé.

Kenzie a fait deux pas hésitants en avant, regardant le cait sith comme s'il s'agissait d'une hallucination.

— D'ac-cord, a-t-elle fait en secouant légèrement la tête. Un chat. Un chat *qui parle*. Je deviens folle.

Elle m'a lancé un bref regard.

— Ou alors tu as mis quelque chose dans ma boisson pendant le tournoi. C'est soit l'un, soit l'autre.

— Comme tout cela était prévisible…

Le chat a poussé un nouveau soupir et a levé une patte arrière en l'air pour se toiletter les coussinets.

— Tu n'as aucun problème de vue ou d'ouïe, humaine. Ce qui confirme ce que je disais précédemment.

Je l'ai dévisagé.

— C'est bon, le chat, arrête, suis-je intervenu. Elle n'a jamais vu personne de ton espèce auparavant, et elle n'a jamais mis les pieds *ici*.

Mon bras me lançait affreusement ; je me suis laissé tomber le long d'un rocher.

— Bon sang, je ne sais pas ce que je fabrique ici,

moi non plus. Moi qui espérais ne jamais revoir cet endroit.

— Je t'en prie, a dit le chat d'un ton supérieur et quelque peu outré en me jetant un regard par-dessus sa patte. Comment *peux-tu* être surpris, humain ? Ton nom de famille est Chase, après tout. J'attendais ton arrivée d'un jour à l'autre.

Il a reniflé et a regardé Kenzie, laquelle le fixait toujours, bouche bée.

— Sans la fille, bien entendu. Cela dit, je suis certain que cela doit pouvoir s'arranger. Mais chaque chose en son temps.

Les yeux dorés sont revenus se poser sur moi.

— Tu mets du sang partout, humain. Peut-être devrais-tu essayer de faire cesser cela. Ce ne serait pas une bonne idée que d'attirer quelque rôdeur, n'est-ce pas ?

J'ai pris une profonde respiration. Voilà, j'étais au pays de Nulle Part. La meilleure chose à faire, maintenant, c'était d'essayer d'en sortir le plus rapidement possible. J'ai tiré mon sac vers moi, et je l'ai ouvert pour y fouiller d'une main, en me mordant la lèvre sous le coup de la douleur. Le sang coulait toujours abondamment le long de mon bras, et tout le côté gauche de mon vêtement était maintenant imbibé de rouge.

— Attends.

Kenzie s'est soudain agenouillée devant moi, arrêtant ma main.

— Ne te fais pas mal. Laisse-moi faire.

Elle a enlevé son appareil photo de son cou et a commencé à chercher dans mon sac.

— Tu as du bandage là-dedans ?

— Je vais le trouver, ai-je dit précipitamment, ne

voulant pas qu'elle tombe sur mes vêtements crasseux et malodorants.

J'ai tendu le bras, mais elle m'a décoché un regard sévère qui m'a forcé à me rasseoir en grimaçant pour la laisser faire. La mâchoire crispée, elle a fouillé dans le sac, écartant mes bâtons d'escrime et mes vieux T-shirts, avant de sortir une compresse et le rouleau de bandage que je gardais pour mes blessures de sport. Ses lèvres étaient pincées, son regard dur et déterminé comme si elle comptait régler ce petit problème avant de s'attaquer à autre chose. Un court instant, j'ai ressenti une étrange fierté. Elle prenait les choses remarquablement bien.

— Enlève-moi ça.

J'ai cligné des yeux, sentant mes joues rougir.

— Hein ? Quoi ?

— Ta chemise, gros dur, a-t-elle dit avec un geste vers mon vêtement. De toute façon, je ne crois pas qu'elle te resservira après ça. Allez.

Ses paroles étaient presque trop désinvoltes, un peu comme quelqu'un qui se forcerait à sourire après une terrible tragédie. J'ai hésité, plus par inquiétude que par gêne — même s'il y avait un peu de ça aussi.

— Tu es sûre que tu veux le faire ?

— Oh ! fais donc comme elle dit, humain.

Le chat a agité sa queue.

— Sinon, on risque d'y passer la nuit.

J'ai retiré mon vêtement avec précaution et j'ai jeté le tissu ensanglanté sur le côté. Kenzie a trempé la compresse dans l'eau de la mare, l'a essorée puis est venue s'accroupir près de moi dans le sable. Elle a hésité un instant et je me suis tendu, me sentant soudainement très exposé — à demi nu et blessé en face d'une étrange fille et d'un chat qui parle. Puis ses doigts ont effleuré ma peau avec douceur, et mon estomac s'est transformé en bretzel.

— Oh la la, Ethan.

Elle a posé une main délicate sur mon épaule et s'est penchée pour examiner les balafres sur mon bras. J'ai fermé les yeux, essayant de me détendre un peu.

— Ce n'est vraiment pas beau. Qu'est-ce qui a bien pu te faire ça, des couguars volants ?

J'ai frémi et retenu mon souffle.

— Si je te le disais, tu ne me croirais pas.

— Oh ! maintenant, je pense que je suis prête à tout croire.

Elle a appliqué la compresse contre les marques de griffures tandis que je serrais les dents. Sans mot dire, elle a essuyé ensuite le sang de mon épaule et enroulé le bandage autour de mon bras. Je sentais que Kenzie était encore un peu sonnée par la situation. Mais ses gestes étaient doux et sûrs, et je frissonnais chaque fois que ses doigts effleuraient ma peau, me donnant la chair de poule.

— Voilà, a-t-elle dit en s'époussetant les genoux après s'être relevée. Ça devrait aller. Au moins, les séances de premiers secours pendant les cours de Mme Peter auront servi à quelque chose.

— Merci, ai-je murmuré.

Elle m'a souri faiblement.

— De rien.

Elle m'a regardé fouiller dans mon sac et en sortir un nouveau T-shirt que j'ai enfilé en grimaçant.

— Maintenant, avant que je me mette à hurler, est-ce que quelqu'un — toi, le chat qui parle, ou n'importe quelle chèvre volante, je m'en contrefiche —, est-ce que quelqu'un veut bien me dire ce qui se passe, oui ou non ?

— Pourquoi les mortels sont-ils si ennuyeux ? a lancé le chat en atterrissant sur le sable sans un bruit.

Il a avancé vers nous, a sauté sur un rocher plat et s'est mis à nous observer d'un œil critique en remuant la queue, avant de dévisager Kenzie.

— Très bien, je serai donc la voix de la raison, une fois de plus. Ecoute bien, humaine, car je ne me répéterai pas.

Il s'est assis en reniflant et a enroulé sa queue autour de ses pattes.

— Tu es au pays de Nulle Part, le domaine des fées. Car *oui*, les fées existent, a-t-il ajouté d'un ton las comme Kenzie ouvrait la bouche pour parler. Et non, normalement les mortels ne peuvent pas les voir dans le monde réel. S'il te plaît, évite toute question inutile avant que j'en aie terminé.

Il s'est tu un instant pour juger de son effet.

— Tu es ici, a-t-il poursuivi en me regardant de biais, parce qu'apparemment Ethan Chase est incapable d'éviter les ennuis avec les fées, et qu'il a utilisé un jeton pour vous amener tous deux au pays de Nulle Part. Chez moi, soit dit en passant — enfin, dans l'un de mes chez-moi. Ce qui nous amène à la question…

Le chat a cligné des yeux et les a plissés en me regardant.

— *Pourquoi* es-tu là, humain ? Le jeton devait servir uniquement en cas d'urgence. A en juger par tes blessures, je présume que quelqu'un en avait après toi, mais pourquoi avoir entraîné la fille avec toi ?

— Je n'avais pas le choix, ai-je dit en évitant le regard de Kenzie. Elles en avaient après elle, aussi.

— *Elles* ? a questionné Kenzie.

Je me suis frotté le visage de ma main valide.

— Il y a quelque chose, là-bas, ai-je dit au chat. Quelque chose de différent, un genre de fées que je n'ai jamais vu auparavant. Elles tuent les Exilés et les sang-mêlé, et elles ont enlevé un de mes amis, un demi-phouka nommé Todd. Quand j'ai essayé d'en savoir plus…

— Elles sont venues pour te réduire au silence, a conclu le chat avec solennité.

— Oui. Devant tout le monde. Devant plus de *deux cents* personnes.

Je sentais le regard de Kenzie braqué sur moi, mais je l'ai ignoré.

— Alors, ai-je demandé au chat, sais-tu ce qui se passe ?

Il a remué une oreille.

— Peut-être…, a-t-il lancé en réussissant à paraître songeur et ennuyé à la fois. D'étranges rumeurs circulent dans la Forêt Sauvage en ce moment. Cela m'intrigue.

Le chat a bâillé et s'est léché une patte avec nonchalance.

— Je crois qu'il est temps d'aller rendre visite à la reine de Fer.

Je me suis redressé.

— Non, ai-je objecté un peu plus hardiment que je ne l'aurais voulu, même si le chat n'a même pas relevé le nez de sa patte. Je ne veux pas voir Meghan. Je dois rentrer chez moi ! Il faut que je retrouve Todd et que je m'assure que ma famille va bien. Ils vont s'inquiéter à mort si je ne rentre pas rapidement.

Je me souvenu alors de ce que Meghan avait dit au

sujet de l'écoulement du temps au pays de Nulle Part, et j'ai grommelé.

— Bon sang, ils doivent déjà flipper comme des bêtes.

— La reine de Fer doit être informée de ta présence, a déclaré le félin en passant calmement une patte sur ses moustaches. Telle était la faveur : si tu utilisais ce jeton, je devais t'amener à elle. En outre, je pense qu'elle sera très intéressée par ce qui se produit dans le monde mortel, et par ce nouveau genre de fées. Il me semble que les cours doivent être au courant de tout cela, tu ne penses pas ?

— Tu ne peux pas au moins ramener Kenzie chez elle ?

— Ce n'était pas dans le contrat, humain.

Le chat a fini par me considérer, sans ciller.

— Et à ta place, j'y réfléchirais à deux fois avant de la renvoyer toute seule. Si ces créatures sont toujours là-bas, elles pourraient attendre votre retour.

Un frisson m'a parcouru l'échine. J'ai regardé Kenzie. Elle était complètement perdue.

— Je ne sais pas ce qui se passe ici, a-t-elle dit d'un ton neutre malgré le trouble perceptible dans ses yeux. Tout ce que j'espère, c'est que quand je me réveillerai je ne serai pas dans une chambre capitonnée avec un gentil monsieur en blouse blanche qui me donne des pilules à manger.

J'ai soupiré, sentant ma vie se disloquer un peu plus encore. *Je suis désolé, Kenzie*, ai-je pensé tandis qu'elle refermait ses bras sur elle en regardant en l'air. *Je ne voulais pas t'entraîner là-dedans, et c'est bien le dernier endroit où j'ai envie d'être, crois-moi. Mais le chat a raison ; je ne peux pas te renvoyer là-bas toute seule, pas avec ces choses qui rôdent. Elles ont déjà eu Todd. Je ne les laisserai pas te prendre.*

— D'accord, ai-je lâché en regardant le félin. Allons voir Meghan et finissons-en avec ça. Mais je ne resterai pas. Je dois rentrer chez moi. J'ai un ami en difficulté, et je dois le retrouver. Même Meghan ne pourra pas m'aider pour ça.

Le chat a éternué plusieurs fois, retroussant ses moustaches de joie. Personnellement, je ne voyais pas ce que cela avait de drôle.

— Tout cela devrait être fort amusant, a-t-il dit en sautant de son rocher. Je suggère que vous passiez la nuit ici, a-t-il continué en s'éloignant à petits pas sur le sable. Il ne pourra rien vous arriver de fâcheux dans cet endroit, et je ne suis pas d'humeur à guider des humains blessés à travers la Forêt Sauvage dans le noir. Nous nous mettrons en route pour le royaume de Fer demain matin.

— Combien de temps faudra-t-il pour y arriver ? ai-je demandé.

Ma question est restée sans réponse. Sourcils froncés, j'ai scruté la grotte : le chat avait disparu.

Ah, ça y est, ai-je soudain pensé, me rappelant un souvenir lointain. *Grimalkin. Il fait toujours ça.*

Kenzie paraissait toujours étrangement calme quand je me suis assis pour commencer à faire l'inventaire du contenu de mon sac : bâtons de rotin, vêtements de rechange, bouteille d'eau, barres énergétiques, tube d'aspirine et quelques objets secrets pour lutter contre les nuisibles de l'espèce invisible. Mes petits sortilèges allaient-ils fonctionner au pays de Nulle Part, sur le territoire des fées ? Je le saurais bien assez tôt.

J'ai pris quatre antidouleurs au creux de ma main et les ai avalés en grimaçant avant de glisser la bouteille d'eau dans ma poche. Mon épaule me faisait toujours mal mais, contre toute attente, ce n'était apparemment qu'une blessure superficielle. Il ne restait plus qu'à espérer que les griffes de ces horribles fées n'étaient pas venimeuses.

— Tiens, ai-je murmuré en tendant une barre de céréales un peu écrasée à Kenzie, assise devant moi.

Elle a cligné des yeux et l'a contemplée, l'air hagard.

— On devrait manger quelque chose. Il ne faut pas accepter ce qu'on pourra t'offrir ici. Ni nourriture, ni boisson, ni cadeaux, rien, d'accord ? Oh ! et surtout, n'accepte jamais de faire une faveur à quelqu'un, ne t'engage dans aucun marché et ne dis jamais merci.

Elle continuait de me dévisager sans la moindre expression. J'ai froncé les sourcils.

— Eh, tu m'écoutes ? C'est important.

Super, elle est en état de choc. Qu'est-ce que je dois faire, maintenant ? Je l'ai regardée. Mais qu'est-ce que j'avais fait de l'entraîner dans tout cela… Si seulement nous pouvions rentrer chez nous ! Je m'inquiétais aussi pour mes parents ; que diraient-ils en découvrant que leur autre enfant avait lui aussi disparu de la surface de la Terre ? *Je ne suis pas Meghan*, ai-je promis intérieurement — sans trop savoir si c'était à ma mère, à Kenzie ou à moi-même. *Nous rentrerons chez nous, je jure que je ferai tout pour cela.*

Kenzie ne répondait toujours pas. Cessant de lui tendre la barre de céréales, j'ai soupiré.

— Kenzie, ai-je dit d'un ton plus ferme en me penchant par-dessus le sac. Mackenzie. Hé !

Je me suis rapproché brusquement de son visage et lui ai pris le bras, la faisant sursauter. Je l'ai relâché aussitôt et ses yeux ont cligné rapidement, comme si elle sortait d'une transe.

— Ça va ? lui ai-je fait en me rasseyant sans la quitter des yeux.

Elle m'a considéré pendant un moment, puis a pris une profonde inspiration.

— Oui, a-t-elle soufflé — enfin ! — à mon grand soulagement. Oui, ça va. Enfin, je crois.

Elle a parcouru la grotte du regard, comme pour vérifier qu'elle était toujours là.

— Le pays de Nulle Part, a-t-elle murmuré, presque pour elle-même. Je suis au pays de Nulle Part. Je suis au fichu pays des fées.

Je l'ai observée attentivement. *Qu'est-ce que je ferais si elle se mettait à hurler ?* Mais ensuite, Kenzie a fait une chose totalement inattendue, considérant qu'elle était assise sur un morceau de bois au beau milieu de Nulle Part.

Elle a souri.

Pas jusqu'aux oreilles, ou de toutes ses dents. C'était juste un petit sourire, presque secret, qui contenait une once d'excitation, comme si elle avait attendu cela toute sa vie sans le savoir. J'en ai eu la chair de poule. Les êtres humains normaux ne réagissaient généralement pas bien lorsqu'ils étaient parachutés dans un endroit imaginaire peuplé de créatures de contes de fées. Je m'attendais à de la peur, de la colère, de la rationalisation de sa part. Mais les yeux de Kenzie brillaient presque de joie.

Et cela m'a rendu très nerveux.

— Alors, a-t-elle fait soudain avec entrain, dis-moi tout sur cet endroit.

Je l'ai regardée avec méfiance.

— Tu es bien consciente que nous sommes au pays de Nulle Part, le monde des fées ? Du Petit Peuple ? Des lutins, des pixies et de la fée Clochette ?

Je lui ai de nouveau tendu la barre énergétique, guettant sa réaction.

— Tu ne devrais pas plutôt commencer par me dire que les fées n'existent pas ? ai-je ajouté.

— Je suis journaliste, m'a répliqué Kenzie en acceptant la barre, qu'elle s'est empressée de déballer. Je dois regarder les faits avec lucidité. Et je pense que l'un ou l'autre de ces faits vient de se produire : un, tu as mis quelque chose dans ma boisson au dojo, et je fais un rêve complètement délirant. Si tel est le cas, je vais bientôt me réveiller, tu iras en prison et nous ne nous reverrons plus jamais.

J'ai fait la grimace.

— Ou deux…

Elle a inspiré profondément et a scruté la grotte autour d'elle.

— Tout cela… arrive pour de vrai. Ce serait un peu idiot de dire à un chat qui parle qu'il n'existe pas, alors même qu'il est assis là, en train de discuter avec vous.

Je suis resté silencieux, mâchant ma barre de céréales. On ne pouvait remettre en cause son raisonnement, mais elle se montrait bien plus logique et pragmatique que je ne l'aurais pensé. Malgré tout, quelque chose me paraissait bizarre dans sa réaction. Peut-être son manque total de peur ou de scepticisme, comme si elle cherchait à tout prix à croire que tout cela arrivait vraiment. Comme si elle se fichait totalement d'avoir quitté le monde réel et normal.

— En tout cas, a repris Kenzie en me regardant, tu es déjà venu ici, toi, n'est-ce pas ? Vu la façon dont le chat t'a parlé, on dirait que vous vous connaissez.

J'ai haussé les épaules.

— Oui, ai-je avoué en regardant le sol devant moi.

Les souvenirs ont afflué — les *mauvais* souvenirs, ceux que j'essayais habituellement de refouler de toutes mes forces. Des crocs et des griffes essayant de m'atteindre. Des yeux luisants, des cris et un rire haut perché. Moi allongé dans le noir, assailli par une odeur de rouille et de fer, attendant que ma sœur arrive.

— Mais c'était il y a longtemps, ai-je marmonné en repoussant ces pensées le plus loin possible dans ma tête. Je m'en souviens à peine.

— Depuis combien de temps peux-tu voir… hum… les fées ?

J'ai levé les yeux vers elle. Elle était assise contre un rocher, les genoux repliés contre sa poitrine, me regardant avec gravité. Les champignons fluorescents du mur produisaient un effet de lumière noire qui faisait ressortir vivement le bleu de ses cheveux. Je me suis surpris à la regarder fixement et j'ai de nouveau baissé les yeux vers le sol.

— Toute ma vie.

Je me suis voûté un peu plus encore.

— Je ne me souviens d'aucun moment où je ne pouvais pas les voir, où je ne savais pas qu'elles étaient là.

— Est-ce que tes parents… ?

— *Non.*

Le mot est sorti plus sèchement que je ne l'aurais voulu.

— Personne dans ma famille ne peut les voir. Seulement moi.

A part ma sœur, bien entendu. Mais je n'avais pas envie de parler d'elle.

— Mmh.

Kenzie a posé son menton sur ses genoux.

— Eh bien, ça explique pas mal de choses sur toi. Ton côté secret, ta parano, tous ces trucs bizarres au tournoi.

La chaleur m'est montée aux joues, mais Kenzie n'a pas semblé le remarquer.

— Et combien de… fées… y a-t-il dans le monde réel ?

— Tu veux vraiment le savoir ? ai-je répliqué avec un petit sourire amer. Fais attention, tu pourrais finir comme moi, méchante et paranoïaque, en train de regarder dans tous les recoins et par toutes les fenêtres, à guetter des choses qui n'y sont pas. Si personne ne parle jamais des fées, c'est pour une bonne raison, et pas seulement parce que cela attire leur attention. C'est parce que les gens normaux, ceux qui ne les voient pas, vont te cataloguer comme *fou, bizarre* ou *dérangé* ; et soit ils te traiteront comme un pestiféré, soit ils chercheront à te jeter en prison.

— Je ne t'ai jamais considéré comme ça, a dit doucement Kenzie.

La colère m'a assailli soudainement. Contre moi-même, pour l'avoir entraînée dans cette histoire. Contre Kenzie, pour avoir été trop butée pour me laisser tranquille, pour avoir refusé de garder ses distances et de me détester, comme l'aurait fait toute autre personne saine d'esprit. Et contre moi-même, encore, pour l'avoir laissée s'approcher, pour avoir voulu me lier avec quelqu'un. J'avais baissé un tout petit peu ma garde, et voilà où nous en étions.

— Eh bien, tu aurais peut-être dû, lui ai-je dit en me levant. Parce que maintenant, tu es coincée ici avec moi. Et je ne sais vraiment pas si nous sortirons de là vivants.

— Où vas-tu ? m'a demandé Kenzie alors que je me dirigeais vers l'entrée de la grotte.

J'ai ignoré sa question, espérant qu'elle ne me suivrait pas, et j'ai marché jusqu'à l'ouverture pour voir la Faérie de mes propres yeux.

J'ai frémi en scrutant l'obscurité. Devant moi s'étendait la sombre Forêt Sauvage, enchevêtrée et menaçante. Je ne pouvais pas voir le ciel à travers la canopée de feuilles et de branches, mais je distinguais vaguement le mouvement et les lumières de créatures ondulant entre les arbres.

— Envie d'une petite balade ? a dit soudain une voix au-dessus de ma tête.

Grimalkin était assis dans un enchevêtrement de racines s'échappant du plafond. Ses yeux immenses semblaient flotter dans l'obscurité.

— Non, ai-je marmonné en lui décochant un regard méfiant.

Grimalkin avait aidé ma sœur par le passé, mais je ne le connaissais pas bien, et c'était tout de même une fée. Les fées ne faisaient jamais rien gratuitement ; son accord pour nous guider dans la Forêt Sauvage jusqu'au royaume de Fer n'était que la contrepartie d'un marché.

— Tant mieux. Je n'apprécierais pas que vous vous

fassiez dévorer avant même que d'avoir commencé, a-t-il ronronné en se faisant les griffes sur l'arbre. Apparemment, tu es aussi imprudent que ta sœur, toujours à te ruer dans n'importe quoi avant de prendre le temps de réfléchir.

— Ne me compare pas à Meghan, ai-je dit en plissant les yeux. Je ne suis pas comme elle.

— En effet. Elle, au moins, elle a un tempérament agréable.

— Je ne suis pas ici pour me faire des amis, lui ai-je rétorqué.

Ce chat me tapait sérieusement sur les nerfs, mais je ne voulais pas trop le laisser paraître.

— Ce ne sont pas des retrouvailles. Je veux juste aller au royaume de Fer, parler à Meghan et rentrer chez moi.

Todd est toujours là-bas, et il compte sur moi.

Le chat s'est étiré paresseusement sur sa branche.

— Tu es libre de désirer ce que tu veux, humain, m'a-t-il dit en me coulant un regard supérieur, les paupières mi-closes. Mais avec ta famille, j'ai appris que les choses ne sont jamais aussi faciles que cela.

11. Dans la Forêt Sauvage

Je ne voulais pas dormir, mais j'ai pourtant dû m'assoupir car je me suis réveillé soudain sur le sable de la grotte, et mon épaule me lançait cruellement. J'ai sorti mes cachets d'aspirine, pris trois comprimés de plus et les ai avalés en grimaçant avant de chercher Kenzie et Grimalkin du regard.

Sans surprise, le chat n'était pas en vue ; mais une faible lueur grise s'immisçait maintenant par l'ouverture de la grotte et les champignons s'étaient éteints, reprenant une apparence normale. Combien de temps avait passé au juste ? Mon ventre s'est noué. Et si une année entière s'était déjà écoulée dans le monde mortel et que mes parents avaient abandonné tout espoir de me revoir un jour ?

Je me suis redressé péniblement. Je n'aurais jamais dû me laisser aller ainsi au sommeil. N'importe quoi aurait pu se produire pendant ce temps : quelqu'un aurait pu se faufiler près de moi, voler mon sac, ou convaincre Kenzie de le suivre dans un tunnel sombre. Au fait, où était-elle donc ? Elle ne savait rien de la Faérie et de ses dangers. Elle accordait sa confiance bien trop facilement, et pouvait se trouver embarquée et dévorée par la première créature passant par là.

Je me suis retourné, soudainement paniqué. Mais elle était là, assise en tailleur près de l'entrée.

En train de parler avec Grimalkin.

Génial. Je me suis hâté de la rejoindre, espérant qu'elle n'avait rien promis au chat qu'elle puisse regretter, ou que *nous* puissions regretter plus tard.

— Kenzie, ai-je dit en m'immisçant un peu brusquement. Qu'est-ce que tu fais ? De quoi parlez-vous ?

Elle a levé les yeux vers moi en souriant, et le chat a bâillé avant de se pencher pour se lécher les pattes.

— Oh ! tu es réveillé, s'est-elle exclamée. Grimalkin me parlait un peu du pays de Nulle Part. C'est passionnant. Tu savais qu'il y avait une immense cité au fond de la mer, qui s'étend sur des kilomètres ? Ou que la Rivière des Rêves est censée couler jusqu'au Bout du Monde avant de tomber à sa bordure ?

— Je ne veux pas le savoir, ai-je déclaré. Je ne veux pas passer plus de temps que nécessaire ici, alors ne t'imagine pas qu'on va faire du tourisme. Je veux juste aller au royaume de Fer, parler à Meghan et rentrer à la maison. D'ailleurs, comment ça se présente, le chat ?

Grimalkin a reniflé.

— Ton amie est de bien meilleure compagnie que toi, m'a-t-il fait remarquer en se frottant une patte sur les oreilles. Et puisque tu as tellement hâte d'arriver au royaume de Fer, nous partirons dès que tu seras prêt. Mais attention…

Il a levé les yeux vers moi en agitant sa queue.

— Assure-toi bien d'avoir toutes tes affaires avec toi, humain. Nous ne reviendrons pas dans cet endroit, même si tu oubliais quelque chose.

Je suis donc reparti vers mon sac de sport, me demandant quoi laisser sur place. Je ne pouvais pas tout emporter, c'était évident. Le sac était lourd et volumineux, et je n'allais pas le trimballer à travers tout le pays de Nulle Part. En plus, mon bras me faisait encore terriblement mal ; je devrais donc me contenter du minimum.

Au final, j'ai sorti mes bâtons, le bandage, deux bouteilles d'eau et les trois dernières barres énergétiques, puis j'ai fouillé la poche latérale, cherchant une dernière chose. Kenzie s'est approchée et s'est agenouillée de l'autre côté, me regardant faire avec curiosité.

— Qu'est-ce que tu cherches ?

— Ça, ai-je chuchoté en brandissant une grande clé un peu rouillée.

Je l'avais trouvée enterrée dans les marais, quand j'étais enfant. Elle était ancienne, massive et tout en fer. Je l'avais conservée en tant que porte-bonheur et objet dissuasif contre les fées depuis lors.

— Tiens, ai-je dit en la lui tendant.

Elle pendait à une vieille ficelle, oscillant paresseusement entre nous. Depuis des années, je prévoyais de la mettre au bout d'une chaîne, mais je n'avais jamais pris le temps de le faire.

— Garde ça sous la main, ai-je ajouté comme elle l'examinait d'un air curieux. Le fer est la meilleure protection contre les créatures qui vivent ici. C'est un poison pour elles — elles ne peuvent pas le toucher sans s'y brûler. Cela ne les repoussera pas totalement, mais elles y réfléchiront à deux fois avant de te gober la tête si elles sentent ça autour de ton cou.

Elle a froncé le nez — à l'idée de devoir porter une vieille clé rouillée… ou de se faire gober la tête.

— Et toi ? m'a-t-elle demandé.

J'ai passé la main sous mon T-shirt et en ai sorti la croix de fer au bout de sa chaîne.

— J'en ai déjà une. Allez.

J'ai balancé la clé devant elle.

— Prends-la.

Elle a tendu la main, et ses doigts ont effleuré les miens en se refermant sur l'amulette, m'envoyant du même coup une décharge de chaleur le long du bras. J'ai tressauté et j'en ai presque lâché la clé ; mais elle n'a pas retiré sa main, gardant le contact avec la mienne tout en me regardant par-dessus nos bras tendus.

— Pardon, Ethan.

J'ai retiré rapidement ma main, les sourcils froncés sous la confusion qui m'envahissait. J'ai tenté d'ignorer les battements frénétiques de mon cœur dans ma poitrine.

— Pourquoi ?

— De ne pas t'avoir cru, au tournoi.

Elle a passé la lourde clé autour de son cou, où elle a cliqueté en touchant l'appareil photo.

— Je croyais que tu trafiquais quelque chose de dangereux ou d'illégal, et que Todd avait eu des problèmes à cause de ça. Et que ton histoire de fées n'était qu'une couverture pour autre chose. Je n'aurais jamais cru que ça puisse être vrai.

Son regard a croisé le mien, plein de sérieux.

— Elles étaient au tournoi, n'est-ce pas ? Les fées qui s'en sont pris à Todd. C'est pour ça qu'elles nous pourchassaient, et tu as essayé de nous sortir de là.

Ses yeux se sont posés sur mon bras bandé, et son front s'est plissé.

— Je suis désolée pour ça aussi.

Je m'apprêtais à répliquer, mais Kenzie s'est levée subitement et a dépoussiéré ses vêtements, comme si elle ne voulait pas de réponse.

— Viens, m'a-t-elle dit d'une voix un peu trop joyeuse. On devrait y aller. Grim nous jette des regards noirs.

Elle a commencé à s'éloigner mais s'est arrêtée très brièvement en passant devant moi, pour effleurer mon épaule au passage.

— Et… merci de m'avoir sauvé la vie.

Je suis resté assis quelques instants, écoutant le bruit mat des pas de Kenzie sur le sable. Pourquoi m'avait-elle dit cela ? Elle n'avait pas à s'excuser de quoi que ce soit. Ce n'était pas sa faute si nous étions là, coincés au pays de Nulle Part pour une durée indéterminée, et si une bande de fées-fantômes tueuses était à nos trousses. Sa vie était normale avant que je n'y débarque. Elle aurait plutôt dû me détester de l'avoir entraînée dans ce pétrin. Moi, en tout cas, je me détestais pour ça.

Un bâillement très sonore s'est fait entendre depuis l'entrée de la grotte.

— Le départ, c'est pour ce siècle ou pour le prochain ? a lancé Grimalkin en clignant de ses yeux dorés. Pour quelqu'un de soi-disant pressé, on peut dire que tu prends ton temps.

Je me suis levé, j'ai ramassé mes bâtons ainsi qu'une bouteille d'eau et j'ai marché vers l'ouverture, laissant mon sac derrière moi. Il resterait en Faérie, avec mes vêtements sales et le reste de mon équipement. En espérant qu'il n'empesterait pas trop le repaire de Grimalkin…

— Tout de même !

Le chat a soupiré à mon approche. Il s'est levé, agitant sa queue, et a trotté jusqu'au bord de la grotte pour contempler la Forêt Sauvage, de l'autre côté.

— Prêts, humains ?

— Hé, Grimalkin.

Kenzie a brandi son appareil photo sans prévenir.

— Souris.

Le chat a grogné d'un air moqueur.

— Ce jouet stupide ne fonctionnera pas ici, mortelle, a-t-il dit alors que Kenzie pressait le bouton et s'en rendait justement compte.

Rien ne s'est passé. L'air contrarié, elle a reculé pour considérer l'appareil, et Grimalkin a reniflé.

— La technologie humaine n'a pas sa place au pays de Nulle Part, a-t-il déclaré. Pourquoi crois-tu qu'il n'existe pas de photos de dragons et de gobelins évoluant dans le monde mortel ? Les fées passent mal en photo. Nous ne passons même pas du tout. La magie et la technologie ne peuvent coexister, à part peut-être au royaume de Fer. Et même là-bas, ta technologie purement humaine ne fonctionnera pas comme tu l'espères. Le royaume de Fer, avec tout son progrès, fait quand même partie de Nulle Part.

— Zut alors.

Kenzie a soupiré et a laissé retomber l'appareil.

— Moi qui espérais écrire un livre intitulé *Mon voyage au pays des fées*… Du coup, comment vais-je réussir à me convaincre que je ne suis pas complètement cinglée ?

Un éternuement amusé a échappé à Grimalkin, qui s'est retourné.

— Je ne m'inquiéterais pas pour ça, mortelle. Personne ne ressort jamais tout à fait normal du pays de Nulle Part.

***

L'ouverture de la grotte a disparu dès que nous l'avons franchie, pour se transformer en un mur de pierre. Kenzie a sursauté et tendu le bras pour tâter la roche, à la fois stupéfaite et incrédule.

— Il va falloir t'habituer à ce genre de choses, lui ai-je dit. Rien n'est jamais logique, ici.

— Je commence à le voir, m'a-t-elle répondu alors que nous emboîtions le pas à Grimalkin sur la pente rocheuse.

Le chat caracolait en tête, sans ralentir ou même jeter un regard en arrière pour voir si nous suivions, et nous avons dû courir un moment pour le rattraper et se caler sur son rythme. Meghan avait-elle eu le même problème avec lui lors de son arrivée au pays de Nulle Part ?

Meghan. Une montée de stress et d'excitation m'a serré le cœur. J'allais voir ma sœur, la reine des fées de Fer. Se souviendrait-elle de moi ? Serait-elle fâchée que je sois venu, alors qu'elle m'avait dit de ne pas la chercher ? Et si elle n'avait aucune envie de me voir *du tout* ? Peut-être était-elle heureuse d'être débarrassée de ses liens humains…

Cette pensée m'a fait frémir. Serait-elle la même Meghan que celle que je me rappelais ? J'avais tant de souvenirs d'elle, et elle y était toujours la même : la grande sœur rassurante qui s'occupait de moi. Lorsque nous arriverions au royaume de Fer, découvrirais-je une reine de Fer aussi folle et cruelle que Mab, ou imprévisible et jalouse que Titania ? J'avais beau ne pas avoir rencontré les reines des fées, les histoires que j'avais entendues à leur sujet me suffisaient amplement. Le mieux était d'en rester le plus loin possible.

— Quel âge avais-tu quand tu es venu ici pour la première fois ?

Kenzie a posé cette question au moment même où Grimalkin disparaissait dans des fourrés obscurs. Inquiet, j'ai observé attentivement entre les arbres pour retrouver sa trace, et me suis hâté de le rattraper. Mais le bougre a refait la même chose une minute plus tard ; j'ai juré entre mes dents, tout en balayant la végétation du regard. J'ai aperçu soudain une queue ébouriffée et me suis précipité derrière elle, suivi docilement par Kenzie. Je restais silencieux, espérant qu'elle oublie sa question. Mais il ne fallait pas rêver.

— Ethan, tu m'as entendue ? Quel âge avais-tu quand tu es venu ici ?

— Je n'ai pas envie d'en parler, ai-je répondu sèchement, tout en écartant un buisson aux épines bleu vif.

Kenzie l'a contourné prudemment, m'emboîtant toujours le pas.

— Pourquoi ?

— Parce que.

Je cherchais le chat, ignorant le regard de Kenzie, et j'essayais de garder mon calme.

— Ce ne sont pas tes affaires.

— Flash info, Ethan : je suis coincée au pays de Nulle Part, tout comme toi. Je pense donc que ça devient aussi mon affaire, et…

— Quatre ans ! me suis-je soudain écrié en me retournant pour la regarder. Les fées m'ont enlevé de chez moi quand j'avais quatre ans et m'ont utilisé comme *appât* pour que ma sœur vienne me secourir. Elles m'ont enfermé dans une cage et malmené jusqu'à ce que je hurle, et quand elle est enfin venue, elles l'ont emmenée et en ont fait l'une des leurs. Tous les jours, je dois faire comme si je n'avais pas de sœur, comme si je ne voyais rien d'étrange ou de surnaturel, et comme si mes parents n'étaient pas terrifiés à l'idée que les fées reviennent m'enlever ! Alors excuse-moi de ne pas avoir envie de parler de moi ou de ma vie pourrie ! C'est un sujet un peu sensible, pigé ?

— Oh ! Ethan…

Kenzie a eu un regard horrifié et plein de compassion, ce qui n'était pas ce à quoi je m'attendais.

— Je suis vraiment désolée.

— Laisse tomber.

Je me suis retourné, gêné.

— C'est juste que… Je ne l'ai jamais dit à personne avant. Et me retrouver ici…

J'ai désigné d'un geste les arbres autour de nous.

— Ça me rappelle tout ce que j'ai détesté dans cet endroit, et *elles* en particulier. Je m'étais juré de ne jamais revenir. Mais maintenant, j'y suis, et…

J'ai soufflé et décoché un coup de pied dans un caillou, qui a volé avec bruit dans les fourrés.

— Et j'ai réussi à t'y entraîner du même coup.

Comme Samantha.

— Humains.

Grimalkin est soudain apparu au-dessus de nous, dans les branches d'un arbre.

— Vous faites trop de bruit, ce qui n'est pas du tout recommandé dans cet endroit. A moins que vous ne souhaitiez attirer l'attention de toutes les créatures affamées du coin, je vous suggère de continuer le chemin en silence.

Il a reniflé et nous a regardés sans trop d'espoir.

— Faites au moins de votre mieux, d'accord ?

*
* *

Nous avons marché tout l'après-midi. Du moins, c'est ce qu'il m'a semblé. Il était en effet difficile de s'en rendre compte, plongés comme nous l'étions dans le crépuscule sans fin de la Forêt Sauvage. Bien entendu, ma montre s'était arrêtée, ainsi que nos téléphones ; nous avons donc suivi Grimalkin pendant plusieurs heures au cœur du dangereux et surnaturel territoire des fées. Des ombres bougeaient subtilement entre les arbres, se dérobant à notre vue. Des branches craquaient, et des bruits de pas nous parvenaient parfois entre les feuillages, même si je n'y voyais jamais rien. De temps à autre, il me semblait entendre des voix portées par le vent, chantant ou murmurant mon nom.

Les couleurs de la Forêt Sauvage étaient étonnantes ; tout y était gris et brun, et soudain nous tombions sur un arbre d'un vert vif évoquant un poison, ou sur un buisson portant d'énormes baies violettes. Excepté quelques pixies curieuses et un feu follet plein d'espoir, je n'ai vu aucune fée, ce qui m'a soulagé et inquiété à la fois. C'était un peu comme de savoir qu'un grizzly vous pistait dans les bois, sans pouvoir le voir. Je savais qu'*elles* étaient là. Mais je ne savais pas si je devais me réjouir qu'elles demeurent hors de notre vue, ou si je devais plutôt tenter quelque chose pour en finir.

— Soyez très prudents, maintenant, nous a averti Grimalkin.

Nous avancions dans un chemin cerné d'épaisses bruyères noires hérissées d'épines brillantes aussi longues que ma main qui ne me disaient rien qui vaille.

— Ne détournez pas vos yeux du sentier. Concentrez-vous uniquement sur ce qui se passe à vos pieds.

Des ossements de toutes tailles étaient accrochés aux branches et jonchaient le sol au pied des taillis. Kenzie a frissonné en passant devant les premiers ; elle a serré la clé autour de son cou et a suivi le chat sans dire un mot.

Jusqu'à ce qu'une liane se faufile autour de son pied.

Dans un glapissement, elle a fait un bond de côté, en plein vers un bouquet d'épines dressées. Je l'ai retenue juste avant qu'elle ne s'empale sur les piquants acérés. Haletante, elle s'est agrippée à ma chemise tandis que la liane faisait marche arrière dans les fourrés.

— Ça va ? lui ai-je demandé.

Je la sentais trembler contre moi, son cœur battant à tout rompre contre le mien. Comme il était… agréable… de la tenir ainsi contre moi. Son petit corps s'ajustait parfaitement au mien.

J'ai soudain pris conscience de ce que j'étais en train de faire et je l'ai brusquement relâchée pour m'écarter. Kenzie a cligné des yeux, essayant encore de comprendre ce qui venait de se passer, et a contemplé le buisson épineux.

— Ce… cette branche… elle a *essayé* de m'attraper, c'est bien ça ? m'a-t-elle dit, l'air incrédule et indigné à la fois. Bon sang, même les plantes sont hostiles, ici ! Qu'est-ce que je lui ai fait ?

Nous nous sommes éloignés du buisson de bruyère, et j'ai cherché Grimalkin des yeux. Il avait encore disparu. J'ai scruté les arbres avec attention, m'efforçant de retrouver sa trace.

— Souviens-toi de ce que je vais te dire, ai-je fait à Kenzie sans cesser d'épier les ombres et la végétation. Ça pourrait bien te sauver la vie : pars du principe que tout ici — plantes, animaux, insectes, champignons, n'importe quoi —, tout est là pour te nuire.

— Eh bien, ce n'est pas très sympa de leur part. Ils ne me connaissent même pas.

— Si tu veux prendre ça à la plaisanterie…

— Ethan, je viens de manquer de me faire transpercer par un buisson sanguinaire ! Il me semble que je ne prends pas trop mal les choses, jusqu'ici.

J'ai soutenu son regard.

— Bref. Souviens-toi juste que les humains ne sont pas les bienvenus au pays de Nulle Part. Même si les fées ont l'air amical, elles ont toutes des arrière-pensées. Le chat lui-même ne fait pas ça pour rien. Et si elles ne peuvent obtenir ce qu'elles veulent, elles te prendront toujours quelque chose, ou elles te tueront. Tu ne dois jamais faire confiance à une fée. Elles feront semblant d'être tes amies et te poignarderont dans le dos quand ce sera le plus facile pour elles. Ce n'est pas qu'elles soient méchantes, hargneuses ou malveillantes ; c'est leur nature, tout simplement. Elles sont comme ça.

— Tu as l'air de vraiment les détester, m'a dit doucement Kenzie.

J'ai haussé les épaules, soudain gêné.

— Tu n'as pas vu ce que j'ai vu. Je ne dis pas ça sans raison, crois-moi.

A ce propos, Grimalkin n'avait toujours pas réapparu…

— Où est donc ce stupide chat ? ai-je maugréé, commençant à m'énerver et à m'inquiéter. S'il est parti en nous laissant…

Tout à coup, une branche a craqué derrière nous. Nous nous sommes figés tous deux, et Kenzie a observé les environs avec crainte.

— Ça m'avait l'air un peu fort pour un chat…

Une autre branche a craqué, cette fois plus proche de nous. Quelque chose arrivait. Quelque chose *de gros et de rapide*.

— Humains ! a soudain crié la voix de Grimalkin, comme surgie de nulle part. Courez ! Vite !

Kenzie a fait un bond, et je me suis tendu, serrant mes armes. Mais avant que nous ayons le temps de bouger, les taillis se sont écartés, et une énorme créature reptilienne a surgi des branchages.

J'ai d'abord cru qu'il s'agissait d'un serpent géant, car son corps vert à écailles faisait bien six mètres de long. Mais sa tête était davantage celle d'un dragon que d'un serpent, et deux bras courts et griffus sortaient de ses flancs, juste derrière ses omoplates. La créature a levé la tête et a agité une langue pâle et fourchue devant elle avant de se cabrer en crachant, révélant une rangée de dents pointues comme des aiguilles.

Kenzie en est restée bouche bée ; je l'ai poussée dans les fourrés au moment où le monstre chargeait, nous manquant de peu. Le claquement de ses mâchoires a résonné affreusement près de mes oreilles. Nous nous sommes alors mis à courir, fendant les branchages des taillis, le monstre sur nos talons.

Je me suis caché avec Kenzie derrière un gros tronc et j'ai levé mes bâtons alors que la tête du monstre se balançait non loin de nous, humant l'air de sa langue fourchue. Quand elle s'est tournée dans notre direction, j'ai abattu le rotin de toutes mes forces sur son museau et j'ai frappé trois coups de suite. La bête a craché et s'est retirée à une vitesse sidérante. Comme elle s'éloignait, j'ai repéré un endroit où nous pourrions nous réfugier, et j'y ai entraîné Kenzie.

— Qu'est-ce que c'est que ce truc ? a-t-elle crié tandis que je l'emmenais dans un bosquet dont les troncs d'arbre étaient assez rapprochés pour former une sorte de cage protectrice autour de nous.

A peine y étais-je entré que la tête du monstre est apparue dans une fente, me visant de ses étroites mâchoires. Je l'ai frappé de nouveau avec mes bâtons, sur le crâne cette fois, et il a reculé dans un cri strident. Entre les arbres, je voyais son corps écailleux onduler autour de nous tel un serpent traquant une souris, et j'ai tenté de garder mon sang-froid.

— Kenzie…, ai-je haleté en essayant de repérer la tête de la bête entre les branches.

Mes bras tremblaient, et je me suis concentré pour rester calme, mes bâtons brandis devant moi.

— Reste le plus possible au centre. Ne t'approche surtout pas du bord des arbres.

La créature a chargé de nouveau, se glissant entre les troncs pour essayer de m'atteindre. Par chance, son corps était juste un peu trop large pour qu'elle puisse manœuvrer à grande vitesse, et j'ai pu esquiver avant de la frapper encore à la tête. Elle s'est retirée en crachant pour essayer sous un autre angle, plus haut. Je me suis alors penché et je l'ai frappée à la gorge, regrettant de ne pas avoir un couteau ou une épée plutôt que des bâtons de rotin. Dans un gargouillement de colère, la bête a battu en retraite sans que ses yeux cessent de me fixer entre les troncs.

— Ethan ! a crié Kenzie alors que le monstre se rapprochait de nouveau. Derrière toi !

Avant que je puisse me retourner, quelque chose s'est enroulé avec force autour de ma taille et m'a projeté contre un tronc d'arbre, me clouant sur place malgré mes efforts pour me libérer. Quel idiot j'avais été de me focaliser uniquement sur la tête du monstre, négligeant le reste de son corps ! Mon bras droit était plaqué contre mon flanc ; j'ai levé le gauche alors que sa tête se glissait entre les arbres pour revenir vers moi. J'ai soigneusement calculé le bon timing, et j'ai lancé alors mon bâton en plein dans l'un de ses yeux jaunes.

Le monstre a hurlé et a reculé sa tête. Dans un crachement, il a resserré son étreinte autour de moi, me coupant le souffle. Suffoquant, j'ai frappé son corps avec mon bâton, me débattant comme un beau diable. Mais il serrait de plus en plus fort, et mes côtes ont craqué douloureusement. J'avais les poumons en feu, et ma vision a commencé à se troubler en un tunnel de lumière floue. La tête de la créature s'est rapprochée ; sa langue a surgi et a effleuré mon front, mais je n'avais plus la force de lever mon arme.

C'est alors que Kenzie s'est élancée et a abattu sa clé de fer sur l'œil blessé du monstre.

Instantanément, l'étreinte de la bête s'est desserrée et elle s'est cabrée en hurlant. Cherchant l'air, je suis tombé à genoux pendant que le monstre se tordait en tous sens et s'éraflait un côté de la tête contre un tronc dans un fracas de branches cassées. En se déroulant, sa queue a heurté Kenzie, la projetant violemment en arrière. Je l'ai entendue tomber par terre et j'ai essayé de me relever, mais le sol tournait toujours et mes genoux ont cédé de nouveau.

J'ai rassemblé mes forces pour m'interposer entre Kenzie et le monstre, s'il cherchait à s'en prendre à elle. Mais la clé de fer semblait lui avoir coupé l'appétit. Avec un dernier crachement, le serpent géant s'est retiré. Je l'ai regardé se couler dans les fourrés et me suis effondré de soulagement.

— Est-ce que ça va ?

Kenzie a accouru à mes côtés et a posé une main sur mon bras. Je le sentais trembler. J'ai acquiescé, essayant toujours de faire revenir l'air dans mes poumons en feu ; j'avais encore l'impression d'avoir été pris dans un étau.

— Oui, ça va, ai-je dit d'une voix rauque en me remettant sur mes pieds.

Kenzie s'est relevée en dépoussiérant ses vêtements, sous mon regard ébahi. Cette chose me tenait dans une étreinte mortelle, et j'avais été à deux doigts de me faire gober comme une vulgaire souris. Si Kenzie n'avait pas été là, je serais mort, maintenant.

— Kenzie, je…

J'ai hésité, reconnaissant, embarrassé et furieux en même temps.

— Merci.

— Oh ! de rien, m'a répondu Kenzie avec un sourire désinvolte, même si sa voix tremblait. Je suis toujours contente de filer un coup de main en cas de problème avec un serpent géant.

J'ai ressenti un étrange élan quelque part dans mon ventre, ainsi que l'envie soudaine de la prendre dans mes bras pour m'assurer que nous étions bien vivants. Mal à l'aise, j'ai fait un pas en arrière.

— Désolé pour ton appareil photo, ai-je marmonné.

— Hein ? Oh…

Elle a soulevé l'appareil, cassé dans sa chute, et a poussé un grand soupir.

— De toute façon, il ne marchait pas, alors… Et puis…

Elle m'a pressé affectueusement le bras.

— J'avais une dette envers toi.

J'ai eu de nouveau la bouche toute sèche.

— Je t'en achèterai un autre. Quand on sera revenus dans le monde réel…

— Ne t'en fais pas pour ça, gros dur.

Kenzie a fait un geste évasif de la main.

— Ce n'est qu'un appareil. Je crois que survivre à une attaque de serpent géant est un peu plus important.

— De *lindworm,* a soudain dit une voix au-dessus de nos têtes.

Grimalkin est apparu dans les branches, nous toisant depuis son perchoir.

— Ceci, a-t-il annoncé d'un ton sans appel, était un lindworm, et un jeune, encore. Un adulte vous aurait causé beaucoup plus de tracas.

Il a remué la queue et a sauté sur le sol avant de froncer le nez en nous regardant.

— Il se peut qu'il y en ait d'autres dans les parages. Je suggère donc que nous ne nous éternisions pas ici.

J'ai suivi le chat pour reprendre notre chemin entre les arbres, grimaçant sous la douleur de mes côtes.

— Tu n'aurais pas pu nous prévenir plus tôt ?

— J'ai essayé, a répliqué Grimalkin en reniflant. Mais vous étiez trop occupés à discuter de cette végétation hostile, et du fait que les fées ne sont pas dignes de confiance. J'ai presque été obligé de hurler pour obtenir votre attention.

Il a jeté un coup œil par-dessus son épaule, qui signifiait clairement « Je vous l'avais bien dit ! »

— Peut-être m'écouterez-vous la prochaine fois que je vous dirai de ne pas faire de bruit dans un coin dangereux…

— Eh bien, a chuchoté Kenzie en marchant à côté de moi, si tous les chats sont comme lui, je suis bien contente qu'ils ne parlent pas dans notre monde.

— En es-tu si sûre, humaine ? a rétorqué Grimalkin avec un air mystérieux, avant de continuer à s'enfoncer dans la Forêt Sauvage.

12. La frontière

— Le royaume de Fer n'est plus très loin, maintenant.

Assis sur un tronc d'arbre, et encore plein de sueurs après la récente bataille avec le lindworm, j'ai relevé les yeux. Kenzie s'était laissée aller contre moi, appuyée sur mon épaule, ce qui ne m'aidait pas à me concentrer sur les propos du chat. Son contact ne me dérangeait pas — elle était épuisée et probablement en aussi piteux état que moi —, seulement, je n'étais pas habitué à sentir quelqu'un d'aussi près, et c'était… perturbant.

J'ignorais depuis combien de temps nous marchions, mais on aurait dit que le temps s'étirait juste pour nous contrarier. La Forêt Sauvage ne changeait jamais ; elle était aussi sombre, ténébreuse et interminable qu'à notre départ. Je n'aurais même pas su dire si nous tournions en rond ou pas. Depuis le combat avec le lindworm, j'avais vu un elfe sylvain, quelques pixies et un gobelin solitaire qui aurait pu nous donner du fil à retordre s'il avait été accompagné de quelques-uns de ses congénères. Courtaud et plein de verrues, il nous avait adressé un sourire mauvais en essayant de nous bloquer le passage, mais j'avais dégainé mes armes et Kenzie s'était campée à mes côtés en le fixant des yeux ; le gobelin avait alors décidé d'aller voir ailleurs. Un feu follet nous avait ensuite suivis sur plusieurs kilomètres, essayant de détourner notre attention afin que nous nous perdions. Mais j'avais dit à Kenzie d'ignorer la boule de lumière flottante, et il avait fini par abandonner.

J'ai cassé en deux ma dernière barre de céréales et tendu le plus gros morceau à Kenzie, qui s'est redressée et l'a pris en me remerciant.

— Quelle distance ? ai-je demandé à Grimalkin en mordant dans ma moitié.

Le chat a commencé à toiletter sa queue, m'ignorant scrupuleusement. Je me suis retenu de lui balancer une pierre.

Mes yeux se sont ensuite posés sur Kenzie. Assise un peu voûtée, les bras reposant sur ses genoux, elle mâchait lentement. Ses yeux étaient cernés et une trace de boue maculait sa joue ; malgré tout, elle ne s'était pas plainte une seule fois pendant le trajet. A vrai dire, elle s'était même montrée étrangement silencieuse depuis le combat avec le monstre.

Elle a remarqué mon regard et m'a fait un petit sourire tout en me poussant légèrement de l'épaule.

— Bon, alors on est presque arrivés, hein ? m'a-t-elle dit en écartant une mèche de cheveux de son visage. J'espère que c'est moins… boisé qu'ici. Tu sais à quoi ça ressemble ?

— Malheureusement, oui, ai-je grommelé.

La tour de Machina, les chevaliers de Fer, la terre morne et dévastée… Je m'en souvenais comme si c'était hier.

— Ce n'est pas aussi boisé, mais le royaume de Fer n'est pas plus agréable pour autant. C'est le domicile des fées de Fer.

— Tu vois, c'est là que je ne pige plus, m'a dit Kenzie

en se tournant pour me faire face. Tu m'as bien expliqué que les fées sont allergiques au fer, non ?

Elle a brandi sa clé.

— C'est bien pour ça que ça a marché, pas vrai ?

— Oui, ai-je répondu. Elles le sont, en effet. Du moins, les fées normales. Mais les fées de Fer sont différentes. Les fées — et même l'intégralité du pays de Nulle Part — sont issues de nous, de nos rêves, de notre imagination, si ringard que ça puisse paraître. Les fées traditionnelles sont celles dont tu as entendu parler dans les mythes anciens — Shakespeare et les frères Grimm, par exemple. Mais depuis environ une centaine d'années, nous avons… comment dire ? Nous avons rêvé d'autres choses. Les fées de Fer sont donc un peu plus modernes.

— Modernes ?

— Tu verras quand on sera là-bas.

— Ah, a fait Kenzie, l'air songeur. Et tu disais que l'endroit était dirigé par une reine ?

— Oui, ai-je répondu en me levant brusquement. La reine de Fer.

— Et tu sais comment elle est ?

Kenzie s'est levée à son tour, sans avoir remarqué mes joues écarlates.

— J'ai lu des choses sur la reine Mab ou Titania, bien sûr, mais rien sur la reine de Fer.

— Je ne sais pas, ai-je menti en me dirigeant vers Grimalkin, qui nous contemplait d'un œil amusé, un demi-sourire sous ses moustaches.

Je lui ai coulé un regard entendu, espérant qu'il garderait le silence.

— Allez, le chat. Plus vite on y sera, plus vite on pourra repartir.

Nous avons repris notre chemin entre les arbres, suivant le cait sith qui se faufilait dans la végétation, apparemment infatigable. Kenzie marchait à mes côtés, le regard las et presque constamment rivé au sol. Une minuscule fée coiffée d'une corolle de champignon nous a observés depuis une branche, mais Kenzie ne lui a pas jeté plus d'un coup d'œil. Soit l'étrangeté du pays de Nulle Part l'avait plongée dans une sorte de résignation hagarde, soit elle était trop épuisée pour s'en soucier.

La forêt a enfin commencé à devenir moins dense, alors que la grisaille crépusculaire cédait le champ à la nuit. Des lucioles ou des fées luminescentes sont apparues çà et là entre les arbres, scintillant de jaune, de bleu et de vert.

Grimalkin a fait halte au pied d'un grand arbre noir et s'est tourné vers nous. J'ai froncé les sourcils en le voyant essayer d'attraper une lumière bleue, qui s'est enfuie dans les bois en bourdonnant.

— Pourquoi s'arrête-t-on ? On ne devrait pas plutôt sortir de la Forêt Sauvage avant qu'il ne fasse nuit noire et que des créatures vraiment craignos surgissent de partout ?

— Tu ne sais pas où tu te trouves, pas vrai ? a ronronné Grimalkin.

Je lui ai jeté un regard irrité, et il a bâillé.

— Evidemment. Ceci, a-t-il annoncé en remuant paresseusement la queue, est la frontière du royaume de Fer. Vous êtes à l'extrême limite du territoire de la reine de Fer.

— Quoi, ici même ?

J'ai regardé autour de moi sans y voir quoi que ce

soit de particulier. Il n'y avait que des bois sombres et quelques lueurs volantes.

— Comment peux-tu le savoir ? Il n'y a rien, ici.

— Un moment, a dit le chat d'un ton mystérieux et amusé. Ça ne devrait pas être long.

J'ai poussé un soupir.

— Ecoute, on n'a vraiment pas le temps de…

Je me suis interrompu en voyant l'arbre clignoter derrière Grimalkin, avant de s'illuminer. Bouche bée, Kenzie a regardé des ampoules éclore sur les branches, telles des illuminations de Noël. Il n'y avait aucun fil électrique en vue ; les ampoules poussaient directement sur les branches. Lorsque l'arbre s'est allumé, un essaim de lucioles multicolores a surgi de son feuillage et s'est éparpillé dans toutes les directions, nous frôlant comme autant de petits feux d'artifice.

J'ai cligné des yeux, ébahi par le spectacle. Autour de nous, les arbres brillaient d'une couleur argentée ; troncs, feuilles, branches, tout rutilait comme du métal poli. Ils reflétaient les lumières voletant aux alentours, transformant les bois en une galaxie d'étoiles mouvantes.

— *Ethan*, m'a soufflé Kenzie en regardant fixement son bras.

Un minuscule insecte vert s'était posé sur son poignet, clignotant de façon aléatoire. De son petit corps émanait une lueur vive et métallique. Il a déployé soudain de fines ailes transparentes et s'est envolé dans les bois. Kenzie a alors tendu les mains, et d'autres petites lueurs se sont mises à tourner autour d'elle avant de se poser sur ses doigts, les faisant luire à leur tour.

Pendant quelques secondes, je n'ai pu détourner mon regard. Mon cœur s'est accéléré et ma bouche s'est asséchée d'un seul coup en voyant Kenzie au centre de ce nuage magique, un grand sourire aux lèvres, tandis que de minuscules lumières se posaient dans ses cheveux ou sur ses bras.

Elle était magnifique.

— Bon, ai-je marmonné en regardant ailleurs avant qu'elle ne s'aperçoive que je la dévorais des yeux. J'admets que c'est assez sympa.

Grimalkin a reniflé.

— Ravi que ça t'emballe à ce point, a-t-il dit.

Je lui ai jeté un regard maussade et j'ai écarté d'un geste quelques insectes qui me tournaient autour. *Nous allons être seuls, désormais*, ai-je songé alors. Car comme toutes les fées normales, Grimalkin ne pouvait mettre un pied au royaume de Fer. Le domaine de Meghan était toujours mortel pour le reste des habitants du pays de Nulle Part ; seules les fées de Fer pouvaient y vivre sans s'empoisonner. Grimalkin nous montrait la frontière parce qu'il avait prévu de nous laisser là.

— Combien de temps nous faut-il pour rejoindre la reine de Fer, à partir d'ici ? ai-je demandé.

Le chat a écarté un insecte d'un coup de queue.

— Quelques jours de marche. Mais ne t'inquiète pas. Derrière cette colline se trouve un endroit qui vous mènera à Mag Tuiredh, le siège de la cour de Fer, bien plus vite qu'en marchant à un rythme d'humain.

— Je suppose que tu nous quittes ici…

— Ne sois pas ridicule, humain.

Le chat a bâillé et s'est relevé.

— Evidemment que je viens avec vous. Outre le fait que vous êtes extrêmement amusants, le contrat veut que je t'accompagne tout le long du chemin jusqu'à Mag Tuiredh, et que je te laisse aux pieds de la reine de Fer. Après quoi, tu deviendras son problème à elle, mais je dois d'abord t'y amener.

— Mais tu ne peux pas entrer au royaume de Fer. Ça te tuerait !

Grimalkin m'a considéré avec lassitude et s'est détourné pour avancer. Franchissant la frontière du royaume de Fer.

Je me suis précipité derrière lui, Kenzie sur mes talons.

— Attends, ai-je dit en le rattrapant. Je *sais* que le royaume de Fer est mortel pour les fées normales. Comment tu fais ?

Grimalkin s'est arrêté et m'a contemplé par-dessus son épaule de ses grands yeux dorés. Sa queue a remué doucement.

— Il existe dans ce monde des choses dont tu n'as pas conscience, humain, a-t-il ronronné. Certains événements survenus des années plus tôt, lorsque la reine de Fer a accédé au pouvoir, façonnent encore ce monde aujourd'hui. Tu n'en sais pas autant que tu le crois. Et puis…

Il a cligné des yeux et a adopté un port de tête royal.

— Je suis un chat.

Fin de l'explication.

Les lucioles ont continué d'illuminer la forêt pendant notre marche, clignotant entre les feuilles et les branches et se reflétant sur la surface des troncs. Là où Grimalkin nous menait, les arbres s'allumaient en se couvrant d'ampoules. Emerveillée, Kenzie ne cessait de les admirer.

— C'est… c'est incroyable…, a-t-elle murmuré à un moment en effleurant un tronc rutilant du bout des doigts.

De petites ampoules luisantes continuaient d'éclore au-dessus de nos têtes tandis que des réverbères surgissaient de terre, éclairant notre chemin.

— Comment… comment est-ce possible ?

— C'est le royaume de Fer, lui ai-je dit. On est toujours en Faérie, le délire a juste un autre aspect.

Avant qu'elle puisse répondre, les arbres ont disparu et nous nous sommes retrouvés au sommet d'une colline au pied de laquelle brillaient les lueurs d'un petit village, au bord d'un grand lac. Tout illuminé de torches et de lampions, il avait des airs de fête foraine ou de cité bohémienne. De petites maisons au toit de chaume se dressaient sur des piquets plantés dans l'eau, reliées entre elles par des ponts de bois. Des créatures de toutes formes et de toutes tailles arpentaient ces allées surplombant les flots.

En bordure du village, une voie ferrée s'enfonçait vers l'horizon, au-delà du lac.

— Qu'est-ce que c'est que cet endroit ? ai-je chuchoté tandis que Kenzie s'approchait de mon dos pour jeter un œil par-dessus mon épaule.

Grimalkin s'est assis et a enroulé sa queue autour de ses pattes.

— C'est une ville-frontière, l'une des nombreuses qui bordent le royaume de Fer. J'ai oublié son nom exact, si tant est qu'elle en ait un. Beaucoup de fées de Fer se rassemblent ici, pour une unique raison.

Il a levé une de ses pattes arrière pour se gratter l'oreille.

— Vois-tu la voie ferrée, humain ?

— Oui, et alors ?

— Elle mène directement à Mag Tuiredh, site de la cour de Fer et siège du pouvoir de la reine. Tout le monde peut l'emprunter librement. La voie ferrée est l'un des premiers aménagements que la reine a créés lorsqu'elle a accédé au trône. Elle voulait que tout le monde puisse avoir accès à un moyen de transport sécurisant pour se rendre à Mag Tuiredh, depuis n'importe quel endroit du royaume de Fer.

— On va descendre dans cet endroit ? a fait Kenzie en contemplant les créatures qui allaient et venaient sur les ponts.

Grimalkin a eu un petit reniflement.

— Vois-tu un autre moyen de rejoindre la voie ferrée, humaine ?

— Mais… et les fées ?

— Je doute qu'elles se soucient de vous, a répondu le chat. Elles croisent de nombreux voyageurs dans cette partie de la ville. Ne parlez à personne, montez dans le train, et tout ira bien.

Il s'est gratté de nouveau une oreille.

— Je vous retrouverai là-bas, lorsque vous arriverez.

— Tu ne viens pas avec nous ?

Grimalkin s'est tordu les moustaches avec une moue dégoûtée.

— En dehors de Mag Tuiredh, j'essaie d'éviter le contact avec les habitants du royaume de Fer, a-t-il dit d'un ton hautain. Cela évite des questions fatigantes et superflues. De plus, je ne pourrai pas vous tenir la main tout le long du chemin jusqu'à la reine de Fer.

Il a reniflé et s'est levé, remuant la queue.

— Le train va bientôt arriver. Essayez de ne pas le rater, humains.

Sur ce, il a disparu.

Kenzie a soupiré et a murmuré quelque chose sur le caractère impossible des félins. Sous les rayons de lune, je me suis soudain aperçu de combien elle était pâle et semblait fatiguée. Ses yeux étaient cernés, ses joues creusées. Son énergie débordante paraissait l'avoir désertée. Elle s'est frotté les bras et a regardé en bas de la colline, tremblant sous la brise nocturne.

— Donc…, a-t-elle repris en se tournant vers moi, les cheveux balayés par le vent.

Même son sourire semblait las.

— On descend dans ce sinistre village de fées, on parle à la fée sinistre qui doit servir de conducteur, et on embarque dans ce sinistre train féerique, puisqu'un chat qui parle l'a décrété. J'ai bien tout suivi ?

— Ça va ? lui ai-je demandé. Tu n'as pas l'air bien.

— Je suis juste crevée. Allez viens, on y va.

Elle a reculé, évitant mon regard ; mais alors qu'elle se retournait, j'ai vu quelque chose qui m'a serré les entrailles.

— Kenzie, attends !

J'ai avancé pour lui saisir le bras aussi délicatement que possible. Elle a tenté de se dégager, mais j'ai relevé sa manche, révélant une énorme trace violette qui s'étendait pratiquement de son épaule jusqu'à son coude. Une tache sombre et lugubre sur sa peau parfaite.

Une exclamation horrifiée m'a échappé.

— Quand est-ce que tu t'es fait ça ? lui ai-je demandé, contrarié qu'elle ne m'ait pas prévenu — et surtout de ne pas l'avoir remarqué plus tôt. Qu'est-ce qui s'est passé ?

— Ce n'est rien. Je me suis fait ça quand on se battait avec le lindworm.

— Pourquoi n'as-tu rien dit ?

— Parce que ce n'est pas grave !

Kenzie a haussé les épaules.

— Ethan, crois-moi, je vais bien. J'attrape facilement des bleus, c'est tout.

Elle n'a cependant pas croisé mon regard en prononçant ces mots.

— Bon, on pourrait peut-être y aller, maintenant ? a-t-elle ajouté. Comme Grim l'a dit, il ne s'agirait pas qu'on loupe notre train.

— Kenzie…

Mais elle m'avait déjà tourné le dos et, sans se retourner, elle descendait la pente en direction des lumières, de la voie ferrée et de la ville des fées de Fer. J'ai poussé un soupir de frustration et me suis hâté de la rattraper.

Une fois en bas de la pente, nous sommes entrés dans la ville. Oubliant sa fatigue, Kenzie jetait des regards ébahis autour d'elle, tandis que je serrais mes bâtons et me crispais dès que quelqu'un s'approchait.

Nous étions entourés de fées de Fer, étranges, délirantes et cauchemardesques. Des créatures entièrement faites de fil de fer plié. Une silhouette bien habillée à chapeau haut-de-forme tenait en laisse un chien mécanique. Une vieille femme avec un corps d'araignée géante nous a dépassés, ses jambes aux extrémités pointues et métalliques cliquetant sur le sol. Kenzie a poussé un petit cri et a serré ma main, m'écrasant presque les doigts, jusqu'à ce que la créature ait disparu de notre vue.

On nous regardait beaucoup. Contrairement à ce que Grimalkin avait pu nous dire, nous ne passions vraiment pas inaperçus, ce qui n'avait rien d'étonnant. Ça ne devait pas être tous les jours que deux humains au physique résolument mortel et non fée se baladaient dans cette ville. Mais bizarrement, personne n'a essayé de nous arrêter, et nous avons avancé sur les passerelles branlantes en sentant seulement le regard des fées braqué sur notre dos.

Jusqu'à ce que nous arrivions sur un grand plateau circulaire où convergeaient plusieurs chemins. De là, je voyais la voie ferrée, en bordure de la ville, s'étirant par-delà le lac. Mais alors que nous nous dirigions dans cette direction, une silhouette voûtée couverte de haillons a soudain tendu le bras et a attrapé le poignet de Kenzie au passage, lui arrachant un cri de frayeur.

J'ai fait volte-face et j'ai abattu mes bâtons sur le bras qui la retenait ; la fée l'a lâchée immédiatement et a poussé un cri rauque. Agitant ses doigts, elle est revenue vers nous, et j'ai poussé Kenzie derrière moi pour affronter la fée, brandissant mes bâtons.

— Des *humains*, a sifflé la créature.

Des clous rouillés sont tombés de ses haillons comme elle tournait autour de nous.

— Humains, vous avez bien quelque chose pour moi, pas vrai ? Une montre à gousset ? Un beau téléphone ?

Elle a levé la tête, révélant un visage fait de différentes pièces de mécanique assemblées. L'un de ses yeux était une ampoule, l'autre une grosse tête de vis en cuivre. Sa bouche tout en fils électriques nous a souri tandis que la créature approchait.

— Restez, nous a-t-elle pressés pendant que Kenzie reculait, horrifiée. Restez, et partagez donc.

— Arrière, l'ai-je averti alors qu'une foule de fées se formait autour de nous.

Nous étions maintenant cernés sur la plate-forme, entourés de fées qui ne chargeaient pas, n'attaquaient pas, mais nous empêchaient tout de même d'aller plus loin. J'ai gardé un œil à la fois sur la masse de créatures et sur la fée déglinguée ; si elles cherchaient la bagarre, elles allaient me trouver.

— Restez, a répété la fée en haillons sans cesser de nous tourner autour et de sourire. Restez et discutons. Rendons-nous service mutuellement, d'accord ?

Un sifflement strident a retenti alors, attirant l'attention de plusieurs fées. Quelques instants plus tard, un énorme train est apparu au-dessus du lac, traînant derrière lui des nuages de fumée sombre. Large et pesant, répandant vapeur et fumée autour de lui, il est entré en gare dans un vacarme de moteur et de freins crissants avant de faire halte.

Quelques créatures ont commencé à se diriger vers l'énorme machine fumante, alors qu'une fée à peau cuivrée vêtue d'un uniforme de conducteur sortait de la locomotive pour leur faire signe d'avancer. La foule s'est amenuisée quelque peu — mais pas suffisamment pour nous dégager la voie.

— Bon sang, je n'ai pas envie de me battre pour passer, ai-je grondé tout en surveillant les fées qui nous encerclaient. Il va pourtant bien falloir qu'on ait ce train !

La fée en haillons s'est rapprochée, comme si elle craignait que nous ne partions en courant.

— Celle-ci n'a pas l'air décidée à nous laisser partir, ai-je dit en attrapant mes armes. Kenzie, reste en arrière. Ça pourrait mal tourner.

— Attends.

Kenzie m'a attrapé par la manche, une seconde avant que je n'abatte mes rotins sur le crâne de mon adversaire. Elle m'a poussé sur le côté, s'est avancée vers la créature et a détaché son appareil photo de son cou.

— Tu veux faire un échange, n'est-ce pas ? Qu'est-ce que tu dis de ça ?

La fée de Fer a cligné des yeux, puis a tendu le bras pour attraper l'appareil, souriant de tous ses fils électriques.

— Ooooh, s'est-elle exclamée en portant l'objet contre sa poitrine. Pas mal du tout. Très généreux, petite humaine.

Elle a secoué l'appareil et a froncé les sourcils.

— Cassé ?

— Euh… oui, a avoué Kenzie.

Je me suis tendu, prêt à passer en force si la créature le prenait mal.

— Désolée.

Mais elle a souri de nouveau.

— Bon échange ! a-t-elle éructé en fourrant l'appareil dans ses haillons. Bon échange. Nous approuvons. Bonne chance dans votre voyage, petits humains.

Dans un gloussement de satisfaction, elle est partie clopin-clopant sur une passerelle et s'est évanouie dans la ville.

La foule a commencé à se disperser, et je me suis détendu peu à peu. Kenzie a écarté ses cheveux d'une main tremblante et a poussé un soupir de soulagement.

— Bon, eh bien, adieu les photos pour la rubrique « sports » de la semaine, a-t-elle dit avec une ironie désabusée. Cela dit, quand on y pense, cet appareil a été largement amorti aujourd'hui. Je suis juste triste d'avoir perdu ta prestation de fou en kali.

J'ai abaissé mes bâtons. Cela faisait maintenant deux fois que Kenzie nous sortait du pétrin. Quelques secondes de plus, et c'était la bagarre assurée. Avec une fée. Au beau milieu d'une ville de fées.

J'avais déjà été mieux inspiré…

— Comment savais-tu ce qu'elle voulait ? lui ai-je demandé alors que nous nous dirigions vers la gare.

Kenzie m'a jeté un regard exaspéré.

— Franchement, Ethan, tu es mieux placé que moi pour le savoir ! Et j'ai fait mes recherches, je te rappelle. Les fées *aiment les cadeaux*, tous les articles le disent sur Google. Et comme nous n'avons ni pot de miel ni bébé, je me suis dit que l'appareil photo était le mieux.

Elle a gloussé et roulé des yeux vers moi.

— On n'est pas obligés de se battre tout le long du chemin, gros dur. La prochaine fois, essayons de discuter avec les fées avant de sortir les bâtons.

J'aurais aimé pouvoir répondre quelque chose. Mais j'en suis resté sans voix.

Nous sommes montés à bord du train sans encombre, après un bref coup d'œil du conducteur, et nous nous sommes installés dans une voiture en queue de train. Des bancs de bois étaient disponibles sous les fenêtres, mais il y avait également des compartiments particuliers ; après quelques minutes de recherche, nous en avons trouvé un libre. Je m'y suis glissé derrière Kenzie, j'ai refermé rapidement les portes, je les ai verrouillées et j'ai baissé le store sur la fenêtre.

Kenzie s'est laissée tomber lourdement sur une des banquettes et s'est appuyée contre la vitre. J'ai suivi son regard, posé sur le métal du rail scintillant au-dessus des eaux sombres, à perte de vue.

— Combien de temps penses-tu que cela va prendre ?

m'a-t-elle demandé en continuant de regarder entre les lames du store. Comment s'appelle cet endroit, déjà ?

— Mag Tuiredh, ai-je répondu en m'asseyant près d'elle. Combien de temps, je ne sais pas. Pas trop longtemps, j'espère.

— J'espère aussi, a renchéri Kenzie, avant de poursuivre un peu plus bas. Je me demande ce que fait mon père, en ce moment.

Le train s'est soudain mis en branle, à grand fracas tout d'abord, puis moins bruyamment à mesure qu'il prenait de la vitesse. Les lumières du village se sont éloignées jusqu'à ce que l'on ne distingue plus rien par la fenêtre, excepté l'étendue plate et argentée du lac où se reflétaient les étoiles.

— J'espère que Grimalkin a réussi à monter, a dit Kenzie d'un ton harassé.

Elle a changé de position contre la fenêtre, croisant les bras.

— Tu crois qu'il sera là, comme il l'a dit ?

— Qui sait ? ai-je soupiré.

Je l'ai regardée essayer de trouver une position confortable et me suis rapproché d'elle.

— Vas-y, pose-toi, ai-je proposé en lui offrant mon épaule.

Avec tout ce qu'elle avait fait pour nous, le moins que je puisse faire à mon tour était de la laisser dormir. Elle s'est appuyée sur moi avec un soupir de reconnaissance, et de douces mèches de cheveux sont venues effleurer mon bras.

— Je ne m'inquiète pas pour le chat, ai-je repris en bougeant un peu pour qu'elle soit plus à l'aise. S'il a réussi, tant mieux. Si non, malheureusement, on ne peut rien y faire.

Elle est restée silencieuse un moment, les yeux fermés, et j'ai fait semblant de contempler les ombres dansant par la fenêtre, obnubilé par la présence de sa tête sur mon épaule et de sa petite main sur mon genou.

— Dzlé sjtba dsus, a marmonné Kenzie, à moitié endormie.

— Quoi ?

— Je disais, *désolée si je te bave dessus,* a-t-elle répété.

Sa remarque m'a fait rire, et elle a ouvert un œil.

— Oh ! waouh, monsieur le ténébreux est capable de rire, a-t-elle murmuré, un coin de la bouche relevé. Faudrait peut-être faire un communiqué aux médias.

J'ai baissé les yeux vers elle, prêt à riposter à son trait d'humour.

Et soudain, mon souffle s'est coupé comme je m'apercevais de combien nos visages étaient proches, ses lèvres à seulement quelques centimètres des miennes. Si je penchais un tout petit peu la tête, je l'embrassais. Ses cheveux caressaient la peau de mon cou, et ses doigts étaient chauds sur ma jambe. Kenzie n'a pas bougé et a continué de me regarder avec un petit sourire. Savait-elle ce qu'elle était en train de faire, ou attendait-elle de voir ma réaction ?

J'ai dégluti et incliné doucement ma tête en arrière, repoussant la tentation.

— Dors, lui ai-je dit.

— Oui, chef, a-t-elle ironisé.

Mais ses yeux se sont fermés immédiatement, et quelques minutes plus tard, un léger ronflement s'échappait de ses lèvres entrouvertes. J'ai croisé les bras, essayant tant bien que mal de me détendre, et je me suis préparé à un long et inconfortable voyage vers Mag Tuiredh.

Il faisait jour quand j'ai ouvert les yeux ; par la fenêtre, le ciel était marbré de nuages et de soleil. Un peu vaseux, j'ai passé le compartiment en revue. Des fées s'étaient-elles approchées de nous durant notre sommeil ? me suis-je brusquement demandé. Mais apparemment, nous étions seuls.

J'avais mal au cou, et une partie de ma jambe était engourdie. Je m'étais assoupi le menton sur la poitrine, les bras toujours croisés. J'ai commencé à m'étirer, mais me suis figé presque aussitôt : Kenzie s'était recroquevillée sur la banquette et dormait désormais la tête posée sur mes jambes.

Je l'ai regardée pendant quelques secondes, observant sa respiration soulever son petit corps tandis que le soleil baignait son visage. En la contemplant ainsi, j'ai été soudain pris d'un farouche sentiment protecteur, d'un désir aigu d'assurer à tout prix sa sécurité. Elle a marmonné alors quelque chose et s'est blottie un peu plus contre moi. D'une main, j'ai doucement écarté une mèche de cheveux de sa joue.

Et là, j'ai pris conscience de ce que j'étais en train de faire. J'ai brusquement retiré ma main et serré les poings. Bon sang, mais qu'est-ce qui me prenait ? Il ne fallait pas que je craque pour cette fille. Ce serait dangereux pour elle comme pour moi. Lorsque nous retournerions dans le monde mortel, Kenzie retrouverait sa vie d'avant, ses amis, sa famille, et j'en ferais de même. Elle n'avait pas besoin de quelqu'un comme moi dans son entourage — quelqu'un qui attirait le chaos, le malheur, et qui ne pouvait éviter les ennuis, quoi qu'il fasse.

J'avais déjà gâché la vie d'une fille. Il était hors de question que cela recommence. Même si cela impliquait qu'elle me déteste, je ne ferais pas à Kenzie ce que j'avais fait subir à Sam.

— Ohé, ai-je fait en la secouant doucement par l'épaule. Réveille-toi.

Elle a grogné et s'est recroquevillée un peu plus.

— Juste deux minutes, maman…

Sans ménagement, je me suis alors écarté d'elle, laissant sa tête retomber sur la banquette.

— Aïe ! a glapi Kenzie en s'asseyant et en se frottant le crâne. Qu'est-ce qui se passe, Ethan ?

J'ai fait un signe de tête en direction de la fenêtre, ignorant le remords qui m'assaillait à cet instant.

— On est presque arrivés.

Kenzie me regardait en fronçant les sourcils ; mais lorsqu'elle a jeté un œil par la vitre, ses yeux se sont arrondis comme des soucoupes.

Mag Tuiredh. La cour de Fer. Je n'y étais jamais allé, je ne l'avais jamais vue. Tout ce que je savais sur cette ville, je le tenais de récits, de rumeurs colportées au fil des ans par les fées. Meghan elle-même ne m'avait jamais décrit l'endroit où elle habitait et régnait, bien que je le lui aie demandé de nombreuses fois avant son départ. Elle ne souhaitait pas que je le sache, que je l'imagine, que je me mette des idées en tête qui risqueraient un jour de me mener là-bas, pour la voir.

Naturellement, je me l'étais tout de même imaginé. Mais comme une monstruosité, avec des images assombries par le souvenir d'une sinistre tour noire au beau milieu d'une terre désolée. Sauf que la ville qui se trouvait maintenant au bout de la voie ferrée n'avait rien à voir avec ça.

Même à cette distance, on pouvait voir qu'elle était ancienne. Je distinguais des murs de pierre, des toits couverts de mousse et des plantes grimpantes s'enroulant partout. Les arbres poussaient au milieu des pierres, nouant leurs racines autour des blocs de roche. Certains bâtiments étaient vraiment colossaux. C'était le moins qu'on puisse dire. Comme s'ils avaient été bâtis pour une race de géants.

Mais la ville brillait aussi. Les rayons du soleil se réfléchissaient sur les surfaces de métal et de verre, fendant de leur lumière le brouillard ambiant pour la renvoyer vers le ciel. Cela m'a fait penser à une ville en construction, où de hautes tours métalliques s'élanceraient au milieu d'anciens bâtiments envahis de mousse et de lianes. Et, surplombant tout cela, le sommet de ses tours pointues tutoyant les nuages, se dressait la silhouette fière et imposante du château qui dominait Mag Tuiredh, telle une montagne scintillante.

Le siège de la reine de Fer.

Le train a fait halte en gare dans un vacarme assourdissant. J'ai plissé les yeux et regardé par la fenêtre. Dehors, il y avait bien plus de fées de Fer que dans la petite ville au bord du lac, dont de nombreux gardes et autres fées vêtues d'une armure. Des chevaliers arborant un grand arbre de fer sur leur plastron arpentaient les allées deux par deux, surveillant la foule.

— Eh bien ?

Une voix familière s'est élevée soudain, nous faisant

sursauter. Grimalkin était assis sur la banquette en face de la nôtre et nous contemplait tranquillement.

— Vous comptez rester là jusqu'à ce que le train se remette en marche ?

— Comment fait-on, maintenant ? a demandé Kenzie en jetant de nouveau un regard par la fenêtre. Je suppose qu'on ne peut pas appeler un taxi ?

Grimalkin a soupiré.

— Suivez-moi, nous a-t-il dit en marchant sur le bord de la banquette avant de sauter par terre. Je vais vous emmener au palais de la reine de Fer.

Le palais, ai-je songé en emboîtant le pas à Grimalkin vers les portes. Je me doutais bien que l'immense château devait être à elle. J'avais juste un peu de mal à m'imaginer que Meghan vivait maintenant dans un palais. *Ça doit être chouette. Mieux qu'une vieille ferme ou qu'un petit pavillon de banlieue, en tout cas.*

Nous avons franchi les portes à la suite de Grimalkin et descendu les marches du train pour nous enfoncer dans les rues brumeuses de Mag Tuiredh.

Exception faite de la foule des fées, il était difficile de croire que nous nous trouvions encore au pays de Nulle Part. Mag Tuiredh me faisait un peu penser à l'Angleterre victorienne — version *steampunk*. Les rues étaient pavées et constellées de luminaires aux éclairages bleus et verts. Au bord des trottoirs stationnaient des attelages tirés par d'étranges chevaux mécaniques tout de métal brillant et d'engrenages de cuivre. Des bâtiments bordaient les rues étroites, certains en pierre, de style gothique, envahis de végétation, et d'autres résolument plus modernes. Au-dessus de nos têtes, des tuyaux se croisaient en tous sens, laissant échapper de la vapeur et gouttant doucement sur le sol. Et, bien sûr, les fées de Fer étaient partout, comme surgies du cauchemar d'un alchimiste.

Sauf qu'elles nous regardaient comme si c'était *nous* qui étions des cauchemars vivants, des monstres. Elles nous jetaient des regards furtifs ou appuyés en chuchotant tandis que nous suivions Grimalkin dans les rues pavées. Le chat était difficile à voir dans toute cette brume et cette vapeur, presque aussi insaisissable qu'une ombre en pleine Forêt Sauvage. J'ai gardé une main ferme sur mes bâtons, tenant à l'œil la moindre fée qui me regardait de travers. Nous nous faisions encore plus remarquer ici que dans le village à la frontière. J'espérais juste que nous arriverions chez Meghan avant que quelqu'un ne décide de défier les deux humains qui osaient ainsi débarquer dans la capitale des fées…

Courage, il fallait y croire.

Mais alors que nous passions sous une arche de pierre, des bruits de pas cliquetants se sont fait entendre et une escouade de chevaliers-fées s'est avancée pour nous bloquer le passage. Armes brandies, ils ont formé un cercle d'acier rutilant autour de nous, le visage dur et froid sous leurs casques. J'ai attiré Kenzie derrière moi et brandi moi aussi mes armes, adoptant une posture de combat. Grimalkin avait disparu, ai-je noté au passage, et je l'ai maudit intérieurement. Les fées se sont rassemblées derrière les chevaliers, observant la scène en murmurant, tandis que la tension montait et qu'une violence contenue enflait dans l'atmosphère.

— Humains.

Un chevalier a fait un pas en avant et m'a désigné du bout de son épée. Il avait un visage anguleux, des oreilles pointues, et était recouvert de plaques de métal de la tête aux pieds. Sous son heaume ouvert, son expression était clairement hostile.

— Comment êtes-vous entrés à Mag Tuiredh ? Pourquoi êtes-vous ici ?

— Je suis venu voir la reine de Fer, ai-je répondu sans baisser mes armes, même si je ne voyais pas à quoi elles pourraient me servir face à tant d'hommes en armure.

Aucun coup de bâton ne pourrait jamais entamer l'acier qui les protégeait. Sans parler du fait qu'ils possédaient des lances et des épées acérées, toutes pointées sur nous.

— Je ne veux pas d'ennuis. Je veux seulement parler à Meghan. Si vous lui dites que je suis ici…

Un murmure de mécontentement a parcouru les rangs des fées.

— Tu ne peux pas entrer au palais comme bon te semble et demander une audience à la reine, mortel, a déclaré le chevalier, l'air indigné. Qui es-tu, pour demander une telle chose et pour parler d'elle comme si tu la connaissais ?

Il a levé son épée sous ma gorge avant que je puisse répondre.

— Rendez-vous sur-le-champ, intrus. Nous vous emmènerons au Premier-lieutenant, qui décidera de votre sort.

— Arrêtez ! a soudain ordonné une voix.

Les chevaliers se sont figés instantanément, et la foule s'est écartée pour laisser passer quelqu'un. Au lieu d'une armure, l'homme portait un uniforme noir et gris, avec le même symbole de l'arbre de fer sur ses épaulettes. Ses cheveux noirs étaient hérissés comme des piquants de porc-épic, et des éclairs et des étincelles circulaient par intermittence entre ses mèches pointues.

Il a pénétré le cercle des chevaliers et a hoché la tête en me regardant avec un authentique respect, avant de se tourner vers le chef des gardes. Il l'a toisé durement de ses yeux violets.

— Qu'est-ce que ça veut dire ?

— Premier-lieutenant !

Le chevalier s'est soudain fait tout petit, ainsi que le reste de ses hommes.

— Chef ! Nous avons appréhendé ces deux mortels. Ils se dirigeaient vers le palais et ont déclaré vouloir parler à la reine. Nous pensions justement vous les amener. Le garçon prétend la connaître et…

— Evidemment qu'il la connaît ! a aboyé l'homme-fée, faisant pâlir le chevalier. Je sais qui il est, mais apparemment, toi, tu ne le sais pas.

— Pardon, chef ?

— Inclinez-vous, a ordonné le Premier-lieutenant en haussant la voix à l'attention de toute l'assemblée qui assistait à la scène. Inclinez-vous, tous ! Saluez votre prince !

Euh… *Quoi ?*

13. Le prince de Fer

— Prince ?

J'ai senti le regard incrédule de Kenzie dans mon dos alors que toutes les fées présentes autour de nous, chevaliers, civils et gardes compris, baissaient la tête, s'inclinaient ou se mettaient à genoux devant moi. Y compris le Premier-lieutenant, lequel a posé un poing sur son cœur en faisant la révérence. J'avais envie de leur dire d'arrêter, que ce n'était pas la peine, mais il était trop tard.

Super. J'entends déjà les questions que tout ça va entraîner.

— Prince Ethan, a dit le Lieutenant en se redressant.

Les chevaliers ont rengainé leurs armes, et ont lancé quelques regards qui ont suffi à disperser la foule.

— Quelle surprise. Veuillez excuser mes gardes. Nous ne vous attendions pas. Etes-vous venu voir votre sœur ?

— Sœur ? a répété Kenzie derrière moi, d'une voix montant soudain de plusieurs octaves.

J'ai réprimé un grognement.

— Vous êtes… Bug, c'est ça ? lui ai-je fait, ressortant son nom des tréfonds de ma mémoire.

Bug était une légende vivante même dans le monde réel — la fée de Fer rebelle qui s'était alliée à Meghan pour faire tomber le roi usurpateur. Je l'avais vu une fois ou deux par le passé ; il tournait autour de la maison tel un garde du corps sur le qui-vive lorsque Meghan venait nous voir. Sa présence ne me dérangeait pas plus que ça ; c'était une autre présence que je détestais, un autre elfe qui attendait le retour de sa reine, tapi dans l'ombre, sans jamais pénétrer à l'intérieur de la maison. Celui-là était une légende, lui aussi, encore plus que Bug, car il était l'un des trois qui avaient fait tomber le faux roi et mis fin à la guerre. Il était également la seule fée normale (à part Grimalkin, apparemment) à pouvoir survivre au royaume de Fer. Les rumeurs relatant la façon dont il avait accompli un tel exploit étaient nombreuses et variées, mais la raison en était toujours la même : profondément amoureux de la reine de Fer, il était prêt à tout pour demeurer avec elle.

Y compris l'enlever à sa famille, ai-je songé en sentant cette vieille rancœur se réveiller dans ma poitrine. *Y compris faire en sorte qu'elle ne quitte plus la Faérie. C'est à cause de toi qu'elle est partie, et à cause de toi qu'elle est restée. Si tu n'étais pas arrivé cette nuit-là pour la reprendre, elle serait encore dans le monde réel.*

Cependant, Bug attendait toujours une réponse, et probablement n'apprécierait-il guère mes sentiments envers son chef.

— Oui, je suis venu voir Meghan, ai-je dit en haussant les épaules. Désolé, on n'a pas pu prévenir. Elle ignore sûrement que je suis ici.

Bug a hoché la tête.

— Je vais de ce pas en informer Sa Majesté. Si vous et votre… amie, a-t-il ajouté avec un regard vers Kenzie, voulez bien me suivre, je vais vous accompagner jusqu'à la reine.

Il nous a fait signe de le suivre, et nous lui avons

emboîté le pas dans les ruelles pavées tandis que la foule des fées de Fer s'écartait en s'inclinant à notre passage. Dans un cliquettement métallique, les chevaliers ont reformé leurs rangs derrière lui. J'ai essayé de les ignorer, ainsi que la nervosité qui me serrait le ventre à mesure que nous approchions du palais et de la reine de Fer.

— Si vous me permettez cette question, sire…, a repris Bug en jetant un regard derrière lui.

Ses yeux violets nous ont considérés avec curiosité.

— Je me demandais comment vous aviez franchi le monde mortel pour parvenir ici ?

— Grâce à moi, a susurré une voix familière.

Grimalkin est apparu soudain, trottant en haut d'un mur de pierre. Bug a levé les yeux et soupiré.

— Tiens, te revoilà, le chat, a-t-il dit avec un enthousiasme… modéré. Pourquoi ne suis-je pas surpris de te voir ? Qu'est-ce que tu mijotes, encore ?

Le félin a ignoré superbement la question et fait semblant de se concentrer sur les petits papillons qui voletaient autour des réverbères. Bug a secoué la tête, faisant crépiter les lumières de ses cheveux, puis s'est arrêté à un carrefour et a levé un bras.

Un cheval et son attelage sont arrivés, aussi mécaniques l'un que l'autre. Le conducteur, qui avait une peau verte sous son costume noir et blanc, a soulevé son chapeau pour nous saluer. Le chien mécanique assis à ses côtés a agité une queue raide.

Grimalkin a observé la carriole du haut de son mur de pierre et a plissé le nez.

— Je crois que je vais me rendre au palais par mes propres moyens, a-t-il annoncé en me regardant d'un air las. Humains, essayez au moins d'éviter les ennuis pendant cette dernière étape de votre voyage. J'aimerais ne pas être obligé de venir vous retrouver.

Les cheveux de Bug ont crépité.

— Je ferai en sorte que le prince arrive sain et sauf au palais, cait sith, lui a-t-il lancé, l'air offusqué. Tous les membres de la famille de la reine présents à Mag Tuiredh constituent ma priorité numéro un. Il sera en parfaite sécurité avec moi, je te l'assure.

— Alors si vous le dites, lieutenant, ce doit être vrai.

Le chat a émis un petit reniflement et a sauté du mur, pour disparaître à mi-hauteur.

Soupirant de nouveau, Bug a ouvert la porte de la voiture et nous a fait signe d'y entrer. Je suis monté à bord, et le Premier-lieutenant a aidé Kenzie à en gravir les marches, puis a refermé la portière derrière nous.

— Je pars devant, je vous retrouverai au palais, nous a-t-il dit par la fenêtre en reculant sur le trottoir. La reine sera immédiatement prévenue de votre arrivée. Bienvenue à Mag Tuiredh, prince Ethan.

Il s'est incliné une fois encore, et l'attelage s'est mis en route. Par la fenêtre, j'ai regardé défiler les rues de Mag Tuiredh, tout en sentant le regard de Kenzie posé sur moi. J'étais certain qu'elle ne tarderait pas à me bombarder de questions, et j'avais raison.

— Prince ? a-t-elle dit doucement.

J'ai fermé les yeux.

— Tu es le prince de ce palais ? Tu ne me l'avais pas dit !

Je me suis tourné vers elle en soupirant, et j'ai croisé son regard ébahi… et accusateur.

— Je ne trouvais pas ça très important.

— Pas *important* ?

Elle a roulé des yeux et a levé ses mains en l'air.

— Ethan, tu es le prince de cette satanée Faérie, et tu ne trouves pas ça important ?

— Je ne suis pas un vrai prince, ai-je rétorqué. Ce n'est pas ce que tu crois. Je ne suis pas à moitié fée, je suis juste… de la famille de la reine.

Kenzie m'a dévisagé, attendant que je poursuive. Je me suis passé une main dans les cheveux.

— La reine de Fer…

Dans un nouveau soupir, j'ai enfin lâché le morceau :

— C'est ma demi-sœur, Meghan.

La mâchoire de Kenzie s'est décrochée.

— Et tu n'aurais pas pu me le dire plus tôt ?

— Non, je n'avais pas envie d'en parler !

C'était sorti tout seul.

Je me suis détourné pour regarder par la fenêtre. Perdue dans une brume électrique, Mag Tuiredh semblait à la fois sombre et lumineuse, formant un curieux mélange d'ombres et de vapeur, de pierre et de métal scintillant.

— Je n'ai pas vu Meghan depuis des années, ai-je repris d'un ton plus calme. Je ne sais même plus comment elle est. Elle m'a demandé de rester à distance, parce qu'elle voulait couper les liens avec toute ma famille. Ça doit être comme ça quand on devient reine de Faérie, je suppose.

J'ai entendu l'amertume de ma propre voix et fait de mon mieux pour la contrôler.

— Et puis… Je ne voulais pas que tu m'associes avec… *elles*, ai-je ajouté. Pas comme ça.

Kenzie est restée silencieuse quelques instants.

— Mais alors…, a-t-elle repris, quand tu as été kidnappé, et quand ta sœur est allée te chercher au pays de Nulle Part…

— Pour faire court, elle est devenue la reine de Fer, oui.

— Et… tu leur en veux de te l'avoir prise. C'est pour ça que tu les détestes tellement, c'est ça ?

Ma gorge était douloureusement serrée. J'ai dégluti avec difficulté pour pouvoir répondre.

— Non, ai-je maugréé en serrant les poings. Je lui en veux, à elle.

Le palais de la reine de Fer dominait les autres bâtiments de la ville de son énorme structure pointue, tout de verre, de pierre et d'acier. Des drapeaux frappés du blason de l'arbre de fer claquaient au vent, et le chemin menant aux grilles d'entrée était bordé de grands chênes formant un tunnel de branches, de feuilles et de lumière. C'était le château le plus étrange que j'aie jamais vu — pas vraiment ancien ni complètement moderne, mais quelque part entre les deux. Il comportait des tourelles couvertes de mousse et de lianes grimpantes, mais également des tours d'acier et de verre étincelant qui reflétaient vivement les rayons du soleil. Deux chevaliers de Fer ont incliné la tête lorsque nous avons franchi les grilles de la propriété ; apparemment, nous étions attendus.

Au-delà des grilles, la route décrivait un cercle autour d'une immense étendue de gazon vert parsemé d'arbres métalliques dont les feuilles et les branches étincelaient comme des guirlandes de Noël sous la lumière du jour. Les murs de pierre du château se dressaient de part et d'autre, surveillés par de nombreux chevaliers de Fer. Au centre du terrain se trouvait une petite mare. *Quel genre de poisson peut bien nager dans ces eaux-là ?* me suis-je demandé. Des poissons de fer rouge, peut-être ? Des tortues métalliques ? Cette idée m'a arraché un sourire.

Du mouvement a soudain attiré mon attention sous l'un des arbres. Deux silhouettes se faisaient face en tournant sous les branches d'un sapin argenté, brandissant chacune une épée. J'ai facilement identifié l'une d'entre elles comme étant un chevalier de Fer ; son armure et son immense épée à double tranchant ont lancé des éclats comme il portait l'estocade à son adversaire.

L'autre combattant était plus petit, plus mince, et ne portait pas d'armure. Il semblait avoir à peu près mon âge, et dansait avec vélocité autour de l'imposant chevalier, ses cheveux couleur d'argent noués en queue-de-cheval, une élégante lame courbe en main.

Et l'on peut dire qu'il savait bouger. Après de longues années passées à observer Guro Javier, je savais reconnaître un combattant qualifié. Ce garçon me faisait penser à mon maître de kali : leste, agile, terriblement précis. Le chevalier l'a attaqué, visant sa tête. Il s'est déporté latéralement, a désarmé le chevalier à une vitesse impressionnante et a pointé la lame sous sa gorge.

Bon sang. Ce gars-là devait être encore plus rapide que moi.

Lorsque l'attelage est passé devant les combattants, le garçon a levé une main à l'attention de son adversaire et s'est tourné pour nous regarder.

Sous ses sourcils argentés, ses yeux étaient incroyablement vifs, d'un bleu de glace perçant qui m'a donné la chair de poule. C'était un elfe, et un *noble,* j'en étais certain. Nul besoin de voir la pointe de ses oreilles pour s'en rendre compte. Il m'a regardé avec un petit sourire hésitant, jusqu'à ce que la carriole prenne un tournant, nous le faisant perdre de vue.

Arrivée en bas des marches du palais, la voiture a fait halte. Là, une minuscule créature à la face ridée, portant une énorme pile de déchets sur ses épaules voûtées, nous attendait avec une escouade de chevaliers.

— Prince Ethan, dit-il d'une voix aiguë alors que nous descendions de la carriole.

Il avait un drôle d'accent, comme s'il ne s'exprimait pas dans sa langue maternelle.

— Bienvenue à Mag Tuiredh. Mon nom est Fix, je serai votre escorte jusqu'à la salle du trône. Je vous en prie, suivez-moi. La reine de Fer vous attend.

Mon ventre s'est serré, mais j'ai ravalé ma nervosité et suivi la créature dans l'allée, en haut des marches et jusqu'aux massives portes de fer du palais.

C'est à partir de là que ça risquait de se gâter.

Le château de Meghan était assez impressionnant, il fallait bien l'admettre. Je m'attendais à ce qu'il soit vieux, un peu délabré, mais l'intérieur était au contraire gai, lumineux et très moderne. Même si quelques particularités ne manquaient pas de vous rappeler que vous vous trouviez bien en Faérie. Le couloir d'arbres, par exemple, avec ses ampoules éclairant le passage entre les branches de métal. Ou la souris d'ordinateur qui courait par terre, sur ses petites pattes rouges, poursuivie par des gremlins et des chiens mécaniques. Un mur était recouvert d'énormes engrenages de cuivre et de laiton ; lesquels, à première vue, ne servaient à rien d'autre qu'à remplir l'atmosphère de tic-tac, de craquements et de grondements.

Derrière moi, Kenzie ne pouvait s'empêcher de contempler les couloirs avec des yeux ahuris. Quant à moi, je refusais de me montrer aussi impressionné et de dévisager les fées de Fer que nous croisions, me contentant d'essayer de me repérer au sein de ce lieu immense. Fix nous a enfin conduits dans un long couloir vivement éclairé, où Bug s'est incliné comme nous passions devant lui pour pénétrer dans un vestibule. Deux énormes portes arquées se dressaient au bout du couloir, flanquées de part et d'autre de chevaliers en armure.

— Voici la salle du trône, a expliqué Fix alors que nous nous arrêtions devant les portes. La reine et le prince consort vous attendent. Etes-vous prêts ?

J'avais les mains moites et les tripes nouées. J'ai acquiescé cependant d'un signe de tête, et Fix a ouvert les deux portes en grand.

Une immense salle de style cathédrale s'est offerte à notre regard comme nous franchissions le seuil. Des piliers ornementés, recouverts de plantes grimpantes et de petites loupiotes, montaient jusqu'à un plafond de verre en voûte qui révélait le ciel et les rayons du soleil. Le bruit de nos pas a résonné dans l'espace vide, malgré le tapis rouge sur lequel nous avancions. La salle devait probablement servir pour les grands rassemblements, mais à part Kenzie, Fix, et moi, elle paraissait déserte.

Tout au fond, un large trône de métal se dressait sur une estrade ; Grimalkin était assis dans un coin, se léchant tranquillement une patte. Roulant des yeux, j'ai regardé alors le trône.

Et… elle était là. Pas assise sur le trône, mais debout à côté de lui, la main posée avec légèreté sur l'un de ses accoudoirs.

Ma sœur, Meghan Chase. La reine de Fer.

Elle était exactement comme dans les souvenirs que j'avais d'elle. Des années avaient eu beau s'écouler depuis notre dernière rencontre — c'est-à-dire à une époque où j'étais encore plus petit qu'elle —, elle avait toujours les mêmes cheveux longs et clairs, les mêmes yeux bleus. Elle portait même un jean et un T-shirt blanc, comme quand elle vivait chez nous. Rien n'avait changé. Cette Meghan aurait pu être la même que celle qui m'avait sauvé de la tour de Machina, treize ans auparavant.

Je ne me sentais pas très vaillant pour autant. Qu'allais-je dire à ma sœur maintenant que j'étais là ? *Pourquoi nous as-tu quittés ? Pourquoi est-ce que je ne te vois jamais plus ?* Questions inutiles. Je connaissais déjà la réponse, même si elle ne me plaisait pas.

— Ethan.

Sa voix si familière a traversé la salle et m'a attiré comme si je redevenais petit garçon. Meghan m'a souri, et en un instant toutes mes craintes qu'elle puisse être devenue une reine distante et inaccessible se sont évanouies. Elle est descendue de l'estrade, a marché vers moi, et, sans l'ombre d'une hésitation, m'a serré fort dans ses bras.

Quel choc. Je lui ai rendu son étreinte, ignorant tout ce qui pouvait se passer d'autre autour de moi. C'était *Meghan*, la même Meghan que celle qui m'avait sauvé, qui s'était lancée à corps perdu au pays de Nulle Part pour me ramener à la maison. Et malgré ma colère, malgré toutes ces périodes noires où je pensais la haïr, elle était toujours ma sœur.

Rentre à la maison, avais-je envie de lui dire, tout en sachant que cela ne servirait à rien. *Tu manques beaucoup à papa et maman. Ce n'est plus pareil depuis que tu n'es plus là. Et je n'en peux plus de faire croire que tu es morte, que je n'ai plus de sœur. Pourquoi as-tu choisi d'être avec* elles *plutôt qu'avec nous ?*

Bien entendu, je ne pouvais lui dire ce genre de choses. Quand j'étais plus jeune, j'avais pourtant essayé, l'incitant à rester ou à venir nous voir plus souvent. Cela n'avait jamais marché. J'avais beau la supplier, l'implorer, pleurer, elle repartait toujours vers le pays de Nulle Part. Je savais pertinemment qu'elle n'abandonnerait jamais son royaume, pas même pour sa famille. *Pas même pour moi.*

Meghan s'est écartée en souriant, me tenant toujours les bras. J'ai remarqué alors que j'étais plus grand qu'elle, maintenant, et cela m'a fait bizarre. La dernière fois que j'avais vu ma sœur, elle faisait plusieurs dizaines de centimètres de plus que moi ! Cela faisait vraiment longtemps.

— Ethan, a-t-elle dit de nouveau, sur un ton tellement affectueux que je m'en suis immédiatement voulu d'avoir nourri de mauvaises pensées envers elle. Comme c'est bon de te voir.

Elle a levé une main pour écarter une mèche de cheveux de mes yeux.

— Mon Dieu, tu es si grand, maintenant.

J'ai soutenu son regard.

— Et toi, tu n'as pas du tout changé.

L'espace d'un instant, une ombre a traversé son regard.

— Ça, a-t-elle murmuré, ce n'est pas si sûr.

Je ne savais pas ce qu'elle voulait dire par là, mais une angoisse m'a gagné. Meghan était immortelle maintenant, me suis-je rappelé. Elle avait la même apparence, mais qui sait ce qu'elle avait fait depuis qu'elle était reine de Fer ?

— Mais peu importe, a-t-elle repris avec une expression de curiosité inquiète. Pourquoi es-tu là, Ethan ? Grim m'a dit que tu étais au royaume de Fer, que tu avais utilisé son jeton. Y a-t-il un problème à la maison ?

Ses doigts se sont resserrés sur mon bras.

— Est-ce que maman et Luke vont bien ?

J'ai hoché la tête.

— Ils vont bien, ai-je dit en faisant un pas en arrière. Du moins, ils allaient bien quand je suis parti.

— C'est-à-dire, depuis combien de temps ?

— Il y a deux jours, peut-être ? Mais en temps féerique…

J'ai haussé les épaules et fait un signe de tête en direction de la boule de poils grise assise sur l'estrade.

— Demande-lui plutôt. Le chat nous a fait traverser la Forêt Sauvage. Je ne sais pas combien de temps ça représente dans le monde réel.

— Ils doivent être malades d'inquiétude.

Meghan a soupiré en me regardant avec gravité ; c'est alors qu'elle a semblé remarquer Kenzie derrière moi. Elle a cligné des yeux et froncé les sourcils.

— Tu as amené quelqu'un avec toi ?

D'un geste, elle a invité Kenzie à approcher.

— Qui est-ce ?

— Kenzie, lui ai-je répondu tandis que celle-ci

me rejoignait et effectuait une révérence maladroite. Mackenzie Saint James. Une camarade de classe.

— Je vois.

J'ai senti de la contrariété dans sa voix ; pas dirigée contre Kenzie, mais peut-être juste parce que j'avais entraîné quelqu'un au pays de Nulle Part.

— Etait-elle au courant de notre existence avant que tu ne la fasses entrer dans ce monde ?

— Bien sûr, lui ai-je fait avec désinvolture. Tous les jours, je parle des fées invisibles à qui veut l'entendre. Ça me vaut un vif succès.

Meghan a ignoré la plaisanterie.

— Est-ce que tu vas bien ? a-t-elle demandé à Kenzie avec gentillesse. Je sais que ça fait beaucoup de choses à digérer. J'avais à peu près ton âge la première fois que je suis venue ici, et c'était… intéressant, on va dire.

Elle lui a adressé un sourire bienveillant.

— Comment vis-tu tout ça ?

— Euh… ça va, euh… Votre Majesté, a répondu Kenzie avant de me pointer du pouce. Ethan m'a donné une sorte de cours intensif en matière de Faérie. J'attends quand même toujours de voir si je me réveille ou pas.

— Ne t'en fais pas, on va vite te ramener chez toi, a promis Meghan avant de se retourner vers moi. Je suppose que tu n'es pas juste passé pour dire bonjour, Ethan, a-t-elle dit d'une voix plus ferme. Ce jeton ne devait servir qu'en cas d'urgence. Que se passe-t-il ?

— J'aimerais bien le savoir.

J'ai croisé les bras, sur la défensive.

— Je ne voulais pas venir ici. J'aurais été très heureux de ne jamais revoir cet endroit.

J'ai marqué une pause pour voir si mes paroles la

touchaient. Mais à part un léger plissement d'yeux, son expression n'a pas changé.

— Seulement, il y a un paquet de fées bizarres qui traînent dans le monde réel en ce moment, des fées comme je n'en ai jamais vu. Et du coup, elles ne m'ont vraiment pas laissé le choix.

— Comment ça, « elles ne t'ont pas laissé le choix » ?

— Eh bien, elles ont enlevé un ami à moi, un demi-phouka, au lycée, en plein jour. Et quand j'ai essayé de le retrouver, elles s'en sont prises à nous. A moi et Kenzie.

Meghan a plissé les yeux, et l'air s'est fait soudain étrangement calme autour d'elle, tel un ciel avant la tempête. D'un coup, j'ai *senti* le pouvoir qui émanait de la reine de Fer, tels des éclairs invisibles, et mes poils se sont hérissés. J'ai frémi et fait un pas en arrière, résistant à l'envie de me frictionner les bras.

En cet instant, j'ai compris exactement en quoi elle avait changé.

Mais la vague d'énergie est retombée, et la voix de Meghan a repris avec calme :

— Vous êtes donc venus ici pour leur échapper, a-t-elle dit en nous regardant alternativement, Kenzie et moi.

J'ai approuvé d'un hochement de tête.

Ma sœur m'a fixé des yeux, réfléchissant.

— Et tu disais qu'il s'agissait d'un genre de fées que tu n'avais jamais vu auparavant ? a-t-elle questionné.

J'ai hoché de nouveau la tête.

— Une nouvelle espèce, comme les fées de Fer ?

— Non. Pas comme les fées de Fer. Ces choses sont… différentes. C'est dur à expliquer.

J'ai repensé à cette soirée au dojo, aux fées fantomatiques, transparentes, à la façon dont elles apparaissaient et disparaissaient, comme si elles n'arrivaient pas à se fixer dans la réalité.

— Je ne sais pas *ce* qu'elles sont, mais je crois qu'il est possible qu'elles kidnappent des Exilés et des demi-sang.

Je me suis souvenu de la pixie morte et mon ventre s'est serré. Todd avait peut-être déjà subi le même sort.

— Une dryade m'a dit que toutes les fées du coin disparaissaient. Il se passe quelque chose, mais je ne sais pas ce qu'elles veulent. Je ne sais même pas ce qu'elles sont.

— Tu es bien sûr de ça ?

— Elles ont essayé de me tuer il y a quelques jours ! Alors *oui,* j'en suis sûr.

— D'accord, a dit Meghan en se détournant. Si tu dis les avoir vues, je te crois. Je vais organiser une réunion avec l'Eté et l'Hiver, et leur dire qu'il se pourrait qu'un nouveau genre de fées soit en train d'émerger. Si ces fées exterminent les Exilés et les demi-sang, il n'est pas exclu que ce ne soit qu'une question de temps avant qu'elles ne jettent leur dévolu sur le pays de Nulle Part.

Elle est retournée vers son trône, perdue dans ses pensées.

— Mab et Oberon seront sceptiques, naturellement, a-t-elle poursuivi d'un ton à la fois inquiet et agacé. Ils vont tous vouloir des preuves avant d'engager quoi que ce soit.

— Et pour Todd ? ai-je demandé.

Elle s'est retournée avec un regard désolé.

— Je vais tâter le terrain en royaume mortel, et voir si les gremlins ou les elfes bricoleurs peuvent trouver quelque chose. Mais ma première responsabilité est envers mon royaume. Et envers toi.

Je n'aimais pas la tournure que prenaient les choses. Apparemment, elle n'allait pas se décarcasser pour retrouver Todd — et d'ailleurs, pourquoi l'aurait-elle fait ? Elle était une reine qui venait d'apprendre que son royaume entier pourrait bientôt être menacé. La vie d'un simple demi-sang n'était évidemment pas sa priorité.

Meghan a ensuite regardé Kenzie, qui avait l'air un peu perdue mais essayait de suivre de son mieux.

— Je vais demander à quelqu'un de te ramener chez toi, a-t-elle dit gentiment. Je suis désolée que tu aies eu à subir tout cela. Il faut que tu saches qu'au pays de Nulle Part le temps ne s'écoule pas de la même manière que dans le monde mortel. Ce qui veut dire que tu es probablement portée disparue depuis plusieurs jours, maintenant.

— D'accord, a fait Kenzie avec une légère grimace. Donc, il va falloir que je prévoie une histoire sacrément bien ficelée pour mon retour. Je ne pense pas que « coincée en Faérie » passerait très bien, comme explication.

— C'est la meilleure chose à faire, ai-je confirmé. Toi au moins, tu t'en tireras avec un mensonge. Moi, après ça, mes parents ne me laisseront plus sortir de la maison jusqu'à mes trente ans.

Meghan m'a adressé un petit sourire triste.

— J'enverrai quelqu'un leur expliquer ce qui s'est passé, m'a-t-elle proposé, ce qui m'a stressé encore plus. Mais, Ethan, je ne peux pas te laisser rentrer tout de suite. Je dois te demander de rester ici, à Mag Tuiredh, jusqu'à ce que nous ayons compris ce qui se passe.

14. Keirran

— Pas question !

J'ai dévisagé Meghan, sentant les murs de la cour de Fer se refermer sur moi. Son regard s'est fait triste, mais sa posture restait tout aussi déterminée.

J'ai explosé.

— C'est hors de question ! Tu ne peux pas me garder plus longtemps ici. Je dois rentrer à la maison ! Il faut que je retrouve Todd, et que je m'assure que papa et maman vont bien. Tu l'as dit toi-même : ils doivent être fous d'inquiétude à l'heure qu'il est !

— J'enverrai quelqu'un leur expliquer la situation, a répété Meghan sans fléchir. J'irai moi-même, s'il le faut. Mais je ne peux pas te renvoyer à la maison pour le moment, Ethan. Pas alors que quelque chose essaie de te tuer, là-bas.

— Ne t'en fais donc pas pour moi ! ai-je protesté.

J'avais l'impression d'être redevenu un gamin qui faisait une scène pour rester debout une heure de plus.

— Bon sang, je n'ai plus quatre ans, Meghan ! Je peux me débrouiller tout seul.

Son regard s'est durci. Avançant vers moi, elle a relevé brusquement ma manche, révélant les bandages ensanglantés noués autour de mon bras. J'ai reculé en grognant — mais trop tard.

— Tu n'es pas aussi invincible que tu le penses,

petit frère, a déclaré fermement Meghan. Et je ne ferai pas revivre une telle épreuve à maman et Luke. Ils ont déjà assez souffert comme ça. Je vais au moins leur dire que tu vas bien, et que tu seras bientôt de retour. Je t'en prie, essaie de comprendre, Ethan : mon but n'est pas de te forcer. Mais tu ne *peux pas* partir maintenant.

— C'est ça, essaie donc de m'en empêcher, l'ai-je défié en tournant les talons vers la porte de la salle du trône.

C'était stupide. Mais ma colère — envers moi-même, envers les fées, le pays de Nulle Part, tout — était en train de prendre le dessus, et je ne raisonnais plus de manière rationnelle.

— Je trouverai le chemin tout seul.

Je n'ai même pas pu sortir de la salle.

Une silhouette masculine a surgi soudain d'un recoin sombre et s'est interposé entre la porte et moi. Il bougeait comme une ombre, en silence, en douceur, entièrement vêtu de noir ; seuls ses yeux brillaient, de la couleur de l'argent, tandis qu'il me bloquait le passage. Je ne l'avais pas remarqué jusqu'ici, mais dès qu'il est apparu j'ai senti la haine m'envahir et le sang gronder dans mes oreilles. Un souvenir est subitement revenu à ma mémoire : une certaine nuit de clair de lune, où j'étais assis sur le canapé avec ma mère et Meghan lorsque la porte s'était lentement ouverte en grinçant, projetant son ombre sur le sol. Cet elfe était entré dans la pièce, n'ayant d'yeux que pour ma sœur. Il avait dit que c'était le moment ; il avait parlé de contrat, de promesse, et Meghan n'avait pas résisté. Elle l'avait suivi dans la nuit et, à partir de là, plus rien n'avait jamais été pareil.

J'ai pris une profonde inspiration, essayant d'apaiser le tremblement de mes mains. Combien de fois, au kali, avais-je imaginé combattre ce maudit démon, prendre mes bâtons et lui démolir sa belle petite gueule inhumaine, ou le planter à loisir avec mon couteau ? De purs fantasmes — je n'avais aucune chance contre quelqu'un comme lui, je le savais très bien. Et je savais qu'il était… cher à Meghan. Qu'elle l'aimait, même. Malgré tout, c'était lui le responsable de la décomposition de notre famille. S'il n'était pas venu chez nous ce soir-là, Meghan serait encore à la maison.

J'ai brandi mes bâtons et j'ai articulé entre mes dents serrées :

— Dégage tout de suite de mon chemin, Ash.

L'elfe noir n'a pas bronché.

— Tu me détestes, je le comprends très bien, a dit Ash d'une voix basse et sourde. Mais tu n'es pas raisonnable. Meghan essaie seulement de te protéger.

La colère m'a emporté ; treize ans de peur, de frustration et de rancœur remontaient d'un coup à la surface.

— Je ne me souviens pas de le lui avoir demandé ! ai-je explosé.

J'avais beau savoir que j'étais à côté de la plaque, je m'en fichais totalement.

— Où était-elle quand je grandissais, quand je ne pouvais pas dormir parce que j'entendais des fées derrière ma fenêtre ? Où était-elle quand elles me suivaient jusqu'au bus pour aller à l'école, quand elles me poursuivaient dans la bibliothèque et y mettaient le feu pour tenter de me faire sortir ? Ou quand j'ai bousillé la vie d'une fille parce que ces maudites fées ne voulaient pas me ficher la paix ? Dis-moi, Ash, où était-elle ?

— Assez !

J'ai frémi et me suis retourné. La voix de Meghan avait changé. Elle était maintenant dure, autoritaire, et la fille que j'ai vue en me retournant n'était plus ma sœur. C'était la reine de Fer que j'avais maintenant devant moi, et ses yeux bleus lançaient des éclairs dans l'aura d'énergie qui scintillait autour d'elle.

— Ça suffit, a-t-elle repris plus calmement, tandis que la magie vacillait avant de s'éteindre. Ethan, je suis désolée, mais ma décision est prise. Tu resteras à la cour de Fer jusqu'à ce que nous ayons trouvé ce qui se passe. Tu seras traité en invité au palais, mais s'il te plaît, n'essaie pas de t'enfuir.

Elle a expiré, et ses épaules se sont relâchées.

— Espérons que cela ne prendra pas trop longtemps.

— Tu vas retenir ton propre frère en otage ? lui ai-je lancé. Contre son gré ?

— S'il le faut.

Meghan m'a fixé sans ciller, grave et solennelle.

— Tu peux bien te mettre en colère après moi, Ethan. Je ne veux pas risquer de te perdre.

Je lui ai décoché un regard sarcastique en abaissant mes armes.

— C'est un peu tard, grande sœur. Tu m'as perdu il y a bien longtemps déjà, quand tu nous as lâchement laissé tomber.

C'était un coup bas, destiné à la blesser, et j'ai aussitôt regretté d'avoir dit ça. Meghan a pincé les lèvres, mais n'a manifesté aucune autre réaction. Un courant d'air froid m'a parcouru le dos, et je me suis rendu compte que je provoquais dangereusement Ash par la même occasion, en parlant ainsi à sa reine. Mon lien de parenté avec Meghan était certainement la seule chose qui le retenait de sortir son épée et d'exiger que je présente des excuses.

Très bien, ai-je pensé. *Alors, qu'est-ce que ça fait, Ash ? D'être forcé d'assister aux événements sans pouvoir intervenir ? Sacrément frustrant, non ?*

Meghan s'est retournée vers le trône.

— Grimalkin, a-t-elle appelé doucement.

Le chat a levé la tête et cligné des yeux depuis l'endroit où il s'était roulé en boule pour somnoler dans un coin.

— Tu peux ramener Mackenzie chez elle, s'il te plaît ? Tu connais le chemin, n'est-ce pas ?

Zut. J'avais oublié Kenzie. Une fois de plus. Que devait-elle penser de tout cela — de ce sinistre mélodrame familial, où je jouais mon pire rôle en agressant tout le monde ?

Mon Dieu, elle doit me trouver totalement imbuvable.

Grimalkin a bâillé, mais avant qu'il puisse répondre, Kenzie s'est avancée vers nous.

— Non, a-t-elle dit.

Meghan l'a regardée avec surprise. Et j'en ai fait autant.

— S'il vous plaît, j'aimerais rester. Si Ethan ne rentre pas chez lui, je ne pars pas non plus.

— Kenzie, tu n'es pas obligée de rester, ai-je murmuré, même si l'idée de son départ me renvoyait à une affreuse solitude. Vas-y, rentre chez toi. Tout ira bien pour moi.

Elle a secoué la tête.

— Non. C'est en partie de ma faute si nous sommes là. Je n'irai nulle part jusqu'à ce que nous puissions partir ensemble.

Je m'apprêtais à répliquer, mais, en même temps,

une partie de moi avait très envie qu'elle reste. C'était une réaction égoïste que celle de cette petite voix craignant de se retrouver seule, même parmi ceux qui étaient censés être sa famille. Car Meghan avait beau être ma sœur, elle était tout de même la reine de Fer, tout de même une fée, et je n'étais qu'un humain, un intrus dans son monde.

Meghan a hoché la tête.

— Je ne te forcerai pas, a-t-elle dit simplement.

Kenzie, elle, avait le choix, et pas moi ?

— Reste si tu le souhaites. Ce sera peut-être plus sûr pour toi, d'ailleurs. Cependant, je ne peux te dire quand tout cela sera résolu. Il est possible que tu passes un certain temps avec nous.

— Ça me va.

Kenzie m'a regardé et m'a adressé un sourire plein de bravoure.

— Ça fait déjà plusieurs jours dans le monde réel, c'est bien ça ? Alors autant que je reste. Au point où j'en suis…

Ash s'est enfin décidé à bouger pour venir rejoindre Meghan. J'ai été frappé par la façon qu'il avait de la regarder attentivement, comme si elle était la seule personne dans la pièce, ou du moins la seule présence qui lui importait. J'aurais aussi bien pu être un vulgaire cafard.

— Je vais dire à Bug d'envoyer un message aux autres cours, a-t-il dit. La date d'Elysium approche, nous ferions bien d'organiser cette réunion au plus vite.

Meghan a approuvé.

— Grimalkin, a-t-elle lancé, faisant de nouveau sursauter le chat. Tu veux bien accompagner Ethan et Kenzie dans le quartier des invités, s'il te plaît ? Les chambres dans l'aile nord, celles qui donnent sur le jardin, doivent être libres. Ethan…

Ses yeux bleu clair se sont fixés sur moi avec une certaine lassitude.

— Pour le moment, reste ici, je t'en prie. Nous parlerons plus tard, je te le promets.

Ne sachant quoi répondre, j'ai haussé les épaules ; comme le silence s'éternisait entre nous, Meghan m'a fait un petit signe de tête indiquant que je pouvais prendre congé. Nous sommes sortis de la salle du trône en suivant Grimalkin pour rejoindre le vestibule, d'où partait un couloir bordé de chevaliers de Fer. Alors que les portes se refermaient, j'ai jeté un dernier regard vers ma sœur. Elle se tenait debout au centre de la salle, tête baissée, se couvrant le visage d'une main. Ash s'est approché d'elle et l'a attirée contre lui, puis les portes se sont refermées avec bruit, les dissimulant à ma vue.

Tu es vraiment un minable. La culpabilité et la colère m'ont assailli de toutes parts. *Tu n'as pas vu Meghan depuis des années, et quand tu as enfin l'occasion de lui parler, qu'est-ce que tu fais ? Tu l'insultes quasiment en essayant de la culpabiliser. Bravo, Ethan. Repousser les gens, voilà tout ce que tu sais faire. Que doit penser Kenzie de toi, maintenant ?*

Je l'ai regardée discrètement tandis que nous marchions dans les couloirs de la cour de Fer. Des gremlins grimpaient aux murs en riant, faisant vaciller les lumières, cependant que les chevaliers de Fer se tenaient raides et droits comme des statues tous les deux ou trois mètres. Je sentais leurs yeux sur nous à notre passage, ainsi que le regard curieux des gremlins et de toutes les autres fées de Fer que nous croisions.

Si je voulais m'échapper d'ici sans me faire voir, cela risquait fort d'être mission impossible.

Kenzie a vu que je la regardais et m'a souri.

— Ta sœur a l'air d'être gentille, m'a-t-elle fait alors que Grimalkin tournait à un angle sans ralentir ni se retourner. Je ne m'attendais pas à ça. Je ne pensais pas qu'elle aurait notre âge.

Trop heureux de parler d'autre chose que de ce qui venait de se passer dans la salle du trône, j'ai répondu avec un haussement d'épaules :

— Elle n'a pas notre âge. Enfin, techniquement, non. En fait, oui, mais…

J'avais du mal à m'expliquer.

— La dernière fois que je l'ai vue, il y a des années de ça, elle était exactement pareille. Elle ne vieillit pas. Aucun d'entre eux ne vieillit. Si un jour j'ai cent ans, elle aura toujours l'air d'en avoir seize.

— Ah.

Une étrange expression a parcouru le visage de Kenzie — la même que celle que j'avais observée dans la grotte de Grimalkin : pensive et exaltée à la fois, alors qu'elle aurait plutôt dû être incrédule et terrifiée.

— Et nous, alors ? Si on reste au pays de Nulle Part, on arrête de vieillir aussi ?

J'ai plissé les yeux, n'appréciant guère ce soudain intérêt ou la simple idée de m'attarder ici. Assis entre deux portes qui se faisaient face dans le large couloir, Grimalkin a levé alors la tête et a bâillé sans complexe.

— Pas au point de devenir immortel, a-t-il répondu avec un regard indolent. Les humains vieillissent au pays de Nulle Part, mais beaucoup moins vite. De nombreuses années peuvent parfois s'écouler avant qu'ils ne remarquent le moindre changement. Parfois, ils peuvent même demeurer enfants pendant des siècles et, un jour, ils s'éveillent et se retrouvent vieux et ridés, avec des cheveux blancs. Cela dépend des gens.

Il a bâillé encore et s'est léché une patte.

— Mais non, humaine. Les mortels ne peuvent vivre éternellement. D'ailleurs, rien ne vit éternellement, pas même les fées qu'on dit pourtant immortelles.

— Et n'oublie pas que le temps est distordu, ici, ai-je ajouté, contrarié d'avoir été contredit. Tu peux passer un an en Faérie, rentrer chez toi, et découvrir que vingt ou cent ans se sont en fait écoulés. C'est pour ça qu'on doit rester ici le moins longtemps possible.

— Détends-toi, Ethan. Je n'avais pas non plus l'intention d'acheter une résidence secondaire dans la Forêt Sauvage, rassure-toi.

L'intonation de Kenzie était légère, mais son regard s'était soudain fait distant.

— Je me demandais… c'est tout.

Grimalkin a reniflé ostensiblement.

— Ouh. Qu'est-ce que je m'ennuie, moi.

Il s'est levé, s'est étiré paresseusement et est parti en trottant dans le couloir. Et quelques mètres plus loin, il a tout bonnement disparu.

J'ai jeté un œil sur les gardes stationnés à proximité des « chambres d'amis », refoulant mon agacement.

— Bon, eh bien je suppose que ce sont nos chambres, ai-je soupiré en me dirigeant vers une porte.

Elle s'ouvrait sur une grande pièce comportant un lit adossé à un mur, en face d'une cheminée, et deux portes de verre géantes donnant sur un balcon extérieur.

— Pas mal, ai-je fait en laissant la porte grincer sur ses gonds. C'est la plus jolie prison que j'aie jamais vue.

Kenzie n'a pas répondu. Elle était restée plantée

au même endroit, l'air hagard, les yeux rivés dans la direction où Grimalkin avait disparu. Je suis revenu vers elle, mais elle ne m'a même pas regardé.

— Hé !

J'ai tendu la main pour lui toucher le coude, ce qui l'a fait sursauter.

— Ça va ?

Elle a inspiré et a hoché la tête.

— Oui, m'a-t-elle répondu — un peu trop vivement. Ça va, je suis juste un peu fatiguée.

Elle a poussé un profond soupir et s'est frotté les yeux.

— Je crois que je vais aller dormir un peu. Réveille-moi quand ils annonceront le repas ou autre chose, O.K. ?

— Bien sûr.

En la regardant marcher jusqu'à sa chambre, la culpabilité le disputait à la stupéfaction. Kenzie était encore là. *Pourquoi ?* Elle aurait pu rentrer chez elle, retrouver sa famille, ses amis, une vie normale. Dans le monde réel. Au lieu de quoi, elle avait choisi de rester dans ce cauchemar insensé et incompréhensible. J'espérais au moins qu'elle vivrait assez longtemps pour le regretter…

— Ethan…, a dit Kenzie alors que je me retournais.

J'ai regardé derrière moi et vu qu'elle me souriait depuis l'autre côté du couloir.

— Si tu as besoin de parler, m'a-t-elle dit doucement, de quoi que ce soit… je suis là. Je t'écouterais avec plaisir.

Mon cœur s'est serré bizarrement. Personne ne m'avait jamais dit ça, pas avec la conscience de ce que cela pouvait impliquer. *Oh ! Kenzie. J'aimerais vraiment. J'aimerais… pouvoir tout te dire, mais je ne te ferai pas ça.*

Moins tu en sauras sur elles *— et sur moi —, mieux ce sera pour toi.*

— Tu veux que je te raconte mes malheurs ? lui ai-je fait avec une moue moqueuse. Merci, c'est très généreux de me le proposer, mais ça va aller. Ce ne serait pas plutôt une nouvelle manœuvre de ta part pour essayer de m'extorquer cette interview ?

— Mince, je suis prévisible à ce point ? m'a-t-elle répliqué en ouvrant sa porte. Plus sérieusement, si tu changes d'avis, l'offre tient toujours. Tu n'as qu'à frapper d'abord, O.K. ?

J'ai approuvé d'un hochement de tête, et sa porte s'est refermée, me laissant seul dans le couloir.

Pendant quelques instants, j'ai songé à explorer le palais, histoire de voir à quoi ressemblait la résidence de ma sœur, et peut-être de repérer une voie de sortie possible. Mais j'avais le sentiment que Meghan me tenait à l'œil. Elle s'attendait sûrement à ce que je tente quelque chose. J'ai perçu le regard impassible d'un chevalier de Fer qui m'observait au bout du couloir, et des gremlins ricanaient depuis le plafond. Mon ressentiment a enflé de nouveau. Elle n'avait pas le droit de me retenir ici, surtout après nous avoir elle-même quittés. Elle n'avait *aucun* droit sur ma vie.

Seulement, j'étais observé ; un royaume entier de fées de Fer veillait à ce que je ne fasse rien qui aille à l'encontre des souhaits de leur reine. Je n'avais aucune envie d'être poursuivi par une horde de gremlins à travers le palais, prêts à informer Meghan de mes moindres faits et gestes. Et pour tout dire, j'étais épuisé. Si je devais tenter quoi que ce soit, il me fallait être en pleine possession de mes moyens.

Ignorant les railleries des gremlins, j'ai donc poussé

de nouveau ma porte. Heureusement, ils n'ont pas essayé de me suivre.

La chambre paraissait encore plus grande vue de l'intérieur, avec ses hautes fenêtres et son balcon laissant pénétrer des flots de lumière. J'ai jeté un rapide coup d'œil dehors, qui m'a confirmé que le jardin se trouvait plusieurs étages plus bas et grouillait de fées, avant de m'écrouler sur le lit. Mes bâtons sont tombés sur le tapis, et je les ai laissés là, quasiment à portée à main. J'ai croisé les bras derrière ma tête et je me suis mis à contempler vaguement le plafond.

Que peuvent bien faire papa et maman en ce moment ? ai-je songé tout en observant les moulures de plâtre qui s'entrecroisaient, formant d'étranges visages grimaçants. *Ils vont sûrement me mettre un bracelet électronique à la cheville après ça. Je me demande s'ils ont déjà appelé la police, ou si maman se doute que je suis ici.* Je me suis souvenu des derniers mots que j'avais adressés à ma mère en partant et j'ai fermé les yeux, plein de honte. *Bon sang, il faut vraiment que je revienne dans le monde réel. Meghan ne va pas se mettre en quatre pour Todd. Je suis le seul à avoir une chance de le retrouver.*

Mais ça ne serait pas pour aujourd'hui. Derrière la porte de cette chambre, les fées de Fer de Meghan me surveillaient. Et je ne connaissais aucun passage pour revenir au monde réel à partir de la cour de Fer.

Mes yeux sont devenus lourds, et les visages du plafond se sont estompés dans les moulures. J'ai fermé les paupières, me sentant relativement en sécurité pour la première fois depuis mon arrivée au pays de Nulle Part, et me suis laissé dériver.

Le bruit de petits coups répétés m'a brusquement tiré de mon sommeil.

La chambre était plongée dans la pénombre. Une douce lumière argentée filtrait par les fenêtres, projetant de longues ombres sur le sol. Derrière la vitre, le ciel était d'un bleu profond, parsemé d'étoiles qui étincelaient comme des diamants. J'ai regardé autour de moi et j'ai constaté que quelqu'un avait déposé un plateau de nourriture sur la table contre le mur d'en face. Les rayons de lune se reflétaient sur les couverts de métal.

J'ai sauté du lit et me suis frotté les yeux. *Qu'est-ce qui avait bien pu me réveiller ?* Peut-être était-ce juste un cauchemar, ou mon imagination qui m'avait fait croire que quelque chose frappait à la fenêtre…

Mais en regardant vers la vitre, mes poils se sont hérissés : je me suis immédiatement emparé d'un de mes bâtons, posé près du lit. Quelqu'un était accroupi sur la rampe du balcon, je voyais sa silhouette se détacher sur la faible lueur du ciel. Il était en train de regarder par la vitre, et le clair de lune trahissait sa présence, illuminant sa chevelure argentée et projetant son ombre jusque dans la chambre. J'ai distingué alors l'éclat d'un œil trop clair, et celui de ses dents parfaitement blanches comme il me souriait.

C'était l'elfe que j'avais vu dans le jardin, le noble qui s'entraînait à l'escrime avec un chevalier cet après-midi. Il portait d'amples vêtements bleu et blanc avec une lanière de cuir lui barrant la poitrine, et la poignée d'une épée dépassait d'une de ses épaules. Ses yeux perçants d'un bleu glacial sondaient l'obscurité au-delà de la vitre, et il m'a fait un signe de la main.

Serrant mon arme, j'ai avancé jusqu'aux portes-fenêtres

du balcon et les ai ouvertes brusquement, laissant pénétrer une brise imprégnée de l'odeur du métal. L'elfe est resté accroupi sur la rambarde, en parfait équilibre, les coudes posés sur les genoux et un petit sourire aux lèvres. Le vent a ébouriffé sa chevelure, révélant le bout de ses oreilles pointues. J'ai brandi mon bâton et lui ai décoché mon plus mauvais sourire.

— Laisse-moi deviner, lui ai-je dit en franchissant les portes du balcon. Tu as entendu parler de l'humain dans le château, et tu as décidé de faire un petit tour pour t'amuser ? Peut-être en lui filant des cauchemars, ou en glissant un mille-pattes sous son oreiller ?

L'elfe a souri.

— Ce ne serait pas très sympa de ma part, a-t-il dit d'une voix étonnamment douce et claire. Moi qui voulais juste passer pour me présenter…

Il s'est levé avec aisance sur la rampe, sans se départir de son sourire.

— Mais si tu tiens vraiment à ce que je mette des mille-pattes dans ton lit, je peux arranger ça.

— Pas la peine, ai-je grogné en plissant les yeux. Qu'est-ce que tu veux ?

— Tu es Ethan Chase, c'est ça ? Le frère de la reine ?

— De la part de qui ?

L'elfe a secoué la tête.

— On m'avait dit que tu n'étais pas très engageant. Je vois que ce n'était pas exagéré.

Il a sauté de la rampe et a atterri sans un bruit sur le balcon.

— Je m'appelle Keirran, a-t-il poursuivi d'un ton solennel. J'espérais que nous pourrions discuter.

— Je n'ai rien à te dire.

Une alarme s'est allumée en moi. Si cet elfe était venu me proposer un marché, il pouvait aller se rhabiller.

— Je vais te faire gagner du temps, ai-je repris en le toisant. Si la prochaine phrase que tu prononces contient les mots *marché, affaire, contrat, faveur,* ou quoi que ce soit de ce genre, tu peux tout de suite t'en aller. Je ne marchande pas avec les gens de ton espèce.

— Même si je t'offre le moyen de sortir du royaume de Fer ? Pour revenir dans le monde mortel ?

Mon sang n'a fait qu'un tour. *Revenir dans le monde mortel. Si je peux rentrer chez moi… si je peux ramener Kenzie, et retrouver Todd… j'aurai alors accompli ce que j'étais venu faire ici ; j'aurai prévenu Meghan de la menace que représentent ces nouvelles fées.* En outre, je doutais fort qu'elle souhaite me faire réintégrer ma petite vie de sitôt, pas quand elle se montrait si inflexible sur le fait d'assurer ma « sécurité ». Il fallait que je rentre chez moi. Alors, si cet elfe en connaissait le moyen…

J'ai fait un pas en arrière, secouant la tête. *Non.* Les fées vous proposaient toujours ce que vous désiriez le plus, emballé dans un joli papier cadeau, ce qui finissait immanquablement par vous coûter très cher. *Trop* cher.

— Non, ai-je répondu en repoussant la tentation aussi fermement que possible. Laisse tomber. Comme je l'ai dit, je ne marchande pas avec vous autres. Et je n'ai rien à t'offrir, alors laisse-moi.

— Je crois que tu m'as mal compris.

L'elfe a souri, levant une main.

— Je ne suis pas là pour marchander, faire un marché, un contrat, ou quoi que ce soit de ce genre. Je connais simplement un moyen de sortir du royaume de Fer. Et je te propose de t'y emmener, sans aucune contrepartie.

Je ne lui faisais pas confiance. Tout ce que j'avais appris m'incitait à croire qu'il s'agissait d'un piège, d'un traquenard, ou d'une quelconque ruse de fée.

— Et pourquoi ferais-tu ça ? lui ai-je demandé avec méfiance.

Il a haussé les épaules et a de nouveau sauté sur la rambarde.

— Honnêtement ? Principalement parce que je m'ennuie, ce qui me semble être une raison suffisante pour sortir d'ici. Et puis…

Il a souri, et ses yeux ont brillé de malice.

— Tu es bien à la recherche d'un sang-mêlé, pas vrai ? Et tu as dit que les Exilés et les demi-sang disparaissaient du royaume mortel ?

Il a eu un geste d'apaisement en me voyant plisser les yeux avec suspicion.

— Les gremlins parlent. Et je les ai écoutés. Alors, tu veux retrouver ton ami ? Je connais quelqu'un qui pourrait t'aider.

— Qui ?

— Désolé…

Keirran a croisé les bras, souriant toujours.

— Je ne pourrai te le dire que lorsque tu seras d'accord pour me suivre. Sinon, tu pourrais aller en parler à la reine, et ça mettrait tout à l'eau.

Il a sauté sur l'un des poteaux avec une grâce surhumaine, et m'a adressé un sourire radieux.

— Ce n'est pas pour me vanter, mais je suis une sorte d'expert dans l'art de circuler sans me faire voir. Par contre, sache que si nous devons partir, il ne faut pas tarder. Alors, quelle est ta réponse ? Tu viens, oui ou non ?

L'idée me paraissait toujours mauvaise. Je ne lui faisais pas confiance, et malgré ce qu'il disait aucune fée ne faisait rien gratuitement. Cependant, qui sait combien de temps il allait falloir à Meghan pour savoir ce qui se tramait, et dans combien de temps elle allait me laisser partir ? Une telle occasion ne se représenterait peut-être pas de sitôt.

— D'accord, ai-je marmonné en levant les yeux vers lui. Je te fais confiance sur ce coup-là. Mais je ne pars pas sans Kenzie. Elle vient avec nous, que ça te plaise ou non.

— C'était déjà prévu.

Le sourire de Keirran s'est élargi encore, et il s'est accroupi sur le poteau.

— Allez, va la chercher, a-t-il dit, l'air parfaitement à l'aise sur son perchoir. Je t'attends ici.

J'ai quitté le balcon, j'ai ramassé mon autre bâton sous le lit et marché jusqu'à la porte, sentant son regard perçant braqué sur moi pendant tout ce temps.

Je m'attendais à moitié à trouver ma porte verrouillée, bien que Meghan nous ait assuré que nous serions traités comme des invités. Mais elle s'est ouverte facilement, et je me suis glissé dans le couloir outrageusement éclairé de lanternes et de chandeliers métalliques. Les gardes étaient toujours là ; ils ont fait semblant de ne pas me remarquer tandis que je traversais le couloir pour rejoindre la chambre de Kenzie.

Sa porte était fermée. Ma main s'est arrêtée au moment où je m'apprêtais à y frapper. A travers le bois me parvenaient de petits bruits en provenance de l'intérieur. Des petits bruits de reniflements et de pleurs. Inquiet, j'ai mis la main sur la poignée et l'ai tournée précautionneusement. Sa porte, qui n'était pas verrouillée non plus, s'est ouverte sur l'intérieur.

Kenzie était assise sur le lit, me tournant le dos, la tête penchée ; ses épaules délicates tressautaient, et elle pleurait dans un oreiller qu'elle tenait contre sa poitrine. Les rideaux de sa chambre étaient tirés, sauf un, qui laissait tomber un fin rayon de lune sur elle, soulignant sa silhouette tremblante.

— Kenzie…

J'ai refermé la porte en vitesse et traversé la pièce pour venir m'asseoir près d'elle.

— Est-ce que ça va ? lui ai-je demandé, me sentant complètement stupide et maladroit.

Evidemment que ça n'allait pas. Elle pleurait à chaudes larmes dans son oreiller. Je m'attendais à ce qu'elle me demande de partir, ou à recevoir une remarque acerbe bien méritée. Mais elle s'est essuyé les yeux et a pris une grande inspiration, se forçant à se reprendre.

— Oui, a-t-elle murmuré en se passant une main sur les joues. Désolée. Ça va. C'est juste que… je dois me sentir un peu dépassée, j'imagine. Je crois que ça a fini par me tomber dessus.

J'ai soudain remarqué ses clés qui brillaient sur le matelas, ainsi qu'une petite photo encastrée dans du plastique, en porte-clés. Après lui avoir demandé la permission du regard, je l'ai pris et examiné la photo tandis que les clés cliquetaient doucement. Les visages rapprochés de Kenzie et d'une petite fille brune d'environ dix ans souriaient à l'objectif. Le bras de Kenzie était levé comme si elle tenait un appareil devant elles.

— Ma sœur, m'a-t-elle expliqué quand mon regard

est revenu vers elle. Alex. Enfin, Alexandria. Je ne suis pas la seule de ma famille à voir un prénom long et compliqué…

Elle a souri, mais j'ai bien vu qu'elle faisait des efforts pour se montrer courageuse, et qu'elle luttait pour ne pas fondre en larmes de nouveau.

— En fait, c'est ma demi-sœur. Ma mère est morte il y a trois ans, et un an après mon père s'est remarié. J'ai… j'ai toujours eu envie d'avoir un frère ou une sœur…

Ses yeux ont brillé dans l'obscurité, et sa voix s'est serrée.

— Nous devions aller à notre maison au bord du lac, ce week-end. Mais… je ne sais pas ce qu'ils font en ce moment. Je ne sais pas s'ils croient que je suis morte, que je me suis fait enlever, ou si Alex attend que je rentre à la maison…

Elle a enfoui son visage dans son oreiller pour étouffer ses pleurs ; je ne pouvais plus me contenter de rester là, à la regarder.

Alors j'ai posé les clés et me suis rapproché pour la prendre dans mes bras. Elle s'est laissée aller contre moi tandis que j'accueillais ses sanglots. Bon sang, une fois de plus, je n'avais été qu'un sale égoïste. Fallait-il en arriver là pour que je prenne conscience que Kenzie possédait elle aussi une famille ? Et qu'elle s'inquiétait autant pour la sienne que moi pour la mienne ?

— Tu ne m'as rien dit, ai-je murmuré en essayant de ne pas prendre un ton accusateur, alors que ses pleurs s'atténuaient. Je ne savais pas que tu avais une sœur.

Elle a eu un petit rire nerveux.

— Tu n'avais pas l'air particulièrement disposé à écouter, gros dur, m'a-t-elle répondu. Et puis, à quoi ça aurait servi ? Tu faisais déjà de ton mieux pour qu'on parte aussi vite que possible. Ce n'est pas en pleurnichant que ça risquait de faire avancer les choses.

— Pourquoi n'as-tu pas voulu rentrer, cet après-midi ?

Je me suis écarté un peu pour la regarder.

— Meghan t'a proposé de rentrer chez toi, ai-je repris. Tu aurais pu retrouver ta famille.

— Je sais.

Kenzie a reniflé en s'essuyant les yeux.

— Et j'en avais envie. Mais… On est arrivés ici ensemble, et je ne serais déjà plus là… sans toi.

Elle a penché la tête et s'est mise à parler tout bas, presque à murmurer.

— Je suis pleinement consciente que tu m'as sauvé la vie à plus d'une reprise. Avec tous ces trucs bizarres, entre les chats qui parlent, les serpents géants sanguinaires et le reste, je serais morte si j'avais dû affronter ça toute seule. Ce ne serait pas juste de revenir sans toi. Et puis, j'ai encore plein de choses à découvrir ici.

Elle a levé ses grands yeux vers moi. Ses joues étaient encore rougies par le chagrin, mais sa voix était redevenue claire.

— Alors, soit on sort d'ici ensemble, soit pas du tout. Je ne partirai pas sans toi.

Nos regards se sont croisés, sans plus pouvoir se décrocher l'un de l'autre. Le temps a soudain semblé ralentir autour de nous, tandis que le clair de lune figeait le décor alentour en un tableau froid et silencieux. Le visage de Kenzie était encore brillant de larmes, mais elle ne bougeait pas. Le cœur battant, j'ai écarté délicatement une mèche de cheveux bleus de ses yeux, et elle a glissé une main fraîche autour de mon cou. Ses doigts ont effleuré ma nuque. J'ai frissonné, ne sachant trop si j'aimais cette étrange et nouvelle sensation qui me picotait le ventre ; et en même temps, je ne voulais pas que ça s'arrête.

Qu'est-ce que tu fais, Ethan ? m'a chuchoté une voix intérieure — que j'ai décidé d'ignorer cette fois. Kenzie me fixait de ses grands yeux bruns pleins de confiance, et attendait maintenant avec gravité. Mon cœur s'est serré douloureusement. Je ne méritais pas cette confiance ; je savais que je ferais mieux de m'écarter d'elle et de partir avant que tout ça n'aille trop loin.

Soudain, des coups frappés à la vitre nous ont fait sursauter. Je me suis levé pour regarder par une fenêtre demeurée ouverte, où une tête argentée nous observait avec curiosité.

Kenzie a poussé un petit cri et bondi par terre.

— Tout va bien, lui ai-je dit en la prenant par le bras. Je le connais. Il est là… pour nous aider.

— Nous aider ? a répété Kenzie en regardant l'elfe qui lui faisait signe à travers la vitre. Il m'a plutôt l'air de nous espionner. Qu'est-ce qu'il veut ?

— Je vais te dire ça tout de suite.

J'ai ouvert les portes-fenêtres du balcon, et Keirran s'est glissé dans la chambre.

— Eh bien, a-t-il dit en entrant, tout sourires. Nous voilà au complet. Je croyais qu'il t'était arrivé quelque chose, mais si j'avais su ce qui se passait, je ne vous aurais pas interrompus.

Il a posé les yeux sur Kenzie, et son sourire s'est élargi.

— Tu dois être Kenzie, a-t-il fait en s'avançant pour prendre sa main.

Mais au lieu de la serrer, il s'est penché et l'a portée à ses lèvres, faisant rougir Kenzie. Je me suis crispé, tenté de le repousser et de le mettre à la porte, mais il a lâché sa main avant que j'aie le temps de bouger.

— Mon nom est Keirran, a-t-il poursuivi de sa voix douce et assurée, pendant que Kenzie le dévisageait avec perplexité. Est-ce qu'Ethan t'a annoncé le plan ?

Kenzie s'est tournée vers moi, désorientée.

— Quel plan ?

Je me suis interposé entre eux, et l'elfe a reculé avec un air vaguement amusé.

— Nous partons, ai-je dit à voix basse. *Maintenant*. Nous n'avons pas le temps d'attendre que Meghan se décide à nous renvoyer chez nous ; il faut qu'on retrouve Todd au plus vite. Keirran dit qu'il sait comment sortir du pays de Nulle Part. Il va nous ramener dans le monde mortel.

— Vraiment ?

Kenzie a lancé un regard plus curieux que méfiant à l'elfe.

— Tu es sûr ?

Il s'est incliné.

— Je le jure sur mes oreilles pointues, a-t-il déclaré avant de se redresser en souriant. Seulement, comme tu l'as dit, il faut partir maintenant. Tant que la plupart des habitants du château dorment encore.

Il a fait un geste vers la fenêtre.

— Le passage n'est pas très loin. Il faut juste qu'on y parvienne sans se faire remarquer. Allez, venez.

J'ai attrapé mes armes, rassuré Kenzie d'un hochement de tête, et nous avons suivi l'elfe par les portes du balcon. L'air de la nuit était frais, et la lune semblait énorme ce soir-là — si proche que je distinguais presque les cratères et les stries marquant sa surface. En bas, le jardin était calme, même si le clair de lune révélait l'éclat des armures de plusieurs chevaliers postés de part et d'autre du périmètre.

Kenzie s'est penchée par-dessus la rambarde et a reculé vivement.

— Il y a plein de gardes, a-t-elle chuchoté en se retournant vers Keirran. Comment va-t-on pouvoir passer sans qu'ils nous voient ?

— On ne passe pas par-là, a répondu Keirran en sautant avec légèreté sur la rampe.

Il a levé les yeux vers le toit du palais, où les clochers pointus de ses hautes tours se dressaient vers le ciel. Portant deux doigts à ses lèvres, il a émis une sorte de sifflement.

Cinq secondes après, une corde à nœuds est tombée de l'une des tours, se dépliant dans les airs pour atterrir devant nous dans un bruit mat. Keirran m'a jeté un regard par-dessus son épaule et m'a souri malicieusement.

— J'espère que tu n'as pas le vertige.

Même avec une corde, il était difficile d'escalader les murs du palais du royaume de Fer. A cette hauteur, la plupart d'entre eux étaient de verre ou en métal, ce qui empêchait quasiment d'y caler ses pieds. Comme je pouvais m'y attendre, Keirran, lui, se déplaçait comme un écureuil, passant d'un rebord à l'autre avec la grâce irréelle propre à son espèce. J'avais un mal fou à suivre le rythme, et Kenzie se démenait de son mieux elle aussi, sans jamais se plaindre. Nous nous reposions lorsque nous le pouvions, perchés sur d'étroites corniches d'où nous avions une vue imprenable sur la ville plongée dans la nuit. Sous nos yeux, Mag Tuiredh étincelait en un tapis de lumières et de parois polies qui reflétaient les rayons de la lune. Force était d'admettre que le royaume de Meghan était d'une beauté étrange et incontestable sous les étoiles.

— Courage, nous a lancé Keirran depuis une saillie au-dessus de nous. On y est presque.

J'ai monté le long du dernier mur, puis me suis penché par-dessus le rebord pour aider Kenzie à me rejoindre. Les bras tremblants, elle a pris ma main pour se hisser mais, dès qu'elle est parvenue en haut, ses jambes ont cédé et elle s'est écroulée.

Je l'ai retenue en m'écartant du bord. Elle tremblait comme une feuille, le cœur battant bien trop vite, et sa peau était pâle et froide. J'ai passé mes bras autour d'elle et me suis tourné pour faire écran au vent de mon corps, tandis qu'elle se serrait contre moi. Ses mains étaient plaquées contre mon torse. *Pouvait-elle percevoir les battements de mon cœur sous ses doigts ?*

— Désolée, a-t-elle murmuré en s'écartant un peu.

Elle a gardé une main posée sur ma poitrine pour se stabiliser, me laissant ainsi un petit point de chaleur dans le froid.

— Je pense que je ne ferai pas carrière dans l'escalade.

— Tu sais, tu n'es pas obligée de faire tout ça, lui ai-je rappelé gentiment. Tu peux rester là, et Meghan te renverra chez toi.

Elle m'a regardé de travers.

— Ne m'oblige pas à te pousser de ce toit, gros dur.

Secouant la tête, je l'ai suivie sur une étroite toiture flanquée de deux tours, tandis que le vent fouettait nos cheveux et nos vêtements. Quelques mètres plus loin, Keirran parlait à ce qui ressemblait à trois énormes insectes de cuivre et de laiton. Leurs « ailes » étaient semblables à celles d'un deltaplane, et leurs longs corps de libellule étaient portés par six pattes articulées qui brillaient sous la lumière froide de la lune. Les créatures ont tourné la tête vers nous, révélant des yeux énormes à multiples facettes. Elles se sont mises à bourdonner doucement sous nos regards médusés.

— Ceci, a annoncé Keirran en nous souriant, sont des planeuses. Elles constituent le meilleur et le plus rapide moyen de sortir de Mag Tuiredh sans être repéré. Il suffit de savoir éviter les patrouilles aériennes — et par chance, je suis un expert en la matière.

Il a gratté la tête d'une planeuse comme s'il s'agissait de son chien préféré, et la créature a roucoulé en réponse.

Kenzie a frémi à côté de moi.

— On va partir en volant sur des insectes géants ? a-t-elle demandé en regardant les planeuses avec inquiétude.

— Soyez gentils avec elles, a prévenu Keirran. Elles se vexent facilement.

— Maître !

Une autre sorte de bourdonnement s'est soudain fait entendre, et une seconde plus tard quelque chose de petit, sombre et rapide a filé devant nous pour bondir sur Keirran avec un cri aigu. Ce dernier a grimacé mais n'a pas bronché quand la créature a atterri sur sa poitrine ; c'était un petit monstre grêle, aux grandes oreilles, avec des yeux crépitants d'un vert électrique. Kenzie a sursauté et s'est rapprochée de moi en chuchotant :

— Qu'est-ce que c'est que ce *truc* ?

— C'est un gremlin, lui ai-je répondu. Tu vois, quand un appareil ne marche plus pour une raison soudaine et inexpliquée, ou quand ton ordi plante sans raison apparente ? Eh bien, les responsables c'est eux.

— Pas uniquement eux, a rectifié Keirran tandis que la petite fée grimpait sur ses épaules en bourdonnant comme une folle. C'est aussi l'œuvre des bugs et des virus.

Il a haussé une main.

— Rasoir, calme-toi. Dis bonjour à nos nouveaux amis.

Le gremlin, désormais perché sur le bras de Keirran, s'est tourné pour nous fixer de ses yeux verts et luisants et a recommencé à crépiter comme une station radio mal réglée.

— Ils ne peuvent pas te comprendre, Rasoir, a dit Keirran avec douceur. Parle en français.

— Ah, a fait le gremlin. D'accord.

Il nous a adressé un grand sourire, découvrant deux rangées de dents pointues d'un bleu fluorescent.

— Saaaluuut !

— Il parle aussi anglais et gaëlique, a annoncé Keirran pendant que Rasoir faisait de petits bonds sur son épaule. Les gremlins ont une capacité d'apprentissage impressionnante. Les gens ont tendance à largement les sous-estimer.

Avant que nous puissions commenter cette étrange situation, Keirran a enlevé le gremlin de son épaule et l'a lancé sur la planeuse, où il s'est posté à l'avant, l'air tout excité.

— On y va ? nous a-t-il demandé.

Les ailes de la planeuse se sont agitées à ces mots.

— Les planeuses sont faciles à diriger, a-t-il poursuivi avec une confiance totale alors que je lui coulais un regard dubitatif. On pilote en tirant sur leurs pattes avant et en répartissant son poids d'un côté ou de l'autre. En gros, elles s'occupent du reste. Regardez-moi faire et faites pareil, d'accord ?

Keirran s'est avancé sans attendre jusqu'au bord du toit et a étendu les bras. Immédiatement, la planeuse s'est dirigée vers lui et s'est positionnée au-dessus de son dos, enroulant ses pattes autour de son buste et de son ventre. Il s'est retourné pour nous faire un clin d'œil.

— A votre tour !

Un cri d'alerte a soudain retenti en contrebas, me faisant sursauter. J'ai jeté un coup d'œil en dessous de nous. *Aïe.* Les choses allaient se corser : un garde-tout venait de faire irruption sur le balcon de Kenzie, scrutant les alentours, l'air affolé.

— Oh-oh, a fait Keirran avec un calme déconcertant. Je crois que vous êtes repérés. Si on veut avoir une chance, il faut y aller maintenant, avant que Bug et toutes ses escouades aériennes ne soient à nos trousses. Dépêchez-vous !

Sans attendre de réponse, il a décollé du toit. Bouche bée, Kenzie l'a regardé plonger vers le sol en un éclair d'or et d'argent. Bientôt, les ailes de la planeuse ont trouvé un courant favorable, et elle a glissé dans les airs pour tourner autour de la tour. Le gremlin a poussé un cri de joie, et Keirran nous a adressé un signe de la main en passant devant nous.

J'ai regardé Kenzie.

— Tu penses que tu vas y arriver ? Ça risque de devenir plus dangereux encore à partir de maintenant.

Elle a secoué la tête avec un regard agacé.

— Je te l'ai déjà dit, m'a-t-elle répondu sèchement.

On rentre ensemble, ou pas du tout. Tu crois peut-être que deux insectes géants suffisent à me faire peur ?

J'ai haussé les épaules en guise de réponse. Elle était pâle et ne semblait pas très rassurée, malgré tout, mais je ne voulais pas faire de commentaire. Kenzie a froncé les sourcils et s'est avancée, les lèvres pincées. Je l'ai regardée marcher jusqu'au bord du toit, hésiter un instant, puis étendre les bras comme Keirran l'avait fait. Elle a frémi légèrement lorsque la planeuse s'est positionnée au-dessus de son dos, mais n'a pas reculé quand l'insecte géant s'est perché sur ses épaules. Jetant un dernier regard devant elle, elle a pris une grande inspiration et a fermé les yeux.

— C'est parti pour les montagnes russes, a-t-elle murmuré.

Et ça a été le grand saut dans le vide. Elle a chuté rapidement d'abord et a poussé un cri perçant qui s'est perdu à moitié dans le vent, avant que sa planeuse ne trouve un courant d'air pour s'élever de nouveau et suivre Keirran.

A mon tour. Je me suis avancé vers la dernière planeuse quand un cri venu d'en bas m'a arrêté.

— Prince Ethan !

Bug a soudain montré sa tête, tandis qu'il se hissait par la corde pour rejoindre le toit. Tendant une main vers moi, ses cheveux crépitaient follement de lumières vertes et violettes.

— Votre Altesse, ne faites pas ça ! s'est-il écrié alors que je déployais mes bras en toute hâte.

La planeuse s'est approchée et s'est mise en position au-dessus de moi.

— Vous ne devez pas partir. La reine vous a ordonné

de rester ici. Est-ce Keirran qui vous a poussé à faire ça ? Où est-il ?

Oh ! Bug connaît Keirran ?

— Je ne peux pas rester, Bug, lui ai-je lancé en reculant tandis que le Premier-lieutenant se rapprochait de moi.

La planeuse a bourdonné avec agacement et a enroulé ses pattes autour de moi.

— Dites à Meghan que je suis désolé, mais il faut que j'y aille. Je ne peux pas rester plus longtemps.

— Ethan !

Je me suis retourné sans attendre et me suis élancé du toit, accroché aux pattes de la planeuse qui plongeait vers le sol. L'espace d'un instant, j'ai bien cru que nous allions nous écraser tête la première dans le jardin ; mais elle a soudain redressé le cap, décrivant un arc paisible, tandis que le vent me fouettait le visage.

Keirran est venu s'aligner à côté de moi, son habituel sourire insouciant aux lèvres, pendant que les cris de Bug s'évanouissaient dans le lointain.

— Pas mal, pour une première fois, m'a-t-il dit avec un signe de tête alors que Kenzie descendait nous rejoindre.

Rasoir gloussait et sautait sur son épaule, ses grandes oreilles claquant au vent.

— On n'a pas de temps à perdre, cela dit, a ajouté l'elfe en jetant un regard en arrière. Bug va foncer directement voir la reine, et elle ne va pas être contente *du tout*. Après nous tous. Et si Ash décide de se mettre à nos trousses…

Pour la première fois, une expression inquiète a parcouru ses traits. Il l'a effacée presque aussitôt.

— Le passage n'est pas loin, mais on va devoir survoler la Forêt Sauvage pour l'atteindre. Suivez-moi.

Les planeuses allaient étonnamment vite, et depuis cette altitude, le royaume de Fer s'étendait devant nous dans toute sa splendeur et sa bizarrerie. En bas, la voie ferrée traversait la plaine herbeuse, serpentant entre d'énormes monolithes de fer érigés vers le ciel et autour de mares dont la lave bouillonnante brillait d'une lueur orangée dans la nuit. Nous sommes passés au-dessus de montagnes de détritus, ainsi que d'un marécage où d'étranges lumières oscillaient paresseusement au-dessus d'eaux huileuses et inquiétantes.

Nous sommes enfin arrivés au-dessus d'une canopée familière, où les arbres étaient si enchevêtrés qu'ils ressemblaient à un tapis grumeleux. La planeuse de Keirran a plongé jusqu'à quasiment effleurer le haut des branches.

— Par ici ! l'ai-je entendu crier juste avant qu'il ne disparaisse dans les feuillages.

Espérant que Kenzie et moi n'allions pas foncer droit dans les branches, je l'ai suivi, franchissant la canopée par une ouverture dans la végétation. L'obscurité s'est refermée instantanément sur nous ; les étoiles et la lune ont disparu pour être remplacées par les ténèbres de la Forêt Sauvage.

Je ne distinguais plus que l'éclat fugace des cheveux de Keirran, et je suis descendu en spirale, évitant les branches, jusqu'à ce que mes pieds touchent doucement le sol. Dès que j'ai atterri, la planeuse a déplié ses pattes puis est allée se poser sur une haute branche, telle une libellule géante.

— Bien, a fait Keirran alors que la planeuse de

Kenzie effectuait la même manœuvre que la mienne. Nous y voilà.

Une ruine se dressait devant nous. Elle était tellement couverte de lianes, de mousses et de lichens qu'il était presque impossible de distinguer les pierres qui la constituaient. D'immenses arbres noueux poussaient à travers les murs et les plafonds effondrés, et de grosses racines s'enroulaient autour des pierres.

— Le passage vers le monde mortel se trouve à l'intérieur, nous a expliqué Keirran.

Kenzie s'est rapprochée de moi et a contemplé les ruines avec stupeur. L'espace d'un instant, j'ai été tenté de prendre sa main dans la mienne… mais j'ai bien fait de m'abstenir. Soudain, Keirran a sorti son épée dans un raclement métallique. M'interposant entre Kenzie et l'elfe, j'ai brandi mes armes à mon tour. Il m'a alors regardé par-dessus son épaule, l'air de vaguement s'excuser.

— Oh ! j'ai oublié de vous dire, nous a-t-il annoncé avec un geste en direction des ruines. Normalement, cet endroit est abandonné, mais on est en plein territoire gobelin, ici. Il n'est donc pas exclu que nous tombions sur quelques habitants, qui ne seront pas forcément ravis de nous voir. Mais vous en avez vu d'autres, pas vrai ?

— Tu n'aurais pas pu nous le dire avant ? ai-je grondé alors que nous commencions à avancer vers les ruines.

Keirran a haussé les épaules tout en dégageant le chemin à travers la végétation à coups d'épée. Perché sur son épaule, Rasoir jacassait ; seuls ses yeux et son sourire phosphorescent apparaissaient dans l'obscurité.

— Ce ne sont que quelques gobelins. Pas de quoi… oups !

Il s'est penché brusquement, et une flèche a filé au-dessus de sa tête pour aller se planter dans un arbre. Kenzie a poussé un cri et Rasoir a disparu comme une image de télé qu'on éteint, tandis que des voix rauques s'élevaient soudain des ruines. Des yeux luisants sont apparus entre les pierres et les racines. Des dents pointues, des griffes et des pointes de lance ont scintillé dans l'ombre, et une douzaine de fées affreuses et courtaudes ont déboulé des ruines en agitant leurs armes vers nous.

— Tu disais *quelques* gobelins, c'est ça ?

J'ai regardé Keirran et reculé. Il m'a adressé un petit sourire gêné et a haussé les épaules.

Les gobelins ont avancé en poussant des cris et en brandissant leurs lances. En un éclair je me suis tourné vers Kenzie et lui ai mis un de mes bâtons entre les mains.

— Prends ça, lui ai-je dit. Je vais essayer de les maintenir à distance, mais si l'un d'entre eux s'approche trop, frappe aussi fort que tu peux. Vise les yeux, le nez, ou ce que tu pourras. Mais ne les laisse pas te faire de mal, d'accord ?

Elle a hoché la tête, blême mais déterminée.

— C'est maintenant que mes leçons de tennis vont me servir.

Je m'apprêtais à me retourner quand elle m'a attrapé fermement le poignet pour me regarder dans les yeux.

— Sois prudent toi aussi, Ethan. On rentre *ensemble,* O.K. ? Souviens-toi de ça.

J'ai serré sa main et j'ai fait face à la horde de nos

assaillants. Keirran les attendait calmement, son épée en main.

Je l'ai rejoint, et il m'a décoché un regard perplexe du coin de l'œil.

— Intéressant, m'a-t-il dit sans se départir de son sourire malgré l'attaque imminente. Je n'avais jamais vu quelqu'un combattre des gobelins avec un demi-manche à balai.

J'ai résisté à l'envie de le lui fracasser sur la tête, mon « manche à balai ».

— Contente-toi de t'occuper de ton cas, lui ai-je rétorqué en faisant tournoyer mon bâton. Et j'en ferai de même.

Un gobelin plus gros et plus repoussant que les autres a bondi soudain sur un rocher et nous a dévisagés.

— Des humains, a-t-il éructé, affichant une rangée de dents jaunes. Je m'disais bien que j'avais senti un truc bizarre. On peut dire que vous avez choisi le mauvais endroit. Alors comme ça, on essaie de rentrer à la maison, hein ?

Il a ricané et s'est passé la langue sur ses dents acérées.

— On va vous éviter cette peine.

— Est-ce bien nécessaire ? a demandé Keirran avec légèreté, visiblement peu inquiet. Il y a sûrement d'autres voyageurs à accoster, dans le coin.

Les gobelins se sont rapprochés. J'ai adopté une posture de combat, sentant une joie presque sauvage monter en moi comme ils nous encerclaient. Cette fois, il n'y avait pas de règles, pas d'arbitre et pas de professeur pour m'arrêter. Ma vieille colère s'est réveillée. Ma haine des fées est remontée à la surface d'un seul coup, et j'ai pris un sourire mauvais. Rien ne pouvait me retenir, maintenant ; je n'avais plus à me soucier de blesser l'adversaire. J'allais pouvoir déverser ma hargne sur ces horribles têtes de gobelins, sans que cela ait de conséquences.

— Et passer à côté de trois succulents humains qui se baladent sur mon territoire ?

Le chef gobelin s'est gaussé, secouant la tête.

— Non, j'crois pas. Ce soir, c'est festin, les gars ! Un vrai gueuleton !

Et, rugissant en chœur comme des bêtes, les gobelins ont donné l'assaut.

L'un d'entre eux a chargé vers moi en brandissant sa lance ; j'ai projeté mon bâton de rotin, percutant la mâchoire du gobelin. Il a reculé en hurlant, et j'ai décoché immédiatement un nouveau coup, qui a fracassé un autre crâne vert et bosselé. Un troisième gobelin a surgi soudain de l'autre côté, visant ma tête de sa lance. J'ai esquivé, passé mon bras libre autour du manche de la lance et tiré avec force pour l'arracher des mains de la fée. Il n'a eu qu'un quart de seconde pour pousser un cri de surprise avant que je ne retourne sa propre arme contre lui.

Keirran s'activait lui aussi à mon côté, tournant et bondissant comme un danseur en faisant tournoyer son épée. J'avais beau ne pas voir précisément ce qu'il faisait, il était d'une rapidité époustouflante. D'infâmes morceaux de gobelins volaient dans les airs avant d'atterrir dans la boue, au milieu d'escargots ou autres choses peu ragoûtantes.

Trois nouveaux gobelins sont bientôt arrivés vers moi, dont le grand qui nous avait parlé — le chef. Je me suis dérobé puis j'ai bloqué leurs attaques en agitant mon bâton à toute vitesse, d'une lance à l'autre.

Le claquement frénétique du bois s'entrechoquant résonnait à mes oreilles tandis que je guettais une ouverture, une occasion de frapper. Mais la taille des gobelins constituait un handicap pour moi ; ils étaient si petits que j'avais du mal à les atteindre. Soudain, la pointe d'une lance a percé ma défense et est venue déchirer ma manche. J'ai grincé des dents et reculé vivement. Il s'en était fallu de peu.

C'est alors que Kenzie a surgi derrière eux et a abattu son bâton sur la tête d'un gobelin. Un craquement jubilatoire s'est fait entendre, et il s'est effondré comme une masse. Elle a poussé un cri triomphant, mais le chef a fait volte-face avec un grognement de rage et a lancé son arme vers les jambes de Kenzie. La lance l'a touchée au genou ; elle s'est écroulée au sol en haletant.

Le chef a foncé sur elle en brandissant son arme. Mais avant que l'un de nous puisse faire quoi que ce soit, une petite forme noire surgie de nulle part lui a subitement sauté sur la tête. Le gobelin a chancelé tandis que Rasoir bourdonnait sur lui comme une guêpe furieuse, crachant et vociférant tout ce qu'il savait.

— Méchant gobelin ! a crié le gremlin en s'agrippant comme une sangsue. Pas faire mal à jolie fille ! Méchant !

Il a planté ses dents dans l'oreille du gobelin, lequel a poussé un rugissement de douleur. Le chef a levé les bras à l'aveugle pour tenter de déloger la petite fée de sa tête et l'envoyer valser dans les broussailles.

Grondant comme une bête, j'ai décoché un coup de pied à un gobelin, l'envoyant percuter un mur de pierre, puis j'ai attrapé le bâton de Kenzie tombé par terre et me suis rué sur le chef. Je ne voyais plus les autres fées. Je ne voyais plus Keirran. J'ai oublié tout ce que Guro avait pu me dire sur les attaques à multiples assaillants. Tout ce que je savais, c'était que cette créature avait blessé Kenzie, qu'elle avait essayé de la tuer — et qu'elle allait payer pour ça.

Le gobelin a reculé maladroitement sous mon assaut, agitant désespérément son arme. Je l'ai frappé par-dessous la mâchoire et complété sans attendre avec un coup bien senti entre ses oreilles. Il a titubé, et j'ai profité de mon avantage pour le bastonner sans retenue, sentant sa chair et ses os céder sous mes coups. Mon bâton sifflait dans les airs, martelant ses bras, ses dents, son visage, son cou. Le gobelin est tombé et s'est recroquevillé par terre ; j'ai levé mes armes pour achever ma tâche.

— Ethan !

La voix de Keirran m'a interrompu. Pantelant, j'ai cessé de m'acharner sur le gobelin et j'ai relevé les yeux ; le reste de la bande avait détalé en voyant son chef succomber. Keirran avait déjà remis son arme au fourreau et me regardait avec une expression mi-amusée, mi-inquiète. Kenzie était toujours assise là où elle était tombée, se tenant la jambe.

— C'est bon, a fait Keirran avec un signe de tête vers la forêt désertée. Ils sont partis.

J'ai regardé mes bâtons. Comme mes mains, ils étaient maculés du sang noir des gobelins. Frissonnant, j'ai baissé les yeux vers le chef : pelotonné sur le sol, il marmonnait entre ses lèvres ensanglantées, les dents cassées. Mon ventre s'est noué, et j'ai fait un pas en arrière.

Qu'est-ce que je suis en train de faire ?

Le chef a grogné et s'est éloigné en rampant péniblement. Je l'ai laissé partir et je l'ai regardé se faufiler entre les buissons. Malgré l'horreur et le dégoût de mon acte, je ne pouvais cependant m'empêcher de ressentir une certaine satisfaction. Peut-être y réfléchiraient-ils à deux fois avant d'attaquer trois « succulents » humains, la prochaine fois.

Keirran l'a aussi regardé s'en aller, puis s'est approché de Kenzie et lui a tendu la main.

— Est-ce que ça va ? lui a-t-il demandé tout en l'aidant à se remettre debout.

J'ai serré les poings. Je me retenais de ne pas l'écarter d'elle, et sans ménagement. Kenzie a grimacé, le visage tendu par la douleur, mais a hoché la tête.

— Oui.

Elle a posé prudemment sa jambe blessée par terre.

— Je crois que je n'ai rien de cassé. Même si mon genou risque de gonfler comme une pastèque.

— Tu as eu beaucoup de chance, a déclaré Keirran d'une voix où ne perçait plus la moindre trace d'amusement. Les gobelins empoisonnent le bout de leurs lances. Si tu avais eu la moindre coupure… eh bien, disons qu'un genou en pastèque, c'est mille fois mieux.

J'étais encore possédé par la colère et par la peur ; cela me rendait stupide et me donnait une furieuse envie de frapper quelque chose, quand bien même la bataille était finie. Et c'est sur Keirran que j'ai déversé toute ma hargne :

— Non mais qu'est-ce que tu as dans le crâne, toi ? ai-je aboyé en me dirigeant vers lui à grands pas pour qu'il s'écarte de Kenzie.

Il a tressailli, et j'ai désigné du bout de mes bâtons la pile de gobelins assommés qui étaient encore là.

— Tu *savais* qu'il y avait des gobelins ici, que nous aurions à nous battre pour passer, et tu nous as amenés dans cet endroit malgré tout ! On aurait pu se faire tuer ! *Kenzie* aurait pu se faire tuer ! Ou bien était-ce ça, ton plan de départ ? Emmener des idiots d'humains comme appâts, pour distraire les gobelins ? Je savais bien qu'il ne faut jamais faire confiance à une fée !

— Ethan ! a crié Kenzie avec indignation.

Keirran a levé une main en l'air.

— Non, il a raison, a-t-il murmuré.

La surprise est venue quelque peu calmer ma colère.

— Je n'aurais pas dû vous faire passer par là. Je croyais pouvoir m'en sortir avec les gobelins. Si vous aviez été gravement blessés, cela aurait été de ma faute. Tu as tout à fait raison d'être en colère.

Il s'est tourné vers Kenzie et s'est incliné devant elle en regardant le sol.

— Pardonne-moi, Mackenzie, a-t-il dit de sa voix claire et posée. J'ai laissé la fierté obscurcir mon jugement, et tu as été blessée de ce fait. Je suis désolé. Cela ne se reproduira plus.

Il paraissait sincère ; j'ai froncé les sourcils en entendant Kenzie accepter ses excuses. *Mais quel genre de fée était-il, pour dire cela ?* D'habitude, ses congénères n'avaient pas de conscience, pas de vrais sentiments de regret, pas de morale qui puisse influencer leurs décisions. Soit Keirran était une exception, soit il était un excellent acteur.

D'ailleurs…

— Le chef a dit qu'il avait senti *trois* humains, ai-je fait à Keirran, qui m'a lancé un regard résigné. Il ne croyait pas que tu sois une fée. Il pensait que, toi aussi, tu étais un humain.

— Ouaip…

Keirran a haussé les épaules, un petit sourire en coin.

— Ça m'arrive souvent.

Rasoir est apparu sur son épaule en riant de toutes ses dents.

— Stupides gobelins, a-t-il pavoisé en sautant, arrachant un soupir à Keirran. Marrant, stupides gobelins pas croire que maître est elfe bizarre ! Ha, ha !

Il a bourdonné gaiement et s'est assis en souriant comme un piranha psychopathe.

— Tu es un demi-sang, ai-je dit en le regardant droit dans les yeux.

Mais oui… Comment avais-je pu ne pas m'en rendre compte plus tôt !

Il ne ressemblait pas aux autres fées de Fer, mais il ne pouvait pas non plus appartenir à la cour d'Hiver ou d'Eté ; les fées normales ne pouvaient vivre au royaume de Fer sans être intoxiquées. (J'essayais toujours de comprendre comment Grimalkin y parvenait, d'ailleurs — cela demeurait encore un mystère.) Mais si Keirran était un demi-sang, il n'avait pas les allergies mortelles des fées au fer ; son sang humain le protégeait des effets délétères du territoire de Meghan.

— J'imagine qu'on peut dire ça.

Keirran a poussé un nouveau soupir et a laissé son regard se perdre vers les arbres où la plupart des gobelins s'étaient enfuis.

— Plutôt aux trois quarts humain, même. Pas très étonnant qu'ils m'aient pris pour un vrai de vrai.

Je l'ai regardé fixement.

— Qui es-tu ? lui ai-je demandé.

A cet instant, les buissons ont bougé, et Keirran s'est tendu.

— Je te le dirai plus tard. Vite, partons de là. Les gobelins reviennent, probablement avec des renforts.

J'ai voulu tendre la main vers Kenzie, mais je me suis rendu compte que mes deux mains étaient tachées de sang jusqu'aux poignets, et j'ai laissé mon bras retomber. Keirran s'est chargé à ma place de l'aider à avancer. En passant devant moi, elle m'a coulé un regard difficilement déchiffrable. Je les ai suivis dans les marches des ruines et me suis penché pour passer sous une arche croulante, tandis que des cris furibonds résonnaient dans la forêt derrière nous. Les bruits menaçants ont cessé dès que nous avons franchi le seuil, et tout est devenu noir.

15. Les fantômes du parc

J'ai plissé les yeux dans l'obscurité pour essayer de voir où je me trouvais. Ma première impression a été que nous n'avions pas quitté le pays de Nulle Part ; nous étions entourés d'arbres grinçant sous le vent. Mais en y regardant de plus près, j'ai constaté qu'il s'agissait d'arbres *normaux*. Quelques mètres plus loin, une clôture de fils barbelés renvoyait les rayons du clair de lune, et derrière elle plusieurs créatures blanches et laineuses nous regardaient avec curiosité.

— Est-ce que… ce sont des moutons ? m'a demandé Kenzie d'un ton fatigué mais réjoui.

Rasoir a bourdonné avec excitation depuis l'épaule de Keirran, puis il a bondi sur le fil barbelé le plus haut et a détalé à travers le pré. Effrayés, les moutons ont bêlé et se sont éparpillés dans tous les sens. Keirran a soupiré.

— Je n'arrête pas de lui dire de ne pas faire ça. Ils en perdent déjà assez à cause des gobelins.

— Où sommes-nous ? lui ai-je demandé.

Je me sentais soulagé d'être revenu dans le monde réel, mais en même temps inquiet de ne pas savoir où nous étions. Le vent était glacial, et par-delà le pré des collines boisées s'étendaient à perte de vue. Keirran a regardé Rasoir batifoler gaiement derrière un mouton terrifié, et a secoué la tête.

— Quelque part dans la campagne du Maryland.

— Du *Maryland* ? ai-je répété, incrédule.

Il a souri.

— Quoi, tu croyais peut-être que tous les passages débouchaient en Louisiane ?

Je m'apprêtais à répondre, mais une question m'a coupé dans mon élan. *Attends un peu… Comment sait-il où j'habite ?*

— Et maintenant, on va où ? a demandé Kenzie avec une grimace comme elle s'appuyait contre un poteau de la clôture. Je ne pense pas pouvoir marcher très vite avec ce maudit genou. Il faudra peut-être que quelqu'un me porte sur son dos tout à l'heure…

— Ne t'inquiète pas.

Keirran a fait un geste en direction des collines.

— Il y a un parc d'attractions abandonné à quelques kilomètres d'ici. C'est le lieu de prédilection des fées du coin — des Exilées, pour la plupart. Le passage qui s'y trouve nous emmènera là où l'on veut aller.

— C'est-à-dire ? ai-je demandé.

Mais Keirran s'était rendu à la clôture et regardait Rasoir, qui tourmentait toujours le troupeau de moutons.

— Rasoir ! a-t-il appelé. Allez, arrête de faire peur à ces pauvres bêtes. Tu vas leur provoquer une crise cardiaque.

Le gremlin l'a totalement ignoré. Dans l'obscurité, je ne distinguais que ses yeux d'un vert électrique et son sourire luisant, bondissant au milieu du troupeau. J'étais sur le point de suggérer que nous partions et le laissions nous rattraper, quand Kenzie s'est approchée de la clôture, l'air préoccupé.

— Où est-il ? m'a-t-elle demandé en scrutant le

champ. Les moutons sont complètement flippés, mais je ne vois pas Rasoir.

Bien sûr. Nous étions revenus dans le monde réel, maintenant ; ce qui signifiait que Kenzie ne pouvait plus voir les fées. Elles étaient invisibles pour les humains, à moins de fournir un effort délibéré pour se déglamourer. Ce que je lui ai aussitôt expliqué.

— Ah, a-t-elle fait d'un ton neutre.

Elle a de nouveau balayé le pré du regard, où les moutons couraient en tous sens comme des nuages en pleine tempête. Un air de défiance s'est lu sur ses traits, et elle a inspiré un grand coup.

— Rasoir ! a-t-elle aboyé d'un seul coup, faisant sursauter Keirran. Non ! Vilain gremlin ! Arrête ça tout de suite !

Interpellé, le gremlin a immédiatement tourné la tête depuis le rocher sur lequel il venait de sauter, tandis que les moutons détalaient autour de lui. Il a cligné des yeux et a penché la tête, l'air indécis. Kenzie a pointé du doigt le sol devant elle.

— Viens par là. Aux pieds, Rasoir ! Tout de suite !

Il a obtempéré sans délai. Trottant jusqu'à elle, il a levé les yeux vers Kenzie, tel un chihuahua mutant attendant les ordres. Sous le regard médusé de Keirran, elle a alors claqué des doigts en le désignant, et Rasoir a escaladé le bras de son maître pour se percher sur son épaule. Elle a souri en nous coulant un petit regard satisfait, et a croisé les bras.

— Merci les cours de dressage de chiens !

La route s'étendait devant nous sous le clair de lune, en une étroite bande de bitume ondulant sur et entre les collines. Keirran ouvrait la marche sans mot dire, tandis que, depuis son épaule, Rasoir fredonnait un air de sa voix rauque. Nous ne croisions aucune voiture. A part une chouette et les troupeaux de moutons, nous étions parfaitement seuls.

— Dommage que je n'aie pas mon appareil photo.

Kenzie a soupiré en passant devant une brebis à tête noire qui nous regardait d'un œil endormi depuis le bord de la route. Elle a grogné avant de s'éloigner doucement, et Kenzie l'a suivie du regard en souriant.

— Enfin, peut-être pas. J'aurais sûrement eu du mal à expliquer ce que je faisais au beau milieu de la campagne du Maryland, alors que je n'ai jamais quitté la Louisiane !

Un vent froid chargé d'odeurs de moutons et d'herbe humide a soufflé sur les champs ; Kenzie a frissonné et s'est frotté les bras. J'aurais aimé avoir une veste pour pouvoir la lui donner.

— Comment tu fais ? m'a-t-elle demandé, le regard perdu du côté des collines. Quand tu rentres chez toi, je veux dire. On est allés en Faérie, on a vu des trucs que personne d'autre n'a vus… Qu'est-ce qu'il se passe quand tu rentres à la maison, sachant ce que tu sais, et que personne ne comprendra jamais ?

— Tu fais comme tu faisais avant, lui ai-je répondu avec un pincement au cœur. Tu essaies de continuer ta vie en faisant comme si rien de spécial ne s'était passé. Ce sera plus facile pour toi, ai-je poursuivi alors qu'elle se tournait vers moi en fronçant les sourcils. Tu as des amis. Ta vie est relativement normale. Tu n'es pas une folle qui *les* voit partout, où que tu ailles. Essaie juste d'oublier. Oublier les fées, oublier le pays de Nulle Part, oublier tout ce qui est bizarre ou surnaturel. Un jour, tes cauchemars cesseront, et tu pourras même te convaincre que tout ça n'était qu'un mauvais rêve. C'est ce qu'il y a de mieux à faire.

— Garde ton amertume pour toi, gros dur.

Kenzie m'a jeté un regard agacé.

— Je ne veux pas oublier, moi. Ce n'est pas en me mettant la tête dans le sable que ça changera quoi que soit. *Elles* seront toujours là, que j'y croie ou non. Je ne peux pas faire comme si rien n'était arrivé.

— Mais tu ne pourras même pas les voir ! ai-je insisté. Et ça te rendra soit parano, soit complètement folle.

— Je pourrai quand même toujours te parler, n'est-ce pas ?

J'ai soupiré. Je n'avais pas envie de le dire, mais il le fallait.

— Non.

— Et pourquoi ça ?

— Parce que ma vie est trop chaotique pour que je t'y mêle.

— Pourquoi ne me laisses-tu pas décider moi-même de ce qui est bon pour moi et de qui j'ai envie de fréquenter ? m'a rétorqué Kenzie d'une voix sourde.

Elle avait du mal à dissimuler sa colère ; c'était bien la première fois que je la voyais d'une telle humeur.

— Que crois-tu qu'il se passera une fois qu'on sera rentrés chez nous ? ai-je demandé, n'osant pas croiser son regard. Tu crois que je pourrai être normal et me balader avec toi et tes amis, juste comme ça ? Tu crois que tes parents et tes profs vont apprécier que tu fréquentes quelqu'un comme moi ?

— Non, m'a répondu Kenzie du même ton froid. Sûrement pas. Et tu sais quoi ? Je m'en fiche pas mal. Parce qu'ils ne t'ont pas vu comme je t'ai vu. Ils n'ont pas vu non plus le pays de Nulle Part, les fées, la reine de Fer, et ils ne comprendront jamais. Même *moi*, je n'avais pas compris, avant.

Elle s'est interrompue quelques instants, semblant chercher ses mots.

— La première fois que je t'ai vu, a-t-elle repris en écartant les cheveux de ses yeux, quand on a parlé dans la classe, je me suis dit que tu étais un mec désagréable, renfermé, agressif ; bref, un…

Elle a fait une petite moue.

— Un abruti de première, ai-je complété pour elle.

— Euh, oui, a-t-elle reconnu. Un abruti plutôt beau gosse, soit dit en passant, mais un super-méga-abruti quand même.

Elle m'a regardé furtivement pour voir comment je prenais la chose. Je me suis contenté de hausser les épaules.

Rien à redire là-dessus.

Puis, une seconde plus tard :

Ah, elle trouve que je suis beau gosse ?

— Au début, je voulais juste savoir ce que tu pensais.

Kenzie a repoussé les mèches bleues qui encadraient son visage.

— C'était plutôt un genre de défi, j'imagine, d'arriver à ce que tu me remarques, que tu me parles. Tu es le seul depuis bien, bien longtemps qui se soit adressé à moi comme à une personne normale, qui m'ait traitée comme n'importe qui. Mes amis, ma famille, même mes profs, ils me traitent tous comme si j'étais en sucre. Ils ne disent jamais vraiment ce qu'ils pensent s'ils croient que cela pourrait me perturber.

Elle a soupiré, le regard perdu dans les champs.

— Plus personne n'est vraiment sincère avec moi, et j'en ai ras le bol de cette situation.

J'ai retenu mon souffle, conscient que j'étais tout près de cette chose obscure que Kenzie me cachait. *Vas-y doucement, Ethan. N'aie pas l'air trop curieux, ou elle pourrait bien se refermer comme une huître.*

— Comment ça se fait ? ai-je demandé en essayant d'adopter un ton léger et désinvolte.

Raté.

— Oh ! c'est à cause de mon père, a répondu brièvement Kenzie.

J'ai juré dans ma barbe, comprenant que c'était fichu.

— C'est un grand ponte des tribunaux et tout le monde a peur de lui, alors les gens marchent sur des œufs avec moi aussi. Enfin, bref.

Elle a haussé les épaules.

— Je n'ai pas envie de parler de mon père. On parlait de toi.

— Le super-méga-abruti, lui ai-je rappelé.

— Exactement. Je ne sais pas si tu t'en rends compte, Ethan, mais tu as énormément de charme. Tu te feras toujours remarquer, mauvaise réputation ou pas.

Je lui ai jeté un regard dubitatif, et elle a hoché la tête.

— Je suis sérieuse. Tu n'as pas vu la façon dont Regan et les autres t'ont regardé la première fois que tu es entré dans la classe. Chelsea m'a même défiée d'aller te demander si tu avais une copine.

L'un des coins de sa bouche s'est relevé avec malice.

— Je suis sûre que tu te souviens comment la discussion a tourné.

J'ai fait la grimace et détourné le regard. *Oui, j'ai été un nul de première, je sais. Crois-moi, si je pouvais retirer ce que j'ai dit, je le ferais sans hésiter. Mais ça n'arrêterait pas les fées pour autant.*

— Et puis, on est arrivés au pays de Nulle Part, a poursuivi Kenzie en posant les yeux sur la silhouette de Keirran, quelques mètres devant nous. Et là, les choses ont commencé à avoir beaucoup plus de sens. Ce doit être dur de voir tout ça, de savoir qu'elles sont là, et de ne pouvoir en parler à personne. On doit se sentir très seul.

Elle a alors pris ma main avec douceur, m'envoyant une petite décharge électrique dans le bras, et mon souffle s'est coupé.

— Mais tu m'as, maintenant, a-t-elle chuchoté. Tu peux me parler… d'*elles*. Je ne me moquerai pas, je ne te traiterai pas de dingue, et tu ne dois pas craindre de me faire peur. Je *veux* savoir tout ce que je peux à ce sujet. Je veux en apprendre le maximum sur les fées, sur Mag Tuiredh et le pays de Nulle Part, et tu es mon seul lien avec tout ça, tu me comprends ?

Elle a pris un ton de défiance.

— Alors si tu crois que tu peux me jeter de ta vie comme ça, gros dur, tu te mets le doigt dans l'œil jusqu'au coude. Je peux être aussi têtue que toi, tu sais.

— Non.

Je ne pouvais pas la regarder. J'étais incapable d'affronter la sincérité paisible que j'avais perçue dans sa voix. La peur m'a envahi, sachant qu'elle ne faisait que se mettre encore plus en danger en restant davantage avec moi.

— Il n'y a pas de lien qui tienne, Kenzie, ai-je dit en retirant ma main de la sienne. Et je ne te dirai rien de plus sur les fées. Ni maintenant, ni jamais. Oublie ce que tu as vu, et laisse-moi tranquille.

Son silence m'a heurté de plein fouet, et j'ai poussé un soupir en me passant une main dans les cheveux.

— Tu crois que je fais exprès de repousser les autres ? ai-je fini par dire tout bas. Ça ne m'amuse pas d'être à part, celui que tout le monde évite. Franchement, je ne prends aucun plaisir à me conduire en parfait crétin.

Ma voix a encore baissé d'un ton.

— Surtout avec des personnes comme toi.

— Alors pourquoi tu le fais ?

— Parce que ceux qui s'attachent à moi finissent toujours par en souffrir ! ai-je lâché en me tournant pour enfin la regarder en face.

Elle a cligné des yeux, et le souvenir d'une autre fille m'est revenu brutalement ; d'une fille avec une queue-de-cheval d'un roux flamboyant, et des taches de rousseur sur les joues.

— Chaque fois c'est pareil, ai-je repris plus calmement. Je ne peux rien y faire. Je ne peux pas les empêcher de me suivre. Si les fées ne s'en prenaient qu'à moi, je pourrais l'assumer. Mais il se trouve que quelqu'un d'autre finit systématiquement par payer pour ce que je vois. C'est toujours quelqu'un d'autre qui finit par souffrir, au lieu de moi.

Je l'ai quittée des yeux pour laisser mon regard se perdre dans le paysage.

— Je préfère encore être seul, ai-je murmuré, que de voir ça arriver une fois encore.

— *Une fois encore ?*

— Hé, a soudain lancé Keirran devant nous. On est arrivés.

Il ne pouvait pas mieux tomber. Je me suis hâté de le rejoindre sous les branches d'un grand sapin en bord de route, où il nous attendait. Tout en me frayant un chemin entre les hautes herbes, j'ai suivi le regard de Keirran vers le haut d'une grande roue jaune et rouillée qui surgissait au-dessus des arbres, un peu plus loin. On apercevait déjà quelques lumières entre les branchages.

— Venez, nous a-t-il encouragés en trottant, visiblement impatient d'arriver.

Nous l'avons suivi sous les branches, puis sur un parking vide envahi de mauvaises herbes. Nous avons bientôt franchi une barrière de bois couverte de lierre, et les arbres ont cédé la place aux restes d'un parc d'attraction abandonné.

Le parc paraissait désert, et pourtant des lanternes et des lampions étaient allumés çà et là, éclairant les allées entre des stands vides, où l'on distinguait encore les silhouettes inertes de quelques animaux en peluche. Une carriole à pop-corn retournée gisait dans l'herbe quelques mètres plus loin, ses vitres brisées et son contenu dévalisé par quelque pillard. Nous sommes passés devant des autos tamponneuses vides et silencieuses, puis sous un grand manège dont les chaînes grinçaient doucement sous le vent. Plus loin, on distinguait un carrousel rouillé et décrépit dont les chevaux autrefois colorés accusaient le passage du temps.

Keirran a fait halte devant un stand de friandises délabré, le visage grave.

— Il y a quelque chose qui cloche, a-t-il marmonné en se retournant lentement. Cet endroit devrait grouiller d'Exilés. Normalement, il y a même un marché de gobelins ici, toute l'année. Où sont-ils tous ?

— Apparemment, tes amis se sont volatilisés, ai-je

dit en prenant mes bâtons en main, au cas où les choses se gâteraient.

Il n'a pas semblé m'entendre, et il est parti soudain à toute vitesse entre les allées. Kenzie et moi nous sommes rués derrière lui.

— Annwyl ! a-t-il appelé en courant vers un stand qui avait dû être un jeu de basket, à en juger par les filets accrochés au mur du fond.

Le baraquement était sombre et vide ; curieusement, des pétales et des boutons de fleurs sèches en jonchaient le sol et le comptoir.

— Annwyl ? a répété Keirran en sautant agilement par-dessus un muret pour entrer dans le stand. Tu es là ? Où es-tu ?

Personne ne lui a répondu. Le souffle court, l'elfe a contemplé les lieux pendant quelques instants, puis s'est retourné et a frappé du poing sur le comptoir, faisant trembler toute la structure. Rasoir a poussé un glapissement, tandis que Kenzie et moi le dévisagions.

— Elle est partie, a-t-il murmuré en penchant la tête.

Le gremlin a émis un bourdonnement inquiet et lui a tapoté gentiment le cou.

— Où est-elle ? Où sont-ils tous ? Est-ce qu'ils sont avec elle ?

— Qu'est-ce qu'il se passe ?

Je me suis appuyé sur le comptoir, écartant pétales et feuilles mortes. Ils dégageaient une odeur douceâtre de pourriture, et j'ai tourné le nez.

— Qui est avec elle ? Qui est Annwyl ? Pourquoi…

Je me suis tu tandis que mon sang se glaçait. Etait-ce mon imagination, ou venais-je de voir *quelque chose de blanc* flotter entre les autres baraquements de l'allée ?

Je me suis redressé prudemment, cramponnant mes bâtons, tandis que la chair de poule me gagnait.

— Keirran, on doit partir de là. *Tout de suite.*

Il a relevé les yeux avec méfiance, tendant la main vers son arme. C'est alors que quelque chose a glissé des baraquements sur le chemin de terre de l'allée, nous figeant sur place.

A première vue, cela ressemblait à un chat géant. Il avait un corps fin et musclé, le poil court et une longue queue qui venait lui fouetter les flancs. Seulement, quand il a tourné la tête, son visage n'était pas celui d'un chat mais d'une vieille femme ridée, avec de longs cheveux lui tombant dans le cou et de petits yeux perçants et cruels. Elle s'est tournée vers nous ; d'un bond, je me suis réfugié derrière le stand, entraînant Kenzie avec moi, tandis que Keirran disparaissait derrière le comptoir. De là, j'ai tenté un coup d'œil en direction de la créature. Les pattes avant de la « chose » étaient en fait des mains osseuses avec de longs ongles crochus ; pis encore, son corps entier s'est bientôt mis à chatoyer et à se fondre dans les airs comme un mirage. Comme les fées effrayantes qui nous avaient poussés au pays de Nulle Part, Kenzie et moi. Sauf que celle-ci paraissait un peu plus solide que les autres. Un brin moins transparente.

Un doute horrible m'a assailli soudain quant au sort des Exilés disparus.

Keirran s'est glissé par le mur de rideaux du stand pour venir s'accroupir près de nous.

— Qu'est-ce que c'est que *ça* ? a-t-il chuchoté, la main sur son épée. Je n'ai jamais rien vu de ce genre.

— Moi, si.

J'ai jeté un œil par l'angle. La créature féline décrivait de lents cercles, comme si elle savait que quelque chose se trouvait là, sans pouvoir le voir.

— C'est le même genre de créature qui a enlevé mon ami et nous a contraints à entrer au pays de Nulle Part. Je crois que ce sont elles qui kidnappent les Exilés et les demi-sang.

Le regard de Keirran s'est assombri, lui conférant soudain un air redoutable ; ses yeux ont brillé d'une lueur glaciale comme il se relevait lentement.

— Dans ce cas, je ferais bien de m'assurer qu'elle ne fera plus de mal à personne.

— Tu es sûr que c'est une bonne idée ?

— Ethan.

Kenzie m'a pressé le bras, tentant vainement de dissimuler sa frayeur.

— Je ne la vois pas, m'a-t-elle murmuré. Je ne vois rien du tout.

— Mais les garçons, eux, voient très bien, a soudain sifflé une voix derrière nous.

Une autre créature à demi féline a soudain surgi de l'ombre, entre les stands.

J'ai fait un bond en arrière, entraînant Kenzie avec moi. Le visage desséché de la fée-chat a esquissé un sourire, révélant des crocs bien félins.

— Jeunes humains, a-t-elle ronronné alors que l'autre fée arrivait en face, nous prenant au piège. Vous pouvez nous voir et nous entendre. Comme c'est stimulant.

— Qui êtes-vous ? a demandé Keirran avec fermeté en brandissant son arme vers la créature la plus proche.

Sur son épaule, Rasoir grondait en direction des fées, montrant les dents.

— Qu'avez-vous fait aux Exilés qui vivent ici ?

La fée-chat a craché et reculé à la vue de l'arme en fer.

— Celui-là n'est pas complètement humain, a fait l'autre d'une voix rauque juste derrière nous. Je sens son glamour. Il est puissant.

Le glamour, l'énergie magique des fées, leur essence même…

Elle a grondé et a fait un pas en avant.

— Nous devrions l'emmener à notre Lady.

J'ai levé mes bâtons et pris position près de Keirran, bloquant Kenzie entre nous. Elle jetait des regards perdus à la ronde, essayant d'identifier les menaces invisibles, mais comme je m'en doutais, elle ne les entendait même pas.

La seconde créature a cligné tranquillement des yeux en passant la langue sur ses lèvres fines.

— Oui, a-t-elle acquiescé en sortant ses griffes. Nous allons emmener le demi-sang à notre Lady, mais il serait dommage de gaspiller tout ce beau glamour. Peut-être pouvons-nous en prélever un petit peu.

Sa bouche s'est alors ouverte en grand, créant un trou béant d'une largeur incroyable dans sa face ridée. J'ai senti une onde vibrer autour de nous, une sensation d'attraction, comme si la fée-chat aspirait en elle tout l'air environnant. Je me suis préparé à subir quelque chose d'atroce et me suis rapproché de Kenzie ; mais à part une légère impression de mollesse, rien ne s'est produit.

Cependant, Keirran, lui, s'est mis à tituber et a posé un genou à terre, s'agrippant d'une main au comptoir pour se retenir. Il s'est alors… étiolé, légèrement, et la brillance qui illuminait habituellement ses cheveux et ses vêtements s'est ternie. Rasoir a poussé un cri, et son image s'est brouillée comme celle d'une télé capricieuse. L'autre fée a gloussé, et je contemplais la scène avec horreur, partagé entre l'envie de venir en aide à Keirran et de protéger Kenzie.

Soudain, la créature a paru s'étouffer, elle a convulsé et s'est éloignée brusquement de Keirran.

— Poison ! a-t-elle hurlé en suffoquant, comme si elle voulait recracher une boule de poils. Poison ! Meurtre !

Elle a eu un nouveau spasme et s'est recroquevillée sur elle-même tandis que son corps commençait à se désintégrer et à se dissoudre comme du sucre dans de l'eau.

— Du fer ! a-t-elle gémi en griffant le sol, les yeux hagards. C'est une abomination de fer ! Tue-le, ma sœur ! Tue-les tous !

Elle a disparu alors, se volatilisant dans les airs, tandis que l'autre fée-chat bondissait en poussant un cri furieux.

J'ai abattu mon bâton en plein sur son crâne, puis je me suis écarté aussitôt et j'ai pris mon élan afin de lui assener quelques solides coups sur les épaules. Elle a hurlé de douleur et a fait volte-face pour protéger sa patte droite.

— Tu es quand même assez réelle pour que je puisse te faire mal, l'ai-je nargué avec un sourire mauvais.

Elle a sauté sur moi toutes griffes dehors, et j'ai esquivé de nouveau, prenant un angle comme Guro me l'avait enseigné, tout en fouettant énergiquement la face ridée de mon bâton.

La fée a secoué la tête et a reculé en crachant comme une furie, un œil fermé. Un sang pâle et argenté s'est mis à couler sur sa mâchoire et a disparu dès qu'il a touché le sol. J'ai fait tournoyer mes bâtons et j'ai continué d'avancer, la forçant à battre en retraite. Kenzie avait reculé de plusieurs pas et se tenait maintenant près de Keirran. Je l'ai entendue lui demander s'il allait bien, et Keirran lui répondre par l'affirmative.

— Tu vas payer pour ça, a craché la fée-chat, les lèvres retroussées en une grimace haineuse. Vous allez *tous* payer. Quand nous reviendrons, vous ne pourrez pas échapper à notre colère !

Tournant les talons, la créature s'est élancée dans l'ombre entre les stands, disparaissant de notre vue.

J'ai poussé un soupir de soulagement et me suis tourné vers Keirran qui se relevait tant bien que mal, une main toujours posée sur le comptoir. Sur son épaule, Rasoir poussait des cris de colère ponctués de quelques « Méchant minou ! »

— Ça va ? lui ai-je demandé à mon tour.

Il a hoché faiblement la tête.

— Qu'est-ce qui t'est arrivé ?

— Je ne sais pas.

Il a souri à Kenzie avec gratitude et a fait un pas en avant pour se tenir sans son aide.

— Quand cette chose s'est tournée vers moi, j'ai eu l'impression qu'elle m'arrachait tout — ma force, mes émotions, même mes souvenirs. C'était… horrible.

Il a frémi et s'est frictionné un bras.

— Maintenant, c'est comme s'il me manquait des morceaux de moi-même, que je ne retrouverai jamais.

Je me suis souvenu de la mort de la pixie, et de son aspect juste avant de s'évaporer — comme si toutes ses couleurs lui avaient été enlevées.

— Elle aspirait ta magie, lui ai-je fait.

Keirran a acquiescé.

— Donc, ces choses, quelles qu'elles soient, se nourrissent du glamour des fées normales et les vident de leur substance jusqu'à ce qu'il n'en reste plus rien.

— Comme les vampires, a ajouté Kenzie. Ce sont des fées-vampires qui traquent leur propre espèce.

Elle a plissé le nez.

— C'est flippant. Pourquoi feraient-elles ça ?

J'ai secoué la tête.

— Aucune idée.

— Elle a eu son compte, en tout cas, a dit Keirran en regardant l'endroit où la première était morte. Malgré tout, il est clair qu'elles ont toujours une allergie fatale au fer.

— Donc, ce ne sont pas des fées de Fer.

— Non.

Keirran a frissonné et a baissé les bras.

— Mais je n'ai aucune idée de ce qu'elles sont pour autant.

— Keirran !

Un cri a retenti dans l'allée, et il a brusquement relevé la tête, une lueur d'espoir dans les yeux. Quelques secondes plus tard, une jeune fille gracile vêtue d'une robe verte et marron a surgi à un angle et couru vers nous. Keirran a souri, et Rasoir a émis un bourdonnement de bienvenue en agitant les bras.

Cette fille était une fée, cela ne faisait aucun doute. Le bout de ses oreilles pointait entre ses cheveux d'un châtain doré, qui lui tombaient jusqu'en bas du dos, entremêlés de fleurs et de tiges végétales. Elle avait cette grâce surnaturelle propre aux elfes, cette beauté parfaite qui pouvait totalement vous captiver et vous faire oublier de manger, de dormir ou même de respirer.

Keirran s'est avancé vers elle, nous oubliant complètement, n'ayant plus d'yeux que pour elle. La fée s'est arrêtée tout près de lui, comme si elle avait eu l'intention de se jeter dans ses bras mais s'était retenue au dernier moment.

— Annwyl.

Keirran a hésité ; on aurait dit que lui aussi voulait la serrer contre lui, et qu'il avait finalement décidé de s'abstenir. Ses yeux, en revanche, ne quittaient pas la fée de l'Eté, laquelle ne semblait pas avoir remarqué les deux humains présents derrière lui.

Un silence un peu gêné s'est installé, rompu seulement par le babillage de Rasoir sur l'épaule de Keirran. Puis, la fille a secoué la tête.

— Tu ne devrais pas être là, Keirran, a-t-elle dit d'une voix douce et musicale comme l'eau d'un ruisseau. Cela va t'attirer des ennuis. Pourquoi es-tu venu ?

— J'ai entendu parler de ce qui passait au royaume mortel, lui a-t-il répondu en cherchant à prendre sa main. J'ai eu vent des rumeurs selon lesquelles quelque chose extermine les Exilés et les demi-sang, ici.

Il a levé son autre main comme pour lui caresser la joue.

— Il fallait que je vienne te voir, que je sois sûr que tu allais bien.

Annwyl a hésité. Son visage trahissait son émoi, mais elle a reculé avant que Keirran ne la touche. Il a fermé brièvement les yeux et laissé retomber son bras.

— Tu ne devrais pas être là, a-t-elle insisté. Ce n'est pas prudent, surtout en ce moment. Il y a… des créatures.

— On a vu ça, a-t-il confirmé.

Annwyl l'a considéré avec effroi, tandis que le regard bleu clair de Keirran se durcissait.

— Ces choses…, a-t-il repris. Est-*elle* au courant de leur présence ? Est-ce pour ça que le marché a été abandonné ?

La fée a hoché la tête.

— Elle sait que tu es là, a-t-elle répondu de sa voix limpide. Elle t'attend. Je suis censée t'amener jusqu'à elle. Mais…

Son regard a soudain croisé le mien, et ses grands yeux couleur de mousse se sont écarquillés.

— Tu as amené des mortels ici ? a-t-elle demandé, incrédule. Qui… ?

— Oh. Oui, bien sûr ; pardon, je manque à tous mes devoirs.

Keirran a jeté un regard derrière lui, comme s'il venait juste de se rappeler notre présence.

— Désolé. Ethan, voici Annwyl, anciennement de la cour d'Eté. Annwyl, permets-moi de te présenter… Ethan Chase.

Elle en est restée bouche bée.

— Chase ? Le frère de la reine ?

— Oui, a dit Keirran avant de faire un signe de tête vers Kenzie. Et voici Kenzie Saint James. Ce sont mes amis.

J'ai regardé Keirran, surpris par la facilité avec laquelle il avait prononcé le mot *amis*. Nous venions juste de nous rencontrer et étions quasiment des inconnus pour lui, mais il agissait comme s'il nous connaissait depuis longtemps. Cela m'a paru absurde venant de la part de quelqu'un que je n'avais jamais vu avant cette nuit !

La fée a reculé alors avec solennité et s'est penchée pour m'adresser une profonde révérence.

— Pas la peine, ai-je marmonné avec un geste évasif. Je ne suis pas un prince. Tu n'as pas à faire ça avec moi.

Les grands yeux verts d'Annwyl ont cligné d'étonnement.

— Mais… vous êtes…, a-t-elle commencé de sa voix chantante. Vous êtes le frère de la reine. Même si vous n'êtes pas l'un des nôtres, nous…

— Vraiment, ça va comme ça. Et on se dit « tu », s'il te plaît.

Que se passerait-il si toutes les fées savaient qui j'étais ? me suis-je soudain demandé. Me traiteraient-elles avec respect et me laisseraient-elles enfin tranquille ? Ou bien ma vie deviendrait-elle encore plus imprévisible et dangereuse, car elles me considéraient alors comme un filon à exploiter ? J'avais le pressentiment que la seconde option serait la plus vraisemblable…

— Je n'ai rien d'exceptionnel, ai-je dit à la fée, qui ne paraissait pas très convaincue. Traite-moi de la même manière que tu le ferais avec Keirran.

Je ne pouvais pas en être sûr, mais j'aurais juré qu'à ce moment-là Keirran a dissimulé un petit sourire derrière la chevelure d'Annwyl. Interloquée, la fée de l'Eté s'apprêtait à dire quelque chose quand Kenzie a pris la parole.

— Hum, Ethan ? Désolée d'être une humaine normale, mais… à qui est-ce que vous parlez tous les deux ?

Keirran a eu un petit rire et s'est tourné vers Annwyl :

— Oh ! c'est vrai. Je crains bien que Kenzie ne puisse pas te voir pour le moment. Ce n'est qu'une humaine.

— Quoi ?

Annwyl a regardé Kenzie avec des yeux ronds.

— Oh ! bien sûr. J'avais oublié. Excuse-moi.

Un frisson a parcouru l'air autour d'elle, et Kenzie

a sursauté en voyant soudain la fée se matérialiser devant nous.

— C'est mieux comme ça ?

Kenzie a poussé un soupir.

— Décidément, je ne m'y habituerai jamais.

Annwyl a souri, mais son regard s'est aussitôt assombri et elle a reculé, l'air inquiet.

— Venez, nous a-t-elle intimé en scrutant le parc autour d'elle. On ne doit pas rester là. C'est trop dangereux.

Ses yeux ont balayé les allées comme ceux d'une biche affolée.

— Je dois vous emmener voir la Maîtresse. Par ici.

Nous avons donc suivi Annwyl à travers le parc d'attraction déserté, passant devant la grande roue qui grinçait doucement sous le vent, et nous sommes arrivés devant le palais des glaces, niché dans l'ombre des montagnes russes. Nous avons marché devant nos reflets déformés — gros, petits, grands avec des bras immenses — et nous nous sommes arrêtés en face d'un étroit miroir dans un coin sombre. Là, Annwyl s'est retournée vers Keirran.

— Je vous préviens, c'est un peu... bondé, a-t-elle annoncé en nous regardant tour à tour. Personne ne veut plus rester de ce côté du Voile, avec toutes ces *choses* qui rôdent.

Elle a frémi, et Keirran a esquissé une légère grimace.

— Autre chose, a-t-elle ajouté en le regardant avec une tendresse non dissimulée. La Maîtresse est un peu... irritable en ce moment. Il est possible qu'elle n'apprécie guère de te voir, surtout en compagnie de deux humains.

— Je prends le risque, a répondu Keirran à voix basse en soutenant son regard.

Annwyl lui a souri, puis a posé ses mains sur le miroir devant nous. Sa surface s'est mise à scintiller, déformant encore plus son reflet, et la fée est passée au travers, disparaissant de notre vue.

Keirran nous a regardés en souriant.

— Après vous.

J'ai pris la main de Kenzie et avancé à travers la surface mouvante. Une fois encore, le monde réel s'est évanoui derrière nous.

Nous sommes arrivés dans une pièce souterraine peu éclairée, peut-être une cave ou un genre de donjon. D'un geste, Annwyl nous a invités à avancer dans les couloirs. Des torches fixées aux murs projetaient une lumière vacillante dans ces passages humides où des gargouilles nous observaient depuis des colonnes de pierre, un rictus aux lèvres.

D'autres fées arpentaient aussi les lieux : des boggarts, des épouvantails et quelques gobelins, bref, surtout des fées qui préféraient l'ombre et l'humidité, et évitaient la lumière. Elles nous dévisageaient avec une curiosité malsaine, et Kenzie leur rendait leurs regards mauvais, désormais capable de les voir puisque nous étions de retour en Faérie. Les créatures gardaient cependant leurs distances. Nous avons monté ensuite une longue volée de marches, en haut desquelles se dressaient deux portes écarlates qu'Annwyl a ouvertes devant nous.

Le bruit et la lumière ont soudain envahi l'escalier tandis que nous découvrions face à nous une immense salle aux murs rouges, remplie de fées.

Elles s'y tenaient debout ou assises sur la moquette, parlant à voix basse. Des gobelins bavardaient entre eux, attroupés en petits groupes, tout en lançant des regards circonspects à la ronde. Des lutins, satyres et pixies déambulaient dans la pièce, l'air perdu. Dans un coin, deux bonnets-rouges montraient les dents à quiconque s'approchait trop. L'un d'entre eux m'a remarqué et a donné un coup de coude à son compagnon en me désignant du menton. L'autre a souri et a passé une langue pâle sur ses dents ; j'ai soutenu froidement son regard, le défiant de tenter quoi que ce soit. Le bonnet-rouge m'a adressé en retour un rictus ainsi qu'un geste obscène et il a continué de menacer la foule alentour.

D'autres fées s'agglutinaient le long des murs, dont certaines qui montaient la garde devant des tables et des caisses d'objets étranges. Dans un coin, une fée en long manteau tenait un stand de masques de plumes, tandis que près de la cheminée une sorcière décatie retirait une brochette de souris des flammes pour la poser, encore fumante, près d'une assiette de grenouilles et de ce qui ressemblait à un chat rôti. Une odeur de poils brûlés empestait les lieux, et Kenzie a fait un petit bruit dégoûté.

Mais malgré la présence de toutes ces fées bizarres et inquiétantes, une seule d'entre elles semblait vraiment compter dans la pièce.

Au milieu de tout ce chaos, un fume-cigarette dans une main et une expression agacée sur le visage, se trouvait la fée la plus frappante que j'aie jamais vue. Ses cheveux couleur de cuivre flottaient autour d'elle comme une crinière, et son corps élancé était moulé dans une robe du soir dont la longue fente révélait des jambes d'une beauté indicible. Elle était grande, majestueuse, et paraissait être d'humeur maussade ; elle ne cessait d'arrondir les lèvres pour envoyer des ronds de fumée bleue en l'air, fumée qui prenait la forme de loups grondants qui s'entre-déchiraient avant de se dissoudre dans l'atmosphère. Un nain à barbe noire était posté devant elle, à côté d'une caisse de bois. Recouverte d'un tissu noir, la caisse s'agitait tandis que des crachements et des grondements furieux s'en échappaient.

— Je me contrefiche que la bête ait déjà été payée, chéri.

La voix claire et aiguë de la fée s'est élevée par-dessus le brouhaha ambiant.

— Je ne veux pas de ça ici.

Malgré son exaspération, sa voix était hypnotisante.

— Je ne tiens pas à ce que mes petits humains soient transformés en pierre juste parce que la duchesse des Epines a un penchant immodéré pour les œufs de coquatrice.

— S'il vous plaît.

Le nain a joint ses grosses mains devant lui, implorant.

— Leanansidhe, s'il vous plaît, soyez raisonnable. Mon sang n'a fait qu'un tour.

Leanansidhe ? *La* Leanansidhe, la reine des Exilés ? J'ai jeté un regard anxieux à Keirran, qui m'a adressé un sourire gêné. Tout le monde en Faérie avait entendu parler de Leanansidhe, y compris moi. Meghan avait mentionné son nom quelques fois, mais même sans cela aucune fée exilée ne pouvait ignorer l'existence de la redoutable Muse Noire, et ne pas avoir peur d'elle.

— Débarrasse-moi de ça, Feddic.

La reine des Exilés a tendu le doigt vers la porte que nous venions de franchir.

— Je me moque de ce que tu en feras, mais je ne veux pas de ça ici. A moins que tu ne préfères être banni définitivement de chez moi ? Et tenter ta chance dans le monde réel, avec ces monstres suceurs de vie ?

— Non !

Le nain a reculé, l'air terrorisé. Il s'est mis à bredouiller.

— Je… Je vais m'en débarrasser, Leanansidhe. Tout de suite.

— Tu as plutôt intérêt, coco.

Leanansidhe a retroussé les lèvres pour tirer sur son fume-cigarette. Elle a soupiré, et l'image d'un coq de fumée est passée au-dessus de nos têtes.

— Si j'apprends qu'une seule créature a été transformée en pierre dans cette maison…

Elle n'a pas terminé sa phrase, mais son regard terrifiant était plus éloquent que des mots.

Le nain a attrapé la boîte couverte de tissu noir qui tressautait de manière inquiétante et s'est hâté de partir en marmonnant dans sa barbe. Nous nous sommes écartés pour le laisser passer. Il a descendu les escaliers sans un regard vers nous, puis a disparu dans la pénombre.

Leanansidhe s'est pincé le nez, et s'est soudain raidie en nous voyant.

— Tiens, tiens, a-t-elle ronronné en souriant d'une façon qui ne me plaisait pas du tout, Keirran chéri. Te revoilà. Qu'est-ce qui me vaut ce plaisir ?

Elle m'a jeté un rapide coup d'œil avant de revenir vers Keirran.

— Oh ! mais je vois que tu as amené deux humains avec toi. Encore des paumés, chéri ?

Elle a secoué la tête.

— Ton souci des cas désespérés est très touchant, mais si tu crois que tu vas pouvoir tous les placer ici, je crains bien de ne pas avoir la place.

Keirran s'est incliné.

— Leanansidhe.

Il a hoché la tête et a balayé du regard la foule des fées.

— La maison est bien remplie, à ce que je vois.

— Oui, tu as remarqué, mon lapin ?

La reine des Exilés a soupiré, soufflant un couguar de fumée.

— En effet. J'ai été obligée de rapatrier le marché des gobelins dans mon propre salon, ce qui ne me facilite pas la tâche pour me concentrer sur d'autres choses. Sans parler du fait que cela rend mes petits humains encore plus fous que d'habitude. Ils arrivent à peine à plaquer un accord ou à tenir une note dans tout ce raffut.

Elle a posé deux doigts délicats sur sa tempe, comme si elle avait mal à la tête. Keirran ne paraissait pas impressionné.

La reine des Exilés a émis un petit reniflement.

— Malheureusement, je suis très prise en ce moment, alors si tu veux te rendre utile, rends-moi service et porte donc un message chez toi. Dis à la reine de Fer qu'il se passe quelque chose dans le monde réel, quelque chose dont elle devrait être informée. Si tu es juste venu faire les yeux doux à Annwyl, mon petit prince chéri, j'ai bien peur de ne guère avoir de temps à te consacrer.

Prince ? Avais-je rêvé ou venait-elle de l'appeler ainsi ?

— Attends.

Lentement, je me suis tourné vers Keirran pour le dévisager, ignorant momentanément la reine des Exilés. Il a fait la grimace et a évité mon regard.

— Est-ce que j'ai bien entendu ? lui ai-je demandé, tandis qu'une boule se formait dans mon ventre.

Ma bouche est devenue sèche comme du carton.

— Tu es un prince… du royaume de Fer ? Mais alors, tu… tu es le fils de…

Je n'ai même pas pu finir ma phrase.

Du coin de l'œil, j'ai vu Leanansidhe se raidir.

— Ethan Chase.

Sa voix était sourde et menaçante, comme si elle venait juste de s'apercevoir de *qui* était présent dans son salon. Mais je ne pouvais pas la regarder. Toute mon attention était focalisée sur Keirran.

Il m'a fait une petite moue embarrassée.

— Euh, oui. Je voulais te le dire… tôt ou tard. Mais je n'ai pas trouvé le bon moment.

Il s'est interrompu, avant de reprendre tout bas :

— Je suis désolé… mon oncle.

Rasoir a éclaté de rire dans un bourdonnement strident.

— Oncle ! s'est-il esclaffé, indifférent aux regards pleins d'horreur et de dégoût que lui jetaient les autres fées de la pièce. Oncle, oncle ! Tonton Ethan !

TROISIÈME PARTIE

16. Le prix de Leanansidhe

J'étais sidéré. A en avoir presque la nausée.

Keirran — cet elfe, là, devant moi — était le *fils* d'Ash et de Meghan. Comment ne l'avais-je pas deviné plus tôt ? Tout concordait en ce sens : son sang humain, son glamour de fer, jusqu'aux expressions familières de son visage. Familières parce que je les avais déjà vues. Chez Meghan. Je percevais clairement la ressemblance, maintenant : ses yeux, ses cheveux, les traits de son visage — il tenait tout cela de ma sœur. Mais l'ombre d'Ash se percevait aussi en lui ; dans sa mâchoire, sa posture, sa façon de bouger.

Pendant un instant, je l'ai haï.

Avant que l'un de nous deux puisse ajouter quoi que ce soit, les Exilés de la pièce ont poussé des exclamations et se sont mis à gronder en s'écartant soudain de Keirran comme s'il avait la peste. Des murmures chuchotant « Le prince de Fer » se sont répandus dans l'assemblée, et le cercle des fées a paru hésiter entre l'envie de s'incliner ou de déguerpir de la salle. Leanansidhe nous a décoché à tous deux un regard exaspéré, comme si nous étions la cause de son mal de tête, et a claqué des doigts vers nous.

— Annwyl, chérie.

Le ton de la reine des Exilés a fait frémir la jeune

elfe, et Keirran s'est avancé pour se poster à côté d'elle d'un air protecteur.

Leanansidhe a soupiré.

— Reste ici, tu veux, ma colombe ? Essaie de garder un œil sur tout le monde pendant que je m'occupe de ce petit accrochage. Vous trois.

Elle a braqué son regard froid sur nous et a déclaré d'un ton qui ne supportait aucune contradiction :

— Suivez-moi, mes petits. Et, Keirran, tâche de garder ce satané gremlin sous contrôle cette fois, sans quoi je serai obligée de prendre des mesures plus radicales.

Kenzie, restée derrière nous, m'a jeté un regard inquiet. J'ai haussé les épaules, essayant d'avoir l'air détaché. Nous avons donc commencé à suivre la reine des Exilés, mais Annwyl et Keirran se sont attardés quelques instants. Leanansidhe a levé les yeux au ciel.

— C'est *maintenant*, les enfants.

Elle a soupiré de nouveau, et Annwyl s'est enfin détournée tandis que Keirran prenait un air abattu.

— Tant que je suis d'une humeur assez raisonnable pour ne pas être tentée de vous transformer en violoncelles.

La reine des Exilés s'est retournée dans une volute de fumée bleue et nous a emmenés à travers de longs couloirs au sol de moquette rouge, jusqu'à une bibliothèque. D'immenses étagères pleines de livres en recouvraient les murs ; dans un coin, un humain jouait un air de violon enjoué.

— Dehors, Charles, a ordonné Leanansidhe en entrant dans la pièce.

L'humain a rangé son instrument en toute hâte et il s'est esquivé par une autre porte. La reine s'est ensuite retournée vers nous.

— Eh bien ! s'est-elle exclamée en me toisant tandis que ses longs cheveux ondulaient autour d'elle. Ethan Chase. *Ça*, c'est une surprise. Le fils et le frère de la reine de Fer venant me rendre visite à la même occasion… quelle chance ! Comment va ta grande sœur chérie, mon lapin ? m'a-t-elle demandé. Je suppose que tu as dû la voir récemment ?

— Meghan va bien, ai-je marmonné, gêné par la présence de Keirran à mon côté.

Maintenant que je savais que nous étions… de la même famille, cela me faisait bizarre de parler de Meghan devant lui.

Et alors ? Ce qui est bizarre, c'est plutôt d'avoir un neveu du même âge que toi. Ce qui est bizarre, c'est que ta sœur ait un enfant, et qu'elle n'en ait jamais parlé à sa famille. Ce qui est bizarre, c'est d'être l'oncle d'une maudite demi-fée ! Arrête tes chichis, on est rendus bien au-delà du bizarre, maintenant.

Leanansidhe a secoué la tête en regardant Keirran, et un sourire s'est dessiné lentement sur ses lèvres.

— Et toi, Keirran, tu n'es qu'un petit fourbe, a-t-elle ronronné. Tu ne le lui avais pas dit, n'est-ce pas ?

Elle a éclaté de rire, renversant la tête en arrière.

— Eh bien, voilà une scène de famille plutôt inattendue, pas vrai ? Je me demande ce que dirait la reine de Fer si elle était là.

— Attends une minute, s'est exclamée Kenzie, abasourdie. Keirran est ton *neveu* ? C'est le fils de la reine de Fer ? Mais… vous avez le même âge !

Elle a gesticulé, complètement perdue.

— Comment est-ce possible ?

— Bon, écoute.

Keirran a haussé les épaules, l'air embarrassé.

— Tu te souviens de cette histoire de temps qui ne s'écoule pas de la même façon en Faérie ? C'est une partie de l'explication. Il faut également savoir que les fées mûrissent plus vite que les mortels — à cause du fait que nous vivons dans un environnement dangereux, j'imagine. Nous grandissons rapidement jusqu'à ce que nous atteignions un certain point, et puis… ça s'arrête.

Il nous a fait un sourire penaud.

— Croyez-moi, vous n'êtes pas les seuls à en être étonnés. Ça a été une grosse surprise pour maman aussi.

J'ai regardé Keirran, oubliant momentanément Kenzie et Leanansidhe.

— Pourquoi n'as-tu rien dit ? lui ai-je demandé.

— *Oh.*

Il a soupiré et a levé les mains en l'air avant de les laisser retomber.

— Je ne savais pas comment te le dire : « Eh, au fait, je suis le prince du royaume de Fer, et ton neveu. Surprise ! »

Il a haussé de nouveau les épaules et a fait un geste désabusé.

— Ça aurait été bizarre. Et… maladroit. Et puis, je ne suis pas sûr que tu aurais voulu faire quoi que ce soit avec moi si tu l'avais su.

— Pourquoi Meghan n'a-t-elle rien dit ? ai-je insisté. C'est quand même le genre de chose dont on informe sa famille !

— Je ne sais pas, Ethan.

Keirran a secoué la tête.

— Elle ne parle jamais de toi ni de sa vie humaine.

Il y a quelques années encore, je ne savais même pas que j'avais une autre famille.

Il a marqué une pause et s'est passé la main dans ses cheveux argentés.

— J'ai été choqué quand j'ai appris que maman avait un frère qui vivait dans le monde mortel. Mais quand je lui ai posé des questions à ce sujet, elle m'a dit que nous devions mener des existences séparées, que mélanger les deux familles ne ferait que provoquer des ennuis des deux côtés. Je n'étais pas d'accord ; je voulais te rencontrer, mais elle m'a strictement interdit de venir te voir.

Il paraissait sincère, et vraiment désolé de n'avoir pas eu le courage de se présenter. Ma colère envers lui s'est apaisée, un peu — pour se porter sur une autre cible. *Meghan,* ai-je songé, furieux. *Comment as-tu pu faire ça ? Comment as-tu pu ne rien nous dire ? Pourquoi ?*

— Quand j'ai entendu dire que tu étais au palais, a poursuivi Keirran avec toujours autant de sincérité apparente, je n'arrivais pas à y croire. Il fallait que je le voie de mes propres yeux. Mais quand Rasoir m'a rapporté ce que tu avais dit — que quelque chose tuait les Exilés et les demi-sang —, j'ai voulu à tout prix aller voir Annwyl, pour être sûr qu'elle allait bien. Et je me suis dit : « Pourquoi ne pas faire d'une pierre deux coups ? »

Il a haussé les épaules avec un petit sourire malicieux, puis est redevenu sérieux.

— Je ne t'ai pas tout dit, c'est vrai, et je m'en excuse. Seulement, j'avais besoin d'être certain que vous sortiriez du royaume de Fer avec moi.

J'en avais encore le vertige. *Le fils de Meghan.* Mon neveu. J'avais du mal à me faire à cette idée. Je ne savais pas si je devais être dégoûté, horrifié, emballé ou juste déboussolé. Ce que je savais, en revanche, c'est que je devais absolument en parler à Meghan, et lui demander pourquoi elle avait jugé si important de nous maintenir dans l'ignorance. Au diable ses « existences séparées » ! Elle avait un enfant, ce n'est pas rien tout de même ! Demi-fée ou pas, on ne dissimulait pas ce genre de chose à sa famille !

— Bien, est intervenu Leanansidhe avec un mouvement agacé de son fume-cigarette. J'ai beau adorer votre petite scène de famille, mes chéris, j'ai bien peur que nous ne puissions pas rester à papoter toute la journée. Je présume que vous n'avez pas vu les abominations qui rôdent dans le parc d'attraction ?

— Si, nous les avons vues.

La réponse ne provenait pas de Keirran, mais de Kenzie. J'ai fait la grimace et me suis détourné de mon… *neveu*, me jurant de régler ça plus tard, quand j'aurais eu le temps d'y réfléchir. Pour l'heure, la Muse Noire avait braqué son attention sur Kenzie, restée en retrait jusqu'ici. Eviter autant que possible de se faire remarquer de Leanansidhe était plutôt une bonne chose. Mais évidemment, Kenzie ne pouvait jamais rester silencieuse très longtemps.

— On les a vues, a-t-elle répété sous le regard étonné de la Muse Noire. Enfin, *ils* les ont vues, a-t-elle rectifié avec un signe de tête vers Keirran et moi. Moi, je ne voyais rien du tout. Par contre, je sais que quelque chose nous a attaqués. Ce sont ces choses qui exterminent votre peuple, n'est-ce pas ?

— Rappelle-moi ton petit nom, ma biche ?

— Oh ! pardon, a répondu Kenzie tandis que Leanansidhe continuait de la fixer comme si elle la voyait pour la première fois. Je m'appelle Mackenzie, je suis une camarade de classe d'Ethan. On a été entraînés tous les deux au pays de Nulle Part, en quelque sorte.

— Comme c'est… courageux, a fait Leanansidhe d'un air pensif.

J'ignorais si elle trouvait Kenzie amusante ou insolente. En espérant que la première option soit la bonne.

— Eh bien, si tu veux le savoir, chérie, oui, il existe bien quelque chose là-bas qui fait disparaître les Exilés. Comme tu peux en juger par l'état d'encombrement de mon salon, les fées exilées se bousculent au portillon pour essayer d'entrer chez moi. Je n'ai jamais vu un tel bazar depuis la guerre avec les fées de Fer.

Elle s'est interrompue et a jeté un regard perçant à Rasoir, qui fredonnait sur l'épaule de Keirran. Le gremlin semblait heureux et insouciant.

— Avez-vous une idée des causes de ce phénomène ? a questionné Kenzie, reprenant soudain sa casquette de journaliste.

Si elle avait eu un carnet de notes, elle l'aurait ouvert à cet instant, stylo en main, pour tout coucher sur papier. Leanansidhe a poussé un soupir.

— De vagues idées, chérie. Des rumeurs circulent au sujet d'horribles monstres qui aspirent le glamour de leurs victimes, jusqu'à ce qu'elles ne soient plus que des coquilles sans vie. Je n'ai jamais vu ces horreurs de mes yeux, bien entendu, mais plusieurs disparitions ont été signalées au parc, ainsi que dans le monde entier.

— Dans le *monde entier* ? me suis-je exclamé. Est-ce vraiment si largement répandu ?

Elle m'a considéré de ses yeux irréels.

— Tu ne peux même pas l'imaginer, chéri, a-t-elle dit doucement. Et les cours non plus. Ta sœur se tient à l'écart de la menace qui pèse sur le monde mortel, et les cours d'Eté et d'Hiver s'en fichent totalement. Mais… laisse-moi te montrer quelque chose.

Elle s'est dirigée vers une table, dans un coin de la pièce, où une immense mappemonde était étalée. Des points rouges y étaient marqués, certains isolés, d'autres plus resserrés. Il y en avait un nombre assez important aux Etats-Unis, ainsi qu'en Irlande et en Grande-Bretagne. Aucune zone n'était couverte de rouge. Mais aucune n'était totalement épargnée non plus. Amérique du Nord, Europe, Afrique, Australie, Asie, Amérique du Sud. Chacune avait son lot de points rouges.

— J'ai listé les disparitions, a annoncé Leanansidhe, brisant le silence qui s'était installé. Des Exilés ou des demi-sang, de la même façon. Comme vous pouvez le voir, mes chéris, le mal est assez étendu. Et chaque fois que j'envoie quelqu'un enquêter sur place, il ne revient pas. Cela devient…

Elle a fait une petite moue.

— Agaçant.

J'ai observé la carte, et pointé du doigt un endroit des Etats-Unis. Il y avait deux points rouges en Louisiane, tout près de ma ville natale.

Todd.

Keirran a contemplé la carte avec gravité.

— Et les autres cours ne font rien ? a-t-il murmuré. Mab, Oberon et Titania ne savent pas ce qui se passe ?

— Elles ont été informées, chéri, a dit Leanansidhe en agitant son fume-cigarette d'un geste las. Mais apparemment, les cours d'Hiver et d'Eté ne jugent pas la chose assez importante pour intervenir. Qu'ont-elles à faire de la vie de quelques Exilés et demi-sang ? Tant que le problème demeurera dans le monde mortel, elles ne lèveront pas le petit doigt.

— Pourquoi ne l'avez-vous pas dit à Meghan ? ai-je demandé. Elle aurait fait quelque chose. Elle essaie d'agir, à l'heure qu'il est.

Leanansidhe a froncé les sourcils.

— C'est peut-être vrai, mon mignon. Mais hélas, je n'ai pas la possibilité de communiquer avec ta sœur sans que mes messagers ne tombent raides morts sous les effets du fer. Il est très difficile d'entrer en contact avec le royaume de Fer quand personne ne veut y mettre un pied. En fait, j'attendais que notre ami revienne tourner autour d'Annwyl, a-t-elle ajouté avec un petit signe vers Keirran, pour lui demander de porter un message à Mag Tuiredh.

Keirran a rougi légèrement mais n'a pas répondu. Sur son épaule, Rasoir s'est mis à ricaner.

J'ai de nouveau baissé les yeux vers la carte, l'esprit en ébullition. Tant de disparitions… Une partie de moi me chuchotait de ne pas m'en soucier, et que les fées n'avaient finalement que ce qu'elles méritaient, après tant d'années à faire disparaître des humains.

Sauf qu'autre chose était aussi en jeu. Todd était toujours porté disparu, et j'avais promis de le retrouver. Meghan allait bientôt être impliquée. Et puis, il y avait Keirran, maintenant.

Mais ce n'était pas le moment de penser à lui.

— Dans ce cas, ai-je murmuré en continuant d'observer la carte, vous allez avoir besoin de quelqu'un pour enquêter sur ces choses, quelqu'un qui ne soit ni un Exilé ni un demi-sang, et qui ne possède pas de glamour dont elles puissent se repaître.

Bref, un humain.

— Exactement, chéri.

Leanansidhe a posé ses yeux brillants sur moi. Je l'ai senti dans mon dos, même sans la voir.

— Est-ce que… ça signifie que *tu* te portes volontaire, mon joli ?

J'ai poussé un soupir.

— Oui, ai-je maugréé en me retournant pour la regarder. C'est d'accord. J'ai un ami à retrouver, mais les choses ont pris une autre dimension. Je ne sais pas quel genre de bestioles rôdent là-bas, mais je n'aime pas ça. Si ces aspirateurs à glamour sont déjà si répandus, ce n'est qu'une question de temps avant que tous les Exilés ne disparaissent, et après ça, ils pourraient bien s'attaquer au pays de Nulle Part.

Là où vit Meghan.

— Excellent, chéri, excellent.

Leanansidhe a arboré un air ravi.

— Et vous deux ? a-t-elle demandé en regardant Kenzie et Keirran à l'autre bout de la table. Que va faire le fils de la reine de Fer, maintenant qu'il est conscient du danger ? Tu peux toujours rentrer chez toi, tu sais, et avertir ton royaume. Même si je crains que ta mère ne soit pas très heureuse d'apprendre ce que vous avez fait.

— Je vais avec Ethan, a dit Keirran doucement. Je le dois. Quoi que puissent être ces choses, je ne resterai pas les bras croisés pendant qu'elles continuent de tuer certains des nôtres, Exilés ou pas.

— Comme Annwyl, par exemple ? l'a provoqué Leanansidhe.

Keirran a relevé le menton, soutenant son regard.

— Exactement.

— J'y vais aussi, est intervenue Kenzie en me jetant

un regard noir, comme si elle devinait que je m'apprêtais à lui suggérer de rentrer chez elle.

Ce qui était le cas — et elle n'allait pas me faciliter la tâche, visiblement.

— Kenzie, ce n'est plus ton affaire, maintenant.

J'ai regardé Keirran, espérant qu'il me soutienne sur ce coup-là. Il s'est contenté d'un vague haussement d'épaules.

— Là, tu n'es plus concernée, ai-je poursuivi, m'efforçant d'adopter un discours raisonnable. Tu n'as pas à t'inquiéter du sort d'un parent, d'un frère, d'une sœur ou… d'une petite amie, ai-je dit avec un bref regard vers Keirran. Tu ne connais presque pas Todd. Nous sommes plus près que jamais du monde mortel, ici, et tu peux rentrer quand tu veux. Pourquoi rester, alors ?

— Parce que je le veux ! a-t-elle aboyé d'un ton définitif.

Elle a levé les deux mains et m'a regardé fixement.

— Bon sang, Ethan, on en a déjà parlé. Tu vas te mettre ça dans le crâne une bonne fois pour toutes, oui ou non ? Tu crois qu'avec tout ce que j'ai vu je peux juste rentrer à la maison et tout oublier, comme ça ? Je ne suis pas ici pour ma famille ou pour mes amis, je suis ici pour toi ! Et parce que je *veux* voir ça ! Je veux savoir ce qu'il y a là-bas.

— Tu ne peux même pas les voir, ai-je rétorqué. Ces choses existent dans le monde réel, tu te rappelles ? Tu n'as pas la Vision Absolue, alors comment comptes-tu nous aider si tu ne sais même pas où elles sont ?

Elle a pincé les lèvres.

— Je… je vais y réfléchir.

— Je peux peut-être arranger ça, a soudain coupé Leanansidhe.

Nous avons tous relevé les yeux. La reine des Exilés souriait à Kenzie en faisant rouler son fume-cigarette entre ses doigts.

— Tu as une bonne dose de cran, ma chérie, pas vrai ? Ça me plaît. Avec tout le bric-à-brac du marché des gobelins qu'il y a dans mon salon, je suis sûre qu'on devrait pouvoir te trouver quelque chose pour remédier à ça. Cela dit…

Elle a levé un doigt parfaitement manucuré.

— Je te préviens, ma puce. Ce n'est pas une simple requête, et ce ne sera pas bon marché. Accorder la Vision Absolue à un humain n'est pas une chose que je prends à la légère. Il me faudra quelque chose en échange, si tu es d'accord.

— Non !

Kenzie a sursauté en m'entendant m'écrier, mais Leanansidhe s'est contentée de cligner calmement des yeux, l'air agacé et amusé à la fois.

— Kenzie, non, ai-je dit en m'avançant vers elle. Ne conclus jamais de marché avec une fée. Le prix à payer est toujours trop élevé.

Elle m'a regardé brièvement, puis s'est tournée de nouveau vers la reine des Exilés, l'air songeur.

— De quel genre de « prix » s'agit-il ? a-t-elle demandé doucement.

— Kenzie !

— Ethan.

Elle m'a regardé par-dessus son épaule pour me parler d'une voix calme mais ferme.

— C'est *ma* décision.

— C'est n'importe quoi ! Je ne te laisserai pas faire ça !

— Ethan, chéri.

Leanansidhe a posé un doigt sur sa bouche et a ordonné :

— Chut.

Et soudain, je n'ai plus pu parler. Je ne pouvais plus émettre un son. J'ai ouvert la bouche, tendant mes cordes vocales pour protester, mais j'étais devenu aussi muet que les tableaux accrochés au mur.

— Je suis ici chez moi, a repris la Muse Noire tandis que les lumières vacillaient autour de nous. Et ici, c'est *moi* qui fixe les règles. Si ça ne te plaît pas, mon mignon, tu es libre de partir. Mais cette jeune fille et moi devons parler affaires, alors sois gentil et assieds-toi, compris ? Ne me force pas à te transformer en une guitare gémissante.

J'ai serré les poings. J'avais envie de frapper sur quelque chose, d'attraper Kenzie et de nous sortir de là. Mais même si je partais, Leanansidhe ne lâcherait pas Kenzie comme ça, pas sans avoir conclu son affaire. S'en prendre à quelqu'un d'aussi puissant que la reine des Exilés était une très mauvaise idée, même pour moi. Je voulais protéger Kenzie, mais cela deviendrait impossible si Leanansidhe me transformait *effectivement* en guitare. Je n'avais donc pas le choix, et je suis resté là, les poings serrés, pendant que Kenzie se préparait à passer un marché avec la Muse Noire. Keirran m'a regardé, l'air de s'excuser, et j'ai réprimé l'envie de le frapper, lui aussi.

— Ethan…

Kenzie s'est retournée vers moi, et un air horrifié a traversé son visage comme elle comprenait ce qui venait de m'arriver.

— Quoi que vous lui ayez fait, a-t-elle dit brusquement à Leanansidhe, arrêtez ça tout de suite.

— Oh ! laisse tomber, chérie. Il a juste le bec cloué pour un petit moment. Il s'en remettra, ce n'est pas bien méchant.

La reine des Exilés m'a balayé d'un geste de la main.

— Bon, alors, ma puce. Je crois que nous avons une affaire à conclure. Tu veux être capable de voir le monde caché, et moi aussi, je veux quelque chose de ta part. La question est : combien es-tu prête à payer ?

Kenzie m'a dévisagé encore quelques instants, puis s'est retournée lentement vers la Muse Noire.

— Je suppose qu'on ne parle pas d'argent.

Leanansidhe a éclaté de rire.

— Oh ! non, ma belle. Ne soyons pas vulgaires, par pitié.

Elle s'est approchée jusqu'à se retrouver tout près de Kenzie.

— Tu as autre chose qui m'intéresse beaucoup.

J'ai fait un pas en avant, mais Keirran m'a retenu par le bras.

— Ethan, ne fais pas ça, a-t-il chuchoté tandis que je le fusillais du regard en me demandant si je devais lui bloquer le coude et le faire tomber à genoux. Elle va vraiment se fâcher si tu interviens. Je l'ai déjà vue faire. Même si ce n'est pas contre toi, ça pourrait se retourner contre les autres. Je ne veux pas que ça arrive… pour toi, ou pour Annwyl.

— Je sens une énergie créative en toi, ma puce, a susurré la reine des Exilés en effleurant les longs cheveux noirs de Kenzie.

Keirran a resserré son étreinte sur mon bras.

— Tu es une artiste, n'est-ce pas ? Douée avec les mots, pas vrai ?

— Je suis journaliste, a répondu prudemment Kenzie.

— C'est bien, ça, chérie, a dit Leanansidhe en reculant un peu. Tu crées de la musique avec des mots et des phrases, non avec des notes. Alors voilà ma proposition, ma biche : je t'offre un peu de mon… disons, « inspiration divine », pour écrire un article très spécial, que je souhaite te commander.

— Et… de quoi devrait-il s'agir ?

— D'un article sur moi, chérie ! a déclaré Leanansidhe comme si c'était l'évidence même. Ce n'est pas un prix si exorbitant, n'est-ce pas ? Oh ! mais voilà le vrai défi : chaque mot que tu coucheras sur le papier devra pratiquement chanter sur la page. Il touchera tous ceux qui le liront, d'une manière ou d'une autre. J'ajouterai juste une touche d'inspiration pour rendre l'œuvre tout à fait magnifique. Faisons cela, et je te donnerai la faculté de voir les fées.

Kenzie, non ! avais-je envie de hurler. *Si tu la laisses faire ça, tu donneras un peu de ton être à Leanansidhe. Elle prendra un morceau de ta vie en échange de cette inspiration, parce que c'est comme ça que la Muse Noire procède, à tous les coups !*

Kenzie a hésité, réfléchissant.

— Un article ? a-t-elle demandé enfin alors que je me tournais avec rage vers Keirran. C'est tout ?

Dis quelque chose, ai-je imploré ce dernier du regard. *Bon sang, Keirran, tu sais ce qui est en train de se passer. Tu ne peux pas la laisser accepter alors qu'elle n'a pas pleinement conscience de ce dans quoi elle s'embarque. Dis quelque chose !*

— Mais oui, chérie, a répondu Leanansidhe. Juste un petit article, écrit par toi. Avec mon aide, naturellement.

— *Je t'en supplie !* ai-je articulé sans le son.

Keirran a soupiré.

— Ce n'est pas tout, Leanansidhe, s'est-il enfin décidé à dire en lâchant mon bras pour s'avancer vers elle. Tu ne lui as pas tout dit. Elle a le droit de connaître le véritable prix de ton inspiration.

— Keirran chéri, a répondu Leanansidhe sur un ton clairement irrité malgré son expression faussement aimable, si je perds ce marché à cause de toi, je vais être très mécontente. Et quand je suis mécontente, mon lapin, *tout le monde* est mécontent dans cette maison.

Elle lui a lancé un regard noir, et les lumières ont de nouveau vacillé sur les murs.

— Je t'ai fait une faveur en acceptant la fille de l'Eté chez moi. N'oublie pas ça.

Keirran a reculé et m'a regardé de travers — mais cela avait suffi.

— Qu'est-ce qu'il veut dire ? a demandé Kenzie tandis que la reine des Exilés poussait un soupir agacé. Quel est ce « véritable prix » ?

— Rien de bien méchant, chérie, s'est-elle radoucie, changeant de ton pour s'adresser à Kenzie. C'est juste que… dans les termes du contrat, tu devras accepter de renoncer à un petit moment de ta vie pour moi, en échange de l'inspiration. Pas grand-chose, rassure-toi, a-t-elle ajouté en voyant la mâchoire de Kenzie se décrocher. Un mois ou deux, maximum. Bien entendu, cela ne concerne que ton espérance de vie normale — sans compter les accidents graves, maladies ou autre décès prématuré. Telle est mon offre en échange de la Vision Absolue, ma jolie. C'est vraiment une offre très généreuse de ma part. Qu'est-ce que tu en dis ?

Non, ai-je pensé de toutes mes forces à l'attention

de Kenzie. *Dis non. C'est la seule chose à répondre face à une telle proposition.*

— Oui, a dit alors Kenzie, pourquoi pas ? Un mois de ma vie en échange de la faculté permanente de voir les fées…

Elle a haussé les épaules sous mon regard consterné.

— Ça ne m'a pas l'air trop mal, vu sur le long terme.

Quoi ? Je l'ai regardée, oscillant entre l'horreur et l'incompréhension. *Sais-tu ce que tu viens de faire ? Tu viens de céder un mois de ton existence à une reine des fées ! Tu l'as laissée abréger ta vie pour rien !*

Leanansidhe a cligné des yeux.

— Eh bien voilà, a-t-elle fait après quelques instants. Ça n'a pas été si compliqué. Comme j'ai de la chance. D'habitude, les humains sont incroyablement attachés à leur vie. Mais si tel est ton choix, alors marché conclu, ma belle. Je vais donc aller chercher ce qu'il faut pour que tu puisses acquérir la Vision Absolue.

Elle a souri, extrêmement contente de son coup, avant de nous regarder, Keirran et moi. Elle a dû voir mon regard effaré sur Kenzie, mais n'a fait aucun commentaire.

— Je vais demander à Annwyl de vous montrer vos chambres. On se retrouve ici demain, mes chéris, et on discutera du prochain endroit où vous irez. D'ici là, faites comme chez vous.

Quelques heures plus tard, j'ai enfin retrouvé ma voix.

Je n'avais pas vu Annwyl et Keirran depuis un moment, pas depuis que celle-ci nous avait accompagnés jusqu'à nos chambres, avant de disparaître hâtivement en déclarant qu'elle avait du travail à faire. Keirran n'a pas tardé à la suivre dans le couloir. J'ai eu comme l'impression que Kenzie m'évitait, car elle a disparu dans sa chambre et n'a pas répondu lorsque j'ai frappé à sa porte, quelques minutes plus tard.

J'ai donc exploré l'immense demeure, et arpenté ses corridors sans fin en espérant que quelque fée exilée me provoque en duel, histoire de me défouler. Mais aucune ne l'a fait ; je suis donc resté là, à ruminer mes sombres pensées, privé de toute distraction.

Keirran. Il était le fils de Meghan… et donc mon neveu, si perturbant que ça puisse paraître. La situation était vraiment dingue. Je savais bien que le temps passait différemment en Faérie, mais tout de même… Keirran avait mon âge, tout comme Meghan et Ash — ses parents !

J'ai secoué la tête en essayant de chasser ces pensées. D'un coup, ma famille était devenue encore plus tordue. Mais qu'est-ce que ma mère dirait si elle apprenait l'existence de Keirran ? Elle péterait sûrement les plombs.

Peut-être est-ce pour ça que Meghan ne nous en a pas parlé, ai-je songé en toisant avec défiance un épouvantail accroupi sous une étagère, telle une araignée géante. Il m'a jeté un regard et a disparu dans l'ombre. *Peut-être qu'elle savait que maman ne le supporterait pas. Peut-être qu'elle avait peur de ce que je penserais… mais non, ce n'est pas une excuse. Elle aurait quand même dû nous le dire. Ce n'est pas le genre de chose qu'on peut dissimuler en espérant que personne ne l'apprenne !*

Meghan devait avoir une autre bonne raison pour ne pas nous avoir informés de l'existence de Keirran, et pour l'empêcher de nous voir. Qu'est-ce que ça pouvait bien être ? Apparemment, Keirran n'avait rien contre les humains ; il était poli, posé, respectueux. *Tout l'inverse de moi,* ai-je songé en roulant des yeux. *Maman l'adorerait.* Seulement, Meghan n'avait jamais voulu que nous nous rencontrions, ce qui était vraiment étrange, venant d'elle. Que pouvait-il y avoir de si horrible dans le fait d'avoir un enfant, au point d'en faire un secret vis-à-vis de sa famille ?

Y avait-il autre chose de caché au sujet de Keirran ?

Le bourdonnement d'une conversation s'est alors fait entendre quelque part devant moi, dans le couloir. J'ai reconnu l'intonation chantante d'Annwyl par-delà un passage voûté, et la voix tranquille de Keirran, qui lui répondait. Ne voulant pas les déranger, je m'apprêtais à tourner les talons quand le nom de Kenzie a soudain surgi dans la discussion, me faisant tendre l'oreille.

Intrigué, je me suis faufilé dans le couloir et je suis arrivé devant une grande pièce circulaire remplie de végétation. Un arbre gigantesque se dressait en son centre, projetant ses branches noueuses vers le ciel — ce qui était aisé, puisque la pièce n'avait pas de plafond. La lumière vive du soleil filtrait entre ses feuilles, jusqu'à un tapis d'herbe et de fleurs sauvages entourant son tronc. Des oiseaux gazouillaient dans les airs et des papillons voletaient entre les fleurs, ajoutant couleur et lumière à ce tableau enchanteur.

Ce n'était pas réel, bien entendu. La maison de Leanansidhe se trouvait dans un endroit appelé le Milieu, qui séparait la Faérie du monde mortel. Théoriquement, lorsqu'on utilisait un passage, on passait toujours très brièvement à travers le Milieu, avant de rejoindre l'autre royaume. Comment Leanansidhe était parvenue à établir une demeure entière dans cet espace entre les mondes restait une question sans réponse qui défiait l'imagination. Nul ne savait à quoi ressemblait l'extérieur de cette maison, mais j'étais à peu près certain qu'elle ne comportait ni lumière du jour, ni chants d'oiseaux. Cette pièce n'était que du glamour. L'illusion était bluffante ; je sentais même le parfum des fleurs, la chaleur du soleil, et j'entendais des abeilles bourdonner çà et là ; mais cela restait malgré tout une simple illusion. Et je n'étais pas venu pour sentir le parfum des fleurs. J'étais là pour découvrir pourquoi deux fées parlaient de Kenzie.

Keirran était assis sous l'arbre, un genou replié contre sa poitrine, regardant Annwyl marcher avec grâce entre les fleurs. Elle s'arrêtait de temps à autre pour effleurer du bout des doigts une fleur ou une fougère, qui se redressait alors immédiatement et déployait de nouvelles feuilles d'un vert tendre. Des papillons dansaient autour d'elle et se posaient parfois sur ses cheveux ou ses habits, comme si elle était elle-même un immense bourgeon se promenant dans un champ.

Je me suis rapproché du bord de la pièce, dissimulé de la vue des deux elfes par une rangée de fougères géantes. J'ai tendu l'oreille vers l'arbre en espionnant entre les feuilles, quelque peu honteux de mon stratagème.

— Leanansidhe veut que la cérémonie ait lieu ce soir, disait Annwyl en levant un bras pour toucher une branche basse.

La branche a frémi, et plusieurs feuilles presque mortes ont soudainement retrouvé leur verdure initiale.

— Je pense que ce serait mieux si c'était toi qui effectuais le rituel, Keirran. Elle te connaît, et le garçon pourrait se méfier si je m'approche trop d'elle.

— Je sais.

Keirran a soupiré et posé le menton sur son genou.

— J'espère juste qu'Ethan ne m'en veut pas trop d'avoir contribué à cette histoire de Vision Absolue. Il doit encore accuser le coup, avec tout ce qui lui est tombé dessus dernièrement.

— Tu veux dire, le fait que tu sois son neveu ? a demandé Annwyl.

Mon ventre s'est noué. Je n'étais pas encore habitué à cette idée. Vraiment pas.

— Mais il comprend sûrement comment le temps fonctionne dans les deux mondes. Il devait bien se rendre compte que sa sœur fonderait sa propre famille, même si ce n'était pas dans le royaume mortel, n'est-ce pas ?

— Comment l'aurait-il pu ? a marmonné Keirran. Elle ne le lui a jamais dit. Elle ne *me* l'a jamais dit.

Il a poussé un nouveau soupir. Je ne distinguais pas très bien son visage, mais son ton était morose, presque irrité.

— Elle cache quelque chose, Annwyl. Je crois qu'ils cachent tous quelque chose. Oberon, Titania, Mab… Ils savent quelque chose qu'on ignore. Et personne ne compte me dire ce que c'est.

Sa voix s'est faite plus sourde, et pleine d'amertume.

— Pourquoi ne me font-ils pas confiance ?

Annwyl s'est tournée et lui a jeté un étrange regard. Elle a cassé une petite branche sur l'arbre, s'est agenouillée en face de Keirran et a tenu le petit bâton devant lui.

— Tiens. Prends ça un moment.

Interdit, Keirran s'est exécuté.

— Maintenant, fais ce que je faisais juste avant, lui a-t-elle ordonné. Fais-la pousser.

Ses sourcils se sont froncés, puis il a haussé les épaules et fixé la brindille des yeux. Elle a frémi, et de petits bourgeons sont apparus le long de sa tige, avant d'éclore en feuilles. Un papillon s'est échappé de la chevelure d'Annwyl pour venir se percher sur son extrémité.

— Maintenant, *tue-la*, a dit Annwyl.

Il lui a décoché un nouveau regard étonné, mais une seconde plus tard, du givre se répandait sur les feuilles, les faisant noircir, avant que la tige entière ne soit couverte de glace. Le papillon est tombé au sol en tournoyant, foudroyé par la mort. Annwyl a pris la branche entre ses doigts, et elle s'est brisée en deux, une moitié tombant dans les fleurs.

— Tu vois où je veux en venir, prince Keirran ?

Il a hoché la tête.

— Oui.

— Tu es le prince de Fer, a poursuivi Annwyl avec douceur. Mais tu n'es pas une simple fée de Fer. Tu possèdes le glamour des trois cours et tu peux les utiliser sans problème, indifféremment. Personne d'autre en Faérie n'a ce pouvoir, pas même la reine de Fer.

Elle a posé une main sur son genou, et il l'a regardée.

— Ils te craignent, Keirran. Ils ont peur de ce que tu pourrais devenir, de ce que ton existence pourrait signifier pour eux. Telle est la nature des cours, malheureusement. Elles ne réagissent pas bien au changement.

— Et toi, est-ce que tu as peur de moi ? lui a demandé

Keirran d'une voix qui se perdait presque dans le bruissement des feuilles.

— Non.

Annwyl a retiré sa main et s'est relevée, les yeux baissés vers lui.

— Tu as été tellement gentil avec moi, et tu as pris beaucoup de risques pour m'amener ici. Mais je connais les cours bien mieux que toi, Keirran. Je n'étais qu'une humble servante de Titania, et toi, tu es le prince de Fer.

Elle a fait un pas en arrière, prenant un ton triste mais décidé.

— Je connais ma place. Et je ne t'entraînerai pas dans mon exil.

Annwyl s'est détournée, et Keirran s'est relevé promptement. Il était tout près d'elle, mais ne la touchait pas.

— L'exil ne me fait pas peur, a-t-il dit calmement.

La fée de l'Eté a fermé les yeux.

— Et je me moque de ce que les cours peuvent dire. Mes parents eux-mêmes ont défié ces lois, et regarde où ils sont, maintenant.

Il a levé une main pour effleurer ses cheveux tressés, faisant fuir quelques papillons.

— Je ferais la même chose pour toi, si tu voulais me donner ma chance...

— Non, Keirran.

Annwyl s'est détournée, les yeux mouillés.

— Je ne ferai pas ça, pas à toi. J'aimerais que les choses soient différentes, mais on ne peut pas... les cours nous... Je suis désolée.

Sur ce, elle s'est enfuie de la pièce, laissant Keirran seul sous le grand arbre. Il s'est passé une main sur le visage, avant de s'appuyer de nouveau contre le tronc, les yeux dans le vide.

Pas très fier de ma petite séance d'espionnage, je suis reparti dans le couloir sur la pointe des pieds. Mes doutes venaient d'être confirmés : Meghan nous cachait bel et bien quelque chose. Il allait vraiment falloir que je lui parle de tout ça, que je lui demande pourquoi elle trouvait si important de maintenir ainsi sa famille dans l'ignorance.

Mais avant tout, je devais aller voir Kenzie, avant que ce fameux rituel ne commence. Il fallait qu'elle sache ce que signifiait vraiment le fait de posséder la Vision Absolue, et ce que les fées faisaient à ceux qui pouvaient les voir. Si elle avait vraiment eu connaissance des conséquences, jamais elle n'aurait conclu ce marché.

Pourtant, au fond de moi, je savais que c'était faux. Kenzie savait *exactement* où elle mettait les pieds ; et elle avait fait ce choix malgré tout.

J'ai fini par la trouver dans la bibliothèque, cachée entre de hauts rayonnages, appuyée contre le mur. Elle a levé les yeux en me voyant arriver ; l'énorme livre qu'elle tenait entre les mains lui donnait l'air d'être encore plus petite. Cette sensation étrange m'a encore picoté le ventre en la voyant, mais je l'ai ignorée.

— Coucou.

Elle m'a adressé un sourire hésitant, ne sachant trop si j'étais encore fâché ou non.

— As-tu retrouvé ta voix ?

— Oui.

La réponse est sortie d'un ton plus dur que je ne l'aurais voulu, mais j'ai continué sur ma lancée.

— Il faut que je te parle.

— Oui, je m'en doutais.

Elle a soupiré et a repoussé une mèche de cheveux derrière son oreille. Pendant quelques instants, elle a gardé les yeux fixés sur les pages ouvertes devant elle.

— Je suppose que… tu veux savoir pourquoi j'ai accepté ce marché.

— Exactement. *Pourquoi ?*

J'ai avancé d'un pas dans l'étroit espace où nous nous trouvions.

— Pourquoi as-tu cru que ta vie pouvait constituer une monnaie d'échange acceptable pour quelque chose dont tu n'avais aucunement besoin ?

La colère est montée en moi de nouveau, sans que je sache trop si elle était dirigée contre Kenzie, Leanansidhe, Keirran ou autre chose.

— Ce n'est pas un jeu, Kenzie. Tu viens de raccourcir ta vie en la vendant à une fée. Ne crois pas qu'elle ne prendra pas son dû. Elles le font toujours.

— Ce n'est qu'un mois, Ethan. Deux, maximum. Ça ne représente pas beaucoup, sur toute une vie.

— Mais c'est *ta* vie !

Je me suis passé une main nerveuse dans les cheveux, irrité qu'elle refuse de voir les choses en face.

— Qu'est-ce qui aurait été trop long, Kenzie ? Un an ? Deux ? Serais-tu devenue son « apprentie » ? En dilapidant des bouts de ta vie pour recevoir son inspiration ? C'est comme ça qu'elle s'y prend, tu sais. Et toutes les personnes qu'elle aide meurent prématurément. Ou se retrouvent piégées dans cet entre-deux, condamnées à la distraire pour l'éternité.

Je me suis interrompu et j'ai appuyé mon poing serré sur une étagère.

— Je ne veux pas voir ça t'arriver.

Nous nous sommes tus tous les deux. Kenzie a hésité, feuilletant vaguement les pages de son livre.

— Ecoute, a-t-elle commencé, je me rends bien compte que tu sais beaucoup de choses au sujet des fées, mais par contre il y en a beaucoup que tu ignores sur moi. Je n'aime pas en parler, parce que je ne veux devenir un fardeau pour personne, mais…

Elle s'est mordu la lèvre, les traits tirés.

— Disons que je vois les choses assez différemment de la plupart des gens. Je veux apprendre tout ce que je peux, je veux *voir* tout ce que je peux. C'est pour ça que je veux devenir journaliste, parcourir le monde, découvrir ce qui se trouve ailleurs.

Sa voix a vacillé quelque peu, et ses yeux se sont perdus dans le vague.

— Je ne veux rien louper de tout ça.

J'ai poussé un soupir.

— Promets-moi que tu ne concluras plus aucun marché, lui ai-je dit en faisant un pas de plus vers elle. Quoi que tu voies, quoi que les fées puissent t'offrir, promets-moi que tu n'accepteras plus jamais.

Elle m'a regardé avec solennité par-dessus son livre.

— Je ne peux pas te promettre ça, a-t-elle déclaré.

— Pourquoi ?

— Qu'est-ce que ça peut te faire, de toute façon ? a-t-elle répliqué avec une pointe d'agressivité. Tu m'as demandé de te laisser tranquille, de t'oublier quand nous rentrerions, parce que, toi, c'est ce que tu feras. C'est ce que tu as dit, Ethan. Tu ne veux pas de moi dans ta vie et tu t'en fiches pas mal.

C'en était trop. Je lui ai pris son fichu livre des mains, je l'ai refermé brusquement, je l'ai posé sur l'étagère et j'ai attrapé Kenzie par les épaules, la forçant à me regarder. Elle s'est raidie et a levé le menton pour me jeter un regard blessé.

— Je ne m'en fiche pas du tout, ça te va ? lui ai-je fait d'une voix sourde. Je sais que je me conduis comme un minable parfois, et j'en suis désolé. Mais je ne me fiche pas du tout de… ce qui peut t'arriver ici. Je ne veux pas que tu sois blessée par leur faute. Par *ma* faute.

Kenzie a soutenu mon regard et s'est rapprochée, si près que je distinguais mon reflet dans ses yeux bruns.

— Je veux les voir, Ethan, a-t-elle répété d'un ton inflexible. Je n'ai pas peur.

— Je sais. Et c'est bien ce qui me fait peur, à moi.

Je l'ai lâchée, me sentant un peu coupable de la rudoyer de la sorte, et en même temps réticent à l'idée de la laisser faire.

— Tu vas avoir la Vision Absolue, maintenant, lui ai-je dit tandis que l'appréhension me remuait les tripes. Cela signifie que les fées vont te harceler sans relâche, tenter de marchander avec toi, ou juste transformer ta vie en enfer. Tu l'as vu de tes propres yeux. Tu sais de quoi elles sont capables.

— Oui, a approuvé Kenzie en prenant soudain ma main dans la sienne. Mais j'ai aussi parlé avec un chat, combattu un dragon et vu le royaume de Fer illuminé en pleine nuit. J'ai rencontré une reine des fées, escaladé les tours d'un immense château, volé sous un insecte de métal géant, et passé un marché avec une légende. Combien de personnes peuvent en dire autant ? Peux-tu m'en vouloir de ne pas souhaiter renoncer à tout ça ?

— Et si ça te tue ?

Elle a haussé les épaules et détourné le regard.

— Personne n'est éternel.

Je n'avais rien à répondre à ça. Il n'y avait *pas* de réponse à ça.

— Ohé !

Keirran est apparu au bout de l'allée, et nous nous sommes écartés l'un de l'autre en sursautant. Sur son épaule, le gremlin arborait son habituel sourire hystérique, éclairant les étagères d'une lueur bleutée.

— Qu'est-ce que vous faites là, tous les deux ?

Il m'a lancé un regard mi-inquiet, mi-réjoui, se demandant si tout se passait bien pour nous. J'ai haussé les épaules sans sourire, mais sans le foudroyer du regard non plus. C'était tout ce que j'avais à offrir pour le moment.

— Rien, lui ai-je dit avant de faire un signe de tête en direction de Kenzie. J'essayais vainement de convaincre une tête de mule de journaliste de ne pas aller plus loin dans cette histoire.

Elle a gloussé.

— Alors là, c'est vraiment l'hôpital qui se moque de la charité.

— Kenzie.

Annwyl est apparue soudain. Ses cheveux étaient détachés, tombant dans son dos en une cascade châtain clair entremêlée de pétales et de feuilles. Keirran l'a regardée en s'efforçant de conserver une expression neutre, et n'a rien dit. Elle a tendu le bras, brandissant une petite fiole du bout des doigts.

— Leanansidhe m'a demandé de te donner ceci.

Je me suis retenu d'envoyer la fiole voler et se fracasser sur le sol. Kenzie l'a prise et l'a regardée dans la lumière. Elle scintillait faiblement, à moitié remplie d'un liquide ambré qui renvoyait de minuscules éclats dorés sur la moquette.

— Alors, a-t-elle dit au bout de quelques instants, est-ce que je dois descendre ça cul sec maintenant, et paf, je pourrai directement voir les fées ? C'est comme ça que ça marche ?

— Pas encore, a répondu Annwyl avec solennité. Il y a un rituel à accomplir. Pour obtenir la Vision Absolue, tu dois te trouver au milieu d'un cercle de fées à minuit, répandre quelques gouttes de ton sang sur le sol, puis boire ceci. C'est alors que le Voile se lèvera, et que tu pourras voir le monde caché, pour le reste de ta vie.

— Ça n'a pas l'air trop compliqué.

Kenzie a agité doucement la petite fiole, délogeant quelques petits morceaux noirs qui ont tourbillonné dans le flacon de verre.

— C'est fait avec quoi, d'ailleurs ?

Keirran a souri.

— Il ne vaut peut-être mieux pas que tu le saches, l'a-t-il mise en garde. A part ça, Leanansidhe a un passage qui nous emmènera dans un cercle de fées. Il y a quand même un truc à savoir : quand la pleine lune brille sur un cercle de fées, les fées autochtones ne peuvent pas résister. Nous risquons d'en voir quelques-unes, en train de danser au clair de lune. Elles ne peuvent pas s'en empêcher.

— Bon, eh bien c'est une bonne chose que vous soyez là tous les deux pour me protéger, au cas où, a fait Kenzie.

L'ombre d'un doute a traversé son visage, et elle m'a jeté un regard en biais.

— Tu seras là, n'est-ce pas ?

— Ouaip.

Je lui ai coulé un regard résigné. *J'aurais plutôt envie de te dire à quel point je trouve cette idée stupide, mais tu ne m'écouteras pas. J'espère seulement que le jeu en vaudra la chandelle.*

— Et donc, ai-je grommelé en regardant Keirran, où se trouve ce cercle de fées ?

Il a souri de nouveau, me faisant soudain douloureusement penser à Meghan.

— Pas loin du passage, mais probablement plus loin que tu es jamais allé, a-t-il dit d'un air mystérieux. Ce cercle-là est vieux de milliers d'années, ce qui est indispensable au rituel de ce soir — plus le cercle est ancien, plus il détient de pouvoir. Il est quelque part au fin fond des landes irlandaises.

Kenzie a brusquement relevé la tête, les yeux brillants.

— En Irlande ?

— Youpi ! s'est écrié Rasoir en sautant comme un fou sur l'épaule de Keirran. Moutons, moutons !

17. Le cercle des fées

— Vous feriez bien de vous dépêcher, mes chéris, a annoncé Leanansidhe en entrant dans la salle à manger dans un tourbillon de tissu et de fumée. L'heure fatidique approche, du moins là où nous allons. Et ce soir sera une nuit de pleine lune, alors nous aurions tout intérêt à ne pas manquer le rendez-vous.

Elle m'a jeté un regard comme je m'éloignais dans un coin de la pièce, et elle a soupiré.

— Ethan, chéri, pourquoi ne t'assieds-tu pas pour manger ? Tu stresses mon petit personnel, à faire les cent pas continuellement.

Eh bien tant pis pour eux, ai-je pensé en mâchant un petit pain que j'avais pris sur la table au milieu de la pièce. Cette table était immense, et comportait assez de nourriture pour ravitailler une armée entière, mais je n'arrivais pas à m'y asseoir. Keirran et Kenzie avaient pris place l'un en face de l'autre et bavardaient paisiblement en me lançant parfois des regards inquiets, tandis que Rasoir gambadait entre les plats, renversant de la nourriture un peu partout. Plusieurs bonnets-rouges en tenue de majordome et nœud papillon rose allaient et venaient pour nettoyer derrière lui — avec l'air de vouloir trancher la tête du gremlin. Je gardais un œil sur eux chaque fois qu'ils s'approchaient de Kenzie, prêt à bondir en cas de besoin. Ils me faisaient penser à la bande qui m'avait pourchassé dans la bibliothèque et qui avait fini par y mettre le feu, provoquant mon expulsion de l'établissement. S'ils avaient le moindre geste menaçant envers Kenzie, ne serait-ce qu'un mauvais regard, ils n'allaient pas tarder à recevoir une assiette en porcelaine de Chine sur la tête.

— Ethan, m'a dit Leanansidhe avec fermeté, tu vas finir par user ma moquette. *Assieds-toi.*

Elle a désigné une chaise du bout de son fume-cigarette.

— Mes larbins ne vont mordre personne, et je n'ai pas envie de te transformer en harpe pour le reste de la soirée. *Assis.*

De mauvaise grâce, j'ai pris une chaise à côté de Kenzie et me suis installé sans quitter des yeux le plus gros des bonnets-rouges, qui avait un hameçon dans le nez. Il a ricané en montrant les dents, mais Rasoir a renversé un plateau de fruits à ce moment-là, et le bonnet-rouge a repris son ouvrage en jurant. Leanansidhe a levé les mains au ciel.

— Keirran, mon lapin. Ton gremlin ! *S'il te plaît*, fais en sorte qu'il se tienne tranquille.

La reine des Exilés s'est pincé l'arête du nez et a poussé un profond soupir.

— C'est encore pire que d'avoir Robin Goodfellow chez moi, a-t-elle murmuré alors que Kenzie frappait dans ses mains, attirant immédiatement Rasoir sur ses genoux. Bon, écoutez, mes chéris. Quand vous aurez terminé, Annwyl vous montrera le chemin jusqu'au passage. Retrouvez-la dans le grand hall, et elle vous guidera dans le sous-sol. Si vous avez des questions au sujet du rituel, je suis sûre qu'elle pourra y répondre.

Keirran a relevé les yeux en entendant le nom d'Annwyl, et Leanansidhe lui a souri.

— Je ne suis pas tout le temps une harpie sans cœur, chéri. En outre, vous me faites penser à un autre petit couple, tous les deux, et *j'adore* cette ironie du sort.

Elle a claqué des doigts et tendu son fume-cigarette à un bonnet-rouge qui a accouru.

— Pour l'heure, je dois rencontrer un djinn au sujet d'une nouvelle disparition, alors ne m'attendez pas, mes petits. Oh ! et, Kenzie, chérie, je voulais te dire : quand tu auras fini le rituel, il se peut que tu te sentes bizarre pendant un moment.

— Comment ça, *bizarre* ?

— Rien qui doive t'inquiéter, ma colombe.

La reine des Exilés a agité une main.

— Ce sera juste dû au fait que notre contrat est validé. Je vous retrouve bientôt — mais pas trop vite, j'espère.

Elle m'a regardé dans les yeux en disant cela, avant de tourner les talons dans un tourbillon étincelant.

— *Ciao*, mes chéris !

Une fois la reine partie, Annwyl est entrée dans la pièce sans poser les yeux sur nous.

— Leanansidhe m'a demandé de vous accompagner au cercle des fées cette nuit, nous a-t-elle dit de sa voix musicale, toujours en regardant droit devant elle. Nous pouvons partir dès que vous serez prêts, mais le rituel a lieu à minuit, alors ne tardez pas à...

Elle s'est interrompue comme Keirran repoussait sa chaise pour s'avancer vers elle. Il a pris la main d'Annwyl, l'a emmenée vers la table et a tiré la chaise près de la sienne, pendant que Rasoir ricanait et faisait de petits signes à la fée depuis les genoux de Kenzie.

— Je ne devrais vraiment pas être là, a dit Annwyl en s'asseyant avec précaution.

Ses yeux verts ont balayé la pièce comme si elle craignait que la reine des Exilés soit cachée dans un coin, en train de l'écouter.

— Si Leanansidhe l'apprend…

— Elle réglera ça avec moi, l'a coupée Keirran en reprenant place dans sa chaise. Ce n'est pas parce que tu es ici que Leanansidhe doit te traiter comme une servante.

Il a soupiré, et son expression s'est assombrie pendant un instant.

— Je suis désolé. Je sais que l'Arcadie te manque. J'aimerais que tu puisses être ailleurs.

— Ne t'en fais pas, Keirran.

Annwyl lui a souri, malgré son expression mélancolique.

— Eviter Leanansidhe n'est pas pire qu'éviter la reine Titania quand elle est de mauvaise humeur. C'est plutôt à moi de m'inquiéter pour toi. Je ne veux pas que tu passes tous ses caprices à Leanansidhe à cause moi.

Keirran a contemplé son assiette.

— Si Leanansidhe me demandait de combattre un dragon pour assurer ta sécurité, a-t-il dit de sa voix posée et sincère, j'irais jusqu'aux Grands Abîmes pour affronter Tiamat en personne.

— Depuis combien de temps vous connaissez-vous ? a demandé Kenzie tandis que je gardais le nez baissé au-dessus de ma tasse de café.

Ces deux-là sont embarqués dans une histoire impossible, ils feraient bien de s'en rendre compte et de passer à autre chose…

Keirran lui a jeté un regard furtif et lui a souri.

— Je ne sais pas trop, a-t-il répondu en haussant les épaules. C'est dur à dire exactement, surtout en années humaines.

— Nous nous sommes rencontrés à Elysium, a ajouté Annwyl. A la veillée de la Saint-Jean, quand Oberon recevait. J'avais été choisie pour présenter une danse en l'honneur des dirigeants des cours. J'ai vite remarqué que le fils de la reine de Fer ne m'avait pas quittée des yeux pendant tout ce temps.

— Je me souviens de cette danse, a dit Keirran. Tu étais tellement belle. Mais quand j'ai essayé de te parler, tu t'es enfuie.

Il nous a adressé un petit sourire désabusé.

— Aucun membre des cours d'Eté ou d'Hiver ne veut parler au prince du royaume de Fer. J'empoisonnerais sûrement leur sang en dégageant des vapeurs toxiques par le nez, ou un truc dans le genre. Annwyl a même lancé une troupe d'ondines à mes trousses quand je visitais l'Arcadie. J'ai bien failli me noyer !

Annwyl a rougi.

— Mais ça n'a pas suffi à te dissuader, n'est-ce pas ?

— Et alors, comment es-tu arrivée ici ? lui ai-je demandé, relevant la tête.

Keirran a plissé les yeux.

— Décision de la cour d'Eté, a-t-il répondu pour elle, les sourcils froncés. Une des nobles était jalouse de la proximité d'Annwyl avec Titania, du fait qu'elle soit sa favorite ; elle a lancé une rumeur comme quoi Annwyl était plus belle, plus gracieuse et plus douée que la reine de l'Eté elle-même — et qu'Oberon finirait bien par s'en rendre compte.

J'ai fait la moue.

— J'imagine que ça ne s'est pas bien terminé.

— C'est remonté aux oreilles de Titania, évidemment.

Annwyl a poussé un soupir.

— A ce moment-là, la rumeur avait tellement circulé qu'on ne pouvait même plus savoir qui l'avait lancée. La reine était furieuse et, malgré mon déni, elle craignait toujours que je ne finisse par lui voler l'attention de son mari.

— Et donc, elle t'a bannie, ai-je marmonné. Oui, ça lui ressemble assez.

— Elle t'a *bannie* ? a répété Kenzie avec indignation. Juste parce que quelqu'un avait déclaré que tu étais plus jolie qu'elle ? C'est totalement injuste ! Et les autres dirigeants, ils ne peuvent rien faire contre ça ? Tu es le prince du royaume de Fer, a-t-elle dit en regardant Keirran. Tu ne peux pas demander à la reine de Fer d'intervenir ?

Keirran a fait la grimace.

— Euh, je ne suis pas vraiment censé être ici, a-t-il expliqué avec un petit sourire en coin. Si les autres cours apprennent que je fréquente la reine des Exilés, ça risque de ne pas leur plaire *du tout*. Ils ont tous peur qu'elle me mette des idées perfides en tête, ou qu'elle m'utilise pour faire de l'ombre aux autres dirigeants. Mais…

Son regard s'est durci, et l'ombre de son père s'est lue sur ses traits, le rendant plus féerique que jamais.

— Je me moque de ce que disent les cours. Annwyl ne devrait pas souffrir juste parce que Titania est d'une jalousie maladive. J'ai donc demandé à Leanansidhe de me faire une faveur en la laissant rester ici, avec les autres Exilés. Ce n'est certes pas l'idéal, mais c'est tout de même mieux que de rester dans le monde réel.

— Pourquoi ? a interrogé Kenzie.

— Parce que les fées bannies dans le monde réel, sans moyen de rentrer, finissent par dépérir, a répondu gravement Annwyl. C'est la raison pour laquelle l'exil est si terrifiant. Coupés du pays de Nulle Part, entourés de fer, de technologie et d'humains qui ne croient plus en la magie, nous nous étiolons lentement, jusqu'à cesser totalement d'exister.

— Sauf les fées de Fer, ai-je précisé en regardant Keirran. Donc, tu ne serais pas en danger.

— Oui, et parce que je suis en partie humain, a-t-il complété. Tu as raison : le fer ne me fait rien. Mais pour une fée de l'Eté…

Il a tourné des yeux inquiets vers Annwyl. Inutile d'en dire davantage.

Elle a aussitôt protesté :

— Je ne suis pas si vulnérable que ça, prince Keirran, lui a-t-elle fait avec un petit sourire. A t'entendre, on jurerait que je suis aussi fragile qu'une aile de papillon. Je te rappelle que j'observais les druides effectuer leurs rituels sous la pleine lune bien avant que tes ancêtres ne posent un pied sur ce territoire. Je ne risque pas de m'envoler au premier coup de vent qui soufflera sur le monde mortel. A ce propos, a-t-elle ajouté en se levant de table, nous devrions y aller. Il sera bientôt minuit, là où nous nous rendons. Je vais vous montrer le chemin.

J'ai suivi Annwyl, Keirran et Kenzie dans l'immense souterrain de chez Leanansidhe, fermant la marche pour pouvoir surveiller les créatures tapies dans l'ombre. Annwyl nous avait prévenus qu'il pourrait faire froid quand nous sortirions du passage, et Kenzie portait une veste de laine « empruntée », deux fois trop grande pour elle. Annwyl avait proposé d'en trouver une pour moi, déclarant que Leanansidhe avait des tonnes de vêtements humains qui ne lui feraient jamais défaut, mais j'avais refusé, ne voulant pas contracter de dette envers elle ou sa maîtresse. Comme d'habitude, j'avais mes bâtons de kali avec moi, au cas où nous ferions une mauvaise rencontre. Ils commençaient cependant à légèrement se fendre. *Si j'avais su…* J'aurais bien eu besoin de la solide lame d'acier que j'avais laissée à la maison.

Et puis, il y avait la « transformation » de Kenzie. Etais-je prêt pour ça ? Ou, plus important : *Kenzie* était-elle prête pour ça ? J'avais toujours considéré la Vision Absolue comme une malédiction, quelque chose que je détestais et qui me faisait peur. Cela ne m'avait attiré que des ennuis.

Mais, apparemment, Kenzie considérait cette particularité comme un don, une chose pour laquelle elle était prête à prendre des risques, et qui valait bien un petit morceau de sa vie. Cela me stupéfiait. Les fées étaient des manipulatrices indignes de toute confiance et dangereuses, je l'avais toujours su. Comment pouvions-nous les considérer si différemment elle et moi ? Et comment allais-je pouvoir la protéger une fois qu'*elles* se rendraient compte que Kenzie possédait elle aussi la Vision Absolue ?

Attends un peu. Pourquoi penses-tu à ce genre de choses ? Qu'as-tu fait de ta promesse de la tenir à l'écart de ta vie ? Je me suis senti mal à l'aise face à mes propres doutes, mais mes pensées ont poursuivi leur cours. *Tu ne peux pas la protéger. Une fois que tu auras retrouvé Todd et que tu seras rentré, elle retournera dans son monde, et toi dans le tien. Tous ceux que tu fréquentes finissent par souffrir, tu te souviens de ça ? La meilleure protection à offrir à quelqu'un, c'est de ne pas s'en approcher.*

D'accord, mais les choses étaient différentes, maintenant. Kenzie allait avoir la Vision Absolue. Elle serait entraînée malgré elle dans mon univers déjanté, et elle allait avoir besoin de quelqu'un pour lui apprendre les tenants et les aboutissants de la Faérie.

Ne te raconte pas d'histoires, Ethan. Tout ça, ce n'est qu'une excuse pour continuer à la voir. Reconnais-le : tu n'as pas envie qu'elle disparaisse de ta vie.

Oui… et alors ?

— Nous y sommes, a annoncé Annwyl en s'arrêtant devant une large voûte de pierre flanquée de deux gargouilles portant des torches. Le cercle n'est pas loin. Derrière cette porte se trouvent des bois, puis une étendue de lande, avec le cercle des fées au milieu d'un petit bosquet. Ça ne sera pas long, maintenant.

Elle a avancé, mais Keirran l'a attrapée par le poignet.

— Annwyl, lui a-t-il dit comme elle se retournait. Peut-être devrais-tu rester ici, a-t-il suggéré en regardant sa fine main blanche. Nous trouverons bien le cercle tout seuls.

— Keirran…

— Si ces choses rôdent dans les parages…

— Je suis sûre que tu me protégeras. Et je ne suis pas totalement sans défense, non plus.

— Mais…

— *Keirran.*

Annwyl s'est approchée pour poser une main sur sa joue.

— Je ne vais pas pouvoir me cacher chez Leanansidhe éternellement.

Il a souri, couvrant sa main pâle de la sienne.

— Je sais. C'est juste que… je m'inquiète.

Il l'a lâchée, et a fait un geste vers l'arche.

— Dans ce cas, après toi.

Annwyl est passée sous la voûte et a disparu dans le noir, bientôt suivie de Keirran. J'ai regardé Kenzie, qui m'a souri.

— Tu es absolument certaine de ta décision ?

Elle a opiné du chef.

— Absolument.

— Tu sais, je vais sûrement traîner autour de toi pour le restant de tes jours, maintenant. Je vais devoir te harceler, t'observer en permanence à travers les rideaux et te suivre dans les couloirs, pour m'assurer que tout va bien.

— Ah oui ? m'a-t-elle fait en riant. C'est donc ça qu'il fallait que je fasse pour que tu cesses de me fuir ? J'aurais dû vendre ma vie à une fée plus tôt, alors !

J'avais du mal à comprendre comment elle pouvait plaisanter sur une chose aussi grave, mais je me suis forcé à sourire.

Et nous sommes passés sous l'arche.

Pour émerger entre deux rochers rectangulaires et monumentaux érigés au beau milieu d'un champ. Comme Annwyl nous l'avait indiqué, l'air était glacial de ce côté-ci du passage. Il balayait la lande et traversait sans peine mon vêtement, me donnant la chair de poule. Au-dessus de nous, le ciel était pur comme du cristal ; une énorme lune y brillait, éclairant tout le paysage en noir et blanc. De la petite colline où nous nous trouvions, qui descendait en pente douce sur la lande, nous pouvions voir à des kilomètres de distance.

— Waouh, a fait Kenzie. Là, je regrette vraiment de ne pas avoir mon appareil photo.

Du bout du doigt, Annwyl nous a désigné un bouquet d'arbres au pied d'une colline rocheuse.

— Le cercle est là, nous a-t-elle annoncé avec un bref coup d'œil vers le ciel. Et la lune est presque à son zénith. Nous devons nous dépêcher. Mais souvenez-vous, nous a-t-elle prévenus. Quand la pleine lune brille sur un cercle de fées, des créatures apparaissent pour danser. Nous ne serons pas seuls.

Nous avons donc commencé à descendre la pente, passant entre des ronces et des rochers tandis que le vent sifflait autour de nous, ce qui m'a fait frissonner de nouveau — mais pas seulement de froid. A mesure que nous nous rapprochions des arbres, j'entendais des bribes de musique portées par le vent ainsi que le murmure de nombreuses voix chantant à l'unisson. Mon cœur s'est accéléré et j'ai serré les poings, essayant d'ignorer les voix et le besoin soudain de les suivre qui m'appelait irrésistiblement vers le bosquet.

J'ai distingué bientôt du mouvement entre les troncs, et le chant s'est fait plus clair, plus persistant. Kenzie penchait la tête avec une expression intriguée, ai-je remarqué, comme si elle percevait tout juste un bruit dans le vent.

Craignant qu'elle ne s'éloigne de moi, captivée par la musique féerique, je lui ai pris la main et l'ai serrée dans la mienne. Elle m'a considéré avec surprise avant de me sourire et de presser ma paume. Nous avons avancé alors dans la forêt, marchant vers la musique et les lumières, jusqu'à ce que les arbres s'ouvrent sur une clairière pleine de fées.

La musique remplissait tout cet espace, sombre, envoûtante, et très attirante. J'ai dû mobiliser toute ma volonté pour ne pas rejoindre le groupe de danseurs surnaturels au centre de la clairière. Des sidhes d'Eté, grands, beaux et élégants, dansaient sous le clair de lune avec une grâce hypnotisante. Des pixies et des fées lumineuses voletaient dans les airs, telles d'énormes lucioles.

— Ethan, a murmuré Kenzie en observant la clairière. Il se passe quelque chose ici, non ? J'ai l'impression d'entendre de la musique, et…

Ses doigts ont serré les miens un peu plus fort.

— Je ne sais pas pourquoi, j'ai une furieuse envie d'aller au milieu de cette clairière.

J'ai suivi son regard. Entourant les danseurs, et semblant luire dans l'obscurité, un anneau d'énormes champignons vénéneux décrivait un cercle parfait au centre de la clairière. L'enceinte était immense — au moins dix mètres de large — et ininterrompue. Des rayons de lune filtraient à travers les branchages alentour, projetant des taches de lumière sur le sol à l'intérieur du cercle ; même moi, simple humain, je sentais que cet endroit était plein d'une magie puissante et ancienne.

— Ça m'appelle, a chuchoté Kenzie alors que les danseurs s'arrêtaient soudain pour braquer leurs regards inhumains sur nous.

Ils ont tendu les mains dans notre direction, et le besoin irrépressible de les rejoindre s'est de nouveau fait sentir. J'ai fait appel à toute ma volonté pour rester sur place, et serré la main de Kenzie avec force.

Keirran a levé un bras pour laisser Rasoir gambader sur une branche au-dessus de nous.

— J'espère qu'ils ne sont pas fâchés que nous interrompions leur danse, a-t-il murmuré. Restez là. Je vais aller leur expliquer la situation.

Je l'ai regardé avancer avec assurance vers les sidhes, lesquels l'attendaient avec un mélange variable de curiosité et de méfiance, selon les individus. Ils savaient qui il était, ai-je compris. On ne devait pas facilement oublier le fils de la reine de Fer, prince de la cour de Fer — surtout si son glamour pouvait vous être fatal.

Keirran s'est adressé paisiblement au cercle des danseurs, qui nous ont regardés puis ont souri d'un air entendu, avant de s'incliner.

Debout dans le cercle, Keirran s'est retourné et a tendu le bras vers nous.

— O.K., Kenzie, a-t-il lancé. Il est presque l'heure. Tu es prête ?

Elle m'a souri avec bravoure, a lâché ma main et s'est avancée. Elle a franchi la barrière de champignons, ne voyant pas les danseurs qui s'écartaient pour la laisser passer, et a marché d'un pas ferme jusqu'à Keirran, qui l'attendait au centre.

Je m'apprêtais à la suivre quand Annwyl m'a arrêté d'un geste.

— Tu ne peux pas y aller.

— Et puis quoi, encore ? ai-je rétorqué. Je ne la laisserai pas seule au milieu de toutes ces créatures.

— Seul le mortel qui souhaite avoir la Vision Absolue est autorisé à l'intérieur du cercle, a poursuivi calmement Annwyl. Sans quoi, le rituel ne fonctionnera pas. Ton amie doit le faire toute seule.

Elle m'a souri et m'a regardé avec bienveillance.

— Ne t'en fais pas. Tant que Keirran est là, il ne peut rien lui arriver.

Anxieux malgré tout, je suis donc demeuré au bord des champignons et j'ai regardé Kenzie se diriger vers la silhouette qui l'attendait au centre du cercle. Peut-être était-ce dû au clair de lune, ou à l'étrangeté du paysage, mais Keirran n'avait plus du tout l'air humain, désormais. Il avait tout d'un elfe brillant, luminescent, avec ses cheveux d'argent reflétant la faible lumière autour de lui, et ses yeux d'un bleu de glace scintillant dans l'obscurité. J'ai serré les poings sur mon bâton tandis que Kenzie s'approchait de lui ; elle paraissait bien petite et mortelle, en comparaison.

Keirran lui a souri et a subitement sorti un poignard dont la lame impressionnante a étincelé dans l'ombre, tel un croc acéré. Je me suis crispé encore plus. Il a tendu l'arme entre eux, pointe en l'air, même si le côté tranchant était toujours tourné vers elle.

— Du sang doit être versé pour que le bénéficiaire puisse recevoir la Vision Absolue, a chuchoté Annwyl tandis que les lèvres de Keirran bougeaient — probablement pour dire la même phrase à Kenzie. Pour toute chose donnée, une chose doit être prise. Mais quelques gouttes suffisent.

Kenzie a marqué un bref temps d'arrêt, puis elle a tendu une main vers la lame. Keirran maintenait l'arme parfaitement immobile. Je l'ai vue rassembler son courage et passer rapidement son pouce sur le tranchant affûté en réprimant une grimace. Des gouttes de sang sont tombées de la lame et de sa main, étincelant dans la lumière. Un soupir collégial a parcouru l'assemblée des fées lorsque les gouttes écarlates ont touché la terre, et j'ai frémi.

— Il ne reste plus qu'une étape, a murmuré Annwyl.

Kenzie a alors sorti la fiole de sa poche.

— Mais attention, a poursuivi la fée, si bas qu'on aurait cru qu'elle se parlait à elle-même, même si je savais que ces paroles m'étaient destinées, pour que je comprenne tout ce qui allait se passer — et que je n'intervienne pas.

— *La Vision Absolue marche dans les deux sens,* a-t-elle repris, ses lèvres bougeant à l'unisson de celles de Keirran. *Non seulement tu pourras voir les fées, mais elles pourront te voir également. Les habitants du monde caché savent toujours quels yeux peuvent percer le brouillard et le glamour, qui a la faculté de voir à travers le Voile, au cœur de la Faérie.*

Keirran a alors reculé d'un pas et a tendu une main comme pour appeler Kenzie vers lui.

— Si tu es prête à accueillir ce monde, à vivre dans cet entre-deux sans faire partie de l'un ou de l'autre, alors accomplis ta dernière tâche, et rejoins-nous.

Kenzie s'est retournée pour me regarder, le sang de sa main gouttant dans l'herbe. Attendait-elle que je saute dans le cercle pour l'en empêcher, ou voulait-elle juste voir ma réaction ? Peut-être cherchait-elle seulement un signe d'approbation de ma part. Mais je ne pouvais pas lui offrir ça, je mentirais si je disais le contraire. Je n'allais cependant pas l'en empêcher. Elle avait pris cette décision pour des raisons qui lui appartenaient ; maintenant, je n'avais plus qu'à la regarder faire et à essayer de la protéger.

Je suis parvenu malgré tout à faire un minuscule

hochement de tête ; il ne lui en a pas fallu davantage. Renversant la tête, elle a porté la fiole à ses lèvres et avalé son contenu en une gorgée.

Soudain, un coup de vent a soufflé sur la clairière, agitant les branches et couchant l'herbe. Il m'a semblé porter de faibles murmures, un mélange de mots prononcés trop vite pour être compréhensibles ; mais leur rumeur s'est évanouie avant que j'aie le temps de bien écouter. Au centre du cercle, Kenzie s'est alors mise à tituber, comme si elle luttait contre des vents furieux, et elle est tombée à genoux.

Je me suis élancé par-dessus les champignons, suis passé entre les fées qui ne me prêtaient aucune attention, pour venir m'agenouiller dans l'herbe à ses côtés. Elle portait une main à son cœur, haletante. Son visage était très pâle, et j'ai bien cru qu'elle allait perdre connaissance.

— Kenzie !

Je l'ai rattrapée comme elle tournait de l'œil, ouvrant la bouche sans proférer un son.

— Kenzie, ça va ? Qu'est-ce qui se passe ?

J'ai regardé Keirran, qui lui n'avait pas bougé d'un pouce, et j'ai gesticulé comme un beau diable.

— Keirran, que se passe-t-il ? Viens là et aide-moi !

— Ça va, m'a fait Kenzie en agrippant mon bras et en se redressant lentement.

Elle a pris une grande inspiration, et la couleur est revenue à ses joues, calmant un peu ma panique.

— Je vais bien, Ethan, ne t'en fais pas. C'est juste que… je n'arrivais plus à respirer, pendant quelques secondes. Qu'est-ce qui s'est passé ?

— C'est Leanansidhe, a dit Annwyl en rejoignant Keirran à quelques pas de nous.

Tous deux nous ont regardés avec solennité, incroyablement beaux et inhumains sous le clair de lune.

— La Muse Noire a encaissé son dû.

Une main glaciale m'a étreint le ventre. Mais Kenzie ne me regardait pas, pas plus que les autres. Bouche bée, elle s'est relevée doucement en découvrant le cercle des fées qui nous entouraient.

— Est-ce que… elles étaient là depuis le début ? a-t-elle murmuré.

Keirran lui a adressé un sourire un peu triste.

— Bienvenue dans notre monde.

Un sidhe de l'Eté vêtu d'un élégant costume de feuilles s'est avancé vers nous, ses cheveux dorés dénoués lui tombant dans le dos.

— Viens, a-t-il dit en tendant une main fine à Kenzie. Une mortelle dotée de la Vision Absolue, ça se fête. Ce soir, nous danserons pour toi. Prince Keirran…

Il a tourné la tête vers ce dernier à mes côtés.

— Avec votre permission…

Keirran a hoché la tête solennellement. La musique s'est élevée de nouveau, toujours aussi belle, envoûtante et surnaturelle. Les fées ont commencé alors à danser autour de nous, dans un ballet de couleurs et de membres gracieux. Et soudain, Kenzie s'est retrouvée au milieu de cette foule, entraînée loin de moi sans que je puisse l'arrêter. Les yeux brillants, elle s'est mise à danser parmi les fées.

J'ai voulu la rattraper, mais Keirran a tendu un bras devant moi.

— Tout va bien, m'a-t-il fait.

Je me suis tourné pour le regarder. Son visage était parfaitement calme.

— Laisse-la s'amuser. Il ne lui arrivera rien ce soir ; je te le promets.

Son dernier mot m'a frappé. Quand une fée prononçait le mot « promesse », elle s'engageait irrévocablement. Et si elle ne pouvait honorer cette promesse, elle risquait la mort. L'affaire était donc sérieuse. J'ignorais si le côté humain de Keirran le dispensait de cette règle, ou s'il le pensait réellement, mais je me suis efforcé de me détendre et j'ai regardé Kenzie bouger et tourner au milieu de ces danseurs irréels.

Le dépit m'a envahi de nouveau. Une partie de moi, assez importante, pour tout dire, avait envie d'aller chercher Kenzie et de l'arracher aux fées, à leur monde et à tout ce qui risquait de lui faire du mal. Je ne pouvais m'en empêcher. Les fées m'avaient tourmenté toute ma vie. Rien de bon n'était jamais sorti du fait de les voir, de les connaître. Ma propre sœur s'était aventurée dans leur monde, était devenue leur reine, et m'avait été enlevée à tout jamais par leur faute.

Et maintenant, voilà que Kenzie faisait elle aussi partie de ce monde.

— Coucou.

Je me suis retourné. Kenzie avait quitté le cercle et se tenait derrière moi, un rayon de lune caressant sa chevelure d'ébène. Elle ne portait plus sa veste, et ressemblait elle-même à un genre de fée, gracieuse et élancée, tout sourires. Mon souffle s'est coupé comme elle me tendait la main.

— Viens danser, m'a-t-elle proposé.

Je me suis écarté d'un pas.

— Non, merci.

— *Ethan*.

— Je ne veux pas danser avec les fées, ai-je protesté

en continuant de battre en retraite. Cela va à l'encontre de tous mes principes.

Kenzie a levé les yeux au ciel — et m'a entraîné de force, ignorant ma résistance.

— Il ne s'agit pas de danser avec les fées, m'a-t-elle dit alors que je rechignais encore, histoire de ménager ma dignité. Mais de danser avec *moi*.

— Kenzie…

— Gros dur…, m'a-t-elle coupé en m'attirant contre elle.

Mon cœur s'est emballé, et je l'ai regardée dans les yeux.

— Lâche-toi un peu. S'il te plaît. Pour moi.

J'ai capitulé avec un soupir résigné.

Et j'ai dansé avec les fées.

C'était facile, une fois qu'on se laissait aller. La musique féerique aurait envoûté n'importe qui, vous poussant immédiatement à fermer les yeux pour la laisser vous envahir. J'ai conservé malgré tout une once de vigilance en me déhanchant au centre du cercle avec Kenzie, tandis que des fées de l'Eté à la beauté inhumaine tournoyaient autour de nous.

Kenzie s'est approchée de moi et a posé la tête sur ma poitrine pendant que ses bras s'enroulaient autour de ma taille.

— Tu sais que tu te débrouilles bien ? m'a-t-elle murmuré alors que mon cœur battait la chamade contre son oreille. On t'apprend aussi à danser, au kali ?

— Seulement avec des bâtons et des couteaux, ai-je marmonné en essayant d'ignorer la chaleur qui se répandait dans mon ventre. Mais à mon ancienne école, par contre, on avait un cours de danse de salon obligatoire. Pour le diplôme de fin d'année, on était obligés de porter le costume réglementaire et de valser dans la salle de sport sous les yeux de toute l'école. Tu imagines…

— Waouh, a fait Kenzie en riant.

— Et ce n'est pas le pire. La moitié de la classe s'est déclarée malade ce jour-là — ça, c'était couru d'avance — et j'étais l'un des seuls garçons à être présent, alors bien sûr, ils m'ont fait danser avec tout le monde. Ma mère a encore les photos…

J'ai baissé les yeux vers elle.

— Si tu le répètes à qui que ce soit, je vais être obligé de te tuer.

Elle a étouffé un nouveau rire dans ma chemise. J'ai laissé mes mains posées sur ses hanches, sentant son corps onduler contre le mien. Tandis que la musique surnaturelle résonnait autour de nous, soudain j'ai su que si je ne devais retenir qu'un seul moment de cette soirée, ce serait celui-ci, précisément. Avec Kenzie tout près de moi, en train de danser sous les rayons de lune, aussi gracieuse qu'une fée.

— Ethan ?

— Oui ?

Elle a passé son doigt sur le tissu de ma chemise, au niveau de mes côtes, ignorant l'effet que cela me faisait.

— Et si on faisait cette interview maintenant ?

J'ai poussé un long soupir.

— Qu'est-ce que tu veux savoir ?

— Tu as dit que les gens autour de toi finissaient par souffrir, que je n'étais pas la seule à avoir été prise pour cible à cause de toi, a-t-elle poursuivi.

Mon estomac s'est noué d'un seul coup.

— Est-ce que… tu veux bien me dire ce qui s'est passé ? Qui était cette autre personne ?

J'ai fermé les yeux en bougonnant.

— Ce n'est pas une chose dont j'aime parler. Je suis passé par des années de cauchemars avant que ça ne cesse. Et je n'en ai parlé à personne, jamais…

— Justement, ça te ferait peut-être du bien, a dit Kenzie avec douceur. De t'ôter ce poids de la poitrine, je veux dire. Mais si tu ne veux pas, je comprendrai.

J'étais là, en train de la tenir dans mes bras au son de la musique, entouré de fées extatiques. *Et je me suis souvenu de ce jour* ; de l'horreur et de la peur que les gens découvrent la vérité ; de la culpabilité écrasante, sachant que je ne pourrais jamais en parler à personne. Kenzie allait-elle me détester si je le lui disais ? Comprendrait-elle enfin pourquoi je voulais garder mes distances ? Peut-être le moment était-il venu… de raconter ce qui s'était vraiment passé. Peut-être serait-ce un soulagement. De formuler enfin le secret qui me rongeait depuis des années. De le laisser enfin sortir.

Bon, allez, d'accord… Je me lance.

— C'était il y a environ six ans, ai-je commencé en déglutissant avec peine. Mes parents et moi, on venait juste de quitter notre petite ferme des marais pour emménager en ville. Ils élevaient des cochons, tu sais, avant qu'on n'arrive ici. Tiens, voilà un scoop pour ton interview : les parents du gros dur étaient des éleveurs de cochons.

Kenzie n'a pas répondu. J'aurais mieux fait de garder pour moi ma blague cynique.

— Bref, ai-je repris en serrant sa main pour m'excuser, j'ai rencontré une fille qui s'appelait Samantha. Elle habitait tout près de chez moi et on allait à l'école ensemble, alors on est devenus amis assez rapidement. J'étais super timide, à cette époque…

Kenzie a eu un petit rire, qui m'a fait sourire.

— … et Sam était assez affirmée, un peu comme quelqu'un d'autre, que je ne citerai pas.

Elle m'a pincé, m'arrachant un grognement.

— Et donc, en général, je la suivais là où elle voulait aller.

— J'ai un peu de mal à imaginer ça, a murmuré Kenzie avec un sourire en coin. Je me figurais plutôt un petit garçon maussade, tapant du pied et défiant tout le monde.

— Crois-le ou non, mais j'étais plutôt du genre docile à cet âge-là. Mon côté maussade et « incendiaire » est arrivé plus tard.

Kenzie a secoué la tête.

— Et alors, qu'est-ce qui s'est passé ? a-t-elle demandé doucement.

Je me suis rembruni.

— Sam était folle des chevaux, ai-je poursuivi en revoyant intérieurement la jolie rouquine, coiffée de son chapeau de cow-boy. Sa chambre était pleine de posters de chevaux et de poneys. Elle faisait des camps équestres tous les étés, et la seule chose qu'elle désirait pour son anniversaire était une pouliche appaloosa. On vivait en banlieue, il était donc impossible qu'elle ait un cheval dans son jardin, mais elle économisait quand même pour ça.

La paume de Kenzie s'est posée juste sur mon cœur, qui devait battre follement sous ses doigts.

— Et puis, un jour, ai-je repris, nous étions au parc, pour son anniversaire, et un petit cheval noir est soudain sorti des arbres. Je savais ce que c'était, évidemment. Il s'était déglamouré afin que Sam puisse aussi le voir, et il ne s'est pas enfui lorsqu'elle s'en est approchée.

— C'était une fée ? a murmuré Kenzie.

— Un phouka, ai-je répondu d'une voix sombre. Et il savait très bien ce qu'il faisait, vu la façon dont il me regardait. J'étais terrorisé. Je voulais partir retrouver les adultes, mais Sam n'a pas voulu m'écouter. Elle n'arrêtait pas de lui caresser l'encolure et de lui donner des bouts de pain à manger, et la bête se montrait tellement amicale que Sam était persuadée que c'était le poney de quelqu'un, qui s'était perdu. Bien entendu, c'est exactement ce que le phouka voulait qu'elle croie.

— Les phoukas, a dit Kenzie d'un air pensif. Je crois avoir lu quelque chose à leur sujet. Ils prennent la forme de chevaux ou de poneys pour attirer les gens sur leur dos, c'est ça ? Est-ce ce qui est arrivé à Sam ?

J'ai fermé les yeux.

— Je lui ai dit de ne pas le faire.

Ma voix est devenue tremblante.

— Je l'ai suppliée de ne pas le monter, mais elle m'a dit que je le regretterais si j'allais rapporter ça aux adultes. Et je n'ai rien fait. Je me suis contenté de la regarder l'attirer jusqu'à un banc de pique-nique et monter dessus comme elle le faisait avec n'importe quel cheval lors de ses camps d'été. Je savais ce que c'était — et je ne l'ai pas empêchée.

Un frisson m'a parcouru comme je me remémorais le moment où Sam était montée sur le dos du phouka ; il s'était alors retourné pour me regarder avec un des rictus les plus démoniaques que j'aie jamais vus.

— Dès qu'elle a été sur son dos, ai-je murmuré, il est parti comme une flèche. Il a détalé entre les arbres, pendant que j'entendais Sam pousser des hurlements de panique.

Kenzie a agrippé l'étoffe de mon vêtement.

— Est-ce qu'elle…

— On l'a retrouvée plus tard, dans les bois, l'ai-je coupée. A un peu plus d'un kilomètre de l'endroit d'où elle était partie. Elle était encore vivante, mais…

Je me suis interrompu et j'ai pris une grande inspiration pour m'éclaircir la voix.

— Mais sa colonne vertébrale avait été brisée. Elle était paralysée à partir de la taille.

— Oh ! Ethan…

— Ses parents ont déménagé, après ça.

Je parlais désormais d'un ton plat, et ma voix m'a paru être celle d'un étranger.

— Sam ne se souvenait pas du poney noir. C'est une autre manie des fées — effacer les souvenirs, et souvent les gens oublient ce qui s'est passé. Personne ne m'a accusé, bien sûr. Ce n'était qu'un horrible accident ; sauf que… moi, je savais que non. Je savais que si je m'étais un peu plus opposé à elle, j'aurais pu la sauver. Sam aurait été fâchée contre moi, mais elle serait encore en bonne santé, à l'heure qu'il est.

— Ce n'…

— Ne me dis pas que ce n'était pas de ma faute, ai-je maugréé.

Ma gorge s'est brutalement serrée, et ma vision est devenue floue. J'ai lâché Kenzie et je me suis détourné, ne voulant pas qu'elle me voie craquer.

— Je savais ce qu'était cette *chose*, ai-je grincé, et elle était là à cause de moi, pas de Sam. J'aurais pu m'interposer physiquement pour l'empêcher de monter sur le phouka, seulement je ne l'ai pas fait, parce que j'avais peur qu'elle ne m'aime plus. Tous ses rêves de monter son propre cheval, de participer à des rodéos, ont été brisés d'un coup. Parce que j'ai eu trop peur pour agir.

Kenzie restait silencieuse, mais je sentais son regard sur moi. Autour de nous, les danseurs continuaient leur transe féerique et hypnotique, mais je ne voyais plus leur beauté. Je ne voyais plus que Sam, la façon dont elle riait, dont elle sautillait sans cesse, toujours en mouvement. Plus jamais elle ne courrait, ne se promènerait dans les bois et ne monterait ses chevaux adorés. *A cause de moi.*

— Voilà pourquoi je ne peux laisser personne m'approcher, ai-je dit d'une voix rauque. Si Sam m'a appris une chose, c'est bien que je ne peux pas me permettre d'avoir des amis. Je me fiche que les fées s'en prennent à moi — j'ai passé ma vie à les éviter. Le problème, c'est qu'elles ne se satisfont pas de me pourrir la vie. Elles s'attaquent aussi à ceux que j'aime. C'est comme ça. Et je ne peux rien y faire. Je ne peux protéger que ma famille et moi-même, alors il vaut mieux que les autres me laissent tranquille. Comme ça, personne ne souffrira.

— Sauf toi.

— Oui.

J'ai soupiré et me suis frotté le visage d'une main.

— Juste moi. Ça, je peux faire avec.

Une sensation oppressante que je ne connaissais que trop bien s'est répandue dans ma poitrine — l'expression physique de mon désarroi et de mon impuissance. Parce que je ne pouvais rien faire d'autre que regarder les gens autour de moi devenir des cibles, puis des victimes.

— Mais… maintenant, ai-je repris, tu es là. Et…

Les bras de Kenzie se sont glissés autour de ma taille, par-derrière, me faisant sursauter. Sa joue est ensuite venue se coller contre mon dos.

— Et tu as peur que je finisse comme Sam, a-t-elle murmuré.

— Kenzie, s'il t'arrivait quelque chose à cause de moi…

— Arrête ça.

Elle m'a secoué doucement.

— Ethan, tu ne peux pas contrôler ce qu'elles font, m'a-t-elle dit avec fermeté. Arrête de culpabiliser. Les fées joueront leur sales tours que tu les voies ou non. Elles ont toujours tourmenté les humains, c'est bien ce que tu m'as dit ?

— Oui, mais…

— Il n'y a pas de « mais ».

Elle m'a encore secoué, parlant avec conviction.

— Ce n'est pas toi qui as fait monter ton amie sur le phouka. Tu as essayé de la mettre en garde. Ethan, tu n'étais qu'un gamin en face d'une fée. Tu n'as rien fait de mal.

— Et toi, alors ? ai-je lancé d'une voix rocailleuse. Tu vois, je t'ai entraînée dans cette galère. Tu ne serais même pas là si je n'avais pas…

— Je suis ici parce que je le veux, a tranché Kenzie d'un ton calme et déterminé. Tu l'as dit toi-même : j'aurais pu rentrer quand je le voulais. Mais je suis restée. Et tu ne vas pas m'exclure de ta vie. Pas maintenant. Parce que quoi que tu penses, même si tu prétends que tu veux rester seul et qu'il vaut mieux pour tout le monde que tu gardes tes distances, tu ne peux pas traverser de telles choses tout seul.

Ses bras se sont resserrés autour de moi, et sa voix a baissé jusqu'au murmure.

— Je reste. Je suis là, et je ne vais nulle part ailleurs.

Je suis resté muet pendant quelques secondes, certain que j'allais fondre en larmes si j'avais le malheur d'ouvrir la bouche. Kenzie s'est tue également, et nous sommes restés ainsi un petit moment, ses bras noués autour de ma taille, son corps serré contre le mien. Les fées tourbillonnaient toujours autour de nous, mais elles n'étaient plus que de lointains mirages, en cet instant. La seule chose réelle était la fille collée dans mon dos.

Et puis, lentement, je me suis retourné entre ses bras. Elle a levé les yeux vers moi, les mains toujours entrelacées sur mes reins, me retenant prisonnier. Et d'un coup, j'ai su que je ne voulais plus bouger, que j'étais heureux comme ça, coincé au beau milieu d'un cercle de fées jusqu'à ce que le soleil se lève et chasse le Petit Peuple, leur musique et leur glamour. Du moment qu'elle était là.

J'ai passé une main dans ses cheveux et caressé son visage. Elle a fermé les yeux. Mon cœur battait à tout rompre tandis qu'une petite voix en moi me disait de ne pas le faire, de ne pas aller plus loin. Sinon, *elles* allaient lui faire du mal, la manipuler pour m'atteindre. Mais je ne pouvais plus combattre, et j'en avais assez d'essayer. Kenzie avait été suffisamment courageuse pour affronter les fées avec moi, et elle ne m'avait jamais fait faux bond. Peut-être était-il temps de cesser de vivre dans la peur… et de vivre, tout court.

Alors j'ai glissé mon autre main derrière sa tête et penché doucement la mienne…

Quand un signal d'alarme m'est brusquement parvenu au niveau de la nuque — ce frisson caractéristique et froid qui me descendait jusque dans le dos. J'ai tenté de ne pas en tenir compte, mais des années de vigilance paranoïaque, devenue presque un sixième sens, m'indiquaient clairement que j'étais observé ; et je ne pouvais l'ignorer si facilement.

Jurant dans ma barbe, j'ai relevé la tête et scruté la clairière, essayant de distinguer ce qui se trouvait dans l'ombre des arbres, par-delà les danseurs.

A la limite de la végétation, au-dessus des fées en transe, deux yeux dorés brillaient dans l'obscurité, braqués sur nous.

En un clin d'œil, ils avaient disparu.

J'ai étouffé un nouveau juron, maudissant cette interruption. Kenzie a ouvert les yeux et a redressé la tête pour regarder l'emplacement, désormais vide.

— Tu as vu quelque chose ?

J'ai soupiré.

— Oui.

Je me suis écarté à contrecœur, déterminé malgré tout à reprendre ce tête-à-tête — mais plus tard. Kenzie a paru déçue, mais n'a pas protesté.

— Viens. Avant qu'il ne trouve aussi les autres.

Je lui ai pris la main et nous sommes sortis du cercle en nous frayant un chemin au milieu des fées. Entre les premiers arbres, j'ai aperçu Keirran et Annwyl, qui nous tournaient le dos.

— Keirran ! ai-je appelé en me mettant à courir, Kenzie sur mes talons.

Il ne s'est pas retourné ; je lui ai tapoté l'épaule en m'arrêtant à côté de lui.

— Hé, écoute, on a de la visite… *Ah.*

— Quel plaisir de te revoir, humain, a ronronné une voix sur une branche en hauteur.

Grimalkin a reniflé et nous a regardés Kenzie et moi en souriant.

— C'est amusant de vous trouver ici. La reine est assez en colère — contre vous deux.

18. Les fées de Central Park

Keirran a fait la grimace.

— Qu'est-ce que tu fais là, le chat ? ai-je demandé d'un ton abrupt.

Grimalkin a lentement tourné son regard ennuyé vers moi.

— Si tu es venu pour nous ramener à Meghan, tu peux aller te brosser. On ne viendra pas.

Il a bâillé et s'est assis pour se gratter une oreille.

— Comme si je n'avais rien de mieux à faire que de jouer les nounous pour deux mortels capricieux, a-t-il soupiré. Non : la reine m'a simplement demandé de vous retrouver pour voir si vous étiez encore en vie. Et pour s'assurer que vous n'étiez pas tombés dans le nid d'un dragon ou dans un grand trou noir, comme vous autres, humains, êtes tellement enclins à le faire.

— On n'a pas besoin de baby-sitter, ai-je dit en croisant les bras. On se débrouille très bien tout seuls.

— Ah oui ?

Grimalkin a froncé ses moustaches.

— Et où comptes-tu aller après ça, humain ? Retourner chez Leanansidhe ? Je viens de m'y rendre, et elle te dira la même chose que moi.

Il a bâillé de nouveau et s'est étiré sur la branche en arquant sa queue au-dessus de son dos, nous faisant attendre. Il s'est ensuite rassis et a levé une patte pour commencer à la lécher lentement. J'ai pianoté du bout des doigts sur mon bras, commençant à m'impatienter. Quand Meghan m'avait confié quelques anecdotes au sujet du cait sith, j'avais toujours pensé qu'elle exagérait. Maintenant, je savais que non.

— Leanansidhe a une piste qu'elle aimerait que vous exploriez, a-t-il enfin annoncé, alors que je me retenais de lui lancer une pierre. Il y a eu de nombreuses disparitions du côté de Central Park, à New York. Elle pense qu'il serait prudent de chercher par là, au cas où vous pourriez trouver quelque chose d'intéressant. Si tant est que vous puissiez trouver quoi que ce soit.

— New York ?

Kenzie a froncé les sourcils.

— Pourquoi là-bas ? Je croyais que les fées avaient tendance à fuir cet endroit, à cause de toute sa fréquentation et de l'abondance de fer.

— C'est le cas, en effet, a répondu le chat avec un hochement de tête. Cependant, Central Park détient une des plus fortes concentrations d'Exilés au monde. De nombreux demi-sang viennent aussi de là-bas. C'est une petite oasis au milieu d'une vaste population d'humains. Il y a également plus de passages dans Central Park que vous ne sauriez l'imaginer.

— Et comment est-on censés passer de l'Irlande à New York ?

Grimalkin a soupiré.

— On aurait pu croire que je n'aurais pas à expliquer perpétuellement les mêmes choses aux humains, mais non, a-t-il dit avec un dépit affiché. Ne t'inquiète pas, humaine. Leanansidhe et moi en avons déjà parlé. Je vous guiderai là-bas, après quoi vous pourrez vous promener à votre guise, autant qu'il vous plaira.

Rasoir s'est soudain mis à s'agiter sur l'épaule de Keirran, et a craché en direction de Grimalkin.

— Vilain minou ! s'est-il écrié, faisant sursauter son maître. Méchant, méchant minou, sournois ! Mordre sa queue ! Arracher ses griffes ! Brûler, brûler !

Il sautait avec fureur sur l'épaule de Keirran, qui a posé une main sur sa tête pour le calmer.

— Et ma mère ? a-t-il demandé par-dessus les crachements intempestifs de Rasoir et quelques nouveaux « méchant minou ! » N'attend-elle pas que tu rentres à la cour de Fer ?

— La reine m'a demandé de vous retrouver, et je l'ai fait.

Grimalkin s'est gratté une oreille, aucunement perturbé par les menaces de torture du gremlin.

— En outre, elle sait bien que je ne pourrai pas vous ramener contre votre gré. Même si… le prince consort a utilisé l'expression *mettre sous les verrous*, à un moment donné.

Je n'en étais pas sûr, mais il m'a semblé voir Keirran se tendre imperceptiblement. Et Rasoir a émis un bourdonnement qui ressemblait fort à de l'inquiétude.

— Bon, si nous en avons terminé avec les questions inutiles…

Grimalkin a sauté sur une branche plus basse et a agité sa queue en nous considérant d'un œil amusé.

— Et si vous avez tous fini de danser sous la lune, je vous emmène jusqu'à votre destination. Nous allons devoir repasser par le sous-sol de Leanansidhe, mais elle possède plusieurs passages vers New York, en raison de la somme d'affaires qu'elle gère là-bas. Et laissez-moi vous dire qu'elle n'est pas très heureuse de toutes les disparitions signalées dans sa ville préférée, alors dépêchez-vous.

— Là, maintenant ?

— Je ne vois pas l'intérêt de me répéter, humain, a lancé Grimalkin avec un regard hautain dans ma direction. Suivez-moi ou pas, comme bon vous semble. Pour moi, ça ne change rien.

Je n'étais jamais allé à Central Park ni à New York, même si j'en avais vu des images à la télé ou sur internet, comme tout le monde. Conformément aux vues aériennes, le parc s'avérait assez incroyable : c'était un immense rectangle de nature entouré de bâtiments, de routes, de gratte-ciel et de millions de gens. On y trouvait des bois, des champs, et même quelques lacs, tout cela en plein cœur d'une des plus grandes villes du monde. Sacrément impressionnant.

Pas étonnant que les fées y aient trouvé un refuge de choix.

Le crépuscule approchait lorsque nous avons franchi une nouvelle arche dans le donjon de Leanansidhe, pour arriver sous un pont de pierre au milieu des arbres. A première vue, il était difficile de croire que nous nous trouvions dans une ville comptant des millions d'habitants. Tout était calme, avec le soleil se couchant à l'ouest et les oiseaux gazouillant encore sur les branches. Quelques secondes plus tard, en revanche, il est devenu clair que nous n'étions pas en pleine nature. La lande irlandaise était parfaitement silencieuse ; on pouvait rapidement y avoir l'impression d'être seul au monde. Mais ici, malgré le calme qui précédait l'arrivée de la nuit, on pouvait tout de même entendre le son des sirènes et de la circulation, filtrant à travers la végétation.

— O.K., ai-je dit en regardant Grimalkin qui trottait jusqu'à un morceau de bois renversé pour s'y poster. On y est. Et maintenant, on va où ?

Le chat s'est assis et a léché la rosée sur ses pattes.

— A toi de voir, humain, m'a-t-il répondu. Je ne peux pas t'assister au moindre de tes pas. Je vous ai emmenés à destination, mais ce que vous ferez ensuite n'est pas mon problème.

Il s'est passé une patte sur les oreilles et s'est nettoyé les moustaches avant de continuer.

— D'après Leanansidhe, il y a eu plusieurs disparitions à Central Park. Vous êtes donc dans le bon endroit pour… faire ce que vous êtes venus faire.

Il se fichait de nous, là !

— Tu es au courant que Central Park fait plus de trois cent quarante *hectares* ? Comment veux-tu qu'on s'y prenne ?

— Certainement pas en restant à geindre devant moi, en tout cas.

Grimalkin a bâillé et s'est étiré en arrondissant sa queue.

— Bon, j'ai des choses à faire, a-t-il déclaré en sautant de son morceau de bois. Nous nous séparons ici. Si vous trouvez quelque chose d'intéressant, revenez à ce pont : il vous ramènera chez Leanansidhe. Et essayez de ne pas vous perdre, humains. Cela commence à devenir lassant de vous chercher partout.

Il a agité sa queue en panache et s'est éloigné, sautant par-dessus un talus avant de disparaître dans les taillis.

J'ai regardé Kenzie et les autres.

— Quelqu'un a une idée ? A part déambuler au hasard dans un parc géant, je veux dire.

A ma grande surprise, c'est Annwyl qui a répondu :

— Je suis venue ici plusieurs fois par le passé, a-t-elle dit. Je crois me souvenir qu'il y a quelques lieux de prédilection pour les fées. On pourrait commencer par là ?

— Ça me semble pas mal.

J'ai hoché la tête et tendu un bras vers le sentier.

— Montre-nous le chemin.

Effectivement, Central Park était immense — un monde en soi, pourrait-on dire. Nous avons suivi Annwyl sur des sentiers de forêt sinueux, sur de larges allées goudronnées bordées d'arbres, et à travers une immense pelouse où flânaient encore des gens, jouant au ballon ou simplement assis sur des couvertures, à regarder les étoiles se lever.

— C'est bizarre, a murmuré Annwyl alors que nous passions près d'un couple d'amoureux. Habituellement, il y a toujours quelques fées sur la pelouse pendant le crépuscule — c'est un de nos endroits préférés pour danser. Mais là, on ressent un vide étrange.

Un courant d'air a soufflé sur l'étendue d'herbe, et elle a refermé ses bras sur elle en frissonnant. Keirran l'a prise par les épaules pour la serrer contre lui.

— J'ai peur de ce que nous pourrions trouver.

— Nous n'avons rien trouvé pour le moment, Annwyl, lui a-t-il dit doucement.

— Je sais, a-t-elle acquiescé.

Nous avons poursuivi notre chemin sur la pelouse et nous sommes passés devant une grande scène de plein air, dressée sur la rive d'un lac. Tout près de là, une statue représentait deux amants enlacés pour l'éternité. Annwyl a fait une nouvelle halte et a contemplé les lieux comme si elle s'attendait à y voir quelqu'un.

— Shakespeare, dit-elle dans un soupir mélancolique. J'ai vu *Le Songe d'une nuit d'été* ici, une fois. C'était incroyable — jamais le Voile entre les deux mondes n'avait été aussi fin. Il y avait tellement d'humains presque prêts à croire en nous.

Elle a secoué la tête, et son visage s'est assombri.

— Il y a vraiment quelque chose qui cloche. Nous n'avons vu aucun Exilé, aucun demi-sang, personne. Que s'est-il passé ici ?

— Il faut continuer à chercher, a dit Kenzie. Il doit bien y avoir quelqu'un qui sait ce qui se passe. Connais-tu un autre endroit où nous pourrions aller ?

Annwyl a hoché la tête.

— Un dernier endroit, oui, a-t-elle murmuré. Et si nous n'y trouvons personne, alors c'est que nous n'en trouverons nulle part. Suivez-moi.

Elle nous a emmenés sur un autre chemin qui serpentait dans un joli paysage de fleurs et de plantes. Des barrières et des bancs de bois de style rustique bordaient le chemin, le long duquel quelques fleurs à éclosion tardive surgissaient de la végétation. Le mot *pittoresque* m'est venu à l'esprit tandis que nous suivions Annwyl dans ces jardins luxuriants. Pittoresque, et charmant, même. Je me suis cependant abstenu de partager mon impression avec les autres. Keirran et Annwyl étaient des fées, et Kenzie était une fille ; il était donc normal qu'ils remarquent eux aussi ce genre de chose. Mais en tant que représentant du sexe fort, je préférais m'abstenir de tout commentaire sur l'art floral déployé ici.

— Où sommes-nous ? ai-je plutôt demandé. Comment s'appelle cet endroit ?

Annwyl s'est arrêtée au pied d'un arbre entouré d'une clôture de bois, et qui était encore en fleur malgré le temps frais.

— Ceci, nous a-t-elle expliqué en levant les yeux vers les branches, est le Jardin de Shakespeare. L'humain le plus célèbre dans notre monde. Nous venons dans ce lieu pour honorer ce grand poète, ce mortel qui a rouvert l'esprit des gens à la magie. Qui leur a permis de se souvenir de nous.

Elle a tendu une main vers l'arbre et a effleuré délicatement une feuille racornie. La branche a frémi, et la feuille s'est dépliée, de nouveau verte et pleine de vie.

— Le fait qu'il soit désert à cette heure-ci me terrifie totalement.

J'ai levé la tête pour contempler l'arbre. Il était désert, en effet, à l'exception d'un oiseau noir qui lissait ses plumes sur les branches du haut. Annwyl avait raison : il était étrange que nous n'ayons rencontré *aucune* fée dans un tel endroit. Central Park possédait tout ce que le Petit Peuple pouvait désirer : de l'art et de l'imagination, d'immenses étendues de nature, et une source intarissable de glamour avec tous les humains qui passaient par là. Un tel site aurait dû grouiller de fées.

— Y a-t-il d'autres endroits à aller voir ? a hasardé Kenzie. D'autres lieux que les fées apprécient ?

— Oui, a dit Annwyl sans grande conviction. Il y a bien quelques autres endroits. La Prairie aux Moutons…

— Moutons ! s'est exclamé Rasoir.

— … la Tavern on the Green et Strawberry Fields.

Mais si l'on n'a rencontré personne jusqu'ici, je doute qu'on ait plus de chance là-bas.

— On ne peut quand même pas déjà baisser les bras, a insisté Kenzie. Ce parc est immense. Il doit bien y avoir d'autres endroits où l'on…

Soudain, un cri a déchiré le silence, nous faisant tous sursauter. Il était loin et nous parvenait à travers les arbres, mais quelques secondes plus tard il a retenti de nouveau, terrifié et terrifiant.

Keirran a dégainé son épée.

— Venez !

Nous nous sommes élancés sur le sentier, en espérant que l'écho du cri nous emmenait dans la bonne direction. A la sortie du Jardin de Shakespeare, le chemin s'est divisé devant nous ; je me suis arrêté une seconde pour scruter les alentours, haletant. Je distinguais seulement le haut du théâtre sur notre gauche, mais juste en face de nous…

— Est-ce… un château ? ai-je demandé en regardant les tours de pierre qui dépassaient de la cime des arbres.

— C'est le Belvedere Castle, m'a répondu Annwyl en se rangeant derrière moi. Pas vraiment un château, cela dit. Plutôt un observatoire, et un site panoramique.

— C'est pour ça qu'il est si petit ?

— Regardez ! s'est soudain écriée Kenzie en me saisissant le bras, le doigt pointé vers les tours.

Sous le clair de lune, des silhouettes blanches et fantomatiques se dirigeaient vers le sommet de l'édifice de pierre, escaladant ses murs comme une colonie de fourmis. Un nouveau cri s'est élevé, et une petite forme sombre est apparue au milieu de l'essaim, se hâtant vers le haut d'une tour.

— Venez, vite ! nous a ordonné Keirran en s'élançant sans attendre.

Nous lui avons aussitôt emboîté le pas. Arrivé en bas des marches du château, je me suis brusquement retourné vers Kenzie.

— Reste ici, lui ai-je dit alors qu'elle ouvrait la bouche pour protester. Kenzie, tu ne peux pas monter à l'assaut avec nous ! Elles sont trop nombreuses, et tu n'as rien pour te battre.

— Ah oui ?

Elle m'a arraché un bâton des mains avant que je puisse réagir.

— Eh bien, maintenant, j'ai ce qu'il faut !

— Ethan ! m'a appelé Keirran, ne me laissant pas le temps de discuter.

Il avait grimpé quelques marches, et regardait en haut de l'escalier.

— Elles arrivent !

Les fées fantomatiques descendaient maintenant les murs pour se précipiter vers nous. Elles étaient de petite taille, de la hauteur d'un gobelin ou d'un gnome, mais leurs mains étaient énormes, deux fois plus grosses que les miennes. Comme elles se rapprochaient, je me suis rendu compte qu'elles n'avaient pas de bouche, juste deux gros yeux globuleux et de petites fentes à la place du nez. Elles ont dévalé les murs, tels des lézards ou des araignées, et ont descendu les marches sans un bruit.

A la tête de notre groupe, Keirran a soudain haussé une main, les yeux mi-clos sous la concentration. En un instant, l'air s'est refroidi autour de lui, et il a projeté son bras en direction de nos assaillantes. Des éclats de glace ont aussitôt volé devant lui, comme une décharge de chevrotine. Les yeux écarquillés, plusieurs créatures ont convulsé brièvement avant de se changer en brouillard et de se volatiliser.

Bon sang. Où ai-je déjà vu faire ça ?

Brandissant son arme, Keirran a escaladé les marches sans attendre, suivi de peu par moi. Les horribles gnomes sans bouche se sont rués vers nous avec des yeux furibonds en levant leurs mains pour attaquer. L'un d'entre eux m'a attrapé le bras alors que je reculais brusquement. Sa paume s'est ouverte — ou plutôt, *une bouche béante pleine de petites dents* s'est ouverte au creux de sa paume avec un affreux bruit de crachement et de mastication, tout en me retenant.

— Aaargh ! me suis-je mis à crier en décochant des coups de pied au gnome. J'ai un problème, là ! Keirran !

— J'ai vu.

L'épée de Keirran a scintillé, et un bras avec sa bouche hurlante sont partis voler dans les airs. Les autres fées se sont rapprochées, nous menaçant de leurs horribles mains. Cerné de petites dents avides, Keirran restait fermement ancré au sol, découpant d'un geste la moindre fée qui menaçait de l'atteindre.

— Est-ce que ça va pour les filles ? a-t-il haleté sans se retourner.

J'ai jeté un bref coup d'œil vers Kenzie et Annwyl. Keirran et moi bloquions la partie inférieure de l'escalier ; les gnomes se concentraient donc sur nous, mais Kenzie s'était postée devant Annwyl, brandissant son bâton pour les défendre si besoin était.

Soudain, un gnome a percé la garde de Keirran et a bondi sur moi, visant ma gorge de ses deux mains. J'ai trébuché en arrière en m'apprêtant à le frapper, quand une longue liane a grimpé les escaliers pour venir s'enrouler autour de la créature et la projeter au loin. Je me suis retourné. Annwyl, une main tendue devant elle, était entourée de plantes qui s'agitaient avec colère. Je l'ai remercié d'un signe de tête et me suis hâté de rejoindre Keirran.

Petit à petit, nous sommes parvenus à remonter les marches jusqu'à l'esplanade qui se trouvait au pied des tours. Ces choses infâmes essayaient toujours de nous harponner de leurs mains dentues. L'une d'elles est parvenue à s'accrocher à ma ceinture ; ses dents acérées en ont tranché le cuir aussi facilement que du papier — avant que je n'abatte mon arme sur sa tête en lâchant un gros juron. Nous avons poursuivi notre lutte incessante et frénétique contre les gnomes qui nous assaillaient de toutes parts, jusqu'à ce que nous arrivions dans l'ombre du petit château. Kenzie et Annwyl restaient en haut des marches, Annwyl usant de sa magie d'Eté pour bâillonner ses attaquants, tandis que Kenzie les assommait à coups de bâton une fois qu'ils étaient immobilisés.

Seulement, il ne cessait d'en arriver de nouveaux, dévalant les murs, brandissant leurs mains affamées. Je me suis retourné en entendant un cri derrière moi. Plusieurs gnomes venaient d'encercler Kenzie et Annwyl. Ils n'attaquaient pas, mais leurs mains étaient tendues vers la fée de l'Eté, leurs horribles bouches ouvertes en grand. Annwyl était tombée à quatre pattes, et les contours de sa fine silhouette s'estompaient comme si elle était faite de brume et que le vent la dissipait peu à peu. Kenzie s'est précipitée vers un gnome et l'a frappé violemment à l'épaule. Il a pivoté en crachant et a attrapé le bâton de ses deux mains. Il y a eu un craquement sec, et le rotin s'est cassé en deux, avant d'être carrément transformé en charpie pour le tronçon que le gnome avait encore entre les dents.

— Annwyl !

Keirran a fait volte-face et s'est élancé à la rescousse des filles ; profitant de ce bref instant d'inattention de ma part, une main ridée et noueuse s'est soudain refermée sur mon avant-bras. Des dents pointues se sont enfoncées dans mon poignet ; j'ai poussé un cri et secoué mon bras pour déloger la créature, mais elle se cramponnait à moi comme une sangsue, mordant et mastiquant mes chairs. J'ai serré les dents et lancé mon bras contre le mur à plusieurs reprises en essayant d'ignorer l'atroce douleur qui accompagnait chaque coup, et le gnome a fini par lâcher prise.

Mais ses congénères ont aussitôt accouru, excités par l'odeur du sang. Mon poignet et tout mon avant-bras ruisselaient de rouge et avaient l'air de sortir d'un hachoir à viande. J'ai reculé en titubant, étourdi par la douleur, quand un grand corbeau a soudain plongé vers nous et s'est posé sur le mur en face de moi. Etait-ce un délire dû à la perte de sang et à la souffrance ? En tout cas, j'aurais juré qu'il m'avait fait un clin d'œil.

Il y a eu alors une bourrasque de froid en provenance de Keirran, et l'oiseau s'est envolé. Des cris de douleur ont retenti. Le prince de Fer était en train de venger la fée de l'Eté, mais cela ne m'aidait pas ; j'étais toujours adossé au mur, à me vider de mon sang sur le pavé. J'ai rassemblé ce qu'il me restait de forces tandis que la horde des gnomes se préparait à une nouvelle offensive.

— Tu attires vraiment les gens les plus infréquentables de tout New York, a soudain lancé une voix quelque part en hauteur.

J'ai relevé les yeux. Une silhouette élancée se tenait en haut d'une tour, bras croisés, me regardant avec un rictus. L'elfe a secoué la tête, débarrassant sa chevelure rousse de plusieurs plumes, ce qui m'a permis d'apercevoir ses oreilles pointues.

— Tu sais quoi ? a-t-il poursuivi sans cesser de sourire. Tu ressembles *trait pour trait* au frère d'une bonne amie à moi. Mais bon, il est plutôt censé être tranquillement chez lui en Louisiane, alors je ne vois pas ce qu'il pourrait bien fabriquer à New York. Enfin, bref.

Décontenancés par cette apparition, les gnomes regardaient alternativement l'intrus et moi. Sentant qu'il représentait une plus grande menace, ils ont alors commencé à se diriger vers la tour en dressant leurs mains pour le mordre.

— Bouh, ça fout les jetons, dis donc. Je parie que vous n'avez pas d'animaux de compagnie, vous autres, pas vrai ?

L'éclair d'une dague en action a brillé comme il plongeait sur un gnome, qui est bientôt parti en fumée. Une seconde plus tard, l'étranger a atterri près de moi, toujours souriant, et a sorti une deuxième dague de sa ceinture.

— Salut, Ethan Chase, m'a-t-il salué avec un air insolent qui m'a instantanément rafraîchi la mémoire. C'est cool de te retrouver ici.

L'armée de gnomes a relevé ses bras en ouvrant des bouches béantes, et j'ai éprouvé de nouveau cette étrange sensation de ramollissement. A mes côtés, l'elfe a poussé un grognement.

— Oh ! mais ça ne va pas se passer comme ça, a-t-il grondé en fondant sur eux.

Je me suis écarté du mur pour le seconder — mais il n'avait pas vraiment besoin d'aide. Les gnomes avaient beau essayer d'aspirer son glamour, il dansait et tournoyait parmi eux sans difficulté, créant un couloir de brouillard dans leurs rangs.

— Eh, humain, va donc aider tes amis ! m'a-t-il lancé en évitant un gnome-piranha qui lui sautait dessus. Je peux finir le boulot !

J'ai acquiescé d'un hochement de tête et j'ai couru vers le bas des marches où Keirran s'était replié, s'interposant entre les créatures, Annwyl et Kenzie. Annwyl était effondrée sur le sol, et Kenzie se tenait à ses côtés pour la protéger, sa moitié de bâton toujours en main. Quelques gnomes les entouraient, les bras tendus vers Keirran. L'un d'entre eux était plié en deux non loin de là, comme s'il était malade.

J'ai dévalé l'escalier et sauté sur une des créatures avec un rugissement avant de fracasser mon bâton sur son crâne. Elle est tombée comme une pierre, s'évaporant dans les airs, et je me suis immédiatement détourné pour en frapper une autre en pleine face, l'envoyant rouler plus loin.

Le reste de la horde s'est éparpillée en crachant. Dans un concert de vociférations et de grincements, les gnomes ont détalé dans les buissons ou sur les murs, nous laissant seuls au pied des marches.

Pantelant, j'ai regardé le reste de ma bande.

— Tout le monde va bien ?

Keirran n'écoutait pas. Dès que les gnomes sont partis, il a rengainé sa lame et s'est précipité vers Annwyl. Je les ai entendus parler tout bas ; Keirran lui demandait d'une voix inquiète si elle allait bien, et Annwyl essayait de le persuader que c'était le cas. Ils avaient besoin d'être un peu seuls pendant un moment. J'ai poussé un soupir et me suis tourné vers Kenzie.

Elle s'est approchée d'un air penaud, sa moitié de bâton cassé entre les mains.

— Désolée, m'a-t-elle dit en me le montrant avec un geste de dépit. Il est, euh… mort de sa belle mort. J'espère juste qu'il aura filé des aphtes à cette sale bête.

Je lui ai pris le rotin brisé des mains, je l'ai jeté dans les broussailles et attiré Kenzie sous mon bras valide.

— Mieux vaut que ce soit lui que toi, lui ai-je dit en sentant son cœur s'accélérer comme elle m'enlaçait pour se serrer contre moi. Tu n'as rien ?

Elle a secoué la tête.

— Elles étaient en train de faire quelque chose à Annwyl quand Keirran est arrivé. Il en a tué plusieurs, elles ont un peu reculé, mais elles ont recommencé à faire ce truc horrible avec leurs mains, et Annwyl…

Elle a frémi et jeté un regard vers celle-ci.

— Une chance que tu sois intervenu à ce moment-là. Annwyl avait vraiment l'air mal… Oh ! mais tu saignes encore !

— Ouais…

Elle s'est écartée pour prendre délicatement mon bras blessé.

— L'une d'entre elles a pris mon bras pour un bâton de rotin. Aïe !

Elle a relevé ma manche déchirée, révélant un carnage de sang et de chairs lacérées.

— Je remercierai Keirran pour ça plus tard, ai-je murmuré sous le regard horrifié de Kenzie. Il a volé au secours de sa copine et m'a laissé tout seul avec une demi-douzaine de ces espèces de piranhas sur pattes.

Enfin, tout seul…

— Hé, a soudain fait une voix légèrement contrariée depuis le haut de l'escalier. Je ne voudrais pas gâcher votre petite réunion, mais tu n'aurais pas oublié un truc, là-haut ? Genre… moi ?

Kenzie est restée bouche bée en voyant l'elfe roux dévaler les marches, sourire aux lèvres.

— Tu te souviens de moi ? a-t-il dit en sautant de la dernière marche pour se camper devant nous, souriant toujours.

Kenzie l'a dévisagé avec curiosité, mais il s'intéressait davantage à Keirran et Annwyl.

— Oh ! mais je vois que le jeune prince est là, lui aussi ! Comme le monde est petit ! Si je peux me permettre, puis-je te demander ce que tu fais ici, avec le frère de la reine ?

— C'est plutôt à moi de te demander ce que *tu* fais là, ai-je grincé alors que Keirran et Annwyl venaient nous rejoindre.

Keirran arborait un grand sourire soulagé, et l'autre elfe lui a rendu son sourire. De toute évidence, ces deux-là se connaissaient déjà. Annwyl, par contre, avait un air incrédule mêlé d'admiration. Ce qui était assez compréhensible, étant donné la renommée de la fée qui se tenait devant nous.

— Qui, *moi ?*

L'elfe a croisé les mains derrière sa tête.

— J'étais censé retrouver une boule de poils des plus pénibles près du Jardin de Shakespeare, mais j'ai entendu du raffut et j'ai décidé d'aller voir ce qui se passait…

Il a secoué la tête et m'a coulé un regard perplexe.

— Waouh, on dirait que tu as la même poisse que ta sœur, toi, non ? Ça doit être de famille.

— Hum, excusez-moi, est intervenue Kenzie. Pardon, a-t-elle dit en nous regardant tour à tour, mais vous vous connaissez tous, ici ? Si oui, ça ne vous dérangerait pas de me mettre au parfum ?

Le bouffon du roi m'a regardé avec malice.

— Tu veux lui dire ? Ou préfères-tu que ce soit moi ?

— Kenzie, ai-je soupiré, je te présente Robin Goodfellow, un ami de ma sœur.

Ses yeux se sont écarquillés, et j'ai hoché la tête pour finir :

— Aussi connu sous le nom de…

— *Puck*, a-t-elle complété à ma place.

Elle le fixait maintenant dans un mélange de crainte et de stupéfaction.

— Puck, comme dans *Le Songe d'une nuit d'été* ? Avec le philtre d'amour, Nick Bottom et la tête d'âne ? *Ce* Puck-là ?

— Le seul et unique.

Puck a souri. Il a tiré un mouchoir vert de sa poche, l'a déplié et l'a lancé dans ma direction. Je l'ai attrapé avec ma main encore valide.

— Tiens. Apparemment, ces bestioles t'ont bien amoché. Arrange-moi ça d'abord, puis quelqu'un m'expliquera ce qui se passe ici.

— C'est justement ce qu'on essaie de comprendre, a répondu Keirran tandis que Kenzie prenait le mouchoir et commençait à bander mon poignet ensanglanté.

Les morsures n'étaient pas très profondes, mais elles me faisaient extrêmement mal. Maudites féespiranhas. J'ai serré les dents et pris sur moi pendant que Keirran ajoutait :

— Leanansidhe nous a envoyés ici pour voir ce qui se passait avec les Exilés et les demi-sang. On essayait de les trouver quand tu es arrivé.

Rasoir est soudain apparu sur l'épaule de Keirran. En voyant Puck, le gremlin a poussé un cri strident qui n'avait rien de très accueillant, ce qui a fait grimacer l'intéressé.

— Oh ! salut Coupe-chou. Toujours dans les parages, à ce que je vois ?

Il a soupiré.

— Bon, si je comprends bien, la méchante Muse Noire vous a envoyés à Central Park dans une espèce de mission secrète de dingue, et elle ne m'en a même pas parlé, *à moi ?* Alors là, je suis vexé.

Il a croisé les bras et nous a considérés attentivement, Keirran et moi, ses yeux verts plissés avec suspicion.

— Comment vous êtes-vous retrouvés dans cette histoire, d'abord ?

Quelque chose dans sa voix m'a donné la chair de poule. Keirran et moi étions les seuls visés. Pas Kenzie ni Annwyl ; il ne les regardait même pas. *Puck savait quelque chose.* Tout comme Meghan. C'était comme s'il venait de confirmer que Keirran et moi n'aurions jamais dû nous rencontrer, et que le fait de nous voir ensemble était effectivement une mauvaise chose.

Mais ce n'était pas le moment de penser à cela. Et Puck ne risquait pas de me faire de quelconques confidences.

— Mon ami Todd a été kidnappé, ai-je commencé à expliquer alors qu'il haussait un sourcil vers moi. C'est un demi-sang, et il a été pris par le même genre de créatures que celles qui aspirent le glamour des fées normales.

— Je me disais bien que c'est ça qu'elles faisaient. Bouh !

Puck a frissonné avec exagération et s'est frotté les bras.

— Les sales bêtes. Je me sens mal rien que d'y penser.

Il a frémi, puis m'a regardé en fronçant les sourcils.

— Et donc, tu as décidé d'aller à sa recherche ? Comme ça ? Sans consulter personne ? Eh ben, tu es *vraiment* comme ta sœur.

— Nous devions faire quelque chose, Puck, a coupé Keirran. Des Exilés et des demi-sang disparaissent dans le monde entier. Et ce sont ces… mangeurs de glamour qui les exterminent. L'Eté et l'Hiver n'ont proposé aucune aide. Même si j'allais voir Oberon, il ne m'écouterait pas.

Kenzie a fini de bander mon bras et a fixé le mouchoir aussi délicatement que possible. Je l'ai remerciée d'un signe de tête et me suis tourné vers Puck.

— Mais toi, il t'écoutera, lui ai-je dit. Il faut que quelqu'un informe les cours de tout ça.

— Et tu crois que *moi*, je vais jouer le rôle du messager ?

Il a croisé les bras.

— J'ai l'air d'un pigeon voyageur, ou quoi ? Pourquoi pas toi ? Quel est votre plan, à tous les quatre, je peux savoir ?

Il nous a tous regardés un à un, s'attardant particulièrement sur Keirran, et a souri.

— Quel qu'il soit, je crois que je ferais bien de m'y incruster.

— Que fais-tu de Grimalkin ?

— Boule de poils ?

Puck a poussé un grognement amusé.

— Oh ! il est capable de se débrouiller par lui-même, il me semble, non ? S'il veut me voir, il me trouvera. Et puis, tout ça m'a l'air assez excitant.

— C'est sûr, ai-je lâché.

— Tu trouves ? Ton bras n'a pourtant pas l'air du même avis, mon pote. Que dirait Meghan si elle savait que vous êtes ici ? Tous les deux ? a-t-il ajouté en regardant Keirran.

— On va se débrouiller, ai-je insisté. Je n'ai pas besoin de l'aide de Meghan. J'ai survécu sans elle pendant des années. Et elle n'a jamais pris la peine de se soucier de ce que je faisais jusqu'ici.

Les yeux de Puck se sont plissés jusqu'à ne plus former que deux fentes vertes, et j'ai rapidement changé de tactique.

— Nous allons retourner chez Leanansidhe pour l'informer de ce qu'on a vu. Il n'y a rien ici, de toute façon.

— Mais les cours doivent savoir ce qui se passe, a ajouté Keirran à l'attention de Puck. Tu as senti ce que ces choses faisaient. Combien de temps faudra-t-il avant qu'elles ne tuent tous les Exilés du monde réel et commencent à convoiter le pays de Nulle Part ?

— Tu dois les avertir, ai-je renchéri. Il faut qu'elles sachent ce qui se passe. Si tu en parles à Oberon…

— Il ne m'écoutera pas, moi non plus.

Puck a soupiré en se grattant la nuque.

— Mais… je vois bien le problème. O.K., les gars : le prochain arrêt sur ma feuille de route est Arcadie.

Son sourire malicieux est revenu se dessiner sur son visage.

— Je crois qu'il est temps que je rentre chez moi. Titania va être contente de me voir.

Annwyl a frissonné en entendant prononcer le nom de sa reine, et elle a enroulé ses bras autour de son ventre. La souffrance était visible sur le visage de la fée de l'Eté ; il était évident qu'elle mourait d'envie de retrouver sa cour originelle. Keirran n'a pas osé la toucher, mais il s'est penché pour lui murmurer quelques mots à l'oreille, et elle lui a souri avec reconnaissance.

Ils n'ont pas remarqué la façon dont Puck les dévisageait, ni son visage qui s'assombrissait. Ils n'ont pas vu ses yeux se plisser durement, sa bouche se serrer en une ligne amère. J'en ai eu un frisson dans le dos, mais avant que je puisse dire quoi que ce soit, le bouffon d'Oberon a bâillé bruyamment et s'est étiré, levant ses longs bras au-dessus de sa tête. L'expression effrayante de son visage avait déjà disparu.

— Bon, a-t-il dit en se frottant les mains, eh bien, je me mets en route pour la cour d'Eté, moi. Vous êtes sûrs que vous n'avez pas besoin d'un petit coup de main, avant que j'y aille ? Je me sens un peu à l'écart de l'action, en ce moment.

— Ça ira, Puck, lui a assuré Keirran. Si tu vois mes parents, dis-leur que je suis désolé, mais qu'il fallait que j'y aille.

Puck a fait la grimace.

— Oh ! de ma part, ça passera super bien, c'est sûr, a-t-il marmonné. J'entends déjà ce que me répondra monsieur Glaçon.

Il a secoué la tête et a reculé, tandis que des feuilles et de la poussière commençaient à tournoyer autour de lui.

— Vous me faites vraiment penser à un autre duo, tous les deux.

Il a souri, son regard passant de Keirran à moi.

— C'est peut-être pour ça que je vous aime bien. Alors soyez prudents, d'accord ? Parce que si vous avez des ennuis, c'est sûrement sur moi que ça retombera.

Le tourbillon de feuilles et de poussière s'est intensifié, et Puck s'est mis à rapetisser en devenant de plus en plus sombre, jusqu'à ce qu'un grand corbeau noir émerge de la tornade pour s'envoler vers les arbres.

— Waouh, a fait Kenzie, inhabituellement muette pendant tout ce temps. Je viens de voir *Robin Goodfellow.*

— Ouais, ai-je dit en me tenant le bras.

Mon poignet me faisait un mal de chien, et le fait d'avoir entendu parler de ma sœur m'avait mis de méchante humeur.

— Il est beaucoup moins insupportable dans les pièces de théâtre, crois-moi.

Pour une raison qui m'échappe, Rasoir a trouvé cela hilarant et a éclaté de rire en sautant comme un fou sur le dos de Keirran. Ce dernier a soupiré.

— Il ne retournera pas en Arcadie, a-t-il dit d'un air lugubre en regardant l'endroit où le corbeau avait disparu. Pas tout de suite, en tout cas. Il va aller à Mag Tuiredh, ou du moins, il va essayer d'y faire passer un message. Il est parti pour dire à mes parents où nous sommes.

— Super, ai-je maugréé. Donc on n'a pas beaucoup de temps devant nous, quoi qu'on fasse.

Keirran a secoué la tête.

— Qu'est-ce qu'on fait, maintenant ? a-t-il demandé. Est-ce qu'on retourne chez Leanansidhe pour lui dire que le parc est devenu désert ?

— Je vote pour, ai-je fait.

J'ai changé mon bras de position pour essayer d'être plus à l'aise, et serré les dents sous la douleur.

— Si jamais on croise un autre de ces monstres, je crois que je ne serai pas en mesure de me battre très efficacement.

— Retour au pont, alors ?

— Attendez, a soudain dit Kenzie.

Elle regardait en direction du château ; vers l'une des tours, plus précisément, dont la silhouette sombre se détachait contre le clair de lune.

— Je crois que j'ai vu quelque chose bouger.

Je me suis retourné, suivant son regard. A cet instant, une tête a surgi de l'une des plate-formes d'observation, jetant des regards affolés dans tous les sens. Dans l'obscurité, ses yeux luisaient d'une couleur orangée.

19. La transmission des épées

— Todd ! me suis-je écrié en courant vers la tour.

La silhouette s'est retournée brusquement vers moi, les yeux écarquillés. J'ai monté les marches quatre à quatre, talonné de peu par les autres.

— Hé ! ai-je lancé tandis qu'il descendait péniblement le mur pour toucher terre de l'autre côté avec un grognement. Todd, attends !

J'ai piqué un sprint pour le rattraper, mais il s'est élancé à travers la cour, a sauté par-dessus un muret et a atterri dans l'eau, plusieurs mètres plus bas, dans un grand bruit d'éclaboussures.

— Annwyl, a dit Keirran alors que nous atteignions l'enceinte par-dessus laquelle le demi-sang venait de sauter.

Il nageait maintenant vers la rive du lac et s'éloignait rapidement.

— Est-ce que tu peux l'arrêter ?

Annwyl a acquiescé d'un signe de tête. Elle a attendu que Todd ait atteint la berge, puis a tendu son bras en avant, et de la végétation grimpante a surgi du sol pour s'enrouler autour de lui. Il a poussé un glapissement effrayé et s'est débattu frénétiquement pendant qu'Annwyl continuait de le ligoter de lianes.

— On l'a eu, a murmuré Keirran en bondissant sur le mur.

Il y est resté accroupi une demi-seconde, se tenant en équilibre avec grâce sur le bord, puis il a descendu l'enceinte sur toute sa hauteur. Arrivé au sol, il s'est posé sur une bande de terre solide avec l'agilité d'un chat. Là, il a rengainé son épée et il est entré dans le plan d'eau.

J'ai regardé sa tête émerger de la surface tout en rebroussant chemin pour redescendre les marches et contourner le lac — simple mortel que j'étais. Kenzie m'a emboîté le pas. Le temps que nous parvenions à l'endroit où le demi-sang était retenu prisonnier, Keirran se tenait à quelques centimètres du bouquet de végétation entortillée, les mains tendues, pour essayer de l'apaiser.

— Du calme, du calme.

La voix douce et posée de Keirran a résonné sur la roche alentour.

— Tout va bien. Je ne vais pas te faire de mal.

Todd a répondu en hurlant et en tendant une main griffue dans sa direction, que Keirran a esquivée facilement. Les yeux de ce dernier se sont fermés à demi sous la concentration, et j'ai senti une onde de magie se propager depuis l'endroit où il se trouvait ; l'air est devenu comme plus épais, me donnant une vague impression de mollesse et de somnolence. Les gesticulations du demi-sang ont ralenti, avant de s'arrêter, et un ronflement sonore s'est bientôt échappé du tas de végétation.

Keirran a levé les yeux vers moi, l'air presque coupable ; je suis arrivé à ses côtés et j'ai considéré l'enchevêtrement de lianes, de fleurs — et de demi-sang.

— Il allait se faire mal, a-t-il murmuré en reculant alors que je m'agenouillais près de la silhouette inconsciente. Je me suis dit que c'était la meilleure façon de le calmer.

— Pas de problème, ai-je dit en écartant la végétation de ma main valide.

Un visage est apparu entre les feuilles : il était plus vieux que Todd, barbu, et de petites défenses recourbées dépassaient de sa mâchoire.

— Ce n'est pas Todd, ai-je dit en me relevant, dépité.

La force de ma déception m'a étonné. Qu'est-ce que j'avais cru ? Todd avait disparu en Louisiane. Il n'y avait aucune raison pour qu'il réapparaisse à New York.

Kenzie s'est penchée par-dessus mon épaule.

— Non, en effet, a-t-elle confirmé en contemplant la grosse face barbue avec ses énormes canines jaunes protubérantes. Mais c'est quoi, ça ?

— Un demi-troll, a répondu Keirran. Un sans-abri, apparemment. Il a dû élire domicile à Central Park.

J'ai regardé le demi-troll, encore déçu que ce ne soit pas Todd, et j'ai froncé les sourcils.

— Du coup, qu'est-ce qu'on fait de lui ?

— Une minute, a dit Kenzie en passant devant moi.

Elle s'est agenouillée et a écarté avec détermination les tiges de végétation, jusqu'à en ressortir un petit objet carré.

— Portefeuille, a-t-elle dit en l'agitant devant nous, avant de l'ouvrir pour loucher dessus. Zut, il fait trop sombre pour voir. Quelqu'un aurait une lumière ?

Keirran a fait un geste, et un petit globe lumineux est apparu au-dessus de nous, faisant sursauter Kenzie.

— Eh bien, ça, c'est pratique, a-t-elle dit en souriant. Ça doit être cool de faire du camping avec toi.

Keirran a eu un petit sourire.

— Je peux aussi ouvrir les boîtes de conserve et rafraîchir les boissons.

— Qu'est-ce que tu vois sur son permis ? ai-je questionné en essayant de ne pas paraître trop impatient. C'est qui, ce type ?

Kenzie a observé le document.

— Thomas Bend, a-t-elle lu en tenant le permis de conduire sous la lumière féerique. Il est de… l'Ohio.

Nos regards se sont posés sur lui.

— Mais alors, qu'est-ce qu'il fiche ici ? ai-je murmuré.

— Oh ! vous êtes de retour, mes chéris ! a lancé Leanansidhe, l'air quelque peu renfrogné. Puis-je vous demander ce que c'est que *ça ?*

— On l'a trouvé dans le parc, ai-je expliqué avec un regard vers Thomas.

Le demi-troll nous suivait d'un pas hésitant, laissant de la boue et des feuilles dans son sillage, et regardait autour de lui avec stupeur. Il avait paru se calmer après son réveil, et était resté passif et silencieux quand nous lui avions parlé. Il nous avait suivis dans le passage sans protester.

— Il n'est pas de New York. On s'est dit qu'il s'agissait peut-être d'un de vos protégés.

— Absolument pas, mon chou.

Leanansidhe a plissé le nez tandis que le troll la fixait de ses yeux orange et écarquillés.

— Pourquoi n'avez-vous pas pu vous empêcher de l'amener jusqu'ici, mes petits ? Vous auriez pu le lui demander vous-mêmes, et épargner ainsi ma pauvre moquette.

— Lady, a murmuré le demi-troll en se faisant tout petit devant la reine des Exilés. Lady. Grand noir. Lady.

— C'est tout ce qu'il dit, a déclaré Kenzie en regardant Thomas d'un air inquiet. On a essayé de lui parler. Il ne se souvient de rien. Je crois qu'il ne sait même pas qui il est.

— Il était pourchassé par nos amies fantomatiques dans Central Park, a ajouté Keirran d'un ton grave et protecteur.

Il n'avait pas quitté Annwyl des yeux pendant tout le trajet de retour chez Leanansidhe, et se tenait maintenant entre elles deux, regardant tour à tour la reine des Exilés et le demi-troll. Rasoir est apparu derrière son cou, marmonnant un charabia incompréhensible.

— Nous les avons combattues avec l'aide de Goodfellow, mais à part elles nous n'avons vu personne.

— Goodfellow ?

La reine des Exilés a fait la moue.

— Ah, c'est donc de ça que Grimalkin parlait, le petit fourbe. Et où est donc notre Puck chéri, maintenant ?

— Il est retourné à la cour Seelie pour avertir Oberon.

— Eh bien, c'est déjà ça.

Leanansidhe a considéré le demi-sang avec un désintérêt certain.

— Et qu'en est-il des habitants du parc, mes chéris ? a-t-elle demandé sans relever les yeux. Ont-ils eux aussi évoqué des ladies ou des endroits noirs ?

— Il n'y avait personne d'autre, lui ai-je avoué.

Elle a brusquement levé la tête vers moi et a haussé un sourcil étonné.

— C'est le seul que nous ayons trouvé.

— Le parc est déserté, a renchéri Annwyl.

Elle tremblait.

— Ils ont tous disparu. Il ne reste personne. Juste ces horribles mangeurs de glamour. Je crois… je crois qu'ils les ont tous tués.

Mangeurs de glamour… L'expression était bizarre, mais elle leur correspondait bien. Ils ne pouvaient s'en prendre à Kenzie ou à moi, parce que nous ne possédions pas de magie. Et Keirran était le fils de la reine de Fer ; son glamour était donc toxique pour eux. Mais tous les autres, y compris Annwyl, les Exilés et les membres des cours d'Eté et d'Hiver, étaient en péril.

Soudain, je me suis posé une question. Qu'est-ce que ces créatures pouvaient bien faire aux demi-sang ? Peut-être ne pouvaient-elles pas les faire disparaître comme les fées ordinaires ; peut-être le côté humain des demi-sang les protégeait-il de cette mort. Mais qu'adviendrait-il d'eux si on leur enlevait leur magie ? J'ai contemplé Thomas, debout au milieu de la pièce, perdu, le regard vide, et la chair de poule m'a gagné.

Leanansidhe a dû penser la même chose que moi.

— Ceci, a-t-elle déclaré alors d'un ton glacial, est inadmissible. Mes chéris…

Elle s'est tournée vers nous.

— Il faut y retourner, mes mignons. Tout de suite. Retournez au parc et trouvez ce qui cause cela. Je ne vais pas rester sans rien faire quand mes Exilés et mes demi-sang se font exterminer dehors.

— Y retourner ? me suis-je indigné. Pour quoi faire ? Il n'y a rien, là-bas. Pas une fée à l'horizon.

— Ethan *chéri.*

La reine des Exilés m'a jeté un regard bleu effrayant.

— Tu ne réfléchis pas, mon lapin. Le demi-sang que vous avez trouvé…

Elle a regardé furtivement Thomas, désormais assis dans une attitude hébétée sur la moquette.

— Il n'est pas de New York. De toute évidence, il a donc été amené à Central Park. Le parc est vide, certes, mais une telle quantité de demi-sang ne peuvent s'être évaporés dans les airs. Et les fées normales ont disparu. Alors, où sont-ils tous, mon joli ? Ils ne sont pas venus chez moi, et, autant que je sache, personne ne les a vus dans le monde mortel.

Je ne voyais pas où elle voulait en venir, mais Kenzie a pris la parole à son tour, comme si elle avait compris.

— Il y a quelque chose, là-bas, a-t-elle indiqué. Il y a quelque chose dans le parc.

Leanansidhe lui a souri.

— Je savais que j'avais raison de t'apprécier, chérie.

— Les mangeurs de glamour ont peut-être un repaire dans Central Park, a ajouté Keirran en hochant pensivement la tête. C'est pourquoi on n'y trouve plus de fées. Mais où pourraient-ils bien se trouver alors ? Une telle population d'Exilés et de demi-sang a tout de même dû remarquer la présence de fées étranges dans les parages avant que les choses ne tournent mal !

— Je ne sais pas, mes chéris, a dit Leanansidhe en faisant apparaître son fume-cigarette. Mais je pense que c'est justement ce que vous devriez essayer de découvrir. Et le plus tôt sera le mieux.

— Pourquoi ne viens-tu pas avec nous ? lui a demandé Keirran. Tu n'as pas été bannie du monde mortel, Leanansidhe. Tu pourrais voir ce qui se passe de tes propres yeux.

Leanansidhe l'a regardé comme s'il venait de dire que le ciel était vert.

— *Moi*, chéri ? Vraiment, j'aimerais, mais j'ai peur

que la populace du marché des gobelins ne profite de mon absence pour semer une pagaille monstre dans ma maison. Malheureusement, je ne peux pas partir en excursion quand cela me chante, mon chaton. J'ai des obligations, ici.

Elle m'a regardé et a plissé le nez.

— Ethan, chéri, tu dégoulines de sang sur ma moquette fraîchement nettoyée. Il faut s'occuper de ça.

Elle a claqué des doigts, et deux gnomes ont accouru vers moi. Je me suis tendu en repensant aux créatures aux mains avides, mais me suis rappelé que de nombreux gnomes étaient des guérisseurs, parmi les fées. Je les ai donc laissés m'emmener vers une autre pièce, tandis qu'ils s'affairaient en même temps autour de mon bras, devisant sur ce qu'il fallait faire.

Retourner au parc, avait dit Leanansidhe… Retourner dans l'endroit où une foule de fées flippantes, transparentes et mangeuses de glamour nous attendaient, peut-être encore plus nombreuses. Kenzie avait raison : il devait y avoir quelque chose de caché là-bas, quelque chose d'invisible aux yeux des humains comme des fées. *La Lady*, avait répété Thomas. *La Lady et un grand noir.* Que diable pouvait-il bien vouloir dire par là ?

La porte s'est ouverte en grinçant et Kenzie est entrée dans la pièce, contournant les gnomes qui s'attelaient à me faire un bandage digne de ce nom.

— Leanansidhe garde Thomas ici pour le moment, m'a-t-elle annoncé en se posant sur le tabouret à côté du mien. Elle veut voir s'il retrouve la mémoire, s'il peut se souvenir de ce qui lui est arrivé. Comment va ton bras ?

Je l'ai soulevé, suscitant les protestations d'un gnome. Ils avaient appliqué un baume odorant sur les plaies et les avaient recouvertes de bandages serrés pour que je ne sente plus la douleur. Mon bras était maintenant juste engourdi.

— Je devrais survivre.

— Oui, je confirme, a maugréé un gnome en me jetant un regard sévère. Vous avez eu beaucoup de chance que votre main ne soit pas touchée — vous auriez pu y laisser quelques doigts. Ne touchez pas les bandages, monsieur Chase.

Rassemblant son matériel, il m'a lancé un dernier regard et s'est éloigné avec son compère, laissant la porte se refermer toute seule derrière eux.

Kenzie s'est rapprochée et a glissé doucement sa main dans la mienne. J'ai contemplé nos doigts entrecroisés, l'esprit envahi de sombres pensées. Tout cela devenait dangereux. Non, tout cela était *déjà* dangereux — mais le devenait plus que jamais. Des gens mouraient, disparaissaient. Une redoutable nouvelle race de fées se développait et tuait ses victimes en les vidant de leur glamour, leur essence même. Des demi-sang se faisaient enlever dans les rues, dans leur maison, leur école. Et il y avait autre chose. Quelque chose de sombre, de sinistre, caché quelque part dans le parc, en train d'attendre.

Un grand noir. Et une « lady ».

Je me sentais perdu, dépassé par les événements. Comme un petit bout de bois flottant ballotté sur un immense océan, attendant d'être englouti tout entier. Je n'étais pas prêt à vivre ça. Je ne voulais pas être entraîné dans toute cette démence féerique. Qu'est-ce qu'on me voulait, à la fin ? Je n'étais pas comme ma sœur, à moitié fée, puissant, avec le terrible Robin Goodfellow et le fils de Mab à mes côtés. Je n'étais qu'un humain, un seul humain contre une race entière de fées sauvages et dangereuses. Et, comme d'habitude, j'allais entraîner d'autres personnes dans ma galère.

Kenzie a effleuré ma peau du bout de ses doigts, m'envoyant des picotements tout le long du bras.

— Je suppose qu'il est inutile que j'essaie de te convaincre de ne pas venir avec nous ? ai-je murmuré, connaissant déjà la réponse.

— Tu supposes bien, m'a fait Kenzie avec une joie forcée.

J'ai levé les yeux vers elle, et reçu un sourire déterminé.

— Ce n'est même pas la peine d'y penser, Ethan. Tu auras besoin de quelqu'un pour te couvrir. Faire le guet, s'assurer qu'aucune fée aux crocs acérés ne se pointe derrière ton dos. Je n'ai pas acquis la Vision Absolue pour rester les bras croisés !

J'ai soupiré.

— Je sais. Seulement, je n'ai plus rien pour te protéger. Même pas *moi,* en l'occurrence.

J'ai serré prudemment le poing, et grimacé tandis que la douleur se réveillait dans mon bras. Puis j'ai ajouté :

— Si on part à la recherche de ce repaire, je ne veux pas d'un bâton d'escrime. Ça ne suffit pas. J'ai besoin de mon couteau ou de quelque chose de tranchant à interposer entre ces fées et moi. Je ne pourrai pas les affronter sans ça.

Une sueur froide m'a parcouru soudain. Cette fois, ce n'était pas un petit jeu où je m'amusais à tenir en respect une bande de bonnets-rouges, ou à essayer d'éviter les gros bras de Kingston. Non. Ces fées, quoi qu'elles soient, étaient des tueuses cruelles et perverses. Il n'était pas question de discuter avec elles, de demander une faveur ou de négocier. C'était tuer ou se faire tuer, point final.

J'ai dû frémir, car Kenzie s'est rapprochée et s'est appuyée contre moi pour poser sa tête contre mon épaule.

— Il nous faut un plan, a-t-elle dit calmement. Une stratégie quelconque. Je n'aime pas l'idée de nous précipiter là-bas sans savoir où l'on va aller. Si nous savions au moins où peut se trouver ce repaire…

Elle s'est tue, et j'ai fermé les yeux pour m'imprégner de sa chaleur.

— Si seulement j'avais un ordinateur, a-t-elle ajouté, pensive. Je pourrais au moins faire une recherche sur Central Park, pour essayer de comprendre ce que peut bien être ce « grand noir ». Je suppose que Leanansidhe n'a pas de portable ?

— Ça ne risque pas, ai-je répondu. Et mon téléphone est mort. J'ai essayé de le rallumer dans le monde réel.

— Moi aussi.

Elle a soupiré et a pianoté des doigts contre mon genou tout en réfléchissant.

— Est-ce que… on pourrait… rentrer chez nous ? m'a-t-elle demandé d'un ton hésitant. Pas pour y rester, s'est-elle empressée d'ajouter. Mais je pourrais regarder deux, trois trucs sur internet, et toi tu pourrais prendre tes armes ou ce dont tu as besoin. On n'est même pas obligés de le dire aux autres.

Elle a eu un petit rire désabusé, et son ton s'est fait amer :

— Si ça se trouve, mon père n'a même pas remarqué que je n'étais plus là.

J'ai réfléchi à sa suggestion.

— Je ne sais pas, ai-je finalement répondu. Je n'aime pas l'idée de rentrer chez nous avec ces choses à nos trousses. Ou en train de nous attendre. Et je n'ai pas très envie de mêler ta famille à tout ça, non plus.

— Il va pourtant bien falloir qu'on fasse quelque chose, Ethan.

Sa voix était douce, et ses doigts ont effleuré avec légèreté le bandage de mon bras.

— On est complètement dépassés, là. On a besoin de toute l'aide possible.

— Ouais, ai-je marmonné.

La frustration est montée en moi, et avec elle l'envie de déverser ma colère. Mais en cet instant, Kenzie était la seule personne présente, et je ne comptais pas lui faire subir ça. J'aurais aimé pouvoir aller voir quelqu'un, un adulte de confiance. Je n'avais jamais voulu être à la place de celui sur qui tout reposait. Mais Keirran n'était pas là ; il ne restait plus que moi. Comment avais-je pu me retrouver dans une telle situation ?

Mais... Oui, il y avait peut-être quelqu'un à qui je pourrais m'adresser. Je me suis soudain souvenu de l'expression de son visage dans le vestiaire, et de la façon dont il avait regardé autour de nous, comme s'il *savait* que quelque chose s'y trouvait. Je me rappelais ses paroles : « *Si tu as besoin d'aide, Ethan, tu n'as qu'à demander. Si tu as des ennuis, tu peux venir me voir. Pour quoi que ce soit, même si cela semble fou ou dérisoire. Souviens-toi de ça.* »

Guro. Guro serait peut-être le seul susceptible de comprendre. Il croyait au monde invisible, aux créatures que l'on ne pouvait voir à l'œil nu. C'était ce qu'il avait voulu me dire dans le vestiaire. Son grand-père était un Mang-Huhula, un chef spirituel. Des esprits aux fées, il n'y avait qu'un pas, me semblait-il ?

Bien sûr, j'en espérais peut-être trop. Peut-être allait-il penser que j'avais pété les plombs et appeler les hommes en blouses blanches.

— A quoi tu penses ? a murmuré Kenzie, caressant ma joue de son souffle chaud.

J'ai serré sa main et me suis levé, l'entraînant avec moi.

— Je pense, ai-je dit tout en espérant que les autres seraient partants pour le détour, que je vais demander une dernière faveur à Leanansidhe.

Elle ne s'est guère montrée emballée par l'idée de cette petite excursion en Louisiane.

— Qu'est-ce qui me dit que vous ne déciderez pas simplement de rentrer chez vous, mes chéris ? a objecté la Muse Noire en me jetant un regard perçant. Vous pourriez avoir le mal du pays en revoyant votre quartier, retrouver vos familles, et me laisser plantée là. Ça ne ferait pas mon affaire, mes mignons.

— Je ne prends pas la fuite, lui ai-je fait en croisant les bras. Et je ne compte pas emmener ces choses droit dans ma maison ! D'ailleurs, elles sont peut-être déjà dans mon quartier, en train de me chercher. Je reviendrai. Je le jure : je ne me débinerai pas avant que tout ça soit fini, d'une manière ou d'une autre.

Leanansidhe a haussé un de ses sourcils, et j'ai pris conscience d'une chose. Trop tard. Je venais de prononcer un mot qui m'engageait irrémédiablement envers les fées. Bon sang. J'étais embarqué dans cette histoire pour de bon, désormais. Non que je ne puisse pas revenir sur ma parole si je le voulais ; en tant qu'humain, je n'étais pas assujetti à leurs jeux complexes avec les mots. Cependant, faire une promesse à une personne telle qu'une reine signifiait que j'avais tout intérêt à l'honorer, sans quoi je risquais de voir des choses *très* déplaisantes se produire. Les fées ne prenaient pas ce genre de parole à la légère.

— Très bien, chéri.

Leanansidhe a soupiré.

— Je ne vois toujours pas l'intérêt de cette requête, mais fais ce que tu as à faire. Puisque Grimalkin n'est plus dans les parages, je vais devoir trouver quelqu'un d'autre pour te ramener chez toi. Quand veux-tu partir ?

— Dès que Keirran pourra nous rejoindre.

— Je suis là.

Une voix posée s'est élevée depuis le couloir, et le prince de Fer est entré dans la pièce. Il paraissait fatigué et plus grave qu'à l'accoutumée, et avait des cernes inhabituels sous les yeux. Annwyl n'était pas avec lui.

— Où allons-nous ? a-t-il demandé en nous regardant alternativement, Kenzie et moi. On retourne au parc, déjà ?

— Non, pas encore.

J'ai levé le seul bâton de rotin qu'il me restait.

— Si nous devons nous rendre dans le repaire de cette Lady, ou ailleurs, il va me falloir une meilleure arme que ça. Je pense pouvoir convaincre mon maître de kali de me prêter l'une des siennes. Il possède toute une collection de couteaux et d'armes blanches.

Et je veux parler à Guro, l'informer de ce qui se passe, lui dire que je ne me suis pas volatilisé. Je lui dois bien ça, au moins. Peut-être pourra-t-il aussi prévenir mes parents que je vais bien — pour le moment, en tout cas.

Keirran a hoché la tête.

— Ça me va, a-t-il dit.

— Où est Annwyl ? l'a interrogé Kenzie. Est-ce qu'elle va bien ?

— Elle va bien. Mais ses démêlés avec les mangeurs de glamour l'ont affectée plus que nous ne le pensions. Elle dort, en ce moment. Rasoir est avec elle ; il viendra me voir quand elle se réveillera.

— Est-ce que tu veux l'attendre ? a demandé Kenzie. Ça ne nous dérange pas, si tu préfères la laisser dormir un peu.

— Non.

Keirran a secoué la tête.

— Je suis prêt. Allons-y.

Il a jeté un regard furtif derrière lui, comme s'il craignait qu'Annwyl n'arrive d'un moment à l'autre.

— Elle ne sait pas que nous partons, c'est ça ? ai-je deviné en plissant les yeux. Tu préfères que nous y allions sans elle.

Keirran s'est passé une main dans les cheveux, l'air un peu coupable.

— Tu as vu ce qu'elles lui ont fait, a-t-il dit d'un air lugubre. De nous tous, elle est la plus en danger. Je ne veux pas prendre de nouveau ce risque. Elle sera plus en sécurité ici.

Kenzie a secoué la tête avec désapprobation.

— Et donc, tu la laisses en plan ? Elle va être furax.

Elle l'a dévisagé en posant ses mains sur ses hanches, tandis qu'il n'osait croiser son regard.

— Personnellement, je n'apprécierais pas du tout qu'on me fasse ce genre de coup. Franchement, les gars, pourquoi croyez-vous toujours savoir ce qui est le mieux pour nous ? Pourquoi ne *discutez*-vous pas au lieu de faire ça ?

— Je me suis souvent posé cette question, chérie, a soupiré Leanansidhe. C'est l'un des mystères de l'univers, crois-en mon expérience. Mais j'ai besoin d'une réponse, mes petits, afin de savoir si j'appelle ou non un guide. Alors, allez-vous attendre la fée de l'Eté, ou partez-vous sans elle ?

J'ai interrogé Keirran du regard. Il a hésité et a jeté un nouveau regard vers la porte, le regard sombre. L'indécision se lisait sur son visage, mais il a finalement secoué la tête et s'est retourné.

— Non, a-t-il dit en ignorant le soupir indigné de Kenzie. Je veux qu'elle soit en sécurité. Je préfère la voir en colère après moi plutôt que vidée de sa substance par ces monstres. Allons-y.

Le trajet nous a pris une bonne partie de la nuit. Notre guide pixie connaissait l'existence d'un seul passage menant à ma ville natale. La maison de Guro était à l'opposé de l'endroit où nous sommes arrivés, et nous avons dû prendre un taxi pour faire le reste du chemin. Pendant la demi-heure de route, Kenzie s'est assoupie contre mon épaule, ce qui a fait sourire Keirran et notre chauffeur. Même si ce trajet ne me dérangeait pas plus que ça, je me suis surpris à regretter que Grimalkin ne soit pas là — il nous aurait sûrement trouvé un moyen plus rapide et facile de nous rendre chez Guro —, avant de me reprendre.

Eh, depuis quand comptes-tu sur les fées, Ethan ? Il n'en est pas question, ni maintenant, ni jamais.

Prenant soin de ne pas déranger Kenzie, j'ai croisé les bras et regardé les réverbères défiler par la vitre. Et j'ai essayé de me convaincre que je ne voulais toujours rien avoir à faire avec les fées. Dès que cette histoire avec les mangeurs de glamour serait terminée, le sujet serait clos.

Pourtant, quelque part, je me doutais bien que ce ne serait pas si simple.

Au petit matin, le taxi est enfin arrivé devant la maison de Guro. J'ai payé le chauffeur avec ce qu'il me restait de liquide, et j'ai contemplé l'allée montant à la jolie maison de briques.

J'espère que Guro est un lève-tôt.

J'ai frappé à la porte d'entrée, et l'aboiement d'un chien a immédiatement retenti de l'intérieur. Quelques instants plus tard, la porte s'est ouverte, et Guro m'a regardé à travers la moustiquaire. Un gros labrador beige m'observait derrière ses jambes, agitant la queue.

— Ethan ?

— Bonjour, Guro.

Je lui ai adressé un sourire gêné.

— Désolé, il est très tôt. J'espère que je ne vous ai pas réveillé.

Avant même que je ne lui pose la question, la porte-moustiquaire s'est ouverte et Guro m'a fait signe d'entrer.

— Entre, m'a-t-il dit d'une voix sévère qui m'a donné des battements de cœur. Vite, avant que quelqu'un ne te voie.

L'intérieur de sa maison était assez ordinaire, même si je ne savais pas à quoi m'attendre — des tapis de combat par terre, des couteaux sur les murs, peut-être ? Nous l'avons suivi à travers la cuisine pour rejoindre le salon, où un autre chien, plus vieux et tout pelé, nous a jeté un regard morne depuis le canapé sans prendre la peine de se lever.

— Asseyez-vous, je vous en prie.

Guro nous a invités d'un geste à nous installer sur le divan, où nous avons pris place timidement. Kenzie s'est assise à côté du vieux chien et a tout de suite commencé à lui gratter le cou. Guro l'a regardée quelques instants, puis son regard est revenu sur moi.

— Es-tu déjà passé chez toi ?

— Je…

Désarçonné par sa question, j'ai secoué la tête.

— Non, Guro. Comment savez-v…

— Le journal, Ethan. Tu étais dans le journal.

J'ai tressailli. Kenzie a relevé les yeux vers lui, bouche bée. Guro a hoché la tête gravement.

— Toi, la fille, et un autre garçon, a-t-il poursuivi alors qu'une boule se formait dans mon ventre. Tous envolés en même temps, ou presque. La police vous cherche depuis des jours. Je ne te connais pas, a-t-il dit en regardant Keirran, mais je suppose que tu es mêlé à cette histoire, quelle qu'elle soit.

Keirran a incliné la tête avec respect.

— Je suis juste un ami, a-t-il répondu. Je suis là pour aider Ethan et Kenzie. Ne faites pas attention à moi.

Guro l'a dévisagé étrangement. Ses yeux se sont assombris, et l'espace d'un instant j'ai presque cru qu'il pouvait voir à travers le glamour et le Voile, et percer le masque humain de Keirran pour distinguer la fée dissimulée derrière celui-ci.

— Qui c'était, chéri ?

Une femme aux cheveux et aux yeux noirs est entrée dans la pièce, et s'est arrêtée tout net en nous voyant. Elle tenait une petite fille d'environ six ans dans ses bras.

— Mais…

Elle a porté une main à sa bouche, interloquée.

— Ce ne sont pas les jeunes qu'on a vus à la télé ? On devrait peut-être appeler la police ?

J'ai jeté à Guro un regard implorant ; il a soupiré.

— Maria.

Il s'est avancé vers sa femme en souriant.

— Je suis désolé. Voudrais-tu tenir compagnie à nos invités pendant un moment ? Je dois parler à mon élève en privé.

Elle l'a regardé avec stupeur, et il lui a pris la main.

— Je t'expliquerai tout après.

Le regard de la femme s'est porté sur nous puis de nouveau sur Guro, avant qu'elle ne finisse par hocher la tête.

— Bien sûr, a-t-elle dit d'une voix faussement enjouée, comme si elle faisait de son mieux pour accepter cette étrange situation.

J'étais mal à l'aise pour elle ; ce n'était pas tous les jours que trois ados bizarres débarquaient chez vous — dont deux étaient recherchés par la police. Mais elle a souri malgré tout et a tendu la main.

— Venez, on va s'installer dans la cuisine en attendant que votre ami ait terminé.

Kenzie et Keirran m'ont regardé. J'ai acquiescé d'un signe de tête et ils se sont levés pour suivre la femme de Guro dans le couloir. Je l'ai entendue leur demander s'ils voulaient manger quelque chose, s'ils avaient déjà pris leur petit déjeuner. Les deux chiens se sont levés et les ont suivis dans la cuisine, me laissant seul avec mon maître.

Guro s'est approché et s'est assis sur une chaise en face de moi. Il n'a pas posé de question. Il n'a pas demandé d'où je venais, ce que j'avais fait. Il attendait.

J'ai pris une grande inspiration.

— Guro, j'ai des ennuis.

— Ça, je m'en doutais, a-t-il dit d'un ton posé qui n'avait rien d'accusateur. Que s'est-il passé ? Commence par le début.

— Je ne… suis même pas sûr de pouvoir l'expliquer.

Je me suis passé une main dans les cheveux, essayant de rassembler mes esprits. Pourquoi étais-je venu là ? Pensais-je vraiment que Guro allait me croire si je commençais à lui parler de *fées invisibles* ?

— Vous vous souvenez de ce que vous m'avez dit dans le vestiaire, l'autre soir ? Sur le fait de ne pas croire ce que nos yeux nous disent ?

Je me suis interrompu pour observer sa réaction, mais il s'est contenté de hocher la tête pour m'encourager à poursuivre.

— Eh bien… quelque chose me poursuivait. Quelque chose que personne d'autre ne peut voir. Des créatures invisibles.

— Quel genre de créatures invisibles ?

J'ai hésité, réticent à prononcer le mot *fée*, tant il pouvait paraître absurde.

— Certains les appellent le Petit Peuple, ou les Bons Voisins.

Aucune réaction sur le visage de Guro. Mon angoisse est montée d'un cran.

— Je sais que ça semble fou, mais j'ai toujours pu les voir, depuis ma plus tendre enfance. Et *elles* savent aussi que je peux les voir. Elles s'en prennent à moi depuis tout ce temps, et je ne parviens plus à m'en sortir.

Guro est resté silencieux quelques instants. Puis, très doucement, il a dit :

— Est-ce que ça a un rapport avec ce qui s'est passé au tournoi ?

J'ai relevé les yeux, sentant une lueur d'espoir se rallumer en moi.

— Tu étais pris en chasse, n'est-ce pas ? a-t-il demandé gravement. Je vous ai vus. Toi, et la fille. Je vous ai vus courir vers la porte de secours, et j'ai vu que quelque chose t'avait frappé quand tu es sorti.

— Comment… ?

— Tu as laissé du sang sur l'encadrement de la porte.

La voix de Guro était sérieuse et pleine d'inquiétude.

— Cela m'a confirmé que ce que j'avais vu était vrai. Je t'ai suivi dehors, mais le temps que j'atteigne le parking, vous aviez tous deux disparu.

J'ai retenu mon souffle.

— Mon grand-père, le Mang-Huhula qui m'a formé, me racontait souvent des histoires d'esprits, de créatures invisibles à l'œil nu. Il disait qu'il existe tout un monde caché autour de nous, parallèle au nôtre, dont personne ne connaît l'existence. Sauf quelques-uns. Quelques rares personnes, qui peuvent voir ce que les autres ne voient pas. Les esprits de ce monde peuvent être utiles ou hostiles, bienveillants ou malveillants, mais, par-dessus tout, ceux qui voient le monde invisible se retrouvent perpétuellement piégés. Ils essaient de marcher entre deux vies, et doivent trouver le moyen de les équilibrer.

— Y arrivent-ils parfois ? ai-je demandé d'un ton amer.

— Parfois, oui.

La voix de Guro gardait le même ton calme et posé.

— Mais on les aide souvent pour ça. Quand ils acceptent de se faire aider.

Je me suis mordu la lèvre, essayant de trouver les mots justes.

— Je ne sais pas quoi faire, Guro, lui ai-je dit enfin. J'ai essayé de rester à l'écart de tout ça, je ne voulais vraiment pas m'en mêler. Mais elles menacent mes amis et ma famille, maintenant. Je vais devoir me battre contre elles, ou elles ne me laisseront jamais tranquilles. J'ai juste… peur de ce qu'elles feront à ma famille si je n'interviens pas.

Guro est resté un moment silencieux. Puis il s'est levé et a quitté la pièce plusieurs minutes, assez longtemps pour que je me demande s'il n'était pas en train d'appeler la police ; si mon histoire n'était pas trop folle pour qu'il puisse y croire, malgré sa foi apparente dans « le monde invisible ». Assis sur le canapé, je me demandais si je ne devrais pas aller chercher Kenzie et Keirran et partir avec eux sur-le-champ, quand il est réapparu en portant une boîte plate, toute de bois. Il l'a posée délicatement sur la table basse entre nous et m'a regardé avec un grand sérieux.

— Tu te souviens, quand je t'ai dit que je n'enseignais pas le kali dans un but de violence ? m'a-t-il demandé.

J'ai opiné du chef.

— Alors pour *quoi* est-ce que je l'enseigne ?

— Pour l'autodéfense, ai-je récité.

Guro a hoché la tête, m'incitant à poursuivre.

— Pour… transmettre la culture. Pour que les connaissances ne se perdent pas.

Guro attendait toujours. Mes réponses étaient correctes, mais je n'avais pas encore dit ce qu'il attendait.

— Et ?

Je me suis creusé les méninges quelques secondes, quand la réponse m'est venue :

— Pour protéger sa famille, ai-je dit posément. Pour défendre ceux que l'on aime.

Guro a souri. Il s'est penché et a fait coulisser la planche supérieure de la boîte pour l'ouvrir.

Mon souffle s'est coupé. Posées sur du feutre vert, deux épées courtes reposaient dans leur fourreau. Les mêmes lames que celles que j'avais utilisées lors du tournoi.

Les yeux de Guro se sont posés sur moi.

— Elles sont à toi, m'a-t-il dit. Je les ai fait faire quelques années après ton inscription au cours. J'avais l'intuition que tu pourrais en avoir besoin, un jour.

Il a souri devant mon expression stupéfaite.

— Elles n'ont pas d'histoire, pas encore. Ce sera à toi de l'écrire. Et un jour, je l'espère, tu pourras les transmettre à ton fils.

J'ai sorti les armes de leur fourreau et les ai prises en main, ébahi. Je sentais leur poids idéal, le tranchant redoutable de leur lame, et j'ai serré le poing sur leur poignée. Alors, je me suis levé pour les faire tournoyer un peu, me concentrant sur le léger bruit des lames fendant l'air. Elles étaient parfaitement équilibrées et se calaient au creux de mes mains comme si elles avaient effectivement été faites pour moi. Je n'ai pu m'empêcher de sourire, comme me l'a montré mon reflet sur la surface polie de leur tranchant.

O.K. *Maintenant*, j'étais prêt à affronter n'importe laquelle de ces ordures mangeuses de glamour.

— Autre chose.

Guro a fouillé dans la boîte et en a sorti un petit disque de métal accroché à une lanière de cuir. Un triangle était gravé au centre du disque, avec un symbole inconnu à l'intérieur.

— Pour ta protection, a dit Guro en me le tendant. Il a protégé mon grand-père, et son père avant lui. Maintenant, il te protégera à ton tour.

Guro a passé le porte-bonheur autour de mon cou. Il était étonnamment lourd, et a cliqueté contre ma croix de fer comme je le passais sous ma chemise.

— Merci, ai-je murmuré.

— Quoi que tu aies à affronter, Ethan, sache que tu n'as pas à le faire seul.

J'ai baissé les yeux, embarrassé. Guro a dû percevoir ma gêne, car il s'est alors tourné en direction du couloir.

— Viens. Allons donc voir ce que font tes amis.

Keirran était assis devant le bar de la cuisine, les coudes posés sur sa surface de granit, une tasse fumante à ses côtés. La petite fille était installée près de lui et dessinait sur une feuille avec un crayon de couleur ; le prince semblait très intrigué par ce dessin.

— Une… lamia ? a-t-il demandé alors que je m'approchais pour regarder par-dessus son épaule.

On distinguait une créature trapue à quatre pattes et deux têtes entre un amas de crayons, totalement impossible à identifier. La petite a froncé les sourcils.

— Mais non ! Regarde ! C'est un poney.

— Oh ! mais oui, bien sûr. Qu'est-ce que je suis bête, s'est rattrapé Keirran. Qu'est-ce que tu sais dessiner d'autre ?

— Coucou, ai-je fait doucement tandis que la petite fille reprenait ses crayons. Où est Kenzie ?

— Dans le bureau, a répondu Keirran en se tournant vers moi. Elle a demandé si elle pouvait utiliser l'ordinateur pendant un moment. Je crois qu'elle fait une recherche sur le parc. Tu devrais aller la voir.

Je lui ai adressé un sourire complice.

— Ça va aller pour toi ?

— Voilà ! s'est écriée la petite d'un ton triomphal. C'est quoi, celui-là ?

Keirran a souri lui aussi et m'a fait un signe de la main. Je suis sorti de la cuisine en hochant poliment la tête à l'intention de la femme de Guro et je suis parti dans le couloir tandis que les suggestions de « dragons » et de « manticores » de Keirran s'évanouissaient derrière moi.

J'ai trouvé Kenzie dans une petite pièce, assise à un bureau d'angle, les deux chiens couchés en boule au pied de sa chaise. Le jeune labrador a levé la tête et a agité la queue à mon arrivée, mais Kenzie et le vieux chien n'ont pas bougé. Ses yeux étaient rivés à l'écran de l'ordinateur, tandis que sa main faisait glisser la souris. Elle l'a lâchée pour taper rapidement quelque chose de ses doigts agiles, avant de faire *Entrée*. Une nouvelle page a remplacé la précédente. Le labrador s'est assis et a posé sa grosse tête sur les genoux de Kenzie en la regardant, plein d'espoir. Sans lâcher l'écran des yeux, elle a baissé une main pour lui gratter les oreilles. Le chien a grogné de plaisir en haletant sur sa jambe.

Je me suis glissé dans la pièce. Là, j'ai pris l'amulette de Guro et l'ai enlevée de mon cou. Je me suis approché de Kenzie par-derrière et l'ai passée délicatement autour du sien. Elle a sursauté, surprise.

— Ethan ? Bon sang, je ne t'ai même pas entendu arriver. Fais un peu plus de bruit, la prochaine fois.

Elle a contemplé l'étrange pendentif désormais pendu à son cou.

— Qu'est-ce que c'est ?

— Une amulette porte-bonheur. C'est Guro qui me l'a donnée, mais je veux que ce soit toi qui la portes.

— Tu es sûr ?

— Oui.

J'ai senti le poids des épées accrochées à ma taille.

— J'ai déjà ce qu'il me faut.

Je me suis penché au-dessus de la chaise de bureau pour regarder l'écran de l'ordinateur.

— Qu'est-ce que tu faisais ?

Elle s'est retournée vers l'écran.

— Je voulais voir s'il y avait un endroit à Central Park susceptible d'être le repaire dont on parlait. Thomas a évoqué un « grand noir », alors je me demandais s'il pouvait s'agir d'un souterrain, ou quelque chose de ce genre. J'ai un peu creusé…

Elle a positionné la souris sur un lien et a cliqué.

— … et j'ai trouvé quelque chose de très intéressant. Regarde un peu ça.

J'ai fixé l'écran.

— Quoi, il y a une grotte ? A Central Park ?

— Quelque part dans la zone appelée le Ramble.

Kenzie a continué d'explorer le site.

— Peu de gens connaissent son existence, et l'accès en a été bouché il y a bien longtemps… mais, oui, il y a une grotte à Central Park.

Soudain, les deux chiens ont levé la tête et se sont

mis à gronder de façon sourde et continue. Kenzie et moi nous nous sommes crispés sur-le-champ, mais ce n'était pas nous qu'ils regardaient. Subitement, ils sont partis de la pièce en aboyant comme des fous, leurs griffes dérapant sur le parquet. Dans la cuisine, la petite fille a hurlé.

Nous nous sommes précipités derrière eux. Keirran s'était mis debout devant la petite, pendant que la femme de Guro criait quelque chose par-dessus les aboiements frénétiques des chiens. Les deux animaux étaient postés devant le réfrigérateur, complètement déchaînés. Le plus jeune sautait vers la porte en aboyant et en hurlant à la mort, tout en essayant d'atteindre quelque chose en hauteur.

Deux yeux verts électriques scintillaient depuis le dessus du congélateur, où une forme noire et grêle crachait sur les deux chiens en contrebas.

— Non ! Méchants chiens ! Méchants ! Partir !

Keirran s'est rué vers le frigo.

— Rasoir ! Qu'est-ce que tu fais ici ?

— Maître ! a gémi le gremlin en agitant désespérément ses longs bras. Maître, aider !

Oh ! non. C'était exactement ce que je tenais à éviter — mêler Guro et sa famille à toute cette folie. Il fallait partir de là avant que ça ne dégénère.

J'ai pris Keirran par le bras et l'ai entraîné vers la porte.

— On y va, ai-je lancé sous son regard étonné. Tout de suite ! Dis à ton gremlin de nous suivre. Guro, ai-je dit alors que mon maître arrivait, alerté par le tapage. Je dois y aller. Merci pour tout, mais nous ne pouvons pas rester plus longtemps.

— Ethan ! m'a interpellé Guro tandis que je poussais Keirran vers la sortie.

Je me suis retourné, espérant qu'il n'allait pas insister pour que nous restions davantage.

— Reviens vite, tu m'entends ? m'a-t-il dit d'un ton sévère. Je ne préviendrai pas les autorités, pas encore. Mais prends au moins la peine de rassurer tes parents.

— D'accord, lui ai-je répondu avant de me hâter dehors pour rejoindre les autres.

Nous avons couru dans la rue, nous sommes passés entre deux maisons pour finalement arriver sur un parking abandonné envahi de mauvaises herbes. Là, un immense chêne aux branches couvertes de mousse dépassait du brouillard ; nous avons fait halte sous son rideau de végétation.

— Où est Rasoir ? a demandé Kenzie.

Au moment même, le gremlin est venu se réfugier sur l'épaule de Keirran, où il s'est mis à faire des bonds en baragouinant avec excitation. Le prince de Fer a froncé les sourcils tandis que Rasoir allait et venait sur lui, complètement survolté.

— Aïe ! Rasoir !

Keirran a attrapé le gremlin et l'a tenu à bout de bras devant lui.

— Qu'est-ce qui t'arrive ? Je croyais t'avoir dit de rester avec Annwyl ?

— Rasoir entendu ! s'est écrié le gremlin en se tirant les oreilles. Rasoir resté, pas jolie elfe ! Jolie elfe partie, voulait trouver Maître !

— Annwyl ?

Keirran a lâché brusquement le gremlin, qui a disparu pour réapparaître dans l'arbre voisin, bourdonnant toujours dans un charabia désormais incompréhensible.

— Partie ? Mais où… ?

Le gremlin vociférait toujours avec frénésie, agitant ses bras dans tous les sens.

— Rasoir, calme-toi. Je ne comprends rien à ce que tu dis. Où est-elle, maintenant ?

— Elle est avec la Lady, jeune homme.

Nous avons fait volte-face. Une nappe de brouillard a semblé se détacher pour glisser vers nous et prendre peu à peu substance. La créature semi-féline à face de vieillarde a surgi alors de la brume, ses lèvres fripées tordues en un affreux rictus. Derrière elle, deux autres fées sont apparues — celles aux yeux globuleux qui nous avaient précipités dans le pays de Nulle Part, Kenzie et moi. Le crissement des armes sortant de leur fourreau a retenti dans l'air brumeux.

La fée-chat a craché, révélant des dents jaunes.

— Frappe-moi, et la fée de l'Eté périra, nous a-t-elle menacés. Le monstre de Fer dit la vérité. Nous l'avons guettée pendant qu'elle pénétrait le monde réel pour vous chercher. Nous l'avons suivie, et quand elle a été assez loin du Milieu, nous l'avons capturée. Elle est avec la Lady, maintenant. Et si je meurs, la fée de l'Eté servira de casse-croûte au reste des miens. C'est à toi de voir.

Keirran a blêmi et il a abaissé son arme. La fée a souri.

— C'est bien, mon garçon. Tu te souviens de moi ? Je t'ai observé, après que tu as tué ma sœur avec ton sale glamour empoisonné. Je vous ai vus, toi et ta précieuse fée de l'Eté, emmener les humains chez la reine des Exilés.

Elle a retroussé ses lèvres fripées.

— Pff ! Reine des Exilés, laissez-moi rire ! Ce n'est

pas plus une vraie reine que cette sale limace de Titania, assise sur son trône en jouant de sa renommée mal acquise. Notre Lady détruira toutes ces notions stupides de cours d'Hiver ou d'Eté.

— Je me fiche de Titania, a répliqué Keirran en faisant un pas en avant. Où est Annwyl ? Que lui avez-vous fait ?

La fée-chat a souri de nouveau.

— Pour le moment, elle va bien. Quand nous l'avons capturée, notre Lady nous a demandé de ne pas lui faire de mal. Pour combien de temps… ça, ça va dépendre de vous.

Les épaules de Keirran se sont soulevées comme il prenait une longue et profonde inspiration.

— Qu'est-ce que vous attendez de nous ? a-t-il demandé.

— Des mortels, rien du tout.

La créature nous a jeté un bref coup d'œil dédaigneux, à Kenzie et à moi.

— Ils sont humains. Le garçon a peut-être la Vision Absolue, mais notre Lady ne s'intéresse pas aux humains. Ils ne lui sont d'aucune utilité. C'est toi qu'elle veut, l'elfe brillant. Elle a senti ton étrange glamour quand tu étais dans le parc — la magie de l'Eté, de l'Hiver et du Fer rassemblés. Elle n'avait jamais rien éprouvé de tel jusqu'alors.

La fée a montré ses crocs en un sourire menaçant.

— Viens avec nous rencontrer la Lady, et la fille de l'Eté restera en vie. Sinon, nous lui prendrons tout son glamour, nous la viderons de son essence et de tous ses souvenirs jusqu'à ce qu'il n'en reste plus rien.

Keirran a serré les poings, les bras tremblants.

— Le promettez-vous ? a-t-il dit fermement.

Promettez-vous de ne pas lui faire de mal si je viens avec vous voir cette Lady ?

— Keirran ! me suis-je écrié en m'avançant vers lui. Pas ça ! Qu'est-ce que tu fais ?

Il a tourné vers moi des yeux désespérés.

— Je le dois, a-t-il murmuré. Je dois faire ça, Ethan. Tu ferais la même chose si c'était Kenzie.

Il avait raison. Keirran était prêt à tout pour Annwyl, il l'avait déjà prouvé. Mais je ne pouvais pas le laisser partir vers sa propre mort sans rien faire. Il avait beau être en partie fée, il était tout de même de ma famille.

— Tu vas te faire tuer, ai-je insisté. On n'est même pas sûrs qu'elles l'aient vraiment capturée. C'est peut-être un mensonge pour te forcer à venir avec elles.

— Un mensonge ?

La fée-chat a grondé, l'air outragé et indigné.

— Nous sommes des *fées*. Le genre humain nous a oubliées, les cours nous ont abandonnées, mais nous faisons partie de Nulle Part autant que l'Eté ou l'Hiver. Nous ne mentons pas. Et ton amie de l'Eté ne passera pas la nuit si tu ne rentres pas avec nous, maintenant. *Ça*, je peux te le promettre. Alors, que fais-tu, mon garçon ?

— Entendu, a dit Keirran. C'est d'accord. Marché conclu. Je viendrai avec vous si tu jures de ne pas faire de mal à mes amis après notre départ. Promets-moi au moins ça.

La fée-chat a reniflé.

— Comme tu veux.

— Keirran…

Il ne m'a pas regardé.

— A toi de jouer, maintenant, m'a-t-il murmuré en

rengainant son épée. Retrouve-nous. Et sauve tout le monde.

Rasoir s'est mis à bourdonner avec hystérie et a sauté de l'arbre pour atterrir sur l'épaule de Keirran.

— Non ! a-t-il imploré en le tirant par le col comme s'il pouvait l'entraîner avec lui. Pas partir, Maître ! Non !

— Rasoir, reste avec Kenzie, a marmonné Keirran.

Le gremlin a secoué la tête en battant de ses grandes oreilles et en baragouinant son charabia. La voix de Keirran s'est faite plus dure.

— Allez ! a-t-il ordonné tandis que Rasoir se faisait tout petit devant son ton impérieux. File, maintenant !

Le gremlin a disparu dans un petit gémissement. Il est réapparu sur l'épaule de Kenzie et a enfoui son visage dans ses cheveux en pleurant. Keirran l'a ignoré. Il a redressé les épaules et a avancé d'un pas décidé vers le trio de mangeurs de glamour. J'ai remarqué que les deux fées aux gros yeux se sont légèrement écartées à son approche, comme si elles redoutaient d'être contaminées par son glamour de Fer.

— Allons-y, l'ai-je entendu dire. Je suis sûr que votre Lady nous attend.

Intérieurement, je bouillais.

Fais quelque chose ! Ne reste pas planté là à le regarder s'en aller ! J'ai envisagé un bref instant de sauter sur les mangeurs de glamour pour les réduire en tranches ; mais si Annwyl mourait effectivement à cause de cela, Keirran ne me le pardonnerait jamais. Alors j'ai serré les poings et me suis contenté de regarder les fées se retirer. L'une d'entre elles s'est tournée pour fendre le brouillard derrière elles. Il s'est ouvert comme un rideau, révélant un grand noir derrière la faille. Du noir, et rien d'autre.

— Ne vous amusez pas à nous suivre, humains, a craché la fée-chat avant de se glisser dans l'ouverture, agitant sa queue derrière elle.

Les deux autres créatures ont montré leurs griffes à Keirran, qui s'est engouffré dans la faille sans se retourner, pour se perdre dans le noir. Les fées nous ont dévisagés une dernière fois d'un œil menaçant, avant de disparaître derrière lui. Le brouillard s'est formé de nouveau, refermant l'ouverture sur le monde réel, et nous nous sommes retrouvés seuls dans la brume.

20. Les Oubliés

Génial. Et maintenant, on faisait quoi ?

J'ai vaguement entendu Kenzie essayer de calmer Rasoir, tandis que je continuais de fixer l'endroit par où les mangeurs de glamour et Keirran venaient de disparaître. Comment avaient-ils pu créer un passage ici ? A ma connaissance, seuls les rois et reines de la Faérie — Oberon, Mab et Titania — ou quelqu'un d'une puissance égale pouvait créer des entrées et des sorties du pays de Nulle Part. Même les fées ne pouvaient aller et venir entre les mondes à leur guise ; il leur fallait un passage « officiel ».

A moins que quelqu'un possédant un immense pouvoir n'ait créé ce passage pour eux, sachant que nous étions là…

A moins que ce qui se cachait dans Central Park soit capable de rivaliser avec Oberon ou Mab.

Idée carrément flippante.

Kenzie a enfin réussi à faire cesser Rasoir de gémir. Il s'est assis sur son épaule, les oreilles rabattues, l'air malheureux. Elle a soupiré et s'est tournée vers moi.

— On va où, maintenant ? Comment va-t-on à Central Park, d'ici ?

— Je ne sais pas, ai-je avoué en essayant de contrôler ma frustration. On doit utiliser un passage, mais les humains ne peuvent pas les ouvrir tout seuls.

Rasoir a reniflé et relevé la tête.

— Rasoir sait, a-t-il gazouillé en clignant de ses grands yeux verts. Rasoir trouver passage, ouvrir passage. Passage vers Muse qui fait peur. Rasoir sait.

— Où ? lui a demandé Kenzie en enlevant le gremlin de son épaule pour le tenir devant elle. Où ça, Rasoir ?

Il a bourdonné et s'est tortillé dans ses mains.

— Parc, a-t-il dit avant de tendre le doigt vers moi. Parc à côté maison drôle de garçon. Va chez Muse qui fait peur.

— *Quoi ?*

Je l'ai regardé droit dans les yeux.

— Pourquoi y a-t-il un passage menant chez Leanansidhe si près de chez moi ? Est-ce qu'elle envoyait ses larbins m'espionner, elle aussi ?

Il a tiré sur ses oreilles.

— Maître a demandé ! s'est-il mis à geindre. Maître a demandé à dame qui fait peur de faire passage.

Ma colère s'est dissipée, remplacée par le doute. *Keirran*. Keirran avait demandé à Leanansidhe de créer un passage tout près de ma maison… Pourquoi ? Par curiosité ? Parce qu'il voulait voir l'autre côté de sa famille, le côté humain ? Parce qu'il espérait nous rencontrer un jour, mais qu'il avait peur de se dévoiler ? Je ne l'avais jamais vu dans les parages, mais peut-être y était-il parfois, caché, à nous regarder. Soudain, je me suis demandé s'il ne s'était pas senti seul à la cour de Fer, s'il s'y était jamais senti à sa place, en tant que demi-humain entouré de fées.

Une autre pensée m'est venue : le souvenir d'un gremlin m'observant par la fenêtre de ma chambre. Etait-ce Rasoir, depuis le début ? Keirran avait-il envoyé son petit compagnon m'espionner, ne pouvant le faire lui-même ?

Il faudrait que je lui pose la question — si toutefois nous le sortions des griffes de la Lady. Rectification : *quand* nous le sortirions des griffes de la Lady. Je n'osais même pas envisager que ça puisse ne pas être le cas.

— Je connais ce parc, ai-je dit à Kenzie tandis que Rasoir grimpait de nouveau sur son épaule. Allons-y.

Nouveau trajet en taxi — payé par Kenzie, cette fois, car je n'avais plus un sou en poche —, et nous nous sommes bientôt retrouvés en terrain familier, au bord du petit parc où j'avais parlé à la dryade. Cela me semblait déjà si lointain. Le soleil avait dissout les dernières nappes de brouillard, et les gens commençaient à sortir de chez eux. J'ai regardé vers le bout de la rue. A quelques pâtés de maisons, ma mère devait se préparer à aller travailler, et mon père encore dormir. Ils étaient si proches… Pensaient-ils à moi en ce moment ? S'inquiétaient-ils ?

— Ethan ?

Kenzie m'a touché le bras.

— Ça va ?

— Oui, ai-je murmuré en tournant le dos à la direction de ma maison.

Il ne fallait pas que je pense à eux — pas encore.

— Ça va, excuse-moi. Dis à ton gremlin de nous montrer le passage.

Rasoir a bourdonné avec mécontentement mais a sauté de l'épaule de Kenzie pour atterrir sur le vieux toboggan. Là, il s'est mis à baragouiner en nous indiquant l'espace sous les marches de l'installation.

— Passage ici ! a-t-il couiné en cherchant du regard l'approbation de Kenzie. Passage vers maison dame qui fait peur, ici ! Rasoir gentil, bien ?

J'ai secoué la tête, encore ébahi à l'idée qu'un passage vers la demeure de la reine des Exilés se trouve si près de chez moi, pendant que Kenzie félicitait Rasoir pour son aide. Todd, Annwyl, et maintenant Keirran étaient coincés quelque part, avec cette soi-disant « Lady », et chaque minute comptait.

J'ai pris la main de Kenzie, et nous nous sommes penchés pour passer sous le toboggan et rejoindre le Milieu.

Cette fois, le passage ne nous a pas emmenés dans le sous-sol de Leanansidhe. En quittant la blancheur froide qui séparait les mondes, nous sommes arrivés… dans un placard, qui s'ouvrait sur une chambre vide. J'ai ressenti un léger étourdissement en passant l'encadrement. Il faudrait quand même se demander si le fait de franchir tous ces passages n'était pas dangereux pour la santé, à la longue.

La pièce où nous nous trouvions était simple, meublée d'un lit défait, d'une table de nuit et d'un bureau dans un angle. Le tout dans des teintes de gris et de blanc. Les seules couleurs présentes dans la pièce étaient celles d'un vase de fleurs des champs posé sur un coin du bureau — l'œuvre d'Annwyl, probablement. Rasoir a bourdonné tristement, et ses oreilles se sont aplaties.

— Chambre Maître, a-t-il reniflé, tandis que Kenzie lui tapotait affectueusement la tête.

De la musique et des voix ont retenti lorsque j'ai ouvert la porte. Il n'y avait pas de chant ; juste quelques notes jouées au hasard, atténuant à peine le bruit d'une conversation. Elles se sont faites plus nettes à mesure que nous avancions dans le couloir, et nous sommes arrivés devant des doubles portes menant à une salle de musique au sol de moquette rouge. Un énorme piano trônait au centre de la pièce, entouré de divers instruments sur les murs et sur le sol, dont plusieurs vibraient doucement. Dans un coin, une harpe jouait sans que personne ne soit là pour pincer ses cordes. Une douce mélodie s'échappait d'un luth sur le mur opposé, auquel répondait le léger tintement d'un tambourin. L'espace d'un instant, il m'a presque semblé que les instruments parlaient entre eux, comme s'ils étaient vivants et doués de raison — ce qui était on ne peut plus perturbant.

Leanansidhe a soudain levé les yeux depuis un canapé, et Grimalkin a tourné ses mirettes dorées vers nous.

— Ethan chéri, te voilà !

La reine des Exilés s'est levée dans un froufroutement de tissu mêlé de fumée bleue et nous a invités à entrer en agitant son fume-cigarette.

— Tu arrives pile au bon moment, mon lapin. Grimalkin et moi parlions justement de toi.

Elle a cligné des yeux tandis que Kenzie et moi franchissions le seuil, et a jeté un coup d'œil dans le couloir vide derrière nous.

— Eh bien, où est le prince, mes chéris ?

— Ils l'ont pris, lui ai-je annoncé.

Les lèvres de Leanansidhe se sont pincées affreusement.

— Ils nous attendaient près de chez Guro, et ils ont voulu que Keirran vienne avec eux voir la Lady.

— Et tu ne l'en as *pas* empêché, trésor ?

— Je n'ai pas pu. Les mangeurs de glamour ont kidnappé Annwyl et ont menacé de la tuer si Keirran ne faisait pas ce qu'ils disaient.

— Je vois.

Leanansidhe a soupiré, et un chien de fumée a couru au-dessus de nos têtes.

— Je savais que mêler cette fille à tout ça était une erreur. Bon, eh bien tout cela gâche totalement nos plans, pas vrai, chéri ? Comment comptes-tu régler la situation, maintenant ? Je te conseille de ne pas tarder et de t'y mettre avant que la reine de Fer n'apprenne que son fils adoré a disparu. Ça ne ferait ni ton affaire, ni la mienne, n'est-ce pas, mon joli ?

— Je le retrouverai, ai-je dit en serrant le poing sur la poignée d'une de mes épées. Nous savons où ils se cachent, maintenant.

— Ah, oui ?

La reine des Exilés a haussé un sourcil interrogateur.

— Mais je t'en prie, raconte, chéri.

— Les mangeurs de glamour ont dit quelque chose à propos du Milieu.

Son autre sourcil s'est relevé sous le coup de l'étonnement.

— Peut-être n'êtes-vous pas la seule à savoir comment construire un repaire dans l'espace entre la Faérie et le monde mortel. Si vous pouvez le faire, d'autres doivent bien en être capables aussi, pas vrai ?

— Techniquement, oui, chéri.

Le ton de Leanansidhe était sec. De toute évidence, elle n'appréciait guère l'idée de ne pas être la seule à y avoir pensé.

— Mais le Milieu est un plan extrêmement fin, un rideau flottant entre les deux royaumes, pourrait-on dire. Pour que quelque chose puisse y survivre, il faut avoir un ancrage dans le monde réel. Sans quoi, on pourrait errer sans fin dans le Milieu.

— Il y a une sorte de souterrain à Central Park, est intervenue Kenzie en se postant à côté de moi. Il n'est pas très grand, et il a été bouché depuis des années, mais je suppose que ce n'est pas un problème pour les fées, n'est-ce pas ? S'il existe dans le monde réel, ce pourrait être une entrée vers le Milieu.

— Bien vu, ma puce. Ce pourrait tout à fait être votre entrée.

La reine des Exilés a souri à Kenzie avec approbation.

— Bien sûr, l'espace n'est pas un problème ici, comme vous aurez pu le remarquer. Un « petit souterrain » dans le monde réel pourrait bien être une immense caverne dans le Milieu, voire même un réseau de tunnels qui s'étend sur des kilomètres.

Un immense monde caché sous Central Park… On tenait peut-être le bon bout.

— Alors, on y va. Keirran, Annwyl et Todd doivent être quelque part, là-bas. Kenzie, ai-je dit en me tournant vers elle. En route ! Plus on restera ici, plus ce sera difficile de les retrouver.

Grimalkin a bâillé et s'est assis sur le banc de piano.

— Avant de partir tête baissée dans l'inconnu, a-t-il lâché avec un regard nonchalant, peut-être aimeriez-vous savoir contre quoi vous allez vous battre ?

— On le sait déjà, le chat.

— Tiens donc. Un fin stratège en apprend toujours le plus possible sur son adversaire.

Grimalkin a reniflé et a examiné une de ses pattes, avant de lui donner un coup de langue.

— Mais naturellement, si vous préférez donner

l'assaut sans avoir de plan, transmettez mes salutations au prince de Fer quand vous vous ferez repérer, ce qui ne manquera pas d'arriver.

— Grimalkin et moi discutions justement de l'origine possible de ces mangeurs de glamour, a dit Leanansidhe tandis que je jetais un regard noir au chat.

Il s'est gratté derrière une oreille sans se soucier de moi. Leanansidhe a poursuivi :

— Ce ne sont pas des fées de Fer, puisqu'elles ont encore des allergies mortelles au fer et à la technologie. Il est donc logique de supposer qu'à la base elles étaient comme nous. Cependant, je n'ai jamais pu identifier une seule d'entre elles jusqu'ici. Et toi, chéri ?

— Moi non plus, ai-je répondu. Je n'en avais jamais vu de ce genre auparavant.

— Précisément.

Grimalkin s'est levé et a sauté du banc sur le canapé pour nous considérer avec flegme. Il a cligné des yeux puis s'est assis confortablement en enroulant sa queue autour de ses pattes. Après quoi, il a repris la parole d'un ton bas et solennel.

— Sais-tu ce qui arrive aux fées dont plus personne ne se souvient, humain ?

Aux fées dont plus personne ne se souvient ? J'ai secoué la tête.

— Non. Je devrais ?

— Elles disparaissent, a poursuivi Grimalkin, ignorant ma question. On pourrait dire qu'elles « s'effacent » de l'existence, un peu comme les Exilés quand ils sont bannis dans le monde mortel. Et ça ne concerne pas que quelques individus. Des races entières peuvent disparaître et tomber dans l'oubli parce que plus personne ne raconte leurs histoires, personne ne se souvient de leur nom ou de leur apparence. Des rumeurs circulent au sujet d'un endroit, dans le fin fond du pays de Nulle Part, où ces fées vont mourir ; elles s'y éteignent progressivement, jusqu'à ne plus exister du tout. Effacées. Finies. Oubliées.

Un frisson m'a parcouru l'échine. « *On nous a oubliées,* m'avait lancé une de ces fées terrifiantes. *Personne ne se souvient de nos noms, ni même de notre existence.* »

— O.K., super. Donc, on sait ce qu'elles sont, ai-je dit. Mais ça ne nous explique pas pourquoi elles aspirent le glamour des fées normales et des demi-sang.

Grimalkin a bâillé.

— Bien sûr que si, humain, a-t-il déclaré comme si c'était l'évidence même. Parce qu'elles n'en possèdent *pas.* Le glamour — issu des rêves et de l'imagination des mortels — est ce qui nous maintient en vie. Même les demi-sang ont un peu de magie en eux. Mais ces créatures ont été oubliées depuis si longtemps que la seule façon pour elles d'exister dans le monde réel est de voler le glamour des autres. Cela dit, ce n'est que temporaire. Pour qu'elles existent vraiment, pour qu'elles vivent sans peur, il faudrait que l'on se souvienne de nouveau d'elles. Sans quoi, elles courent toujours le risque de s'éteindre.

— Mais…

Kenzie a froncé les sourcils tandis que depuis son épaule, Rasoir marmonnait son « Méchant minou » habituel.

— Comment pourrait-on se souvenir d'elles alors que personne ne sait ce qu'elles sont ?

— Voilà une excellente question — pour une fois, a lâché Grimalkin pendant que j'essayais d'intégrer toutes ces informations.

— Peu importe.

Je me suis redressé énergiquement et me suis retourné vers Leanansidhe, qui a haussé un sourcil en tirant sur son fume-cigarette.

— Je pars chercher Keirran, Todd et les autres, quelle que soit l'origine de ces choses. Nous avons besoin du passage qui mène à Central Park, tout de suite.

Ses yeux se sont plissés face à mon ton autoritaire, mais je n'ai pas fléchi.

— Nous devons nous dépêcher. Keirran n'en a peut-être plus pour très longtemps.

Grimalkin a sauté du canapé et il est passé devant nous, la queue dressée.

— Par ici, humains, nous a-t-il dit en ignorant Rasoir qui crachait vers lui depuis l'épaule de Kenzie. Je vais vous emmener à Central Park. Une fois encore.

— Tu viens avec nous, cette fois ? lui a demandé Kenzie.

Le chat a eu un petit rictus amusé.

— Je ne suis pas un guide pour touristes, humaine, lui a-t-il lancé avec un regard par-dessus son épaule. Je dois revenir au pays de Nulle Part très rapidement, et il se trouve que le passage que vous souhaitez emprunter est sur mon chemin. Je n'ai pas l'intention de me balader dans Central Park au milieu de créatures qui ne demandent qu'à me vider de mon glamour. Vous devrez vous débrouiller sans moi.

— Oh ! ça me brise le cœur, ai-je rétorqué avec ironie.

Grimalkin a fait semblant de ne pas entendre. Agitant la queue, il a trotté vers la porte en gardant la tête bien droite. Leanansidhe m'a jeté un regard amusé.

— Un petit conseil, chéri, m'a-t-elle dit comme nous nous apprêtions à partir. A moins que tu n'aies envie de te retrouver dans le nid d'un dragon ou entre les mains d'une sorcière, ce n'est jamais une bonne idée de provoquer le chat.

— Entendu, ai-je maugréé. J'essaierai de m'en souvenir quand on aura fini de sauver notre peau.

— Méchant minou, a renchéri Rasoir alors que nous nous hâtions de suivre Grimalkin.

21. Le grand noir

Une fois encore, nous avons franchi le passage menant à Central Park, avec cette sensation désormais familière au moment de passer la frontière. Il faisait nuit, et les réverbères illuminaient les allées, bien que l'obscurité alentour ne soit pas très profonde. Les lumières de la ville éclairaient le ciel d'une lueur artificielle, nous dissimulant les étoiles.

J'ai regardé Kenzie.

— C'est par où, maintenant ?

— Euh…

Elle a scruté les alentours en plissant les yeux.

— Le Ramble est au sud de Belvedere Castle, là où nous avons trouvé Thomas, alors… par ici, je crois.

Nous nous sommes mis en route et nous avons emprunté les mêmes chemins que la dernière fois, même si tout semblait plus étrange de nuit. Nous sommes passés devant Belvedere Castle et nous avons continué d'avancer, jusqu'à ce que le paysage devienne densément boisé autour de nous, avec seulement un petit sentier serpentant entre les arbres.

— Où est cette fichue caverne ? ai-je demandé en gardant les yeux braqués sur la forêt, au cas où des silhouettes fantomatiques y rôderaient.

— Je n'ai pas trouvé de photo, mais j'ai lu un article qui disait que l'entrée se trouve à côté d'un petit décrochement sur la rive ouest du lac, m'a répondu Kenzie. Apparemment, c'est une toute petite cavité. Plutôt une grotte, en fait.

— Ça reste notre meilleure piste. Et tu as entendu ce qu'a dit Leanansidhe : si ces Oubliés ont un repaire dans le Milieu, la taille importe peu. Ils ont juste besoin d'une entrée sur le monde réel.

Kenzie est restée silencieuse quelques minutes, puis a murmuré :

— Tu crois que Keirran va bien ?

J'espère bien ! Que ferait Meghan s'il lui arrivait quelque chose ? Que ferait *Ash* ? Je préférais ne pas y penser.

— Je suis sûr que ça va, ai-je répondu en m'efforçant de me convaincre moi-même. Ils ne peuvent pas lui prendre son glamour sans s'empoisonner, et ils ne se seraient pas donné la peine de kidnapper Annwyl s'ils voulaient le tuer.

— Peut-être voulaient-ils en faire un otage, a poursuivi Kenzie, le front soucieux. Pour forcer la reine de Fer à faire ce qu'ils veulent — ou à ne rien faire quand ils passeront vraiment à l'action.

Bon sang, ça ne m'était pas venu à l'esprit.

— On va le retrouver, ai-je grincé en serrant les poings. On les retrouvera tous.

Je ne comptais pas laisser d'autres personnes se faire piéger de la sorte ! Et je ne comptais pas non plus laisser toute ma famille se faire manipuler par ces *choses*. Quand bien même il me faudrait fouiller sous toutes les pierres et dans tous les buissons de Central Park, je ne partirais pas sans Keirran, Annwyl ou Todd. C'était ce soir ou jamais.

Les sentiers du Ramble se sont faits de plus en

plus sinueux. Les arbres étaient si rapprochés qu'ils occultaient la lumière, et nous marchions désormais dans une quasi-obscurité. Cette partie du parc était extrêmement calme ; les bruits de la ville étaient étouffés par la végétation, et l'on pouvait presque se croire perdus dans une immense forêt, à des centaines de kilomètres de toute civilisation.

— Ethan ? a de nouveau murmuré Kenzie après quelques minutes de marche silencieuse.

— Oui ?

— Est-ce que ça t'arrive d'avoir peur ?

Parce que ce n'était pas évident ? Je l'ai regardée.

— Tu plaisantes ? lui ai-je fait alors que ses yeux bruns croisaient les miens. Tu crois que je n'ai pas peur, en ce moment ? Que marcher droit sur un nid de fées sanguinaires ne me fiche pas un peu la frousse ?

Elle a eu un petit sourire en coin.

— Tu aurais pu jouer la comédie, gros dur.

Elle avait encore raison, sur ce coup-là. Cela faisait tellement longtemps que j'endossais ma carapace qu'il était difficile de s'y retrouver dans mes attitudes.

— Tu veux que je te dise, franchement ?

J'ai soupiré en regardant entre les arbres devant moi.

— J'ai eu peur presque toute ma vie. Mais l'une des premières règles que j'ai apprises est de ne pas le montrer. Sans quoi, *elles* te harcèlent encore plus.

J'ai penché la tête avec un petit rire amer.

— Désolé. Tu dois en avoir marre de m'entendre geindre au sujet des fées.

Kenzie n'a pas répondu, mais, quelques instants plus tard, elle a glissé sa main dans la mienne. Je l'ai serrée en retour, tandis que nous nous enfoncions plus avant dans l'enchevêtrement du Ramble.

Soudain, perché sur l'épaule de Kenzie, Rasoir s'est mis à cracher.

— Méchantes fées arrivent, a-t-il bourdonné en aplatissant ses grandes oreilles.

Nous avons échangé un regard inquiet, et mon pouls s'est accéléré. Nous y étions. Le repaire n'était pas loin.

— Combien ? a chuchoté Kenzie.

Rasoir a craché de nouveau.

— Beaucoup ! Arrivent vite !

Je l'ai entraînée en dehors du sentier.

— Cachons-nous !

Nous nous sommes réfugiés derrière un arbre juste au moment où une horde d'Oubliés surgissaient des bois sans un bruit, flottant entre les arbres. Ces fées-là étaient fines, tout en extrémités pointues, comme celles qui nous avaient menacés au dojo et m'avaient fait cette cicatrice à l'épaule. Elles ont contourné les arbres comme des apparitions et poursuivi leur chemin dans le parc, peut-être en quête de nouvelles proies.

Nous nous sommes collés au large tronc tandis que les Oubliés passaient devant nous sans nous voir. J'ai serré Kenzie contre moi. Son cœur battait à tout rompre contre ma poitrine, mais aucune des fées n'a regardé dans notre direction. Peut-être ne nous avaient-elles vraiment pas remarqués, ou peut-être deux humains dans un parc, la nuit, ne méritaient-ils pas leur attention. Après tout, elles chassaient uniquement des Exilés et des demi-sang. Pour elles, nous n'étions guère qu'un couple de New-Yorkais comme les autres. J'ai gardé la tête baissée et mon corps serré contre celui de Kenzie, comme si nous nous embrassions, pendant que les fées passaient sans se retourner.

C'est alors que Rasoir a craché sur un Oublié qui passait plus près de nous que les autres.

La créature s'est arrêtée. S'est retournée. J'ai senti son regard froid se poser sur moi.

— Ethan Chase, a-t-elle murmuré. Je te vois.

Bon Dieu. Cette fois, ça y est.

Je me suis écarté brusquement de Kenzie et j'ai dégainé mes épées tandis que l'Oublié chargeait avec un cri strident, me visant de ses griffes pointues comme des aiguilles.

J'ai contré son offensive d'un coup d'épée ascendant, et la lame de mon arme a tranché le membre grêle aussi aisément que s'il s'agissait d'une brindille. L'Oublié a hurlé en voyant son bras partir en fumée et il est revenu à l'attaque en agitant frénétiquement celui qu'il lui restait. J'ai esquivé, me suis rapproché et j'ai abattu ma lame sur lui. La fée s'est effondrée en deux morceaux, avant de s'évaporer en nappes de brouillard et de disparaître complètement.

Waouh. Carrément mieux que des bâtons de rotin.

Des cris m'ont fait sursauter. La horde des Oubliés revenait sur ses pas, bouches ouvertes, leurs yeux noirs d'insectes luisant de colère. Hurlant de leurs voix surnaturelles, ils se précipitaient entre les arbres, toutes griffes dehors pour me mettre en pièces. Mes épées bien en main, j'ai fait volte-face pour les affronter.

— Kenzie, recule ! me suis-je écrié tandis que la première fée projetait ses serres vers mon visage.

J'ai bloqué son bras avec une épée et tranché son cou frêle de l'autre. Deux de ses congénères ont surgi des vapeurs funestes de la fée et ont fondu sur moi. Je les ai évités en sautant sur le côté, et j'ai lacéré l'arrière de leur tête de mon épée au passage. Je me suis retourné en faisant tournoyer ma seconde lame et en ai touché un autre qui arrivait dans mon dos. Le reste de la horde s'est alors resserré autour de moi, et tout a plongé dans un chaos de cris, de griffes, de lames tournoyantes, jusqu'à ce que je ne voie plus rien que les armes entre mes mains. Des griffes acérées déchiraient mes vêtements et entamaient ma peau, mais je percevais à peine la douleur. Je ne savais même pas combien d'Oubliés j'avais exterminés. J'étais juste dans le feu de l'action, et l'atmosphère s'emplissait peu à peu de brouillard.

— Ça suffit !

Une nouvelle voix s'est élevée dans les rangs des Oubliés ; les fées ont reculé en me jetant des regards pleins de haine. Je suis resté sur le qui-vive, pantelant, tandis que le sang de nombreuses coupures ruisselait le long de mes bras. La vieille femme au corps de chat se tenait à quelques mètres de moi, accompagnée d'Oubliés encore plus filiformes, observant le carnage de ses yeux froids et plissés.

— Encore toi ? a-t-elle lancé en découvrant ses crocs jaunis. Tu n'es pas censé être là, Ethan Chase. Nous t'avions dit de ne pas te mêler de nos affaires. Comment as-tu trouvé cet endroit ?

J'ai pointé ma lame vers elle.

— Je suis venu chercher mes amis. Keirran, Annwyl et Todd. Libérez-les, tout de suite.

Un ricanement affreux a tordu ses traits.

— Tu n'es pas en position de donner des ordres, mon garçon. Tu n'es qu'un humain, et nous sommes bien plus nombreuses que tu ne peux le croire. C'est la Lady qui va décider de ton sort. Avec le fils et le frère de la reine de Fer entre nos mains, les cours n'oseront rien faire contre nous.

Mes mains tremblaient, mais j'ai serré les poignées de mes épées et j'ai avancé, faisant reculer plusieurs Oubliés.

— Je ne partirai pas sans mes amis. Même si je dois déblayer le chemin de la moindre d'entre vous, jusqu'à la Lady elle-même, je les sortirai d'ici.

J'ai fait tournoyer mes lames et j'ai décoché un sourire mauvais à la fée-chat.

— Je me demande si votre Lady résiste bien aux armes de fer.

La vieille Oubliée s'est contentée de me sourire.

— A ta place, je m'inquiéterais davantage pour tes amis, mon garçon.

Un cri a soudain détourné mon attention. Il y a eu une brève échauffourée, et deux Oubliés ont tiré Kenzie de l'arbre derrière lequel elle s'était réfugiée. Elle se débattait et leur donnait des coups de pied, mais les fées ont craché et enfoncé leurs griffes dans ses bras, la faisant saigner. Elle a tressailli, et l'un des deux l'a attrapée par les cheveux et lui a tiré la tête en arrière.

J'ai voulu m'élancer vers elle, mais la fée-chat a bondi entre nous en grondant.

— Pas un pas de plus, petit humain ! m'a-t-elle intimé alors que je brandissais mes armes. Sinon, on lui taillera un beau sourire d'une oreille jusqu'à l'autre.

L'une des fées a posé un long doigt tranchant sous la gorge de Kenzie, et je me suis figé.

Rasoir a soudain atterri sur la tête de la fée-chat, crachant tout ce qu'il savait et montrant les dents.

— Méchant minou ! a-t-il vociféré par-dessus les cris de l'Oubliée. Vilain minou ! Pas faire mal jolie fille !

Il a martelé la tête de la fée de ses petits poings ; la créature a poussé un rugissement. En un éclair, elle a levé les bras pour attraper le gremlin et l'a serré entre ses doigts osseux pour le frapper violemment par terre. Rasoir a poussé un cri de douleur tandis que les mains de l'Oubliée commençaient à fumer.

Horrifiée, la fée-chat a aussitôt jeté le gremlin comme s'il était en feu et a contemplé ses doigts brûlés et tremblants.

— Saleté, saleté de fée de Fer ! s'est-elle écriée, haletante, alors que je regardais l'endroit où Rasoir était tombé.

J'ai distingué son petit corps recroquevillé sous un buisson ; ses yeux luisaient faiblement.

Et puis ils se sont éteints.

Non ! Je me suis tourné vers la fée-chat, mais elle a aboyé un ordre, et les deux Oubliés qui tenaient Kenzie l'ont forcée à se mettre à genoux.

— Je vais te donner une seule chance de te rendre, humain, a grondé la créature pendant que le reste de la horde nous encerclait. Jette tout de suite ces infâmes armes de fer, ou bien tu auras le sang de cette fille sur les mains. La Lady décidera de votre sort à tous deux.

Mes bras sont retombés sous le poids du désespoir. *Bon sang, je n'aurai pu sauver personne. Ni Keirran ni Todd, même pas Rasoir. Je vous demande pardon, à tous.*

La fée-chat a attendu un petit moment en me jetant des regards noirs, puis elle s'est tournée vers l'Oublié qui tenait Kenzie.

— Tue-la, a-t-elle ordonné. Tranche-lui la gorge.

Mon sang n'a fait qu'un tour.

— Non ! C'est bon, vous avez gagné.

J'ai jeté alors mes armes vers les arbres. Elles ont

brillé un quart de seconde sous un rayon de lune, avant de disparaître dans l'ombre.

— Sage décision, a dit la créature avec un signe de tête vers les fées qui immobilisaient Kenzie.

Celles-ci l'ont relevée et l'ont poussée en avant, tandis que le reste des Oubliés se rapprochaient encore. Elle a trébuché, et je l'ai rattrapée juste avant qu'elle ne tombe. Son cœur battait à tout rompre, et elle tremblait de la tête aux pieds ; je l'ai serrée fort contre moi.

— Tu n'as rien ? ai-je murmuré.

— Non, a-t-elle répondu alors que le cercle se refermait étroitement autour de nous. Ça va. Mais si elles me touchent encore, je crois que je vais leur arracher une de leurs maudites jambes pointues pour les poignarder avec.

Toujours de l'humour… Kenzie jouait la courageuse parce qu'elle était terrorisée. Comme si je ne voyais pas l'expression de son regard, ou la façon dont elle fixait l'endroit où était tombé Rasoir. *Je suis désolé,* avais-je envie de lui dire. *Tout ça, c'est ma faute. Je n'aurais jamais dû t'emmener ici.*

Le cercle des Oubliés a commencé à se mettre en mouvement, et des serres osseuses nous ont poussés à avancer. J'ai regardé furtivement en arrière, dans le coin obscur où gisait le corps inerte du gremlin, avant d'être emporté au milieu des arbres.

Les Oubliés nous ont escortés dans les bois ; nous avons emprunté un chemin sinueux qui ressemblait beaucoup à celui que nous avions pris dans le Ramble, pour nous enfoncer encore plus dans la forêt. Mais nous n'avons pas eu à aller bien loin. L'étroit sentier goudronné nous a menés dans un petit ravin rempli de rochers et de buissons, jusqu'à ce que nous arrivions devant une étrange arche de pierre nichée entre deux hauts affleurements. Le mur était fait de blocs de pierre brute et devait bien atteindre six mètres de hauteur. En son milieu, l'arche ne mesurait qu'entre un et deux mètres de large, laissant à peine la place à deux personnes de passer côte à côte.

L'endroit était gardé par un autre Oublié — une créature grande et squelettique, qui évoquait un croisement entre un humain et un vautour. Il était posté au-dessus du mur, hérissé de plumes noires, et sa tête était un énorme crâne d'oiseau avec des orbites luisant d'une couleur verte. De longues serres semblables à celles d'un immense rapace étaient repliées contre sa poitrine ; même voûté comme il l'était, il devait bien mesurer trois mètres de hauteur. Kenzie a eu un mouvement de recul en le voyant, et la fée-chat l'a regardée en souriant.

— Ne t'inquiète pas, jeune fille, lui a-t-elle dit alors que nous approchions de l'arche sans que la créature géante ne semble nous remarquer. Il ne s'intéresse pas aux humains. Seulement aux fées. Il peut localiser l'une d'entre elles à des kilomètres à la ronde. Maintenant que le parc est pratiquement vide, nous allons devoir aller chasser plus loin. La Lady devient plus forte, mais elle a encore besoin de glamour. Nous devons satisfaire son désir.

— Et vous croyez que les cours ne vont pas comprendre ce qui se passe ? lui ai-je fait tout en regardant l'Oubliée qui me poussait dans le dos, mécontente que je m'arrête pour observer l'immense créature. Vous croyez qu'elles ne vont pas se rendre compte de la disparition d'autant de fées ?

La fée-chat s'est mise à rire.

— Pour l'instant, non, s'est-elle réjouie comme nous continuions d'avancer vers l'arche et son monstrueux gardien. Les cours d'Hiver et d'Eté se moquent des Exilés, de ce côté-ci du Voile. Et ce ne sont pas quelques demi-sang de moins qui vont les inquiéter non plus. Tant que nous ne nous en prenons pas aux fées du pays de Nulle Part, elles n'ont aucune idée de ce qui se passe dans le monde réel. Le seul facteur inconnu est la nouvelle cour de Fer et sa reine demi-humaine.

Elle m'a souri, découvrant ses dents jaunes.

— Mais maintenant, nous avons l'elfe brillant. Et… *toi.*

Nous étions parvenus à l'ouverture dans le mur, juste en dessous de l'espèce d'oiseau géant perché plus haut. Derrière l'arche, je voyais le chemin continuer de serpenter entre plusieurs gros rochers, à perte de vue. Mais lorsque les premiers Oubliés l'ont franchie, l'air a miroité autour d'eux, et ils ont disparu.

J'ai fait halte ; deux Oubliés ont craché avec impatience et m'ont poussé dans le dos, mais je n'ai pas bougé.

— Où cela mène-t-il ? ai-je demandé, même si je me doutais de la réponse.

La fée-chat a fait un geste, et les Oubliés se sont rapprochés pour éviter que nous ne tentions de fuir.

— Ta Muse Noire n'est pas la seule à pouvoir évoluer dans le monde du Milieu, jeune homme. Notre Lady connaissait l'espace entre le pays de Nulle Part et le monde réel bien avant que Leanansidhe ne songe à s'émanciper des cours. La grotte de ce parc n'est qu'un point d'ancrage ; elle existe aussi de l'autre côté — mais nous l'avons accommodée à notre goût. Ce n'est d'ailleurs pas la seule entrée. Nous avons des douzaines de tunnels qui parcourent le parc, de façon à pouvoir surgir n'importe où, n'importe quand. Il était déjà trop tard pour elles quand les imbéciles de fées qui vivaient ici ont compris ce qu'il se passait. Mais assez discuté. La Lady nous attend. Avance.

Elle a tendu un bras, et l'une des fées derrière moi a planté une de ses serres dans mes côtes. J'ai poussé un grognement de douleur et je suis alors passé sous l'arche, Kenzie sur mes talons.

Quand mes yeux se sont habitués à l'obscurité, j'ai regardé autour de moi avec stupeur. Nous étions dans une immense caverne, avec un plafond si haut que je ne distinguais qu'un petit cercle brumeux à son sommet. Le monde réel se trouvait tout là-haut, hors d'atteinte. Ici-bas, l'endroit ressemblait à une sorte de fourmilière ou de termitière géante : des tunnels partaient dans toutes les directions, des rebords étaient bâtis le long des parois, et des ponts reliaient les espaces entre eux. Les murs et le sol de la caverne étaient constellés de milliers de cristaux brillants qui projetaient une lumière pâle et surnaturelle sur les centaines d'Oubliés qui y circulaient. Excepté les fées aux gros yeux et celles aux mains goulues, je ne reconnaissais aucune de ces créatures.

Les Oubliés nous ont guidés à travers cet espace, et nous avons pris un long couloir tortueux où des fossiles et des ossements saillants dépassaient des murs. Passages et couloirs se succédaient dans tous les sens, tandis que divers squelettes — lézards, oiseaux, insectes géants — nous contemplaient depuis les parois de pierre. J'ai entraperçu le fossile de ce qui ressemblait à un serpent ailé, enroulé autour d'une grande colonne, et me suis demandé quelle proportion de la caverne était réelle et quelle autre faisait partie du Milieu.

Nous avons ensuite emprunté un long et étroit tunnel, passant sous la cage thoracique de quelque bête gigantesque, et nous sommes entrés dans une nouvelle caverne. Là, le sol était criblé de larges trous, et au-dessus de nous le plafond brillait de milliers de minuscules cristaux, pareils à un ciel étoilé. Une fée de forte carrure avec un bras supplémentaire au niveau de la poitrine en gardait l'entrée, et nous a considérés d'un œil critique comme nous approchions.

— Tiens ? On amène des humains ici, maintenant ?

Le garde m'a fixé de ses petits yeux noirs et a fait la moue.

— Celui-là possède la Vision Absolue, mais pas plus de glamour qu'un vulgaire caillou. Et l'autre ne sert à rien. Pourquoi aurait-on besoin d'eux ?

— Ce n'est pas ton problème, a répliqué la fée-chat en fouettant ses flancs de sa queue. Tu n'es pas là pour poser des questions ou pour essayer d'être intelligent. Assure-toi seulement qu'ils ne s'enfuient pas.

Le garde a grogné, puis s'est détourné pour attraper de son bras central une échelle de bois posée contre le mur. Il l'a abaissée alors dans un trou.

— Vas-y, descends, mortel.

Une piqûre dans les côtes m'a poussé à faire un pas en avant. J'ai avancé vers le bord et regardé en bas. L'échelle s'enfonçait dans le noir, et les parois du trou étaient lisses et abruptes. J'avais beau sonder l'obscurité, je n'en voyais pas le fond.

Craignant d'être poussé si je m'attardais davantage,

j'ai donc commencé à emprunter l'échelle. Le bruit de mes pas résonnait sur le bois, et l'obscurité se faisait plus dense à chaque marche. Bientôt, je distinguais à peine les barreaux que j'avais devant moi.

J'espère qu'un sale truc ne m'attend pas en bas, ai-je pensé, avant de me reprendre.

Mes pieds ont enfin touché un sol sablonneux, et je me suis écarté prudemment de l'échelle pendant que Kenzie descendait à son tour. Dès qu'elle a touché le sol, l'échelle est remontée le long du mur et a disparu par l'ouverture, nous laissant dans un noir presque complet.

J'ai regardé autour de moi, attendant que mes yeux se fassent à l'obscurité. Nous étions au milieu d'une grande pièce aux parois de pierre polie, comme un large puits. A première vue, aucun décrochement, aucune faille, aucune prise — juste de la pierre totalement lisse. Je discernais à peine les quelques cercles flous des accès au-dessus de nos têtes. Ici, le sol était couvert d'un sable clair, avec quelques détritus çà et là ; l'emballage d'une barre de céréales ou un trognon de pomme. Apparemment, quelqu'un avait séjourné ici récemment.

C'est alors qu'un bruissement dans un coin de la pièce m'a fait sursauter. J'avais raison. Sauf que ce quelqu'un était *encore* là. Et qu'il n'y en avait pas qu'un, mais *plusieurs*. Qui se rapprochaient.

22. La confession de Kenzie

J'ai attrapé Kenzie et l'ai entraînée derrière moi en reculant, tandis que plusieurs silhouettes avançaient sous un rayon de lumière diffuse.

Des humains. Tous. Jeunes et vieux, hommes et femmes. Le plus jeune ne devait pas avoir plus de treize ans, et le plus âgé avait une barbe blanche lui tombant jusqu'à la poitrine. Ils devaient être une bonne vingtaine, tous en guenilles, sales et faméliques, comme s'ils n'avaient pas mangé ni pris un bain depuis des lustres.

Je me suis senti mal en les regardant. Il y avait quelque chose de résolument… *bizarre,* dans ce groupe. Certes, ils étaient en piteux état, et probablement prisonniers des Oubliés depuis un bon bout de temps ; seulement, aucun d'entre eux ne venait nous saluer ou nous demander qui nous étions. Leurs visages étaient vides, leurs traits défaits, et ils nous contemplaient sans la moindre émotion dans le regard, pas la moindre étincelle de colère, de peur ou de quoi que ce soit. J'avais l'impression de voir un troupeau de moutons curieux mais passifs.

Malgré tout, ils étaient nombreux. Je me suis donc tenu prêt à l'attaque au cas où ils tenteraient de nous agresser. Mais après un simple regard quelque peu déçu, comme s'ils s'attendaient plutôt à ce que nous soyons de la nourriture, ils se sont tous détournés et sont repartis dans l'ombre.

Je fis un pas en avant.

— Eh, attendez ! m'écriai-je.

L'écho de ma voix résonna dans le puits. Les humains ne répondirent pas, et je repris :

— Attendez une seconde, s'il vous plaît !

Quelques-uns se sont retournés et m'ont regardé — sans aucune expression, mais c'était déjà ça.

— Je cherche un ami, ai-je repris en essayant de sonder la pénombre. Il s'appelle Todd Wyndham. Y a-t-il quelqu'un de ce nom parmi vous ? Il a environ mon âge, il est blond et petit.

Ils m'ont dévisagé sans mot dire, et j'ai poussé un soupir de frustration et de dépit. Apparemment, c'était la fin du voyage. Nous étions coincés là, piégés par les Oubliés et entourés d'humains ayant perdu la tête, sans espoir de pouvoir secourir Keirran et Annwyl. Et sans nouvelles de Todd.

J'ai entendu alors comme un bruissement dans l'ombre, et bientôt un humain s'est frayé un passage entre les autres pour venir vers nous. Il avait environ mon âge, était petit et mince avec des cheveux blonds ébouriffés et…

Un frisson de surprise m'a parcouru l'échine.

C'était Todd. Mais il était *humain*. Il n'avait plus ses oreilles velues, ni ses griffes, ses canines et ses yeux orange perçants. C'était pourtant bien Todd Wyndham, cela ne faisait aucun doute. Il portait les mêmes vêtements que la dernière fois que je l'avais vu, sauf qu'ils étaient désormais sales et déchirés. Pourtant, le changement était tel qu'il m'a fallu quelques secondes pour intégrer qu'il s'agissait bien de la même personne. Je l'ai dévisagé, encore incrédule. Exception faite de la crasse et de l'expression vide de son visage, Todd ressemblait désormais totalement à un humain normal, sans le moindre signe du sang féerique qui courait encore dans ses veines la semaine d'avant.

— Todd ?

Kenzie s'est avancée vers lui en tendant la main. Todd l'a regardée de ses yeux noisette dénués d'expression et n'a pas bougé.

— C'est toi ! Dieu merci, tu es sain et sauf ! Ils ne t'ont pas fait de mal, dis-moi ?

J'ai serré les poings. Elle ne voyait pas. Elle ne pouvait pas se rendre compte de ce qui s'était passé. Kenzie n'avait en effet vu Todd que sous sa fausse apparence humaine, auparavant. Elle ne savait donc pas qu'il y avait un problème.

Mais moi, je le savais. Et un sentiment de rage a commencé à lentement monter en moi. *Tu voulais savoir ce qui arrivait aux demi-sang quand on les vidait de leur glamour ? Eh bien, voilà, tu as ta réponse. Tous ces humains étaient autrefois des demi-fées, avant que les Oubliés ne leur volent leur magie.*

Todd a cligné doucement des yeux.

— Qui êtes-vous ? a-t-il demandé d'un ton monocorde qui m'a fait frémir.

Même sa voix était bizarre. Elle était plate et vide, comme si tout ce qu'il était lui avait été enlevé, ne laissant plus aucune émotion en lui. Je me suis rappelé le sang-mêlé nerveux et un peu moqueur qu'il était auparavant ; la comparaison avec cet étranger désespérant m'a soulevé le cœur.

— Tu me connais, a dit Kenzie en s'approchant de

lui. Je suis Kenzie. Mackenzie, du lycée. Ethan est là aussi. On te cherchait partout.

— Je ne vous connais pas, a fait Todd sur le même ton creux. Je ne me souviens ni de lui ni de l'école, ni de rien. Je ne me souviens que de ce puits. Mais…

Son regard s'est perdu dans l'ombre, et il a froncé les sourcils.

— Pourtant, j'ai l'impression que je devrais me souvenir de quelque chose. De quelque chose d'important. Je crois… je crois que j'ai perdu quelque chose.

Une expression douloureuse a brièvement traversé son regard, avant de disparaître.

— Ou peut-être pas, a-t-il poursuivi avec un haussement d'épaules. Je ne me rappelle pas. Ça ne devait pas être si important.

Je tremblais littéralement de colère maintenant, et j'ai pris une bonne inspiration pour essayer de me calmer. *Ordures*, ai-je fulminé. *Tuer des fées est une chose. Mais ça ?* J'ai considéré Todd, ses yeux vides, son visage défait, et me suis retenu de lancer un coup de poing contre le mur. *C'est pire que de tuer. Vous lui avez arraché tout ce qui faisait de lui une personne unique, de façon irrémédiable, pour le laisser… dans cet état. Et pour vous maintenir en vie. Je ne vous laisserai pas vous en tirer à si bon compte.*

— Et tes parents ? a repris Kenzie, essayant toujours d'obtenir une réponse de l'ancien demi-sang. Tu ne te souviens pas d'eux ? Ou de tes profs ?

— Non, a répondu Todd platement, avant de se retourner vers l'obscurité. Je ne vous connais pas. Partez.

— Todd…, a insisté Kenzie.

Mais il s'est éloigné d'elle et s'est pelotonné contre le mur, enfouissant son visage entre ses genoux.

— Laissez-moi tranquille.

Elle a de nouveau essayé de le forcer à parler, lui posant des questions sur sa maison, son école, comment il était arrivé là, et en lui racontant nos propres aventures. Mais elle s'est heurtée à un mur de silence. Todd ne relevait même pas la tête de ses genoux. Il semblait déterminé à faire comme si nous n'existions pas ; au bout de quelques minutes de ce spectacle atterrant, j'ai préféré m'éloigner un peu pour me retenir de l'empoigner et de le secouer. La voix obstinément chaleureuse de Kenzie m'a suivi alors que je faisais les cent pas dans l'ombre. Il valait mieux que je la laisse faire ; si quelqu'un pouvait convaincre Todd de parler, c'était bien elle.

J'ai arpenté le périmètre en contournant les silhouettes des humains indifférents, cherchant bon gré mal gré à repérer un détail qui aurait pu nous échapper. Mais rien. Rien que des murs parfaitement lisses et du sable. Nous étions bel et bien coincés dans ce trou.

Je me suis adossé à la paroi et me suis laissé glisser jusqu'au sol, où la fraîcheur du sable a traversé mon jean. Que pouvaient bien faire mes parents, en ce moment ? Combien de temps les Oubliés allaient-ils nous retenir ici ? Des semaines ? Des mois ? S'ils nous relâchaient un jour, découvririons-nous que nous étions portés disparus depuis vingt ans dans le monde réel, et que tout le monde nous considérait comme morts ?

Ou bien allaient-ils simplement nous tuer et laisser nos restes pourrir dans ce trou ou servir de nourriture à une bande d'anciens demi-sang affamés ?

Kenzie m'a rejoint ; elle était pâle et avait les traits

tirés. Des marques violacées zébraient ses bras à l'endroit où les Oubliés l'avaient attrapée, et ses yeux accusaient clairement la fatigue. La colère m'a gagné de nouveau, mais le sentiment de mon impuissance et le désespoir ambiant l'ont rapidement éteinte. Malgré un petit sourire d'encouragement de la part de Kenzie, j'ai bien vu que son masque de bravoure se décomposait en mille morceaux.

— Alors ? lui ai-je demandé.

Elle a secoué la tête.

— Rien. Je réessaierai un peu plus tard, quand il aura eu le temps d'y réfléchir. Je crois qu'insister davantage ne ferait que le pousser à se renfermer encore plus.

Elle a glissé près de moi, les yeux perdus dans l'ombre. Je sentais la chaleur de son corps à côté du mien, et j'ai soudain eu une envie folle de l'attirer contre moi, sous mon bras. Mais la peur m'a retenu. J'avais échoué. Une fois encore. Pas seulement envers Kenzie, mais aussi envers Todd, Keirran, Annwyl. Si seulement j'avais pu être plus fort… Si j'avais pu les protéger, tous.

Je regrettais par-dessus tout d'avoir entraîné Kenzie ici. De lui avoir dévoilé mon univers. J'aurais donné n'importe quoi pour la sortir de là.

— Combien de temps crois-tu qu'ils vont nous garder ici ? a murmuré Kenzie après quelques instants de silence.

— Je ne sais pas, lui ai-je répondu en sentant le poids de la culpabilité m'écraser la poitrine.

Kenzie s'est frotté les bras et a passé les doigts sur ses bleus.

— On va… quand même réussir à rentrer chez nous, n'est-ce pas ?

— *Oui.*

Je me suis tourné vers elle avec un petit sourire forcé.

— Oui, ne t'en fais pas. On va sortir de là, et tu seras rentrée en un rien de temps. Ta sœur t'attendra, et ton père t'engueulera sûrement pour ton absence, mais ils seront tous les deux soulagés de te voir revenue. Et tu pourras m'appeler chez moi et me tenir au courant de tout ce qui se passe au lycée, parce que mes parents me retiendront sûrement à la maison jusqu'à mes quarante ans — au moins !

C'était un gentil mensonge, et nous le savions tous deux, mais je ne pouvais pas lui dire la vérité. Je ne pouvais pas lui avouer que j'ignorais si nous allions un jour rentrer, que personne ne savait où nous étions, et qu'au-dessus de nos têtes nous attendaient une légion de fées prêtes à tout et leur mystérieuse Lady. Keirran était parti, Annwyl avait disparu, et la personne que nous étions venus chercher n'était plus que l'ombre d'elle-même. J'avais touché le fond et j'avais entraîné Kenzie avec moi, mais je ne pouvais pas me résoudre à lui dire que tout espoir était perdu. Même si je n'en avais plus du tout moi-même.

J'ai donc choisi de mentir. Je lui ai dit que nous rentrerions à la maison, et Kenzie m'a répondu par un demi-sourire, comme si elle me croyait. Mais peu après, elle a frissonné, et son masque s'est écroulé pour de bon. Elle a serré ses deux genoux contre sa poitrine, s'est passé les bras autour et a fermé les yeux.

— J'ai peur, m'a-t-elle avoué dans un murmure.

Je n'ai pu me retenir plus longtemps et l'ai attirée contre moi pour la serrer dans mes bras. Elle s'est agrippée à moi, les poings serrés contre ma chemise, recroquevillée contre ma poitrine. Nos deux cœurs battaient follement, à l'unisson.

— Je suis désolé, ai-je murmuré dans ses cheveux. Je voulais te protéger contre tout ça.

— Je sais, m'a-t-elle dit. Et je sais aussi que tu dois te dire que tout ça est de ta faute, mais ce n'est pas vrai.

Sa main est remontée vers mon visage pour effleurer ma joue, et j'ai fermé les yeux.

— Ethan, tu es un garçon adorable, énervant, incroyable, et je crois… que je suis en train de tomber amoureuse de toi. Mais il y a des choses dans ma vie dont tu ne peux pas me protéger.

J'ai retenu mon souffle. J'ai senti mon cœur s'arrêter, puis repartir de plus belle. Kenzie a haussé les épaules et a enfoui son visage dans ma chemise, soudain embarrassée. J'avais envie de lui dire qu'elle n'avait rien à redouter, que je ne pouvais plus me passer d'elle, qu'elle avait réussi à surmonter toutes mes sales habitudes — ma carapace, la colère, la peur permanente, la culpabilité et le mépris que j'avais de moi-même —, et que, malgré tout ce que j'avais pu faire pour la repousser et l'inciter à me détester, je n'arrivais plus à m'imaginer vivre sans elle.

J'aurais aimé pouvoir lui dire tout cela. Au lieu de quoi, je l'ai tenue dans mes bras en caressant ses cheveux et en écoutant nos souffles se mélanger. Elle est restée silencieuse un long moment, une main autour de mon cou, l'autre traçant des motifs du bout des doigts sur mon bras.

— Ethan, a-t-elle enfin chuchoté sans me regarder. Si… *Quand* nous rentrerons chez nous, qu'adviendra-t-il de *nous deux* ?

— Je ne sais pas, lui ai-je répondu avec sincérité. Je crois… que ça dépendra surtout de toi.

— De moi ?

J'ai hoché la tête.

— Tu as vu la vie que je mène. Tu as vu comme elle est chaotique. Et dangereuse. Je ne voudrais forcer personne à vivre ça, mais…

Je me suis interrompu et j'ai posé mon front contre le sien en fermant les paupières.

— Mais je ne peux plus me passer de toi. Je ne compte même pas essayer. Si tu veux de moi, je serai là.

— Pour combien de temps ?

Elle a posé la question si bas que si je n'avais pas été collé à elle, je ne l'aurais pas entendue. Blessé, j'ai relevé la tête vers elle, et ses yeux se sont écarquillés en voyant l'expression de mon visage.

— Oh ! non ! Pardon, Ethan. Je ne disais pas ça pour toi. C'est juste que…

Elle a soupiré et baissé la tête de nouveau en serrant ma chemise.

— Bon, a-t-elle murmuré. Ça suffit comme ça, Kenzie. Avant qu'on aille plus loin…

Elle a hoché la tête puis l'a relevée à son tour pour me regarder droit dans les yeux.

— Il est temps que tu saches.

J'ai attendu, retenant mon souffle. *Quel que soit ton secret,* avais-je envie de lui dire, *quoi que tu caches, cela importe peu.* Ma vie entière était un énorme mensonge, et j'avais davantage de secrets qu'une personne normale ne pourrait en dissimuler dans toute une vie. Rien de ce qu'elle pourrait dire ne pourrait m'effrayer ou me choquer de sa part.

Pourtant, je ressentais toujours un très léger malaise

envers cette chose obscure et mystérieuse que Kenzie me cachait depuis notre rencontre. Je savais que certains secrets n'étaient pas faits pour être partagés, et qu'une fois révélés ils pouvaient changer pour toujours votre regard sur quelqu'un. Je soupçonnais que le sien était de ce genre. J'ai donc attendu, et le silence s'est éternisé pendant que Kenzie rassemblait ses pensées. Enfin, elle a rejeté ses cheveux en arrière, toujours sans me regarder, et a pris une profonde inspiration.

— Tu te souviens… quand tu m'as demandé pourquoi je donnais un morceau de ma vie à Leanansidhe ? a-t-elle commencé d'un ton hésitant. Quand j'ai conclu ce marché pour la Vision Absolue. Tu te souviens de ce que j'ai dit ?

J'ai acquiescé, même si elle ne me regardait toujours pas.

— Que personne n'était éternel.

Kenzie a frissonné.

— Ma mère est morte il y a trois ans, a-t-elle poursuivi en croisant les bras comme pour se protéger. C'était un accident de voiture, personne n'y pouvait rien. Mais je me souviens que, quand j'étais petite, elle parlait tout le temps de voyager à travers le monde. Elle disait que quand je serai plus grande, nous irions voir les pyramides ensemble, ou la Grande Muraille, ou la tour Eiffel. Elle me montrait souvent des brochures et des magazines de tourisme, et aussitôt nous commencions à planifier notre voyage… Parfois en bateau, en train, ou même en montgolfière. Et je la croyais. Tous les étés, je me demandais si, *cette fois*, nous allions partir.

Elle a reniflé, et sa voix s'est teintée d'une note amère.

— Et puis, elle est morte, a murmuré Kenzie en passant une main sur ses yeux. Elle est morte sans avoir eu l'occasion de voir l'Egypte, Paris, ou les autres endroits qu'elle voulait visiter. J'ai toujours trouvé ça affreusement triste, un immense gâchis. Tous ces rêves, tous ces projets que nous avions, nous ne pourrions jamais les accomplir.

— Je suis désolé, Kenzie.

Elle s'est arrêtée et a respiré profondément pour reprendre ses esprits. Sa voix est ensuite redevenue plus forte :

— Après, j'ai cru que peut-être papa et moi pourrions… faire un de ces voyages ensemble, pour honorer sa mémoire, tu vois ? Il était tellement anéanti après la mort de ma mère. J'ai pensé que si nous allions quelque part, rien que nous deux, il se souviendrait de tous les bons moments passés avec elle. Et je voulais aussi lui rappeler qu'il m'avait, moi, même si maman n'était plus là.

La façon dont Kenzie avait parlé de son père — avec colère et amertume — m'est revenue à la mémoire et mon ventre s'est noué. Je devinais que ce projet n'avait pu voir le jour.

— Sauf que…

Kenzie a secoué la tête, le regard sombre.

— Quand maman est morte, mon père m'a… oubliée, en quelque sorte. Il n'a jamais pris le temps de me parler, et s'est jeté corps et âme dans le travail. Il s'est mis à passer de plus en plus de temps au bureau, pour ne pas avoir à rentrer à la maison. Au début, j'ai cru que c'était parce que maman lui manquait trop, mais ce n'était pas ça. C'était moi, le problème. Il ne voulait pas me voir.

Elle a haussé les épaules devant mon regard indigné.

— Peut-être que je lui rappelais trop ma mère.

Ou peut-être prenait-il ses distances au cas où il me perdrait, moi aussi. J'essayais parfois de lui parler — elle me manquait tellement, à certains moments — mais il se contentait de me filer un paquet de fric et allait se barricader dans son bureau pour boire.

Ses yeux ont brillé.

— Ce n'était pas de l'argent, que je voulais. Je voulais juste quelqu'un à qui parler, qui m'écoute. Je voulais juste qu'il soit un père.

La colère et la culpabilité m'ont envahi. J'ai songé à ma famille, au fait que nous avions perdu Meghan des années auparavant, et comment mes parents s'étaient encore plus raccrochés à moi par crainte qu'il ne m'arrive la même chose. Je ne pouvais pas les imaginer en train de m'ignorer ou d'oublier mon existence s'ils s'apercevaient un beau matin que j'avais disparu. D'accord, ils étaient paranoïaques et surprotecteurs, mais c'était infiniment mieux que le contraire. Comment le père de Kenzie pouvait-il se conduire de la sorte ? Comment pouvait-il ignorer sa fille unique, surtout quand elle venait de perdre sa mère ?

— C'est dingue, ai-je murmuré. Je suis vraiment désolé, Kenzie. Ton père a l'air d'être complètement largué. Tu ne devrais pas avoir à vivre ça toute seule.

Elle n'a rien ajouté, et je lui ai frotté les bras en essayant de capter son regard, tout en continuant de parler avec douceur.

— Et donc, tu fais tous ces trucs de folie parce que tu ne veux pas finir comme ta maman ?

— Non.

Kenzie a haussé les épaules et a regardé au loin, les yeux brillants.

— Enfin, en partie, mais…

Elle s'est interrompue de nouveau et a repris encore plus bas :

— Quand papa s'est remarié, les choses se sont un peu améliorées. A présent j'avais une demi-sœur, Alexandria, au moins je ne me retrouvais pas seule dans une grande maison toute la journée. Mais papa travaillait toujours autant, et les soirs où il était à la maison, il s'occupait tellement de sa nouvelle femme et d'Alex qu'il n'avait pas vraiment de temps pour moi.

Elle a fait un geste désinvolte comme si tout cela était sans gravité, mais je bouillonnais encore en pensant à son père.

— Et puis, il y a environ un an, a poursuivi Kenzie, j'ai commencé à être malade. Nausées, vertiges, des trucs comme ça. Papa ne s'en est pas rendu compte, évidemment. Personne ne s'en est vraiment rendu compte… jusqu'à ce que je m'évanouisse en pleine classe, un après-midi, en cours d'histoire. Je m'en souviens, parce que j'ai supplié l'infirmière de ne pas téléphoner à mon père. Je savais qu'il serait en colère s'il devait venir me chercher en plein milieu de sa sacro-sainte journée de travail.

Kenzie a eu un petit rire sans joie, et a baissé les yeux vers le sol avec amertume.

— Sauf que je me suis effondrée rien qu'en reprenant mes livres, et cette maudite infirmière a été obligée de lui dire de m'emmener voir un médecin. Eh bien, ça l'a énervé. Comme si je faisais exprès d'être malade, comme s'il croyait que tous les tests, les traitements et les rendez-vous médicaux étaient juste une façon pour moi d'attirer l'attention.

Plusieurs détails se sont alors imbriqués pour se mettre en place dans ma mémoire. Les bleus. Le côté protecteur de ses camarades du lycée. Son désir ardent et parfois inconsidéré de vivre autant de choses que possible. Cette chose sombre et mystérieuse en elle était désormais à portée de main, et mon sang s'est glacé lorsque j'ai enfin compris.

— Tu es malade, aujourd'hui encore, n'est-ce pas ? ai-je murmuré. De quelque chose de grave.

— Oui.

Elle a baissé les yeux en tripotant le revers de ma chemise, et a inspiré avec fébrilité.

— Ethan, je… j'ai une leucémie.

Elle a terminé sa phrase dans un murmure presque inaudible, avant de reprendre d'un ton calme et factuel :

— Les docteurs ne m'ont pas dit grand-chose, mais j'ai effectué des recherches ; apparemment, avec les traitements, la chimio et tout, le taux de survie est d'environ quarante pour cent pour le type de leucémie que j'ai. A condition que je passe les cinq premières années.

J'ai eu l'impression que quelqu'un venait de me faire un trou dans le ventre et m'arrachait les entrailles. J'ai regardé Kenzie, horrifié et incapable de respirer. Une leucémie. *Un cancer.* Kenzie était…

— Voilà, maintenant tu sais pourquoi je voulais la Vision Absolue. Pourquoi je voulais voir les fées.

Elle a enfin levé les yeux vers moi, un coin de la bouche retroussé en un petit sourire amer.

— Alors tu vois, ce mois que j'ai donné à Leanansidhe, ce n'est rien pour moi. Je ne passerai sûrement pas la trentaine.

Un besoin insensé de faire quelque chose m'a saisi. J'avais envie de sauter sur mes pieds, de frapper les murs, de hurler à l'injustice. Pourquoi elle ? Pourquoi fallait-il que ça tombe sur Kenzie, qui était courageuse, généreuse, obstinée et absolument parfaite ? Ce n'était pas juste !

— Tu aurais dû rentrer, ai-je fini par dire, m'étranglant à moitié. Tu ne devrais pas être ici, pas alors que tu pourrais être…

Je ne parvenais même pas à prononcer le mot. L'idée soudaine que ce puits sordide puisse être le dernier endroit qu'elle voie me rendait malade.

— Kenzie, tu devrais être avec ta famille, ai-je achevé en réprimant un gémissement de désespoir. Pourquoi es-tu restée avec moi ? Tu aurais *dû* rentrer chez toi.

Ses yeux ont étincelé.

— Pour quoi faire ? m'a-t-elle rétorqué d'un ton sec. Pour mon père, qui ne veut même pas me regarder ? Pour retourner dans cette maison vide, où tout le monde marche sur des œufs et chuchote des trucs en croyant que je ne les entends pas ? Pour revoir ces docteurs qui ne me disent rien, qui me traitent comme si je ne comprenais rien à ce qui se passe ? Est-ce que tu m'as bien écoutée, Ethan ? Pour quoi est-ce que je devrais rentrer ?

— Pour être en sécurité…

Kenzie s'est esclaffée en hochant la tête.

— En sécurité ! Je n'ai pas le temps d'être en sécurité. Je veux *vivre*. Je veux voyager. Voir des choses que personne n'a vues. Faire du saut à l'élastique, du parachute, et plein de trucs fous comme ça. Si le temps m'est compté, je dois en profiter à fond. Et toi, tu m'as montré ce monde plein de dragons, de magie, de reines et de chats qui parlent. Comment pouvais-je laisser passer ça ?

Je n'ai rien pu répondre à ça, principalement parce

que ma gorge était bien trop serrée. Kenzie a passé ses deux bras autour de mon cou pour me regarder dans les yeux. Elle s'est penchée vers moi avec tendresse.

— Ethan, cette maladie, cette chose en moi… j'ai fait la paix avec elle. Quoi qu'il arrive, je ne peux pas la stopper. Par contre, il y a des choses que je veux faire avant de mourir, toute une liste ; je n'arriverai peut-être pas à tout réaliser, mais je suis bien décidée à essayer. « Voir les fées » n'en faisait pas partie, mais « aller à un endroit que personne n'a jamais vu » y figurait. Ainsi que « embrasser quelqu'un pour la première fois »…

Elle a baissé la tête, comme si elle rougissait.

— Mais avant de te connaître, je n'avais jamais rencontré un garçon qui me donne envie de l'embrasser, a-t-elle ajouté en se mordant la lèvre.

J'étais encore sous le choc de sa première déclaration ; la seconde a empiré l'état de mon ventre, le retournant complètement. Cette fille étrange, têtue, rebelle et joyeuse — celle qui avait combattu un lindworm, négocié avec des reines de Faérie et affronté jour après jour sa propre mort, qui m'avait suivi au pays de Nulle Part sans jamais me faire faux bond, même quand on lui offrait de retourner chez elle —, cette fille incroyable, généreuse et courageuse… voulait que je l'embrasse ?

Bon sang. Là, j'étais vraiment dans de beaux draps.

Oui, et je m'en fichais.

Kenzie fixait de nouveau le sol, et je me rendu compte que je ne lui avais pas répondu, encore perturbé que j'étais par mes propres émotions.

— Mais je comprendrais si tu ne le voulais pas, a-t-elle ajouté d'une voix faussement légère, en baissant les bras. Ce n'est pas très sympa pour toi, de t'engager avec quelqu'un comme moi. J'ai été bête de te dire ça.

Elle parlait précipitamment, essayant de se convaincre elle-même.

Je me suis secoué pour sortir de ma stupeur.

— Je ne sais pas pour combien de temps j'en ai… Qui pourrait avoir envie de ça ? Au final, ça ne ferait que nous briser le cœur à tous les deux. Alors si tu n'as pas envie de commencer quoi que ce soit, pas de problème, je comprendrais très b…

Et je l'ai embrassée, l'empêchant d'argumenter davantage. Elle a fait un petit bruit de surprise, avant de se détendre contre moi dans un soupir. Ses bras ont enlacé mon cou. Les miens ont glissé dans le bas de son dos et dans ses cheveux, nous collant l'un à l'autre. Plus question d'illusions, plus de fuite : j'avais besoin de cette fille. J'avais besoin de son rire, de son audace, de la façon dont elle me poussait dans mes retranchements, refusant de se laisser intimider. J'avais maintenu les autres à distance pendant trop longtemps, redoutant ce que les fées pourraient leur faire si je m'attachais, mais je ne pouvais plus vivre comme ça. Pas avec elle.

Un certain temps s'est écoulé avant que nos lèvres ne se séparent. Le vague bruissement des anciens demi-sang résonnait autour de nous ; le puits était toujours le même piège sombre, froid et infranchissable ; mais je ne pouvais plus rester assis, là, et accepter notre triste sort. Tout était différent, maintenant. J'avais une cause pour laquelle me battre, une véritable raison de rentrer chez moi.

Kenzie est restée silencieuse un moment. Elle a cligné

des yeux, l'air un peu étourdi, comme je m'écartais d'elle. Je n'ai pu m'empêcher d'avoir un petit sourire.

— Waouh, ai-je fait gentiment. Je rêve, ou j'ai vraiment réussi à rendre muette Mackenzie Saint James ?

Elle m'a rendu mon sourire.

— Presque, mais tu peux réessayer quand tu veux.

Je me suis penché pour lui donner un nouveau baiser. Elle a bougé de façon à passer ses jambes autour de ma taille, et a enfoui ses mains dans mes cheveux en me maintenant la tête. J'ai passé mes bras autour de ses reins et me suis laissé emporter par la sensation de ses lèvres.

Cette fois, c'est Kenzie qui s'est écartée en premier. Elle m'a fixé d'un regard d'où avait disparu toute trace d'amusement, et je distinguais mon reflet dans ses yeux.

— Promets-moi que tu ne disparaîtras pas quand on rentrera chez nous, gros dur, a-t-elle murmuré.

Son ton avait beau être léger, son regard, lui, était grave.

— J'aime cet Ethan-là. Je ne voudrais pas qu'il se transforme en celui que j'ai vu au tournoi, une fois qu'on sera en sécurité.

— Je ne peux pas te promettre que tu ne le reverras jamais plus, lui ai-je dit. Les fées me tourneront toujours autour, quoi que je fasse. Mais je ne compte pas disparaître.

J'ai écarté une mèche de cheveux de ses yeux et j'ai souri avec tristesse.

— Je ne sais toujours pas comment ça se passera quand on rentrera, mais je veux être avec toi. Et si tu veux qu'on soit ensemble, qu'on aille à des fêtes et qu'on sorte avec tes amis sportifs… j'essaierai. Je ne suis pas le meilleur quand il faut juste être normal, mais je veux tenter le coup.

— C'est vrai ?

Elle a souri, et ses yeux ont brillé.

— Tu… Tu ne dis pas ça simplement parce que tu as pitié, dis ? Je ne veux pas te culpabiliser de quelque manière que ce soit, juste parce que je suis malade.

Non, Mackenzie. Je suis tombé amoureux de toi bien avant ; c'est juste que je ne me l'étais pas encore avoué.

— Eh bien, je vais te le prouver, lui ai-je dit en passant mes mains dans son dos pour la serrer contre moi. Dès qu'on sera sortis d'ici, je te montrerai que rien n'a changé.

Et que tout a changé.

— Ça marche ?

Elle a hoché la tête, et une larme a débordé de ses yeux pour venir rouler sur sa joue. Je l'ai essuyée avec mon pouce.

— Ça marche, a-t-elle murmuré alors que je me penchais pour l'embrasser encore. Mais, hum… Ethan ?

— Oui ?

— Je crois que quelqu'un nous regarde.

23. La fuite

J'ai levé les yeux au moment même où quelque chose de brillant tombait du plafond pour atterrir sur le sol dans un bref éclair, à quelques mètres de moi.

Intrigué, j'ai lâché Kenzie et me suis levé pour aller voir de quoi il s'agissait. Lorsque j'ai enfin pu le discerner dans la pénombre, mon cœur s'est figé.

Mes épées. L'une d'entre elles, au moins. Plantée droite, la pointe dans le sable. Je n'en croyais pas mes yeux. Je l'ai prise en main, presque hésitant. Comment avait-elle pu arriver là ?

Soudain, un bourdonnement familier s'est fait entendre au-dessus de moi. Le cœur battant, j'ai aperçu alors deux yeux vert électrique sur le mur. Rasoir m'a souri, affichant ses dents d'un bleu phosphorescent dans l'obscurité. D'un bras frêle, il tenait fermement ma deuxième lame.

— Trouvé vous ! a-t-il bourdonné.

Kenzie a poussé un petit cri d'exclamation et le gremlin a lancé l'autre épée en bas. Elle a décrit un arc gracieux dans les airs et a atterri à mes pieds, la poignée vers moi. Rasoir a descendu prestement le mur et s'est jeté dans les bras de Kenzie avec un cri de joie.

— Trouvé vous ! s'est-il exclamé de nouveau alors qu'elle lui faisait signe de ne pas faire de bruit.

Son expression est demeurée tout aussi radieuse,

mais il a baissé le ton pour parler avec un son d'électricité statique :

— Trouvé vous ! Rasoir aider ! Vrai, vrai ? Rasoir rapporté épées bête garçon laissé.

— Rasoir, tu vas bien ? lui a demandé Kenzie en le tenant à bout de bras pour l'examiner.

L'une de ses oreilles était déchirée et pendait de façon inerte selon un angle peu naturel ; mais à part ça, il semblait indemne.

— Cet Oublié t'a jeté par terre avec une force incroyable, lui a-t-elle dit en touchant son oreille cassée. Tu es blessé ?

— Méchant minou ! a grondé Rasoir en secouant la tête comme pour écarter une mouche. Vilain, mauvais, sale minou ! Garçon devrait couper museau minou, oui ! Attacher pierre à queue et jeter minou dans lac. Regarder minou couler, ha ha !

— Il a l'air plutôt en forme, ai-je fait en attachant ma seconde lame à ma ceinture.

D'un seul coup, l'espoir et le soulagement renaissaient en moi. Maintenant que j'étais de nouveau armé, le futur semblait un peu moins noir. Il n'était pas impossible que nous puissions sortir d'ici.

— Rasoir, aurais-tu vu Keirran quelque part ? Ou Annwyl ?

Mais avant qu'il puisse répondre, un bruit de mouvement s'est fait entendre en haut ; nous nous sommes pressés silencieusement contre le mur en regardant l'ouverture. Peu après, la voix de la vieille femme a résonné dans le trou.

— Ethan Chase. La Lady veut te voir *maintenant*.

Kenzie a frémi et s'est rapprochée en serrant ma

main tandis que la lueur des yeux de la fée-chat apparaissait en haut de la bouche du puits.

— Vous m'avez entendue, humains ? a-t-elle lancé d'un ton impatient. Lorsqu'on descendra l'échelle, seul le jeune Chase devra monter. Il sera ensuite escorté jusqu'à la Lady. Quiconque essayant de le suivre serait rejeté dans le trou — sans l'échelle. Alors, pas de blague.

Sa face ridée s'est tordue en un rictus, et elle a disparu. Je me suis tourné vers Kenzie.

— Quand je monterai, ai-je chuchoté, est-ce que Rasoir et toi pourriez essayer de faire diversion ?

J'ai jeté un coup d'œil au gremlin, qui se cachait dans ses longs cheveux noirs, puis je me suis tourné de nouveau vers Kenzie.

— Je n'aurai besoin que de quelques secondes. Tu crois que tu peux faire ça ?

Elle était pâle, mais semblait déterminée.

— Bien sûr, a-t-elle murmuré. Pas de problème. Détourner l'attention, c'est notre spécialité ; pas vrai, Rasoir ?

Le gremlin a jeté un œil furtif à travers le rideau de ses cheveux et a bourdonné tout bas. J'ai écarté une mèche des yeux de Kenzie en essayant de paraître calme.

— Attends que je sois presque arrivé en haut, lui ai-je dit en sortant ma chemise de mon pantalon pour qu'elle recouvre les poignées de mes épées. A ce moment-là, fais ce que tu peux. Rien de dangereux, juste pour faire en sorte qu'ils ne me regardent pas quand j'arriverai là-haut. Et, tiens, prends ça.

Je lui ai tendu une épée avec son fourreau.

— Au cas où les choses ne se passeraient pas comme prévu. Au moins, tu pourras te battre.

— Ethan…

Je lui ai pris la main et j'ai lutté contre l'envie de la serrer fort contre moi.

— On va sortir de là, tout de suite.

L'échelle est descendue dans le puits avec un bruit râpeux. J'ai pressé le bras de Kenzie et j'ai avancé jusqu'au mur opposé. Todd était toujours recroquevillé dans un coin, la tête entre les genoux, il ne levait même pas les yeux vers l'échelle. J'ai serré les poings. *Ce qu'ils t'ont fait est vraiment impardonnable. Même si je ne peux pas arranger ton état, je jure de te ramener chez toi. Je jure de tous nous ramener.*

Le bruit de mes pas a résonné lourdement sur les barreaux comme j'entamais mon ascension, le cœur battant.

A six échelons du haut, j'ai distingué l'Oublié aux trois bras, qui bâillait en regardant au loin.

A quatre échelons du haut, j'ai vu cette fois la vieille fée-chat et deux espèces d'insectes-fées, dont l'une tenait un rouleau de corde dans ses longues serres ; deux autres gardaient l'entrée, flottant à quelques dizaines de centimètres du sol.

A deux échelons du haut, Rasoir a sauté brusquement sur la tête de la fée aux trois bras.

— *MECHANT MINOU !* a-t-il hurlé de toutes ses forces, faisant sursauter tout le monde dans la pièce.

L'Oublié aux trois bras a poussé un beuglement et a bien tenté de frapper la chose sur sa tête, mais Rasoir a détalé juste à temps ; l'énorme fée s'est percutée le crâne avec suffisamment de force pour se déstabiliser elle-même, et a reculé d'un pas !

J'ai sorti alors mon épée et sauté hors du puits. J'ai transpercé le corps d'un insecte, évité le second qui projetait ses griffes vers moi et lui ai tranché la gorge. Tous deux sont partis en fumée, et je me suis tourné vers la vieille, bien décidé à effacer ce sale rictus de sa face ridée. Elle a craché et a fait un bond en arrière, pour atterrir derrière les deux gardes postés à l'entrée du tunnel.

— Arrêtez-le ! a-t-elle ordonné.

Les Oubliés se sont rapprochés de moi, y compris celui aux trois bras, qui tenait un gourdin dans sa troisième main. J'ai esquivé le premier coup ainsi que les griffes acérées qui m'attaquaient, mais j'ai vite été contraint de reculer.

— Tu ne peux pas t'enfuir, Ethan Chase ! a claironné la fée-chat d'un ton triomphant alors que je luttais pour ne pas me laisser encercler.

Le gourdin a tournoyé au-dessus de ma tête pour venir se fracasser contre le mur, m'aspergeant d'une pluie de cailloux.

— Rends-toi, et nous t'emmènerons voir la Lady. Tu auras peut-être droit à une mort sans souffrance si tu te rends sans… Aaaaah !

Son avertissement s'est transformé en hurlement de douleur : derrière elle, Rasoir venait d'attraper sa longue queue pour la mordre à pleines dents. La fée-chat a fait volte-face en sortant ses griffes, et je les ai perdus de vue tandis que les trois autres fées se rapprochaient dangereusement de moi. Alors que je combattais les Oubliés, j'ai vu Kenzie se hisser hors du puits, épée en main. Les yeux étincelants, elle a avancé dans le dos de la fée aux trois bras et lui a décoché un violent coup derrière les genoux. Beuglant de douleur, l'Oublié a vacillé et il est tombé à la renverse. Kenzie l'a évité, et l'imposante fée a basculé dans le trou en hurlant.

Il ne m'a pas fallu longtemps pour venir à bout des deux gardes restants. Je me suis ensuite élancé vers l'endroit où la fée-chat fouettait l'air derrière elle, essayant de se débarrasser du gremlin obstinément accroché à sa queue. Elle a levé les yeux vers moi et a essayé de s'enfuir, mais mon épée s'est abattue sur son cou, et l'instant d'après elle a disparu en une nappe de brouillard.

J'ai baissé mon arme, haletant. Rasoir a cligné des yeux et a souri en constatant que son ennemie s'était désintégrée.

— Méchant minou, a-t-il bourdonné en me regardant d'un air satisfait. Fini, méchant minou ! Ah ah !

J'ai souri et me suis tourné vers Kenzie ; mon cœur a alors fait un bond dans ma poitrine, et j'ai crié pour la prévenir.

L'Oublié qu'elle avait fait tomber dans le puits était parvenu à remonter et se tenait maintenant derrière elle, prêt à abattre son gourdin sur sa tête. Voyant mon expression, elle a deviné ce qui se passait et a commencé à se retourner en soulevant les bras, mais le gourdin a entamé sa descente — et j'ai su que je n'arriverais jamais à temps.

C'est alors que… je ne sais pas ce qui s'est passé. Une silhouette sombre aux contours indécis a surgi, comme de nulle part, et s'est interposée entre Kenzie et l'immense Oublié. Une épée a scintillé, et le coup qui lui aurait probablement fracassé le crâne a été dévié vers son épaule. L'impact a malgré tout dû être suffisamment fort, car elle s'est écroulée contre le mur avec un cri de douleur, tandis que la silhouette disparaissait aussi vite qu'elle était apparue.

Aveuglé par la colère, je me suis jeté sur l'Oublié en poussant un hurlement de possédé. Il a beuglé et visé ma tête de son gourdin, mais j'ai contré le coup avec mon épée et tranché tout net le bras de sa poitrine. Hurlant de douleur, la fée a alors entrepris de me frapper de ses énormes poings. J'ai sauté en arrière, ramassé l'épée tombée au sol et je suis revenu à l'assaut, écumant de rage. Dans un tourbillon de métal étourdissant, j'ai réussi à percer sa garde et j'ai enfoncé mes deux lames dans son poitrail avec un grondement viscéral.

L'Oublié est parti peu à peu en fumée, tout en braillant un chapelet de jurons. Je me suis détourné sans tarder de sa silhouette en décomposition et me suis précipité vers le mur opposé. Là, Kenzie luttait pour tenir debout ; elle faisait la grimace et se tenait un bras d'une main. Rasoir faisait des bonds à côté d'elle, bourdonnant de panique.

— Kenzie !

Avec mille précautions, je lui ai pris le bras et je l'ai palpé sur toute sa longueur, en quête d'une bosse ou d'un os cassé. Miraculeusement, tout semblait être intact, malgré l'énorme bleu qui commençait déjà à se former sur son épaule. *Une médaille de courage*, comme aurait dit Guro. Il aurait été fier d'elle.

— Rien de cassé, ai-je murmuré avec soulagement en la regardant. Est-ce que ça va ?

Elle a grimacé.

— Eh bien, si on part du principe qu'aujourd'hui je me suis fait taillader, bousculer, rouer de coups et menacer d'égorgement, je peux dire que oui.

Son front s'est plissé, et elle a balayé la grotte du regard.

— Aussi, j'ai cru qu'il y avait… Est-ce que tu as vu… ?

J'ai acquiescé, me rappelant la silhouette qui avait surgi pour détourner le coup fatal et disparu comme par enchantement. Tout s'était passé si vite… Si Kenzie ne l'avait pas vue, elle aussi, j'aurais pu croire à une hallucination.

— Ouf. J'ai cru que j'avais une espèce de vision de mort imminente, ou un truc dans le genre.

Kenzie a regardé l'endroit où l'imposant Oublié avait succombé et a frissonné.

— Tu as une idée de ce qui s'est passé ?

— Aucune, ai-je marmonné. Mais ça t'a sûrement sauvé la vie. C'est tout ce qui m'importe.

— Parle pour toi, m'a fait Kenzie en plissant le nez. Mais s'il se trouve que j'ai une espèce d'ange gardien qui veille sur moi, j'aimerais bien savoir qui et pourquoi. Je dis ça, au cas où plus tard je serais sous ma douche, ou des trucs comme ça.

— Kenzie ?

Une voix ténue et familière s'est élevée dans l'ombre avant que je puisse répondre. Nous avons tous deux sursauté en scrutant les alentours.

— Ethan ? Vous êtes là ?

— Annwyl ?

Kenzie a regardé autour d'elle pendant que Rasoir se perchait sur son épaule.

— Où es-tu ?

— Ici, a répondu faiblement la voix, comme étouffée par des cloisons.

J'ai examiné les murs de la grotte et repéré alors une porte dans le recoin le plus reculé, presque dissimulée dans l'ombre. Elle était barrée d'une grosse poutre de bois. Nous nous sommes précipités et avons enlevé la poutre avant de tirer sur la poignée. La porte s'est ouverte dans un grincement, et nous sommes entrés.

Kenzie a retenu un cri. La pièce était remplie de cages — en bronze ou en cuivre, d'après leur aspect — accrochées au plafond par de lourdes chaînes. Etroites, cylindriques, elles oscillaient en grinçant, laissant à peine la place de circuler entre elles. Toutes étaient vides, sauf une.

Annwyl était recroquevillée dans une de ces cages, les genoux repliés contre la poitrine, entourés de ses bras. Dans la pénombre de la pièce, éclairée par une unique torche accrochée à un mur, elle semblait pâle, malade et désespérée. Elle a levé la tête vers nous, les yeux écarquillés.

— Ethan, a-t-elle murmuré d'une voix tremblante. Kenzie. Vous êtes là. Comment… comment m'avez-vous trouvée ?

— On te dira ça plus tard, a répondu Kenzie en agrippant les barreaux de la cage avec fureur.

Rasoir a bourdonné avec colère et a sauté sur le haut de la cage pour secouer la structure.

— Pour l'instant, on doit déjà sortir de là. Où sont les clés ?

Annwyl a fait un signe de tête vers un poteau où un anneau de clés en bronze était accroché à une cheville de bois. Après avoir ouvert la cage, nous avons aidé Annwyl à en sortir. Affaiblie, la fée de l'Eté a titubé en sortant de sa prison, et a été obligée de s'appuyer sur moi pour marcher. Les Oubliés avaient dû la vider d'une bonne partie de son glamour ; elle était légère et fragile comme une brindille.

— Est-ce qu'il y en a d'autres ? ai-je demandé alors qu'elle prenait plusieurs inspirations profondes, comme si elle se remettait à respirer.

Annwyl a eu un violent frisson et a secoué la tête.

— Non, a-t-elle murmuré. Il n'y avait plus que moi.

Elle s'est tournée vers les cages vides suspendues à leurs chaînes.

— La première fois qu'on m'a amenée ici, il y avait quelques autres prisonniers. Des fées exilées, comme moi. Un satyre et deux nymphes des bois. Un gobelin, aussi. Mais… ensuite, ils ont été emmenés par des gardes. Et ils ne sont jamais revenus. J'étais sûre que je n'avais plus qu'à attendre mon heure… avant de lui être livrée, à mon tour.

— La Lady ? ai-je demandé gravement.

— Oui. Elle… elle les *mange,* a-t-elle ajouté en fermant les yeux. Elle aspire leur glamour en elle, tout comme ses disciples, jusqu'à ce qu'il n'en reste plus rien. C'est pour ça que tant d'Exilés ont disparu. Elle a un besoin constant d'être alimentée en magie pour retrouver ses forces — du moins, c'est ce que ses disciples m'ont dit. Alors ils sortent tous les soirs, capturent des Exilés et des demi-sang et les entraînent ici pour elle.

— Où est Keirran ? ai-je demandé en lui posant la main sur l'épaule. Est-ce que tu l'as vu ?

— Il est… avec *elle,* a-t-elle répondu, au bord des larmes. Je suis tellement inquiète… elle lui a peut-être déjà fait quelque chose ?

Elle s'est couvert le visage d'une main.

— Je ne sais pas ce que je deviendrais sans lui.

— Maître !

Perché sur l'épaule de Kenzie, Rasoir a fait écho à sa détresse, se tirant sur les oreilles.

— Maître parti !

J'ai soupiré et tenté de rester concentré malgré les lamentations du gremlin. Je me suis tourné vers Kenzie.

— Bon. Il faut sortir Todd et les autres de là. Est-ce que tu te souviens du chemin par lequel nous sommes arrivés ?

Elle a grimacé tout en essayant de faire taire un peu Rasoir.

— Pas très bien. Mais la caverne grouille d'Oubliés. On serait obligés de se battre à chaque mètre.

Annwyl s'est redressée et a pris une grande inspiration.

— Attendez, nous a-t-elle dit d'une voix plus assurée, reprenant un peu ses esprits. Il y a un autre chemin. Je peux sentir où se trouvent les passages, et l'un d'eux débouche sous un pont dans le monde mortel. Il n'est pas loin d'ici.

— Peux-tu emmener tout le monde là-bas, et l'ouvrir ?

— Oui.

Annwyl a hoché la tête, et ses yeux ont scintillé.

— Mais je ne partirai pas sans Keirran.

— Je sais. Viens.

Je l'ai entraînée vers la sortie, pour retourner dans l'endroit qui donnait sur le puits géant. Là, j'ai saisi l'échelle accrochée au mur et je l'ai fait descendre dans le trou.

— C'est parti, ai-je marmonné en scrutant l'obscurité.

Des chuchotements et des bruits de pas traînant sur le sable me sont parvenus d'en bas, et j'ai fait la grimace.

— Attendez ici, ai-je dit à Kenzie et Annwyl. Je reviens tout de suite, avec une bande de doux dingues, si tout va bien.

— Non, a protesté Kenzie en me retenant par le bras. C'est moi qui devrais y aller. Si quelque chose déboule ici, je ne serai pas capable de l'affronter. C'est toi le plus qualifié avec les armes. En plus, tu n'es pas forcément la présence la plus rassurante qui soit pour emmener en sécurité un groupe de gens traumatisés. S'ils se mettent à pleurer, il ne suffira pas de faire craquer tes jointures en leur disant de se taire et d'avancer.

J'ai froncé les sourcils.

— Je n'utiliserai pas mes poings, promis — une épée est beaucoup plus impressionnante.

Elle a roulé des yeux et m'a passé le gremlin, qui a couru de mon bras sur mon épaule.

— Fais plutôt le guet. Je vais commencer à les faire remonter.

Quelques minutes plus tard, une foule d'humains en haillons, complètement hagards, se sont agglutinés dans le tunnel en chuchotant entre eux. Todd était parmi eux. Il a contemplé la caverne avec un regard morne qui m'a donné la chair de poule. J'espérais juste qu'il redeviendrait normal lorsque nous serions de retour dans le monde réel… Aucun de ses compagnons ne regardait Annwyl ou Rasoir, ou ne semblait même les remarquer. Ils restaient plantés là comme des moutons, passifs et soumis, attendant que quelque chose se passe. Annwyl les a considérés avec effroi et a frissonné.

— C'est horrible, a-t-elle murmuré en se frictionnant les bras. Ils ont l'air si… vides.

— Vides, a répété Rasoir. Vides, vides, vides.

— Est-ce que tout le monde est là ? ai-je demandé à Kenzie comme elle remontait par l'échelle.

Elle a confirmé d'un signe de tête, et Rasoir a repris sa place sur son épaule.

— Très bien, maintenant restez groupés. Ça va devenir intéressant.

Brandissant mes armes, j'ai avancé vers le bord du tunnel, qui partait dans deux directions différentes, et j'ai jeté un œil des deux côtés. Pas d'Oublié en vue pour le moment.

— Ethan…

Kenzie et Annwyl m'ont rejoint près de l'ouverture tandis que le groupe nous suivait silencieusement. Annwyl m'a agrippé le bras.

— Je ne pars pas. Pas sans lui.

— Je sais. Ne t'inquiète pas.

J'ai écarté sa main puis me suis retourné pour tendre une épée à Kenzie.

— Fais-les sortir de là, lui ai-je dit. Emmène Annwyl jusqu'à la sortie et ne regarde pas derrière toi. Si quelque chose essaie de te bloquer le passage, fais tout ce que tu peux pour ne pas te faire prendre de nouveau.

— Et toi ?

J'ai lancé un regard dans le tunnel en soupirant.

— Je vais chercher Keirran.

Ses yeux se sont écarquillés.

— *Seul* ? Mais tu ne sais même pas où il se trouve !

— Si, je le sais.

Je me suis passé une main dans les cheveux et j'ai fait face à l'obscurité, décidé à ne pas laisser la peur l'emporter.

— Il est avec la Lady. Où qu'elle soit, je le trouverai près d'elle.

— Maître ?

Rasoir a levé la tête, les yeux brillants d'espoir.

— Rasoir venir ? Trouver Maître ?

— Non, Rasoir, tu restes. Veille sur Kenzie.

Le gremlin a eu un petit bourdonnement triste mais a hoché la tête.

Des chuchotements lugubres se sont soudain élevés derrière nous. Le groupe d'anciens demi-sang commençait à s'agiter en murmurant encore et encore le mot « Lady », telle une incantation.

Mon angoisse est montée d'un cran.

— Dans ce cas, tiens.

Kenzie m'a tendu mon épée.

— Reprends-la. Je n'en aurai pas besoin, cette fois.

— Mais…

— Ethan, crois-moi : si nous sommes pris en chasse, nous ne nous battrons pas ; nous détalerons, c'est tout. Si tu retournes là-bas, tu vas en avoir besoin bien plus que moi.

— Je viens avec toi, a dit Annwyl.

— Non, ai-je répondu sèchement. Kenzie a besoin de toi pour ouvrir le passage. Ça ne marche pas pour les humains. En plus, s'il t'arrive quelque chose, si tu te fais attraper ou menacer, Keirran n'essaiera même pas de s'enfuir. Il ne viendra avec moi que s'il sait que tu es en sécurité.

— Je veux l'aider. Je ne l'abandonnerai pas…

— Bon sang, tu ne comprends pas que, si tu l'aimes vraiment, la meilleure chose à faire est de partir ! ai-je aboyé en me tournant vers elle. C'est à cause de toi que Keirran se trouve ici ! C'est ça qui nous a mis dans ce pétrin, au départ.

Je l'ai toisée durement, et la fée a baissé les yeux. J'ai poussé un soupir, puis j'ai repris un ton plus bas :

— Annwyl, tu dois me faire confiance. Je ne reviendrai pas sans lui, je le promets.

Elle a hésité encore un moment, avant de hocher la tête.

— Tu es lié à moi par cette promesse, humain, a-t-elle enfin murmuré.

Kenzie m'a pris soudainement par le bras.

— A moi aussi, m'a-t-elle dit alors que je la regardais dans les yeux.

Elle a eu un petit sourire pour tenter de dissimuler sa peur, et a serré ma main.

— Alors tu as intérêt de revenir, gros dur. Tu as une promesse à tenir, pigé ?

L'envie de l'embrasser s'est faite presque irrépressible. J'ai posé une main tendrement sur sa joue, essayant de l'assurer de mon engagement, de mes sentiments, sans prononcer de mots. Kenzie a mis une main sur la mienne et a fermé les yeux.

— Sois prudent, a-t-elle murmuré.

J'ai acquiescé d'un signe de tête.

— Toi aussi.

Elle a ouvert les yeux, enlevé sa main et a reculé.

— Nous serons au Belvedere Castle, m'a-t-elle indiqué, les yeux étrangement brillants. Rejoins-nous là-bas quand tu auras retrouvé Keirran. On vous attendra.

C'est alors que Todd a pris la parole, d'une voix plate mais qui a pourtant facilement dominé les nôtres.

— Si vous cherchez la Lady, elle est au tout dernier niveau, a-t-il annoncé. C'est de là que venaient les cris, habituellement.

Un frisson m'a parcouru. Après un dernier regard vers Kenzie et les autres, je me suis retourné, j'ai empoigné mes armes, et j'ai disparu dans le tunnel.

24. La Lady

J'avançais dans les ténèbres du repaire des Oubliés en me cachant dans l'ombre, derrière des rochers, ou en me plaquant contre les murs. Dans une véritable caverne, sans lumière artificielle, il aurait été difficile de voir sa propre main devant soi. Mais ici, dans le Milieu, la cavité était pleine de cristaux et de champignons luminescents qui constellaient parois et plafonds. Des mousses et des fougères colorées poussaient autour d'une mare d'eau claire au centre de la caverne principale, où une petite fontaine ruisselait dans l'obscurité, plus haut.

Pâles et flous dans la pénombre, les Oubliés allaient et venaient dans les tunnels ; par chance, ils étaient moins nombreux que je ne le redoutais. Peut-être la plupart étaient-ils allés chasser des Exilés, puisqu'ils devaient se repaître du glamour des fées normales pour vivre. Certains n'étaient que des ombres transparentes, alors que d'autres paraissaient bien plus solides et retrouvaient même des couleurs. J'ai remarqué que moins la fée était « réelle », plus elle avait tendance à déambuler dans tous les sens, comme si elle ne se rappelait plus ce qu'elle faisait. A l'embouchure d'un tunnel, j'ai failli tomber nez à nez avec une créature reptilienne munie de multiples bras, et me suis réfugié prestement derrière une stalactite pour l'éviter. Ma manœuvre n'a pas été des plus silencieuses. La fée a fixé l'endroit où je me cachais pendant quelques instants, puis elle a semblé s'en désintéresser et a glissé dans un autre couloir. J'ai poussé un soupir de soulagement et poursuivi mon chemin.

J'ai continué d'avancer en rasant les murs, cherchant à localiser Keirran et la Lady. Je croisais les doigts pour que Kenzie et Annwyl soient parvenues à faire sortir les autres, et que tous soient désormais en sécurité. Mais ce n'était pas le moment de m'inquiéter pour eux. Si cette Lady était aussi puissante que je le craignais — en tant que reine des Oubliés, probablement —, j'avais déjà pas mal de souci à me faire pour mon propre cas.

Après une nouvelle mare aux eaux claires, une arche de pierre s'est détachée des murs, encadrée de torches bleues de chaque côté. Elle avait quelque chose d'assez officiel, comme l'entrée de la chambre d'une reine, peut-être.

Serrant les poings sur mes armes, j'ai pris une grande inspiration — et je suis passé sous l'arche.

De l'autre côté, le tunnel était sinueux mais court ; j'ai bientôt distingué une faible lueur à son extrémité. Prenant soin de rester dans l'ombre, j'ai avancé jusqu'au bout, et découvert alors la salle du trône de la Lady.

La caverne voûtée n'était pas immense, mais elle scintillait de l'éclat de milliers de cristaux bleus, jaunes et verts — certains minuscules, d'autres aussi gros que moi — qui dépassaient des murs et du sol. Plusieurs colonnes de pierre massives où étaient figés les squelettes de dragons ou d'autres monstres formaient une allée menant à un trône de cristal au fond de la pièce.

Et assise sur ce trône, flanquée de deux chevaliers immobiles en armure d'os, se trouvait une femme.

J'ai retenu mon souffle. La Lady des Oubliés n'avait pas l'air monstrueuse, cruelle, hystérique ou terrifiante.

Elle était belle.

Pendant quelques secondes, je n'ai pu m'empêcher de la regarder fixement. Comme les autres Oubliés, la Lady était pâle, mais un soupçon de couleur illuminait ses joues et ses lèvres pulpeuses, et ses yeux étaient d'un bleu de cristal étonnant, qui changeait de couleur dans la lumière tamisée — passant du bleu au vert, à l'ambre, et ainsi de suite. Ses longs cheveux n'avaient pas de couleur et se terminaient en une sorte de brume, comme si elle n'était pas encore tout à fait solide. Elle portait une longue robe drapée avec un haut col montant, et le visage qui en sortait était jeune, parfait, et terriblement triste.

Pendant un instant, mon cerveau s'est déconnecté. *Et si nous avions tout faux ?* Peut-être la Lady était-elle prisonnière des Oubliés, elle aussi ; peut-être n'y était-elle pour rien dans les meurtres, les disparitions de fées et le tragique destin des demi-sang.

C'est alors que j'ai vu ses ailes — ou plutôt, les ossements brisés de ce qui avait dû être des ailes —, dépasser de ses épaules et encadrer le fauteuil où elle était assise. Ses yeux sont passés du vert au noir le plus pur, et elle a tendu une main fine et blanche vers une silhouette debout devant son trône.

— *Keirran*, ai-je murmuré.

Le prince de Fer semblait être en parfaite santé et libre de ses mouvements. Il a pris la main qu'elle lui tendait et s'est rapproché de la Lady. Elle a passé ses longs doigts dans les cheveux d'argent de Keirran ; il n'a pas bougé, et il est resté là, immobile, la tête baissée. J'ai vu les lèvres de la femme bouger, et peut-être Keirran lui a-t-il répondu, mais leurs voix étaient trop éloignées pour que je puisse les entendre.

La colère est montée en moi. Keirran était encore armé ; je voyais l'épée attachée dans son dos. Seulement, il ne ferait rien qui risque de mettre Annwyl en danger. Quelle était la force de la Lady ? Si je faisais irruption maintenant, parviendrions-nous à nous échapper ? Je dénombrais quatre gardes autour du trône — avec des yeux verts luisant sous leur casque d'os. Ils paraissaient assez costauds, mais nous pourrions peut-être en venir à bout à nous deux. A condition que je puisse d'abord attirer l'attention de Keirran…

Une seconde plus tard, ce n'était plus d'actualité.

La Lady a soudain cessé de parler au prince de Fer. Elle a levé la tête et a regardé droit vers moi, alors que j'étais toujours caché dans l'ombre. Ses sourcils se sont haussés sous la surprise, et elle a souri.

— Bonjour, Ethan Chase.

Sa voix était claire et douce, et son sourire renversant.

— Bienvenue dans mon royaume.

Bon sang. Je suis sorti de ma cachette tandis que Keirran se retournait brusquement, les yeux ronds comme des soucoupes.

— Ethan ! s'est-il exclamé alors que j'avançais, tenant mes lames le long de mes flancs.

Les gardes ont fait un mouvement vers moi, mais la Lady a levé une main, et ils ont stoppé aussitôt.

— Qu'est-ce que tu fais là ?

— A ton avis ? ai-je rétorqué. Je suis venu pour te faire sortir d'ici. Et rassure-toi : Annwyl est en lieu sûr.

J'ai croisé le regard de la Lady.

— Ainsi que Todd et les autres demi-sang que vous avez enlevés. Vous ne ferez plus de mal à personne, je peux vous le jurer.

Je n'attendais pas de réponse. Je m'attendais juste à ce que Keirran dégaine son épée, se mette en posture de combat, et à affronter une belle bagarre pour nous frayer rapidement un chemin vers la sortie. Mais Keirran n'a pas bougé, et ce n'est pas lui qui a pris ensuite la parole.

— Que veux-tu dire, Ethan Chase ?

La voix de la Lady m'a profondément étonné. Elle semblait réellement perplexe, choquée, et cherchait à comprendre.

— Dis-moi, en quoi ai-je fait du mal à tes amis ?

— C'est une plaisanterie ?

Je me suis arrêté à moins de deux mètres du trône pour la dévisager. A ses côtés, Keirran, comme figé, m'a regardé d'un air inquiet. Quand allait-il donc descendre de là, si nous devions nous battre pour sortir ? Ces maudits chevaliers encadrant le trône n'avaient pas des carrures de mauviettes !

— Permettez-moi de vous rafraîchir la mémoire, dans ce cas, ai-je dit à la reine des Oubliés, qui a penché la tête en m'écoutant. Vous avez kidnappé mon ami Todd chez lui et l'avez emmené ici. Vous avez kidnappé Annwyl pour forcer Keirran à venir jusqu'à vous. Vous avez tué Dieu sait combien d'Exilés, et… ah, oui, j'allais oublier : vous avez transformé tous ces demi-sang en mortels en les vidant de leur glamour. Ce n'est pas faire du mal, ça ?

— On ne fait aucun mal aux demi-sang, a déclaré la Lady d'une voix parfaitement calme et posée. Nous ne tuons jamais quand ce n'est pas nécessaire. Ils seraient de toute façon rentrés chez eux un jour ou l'autre. Quant à la perte de leur « féerie », maintenant qu'ils sont mortels, le monde caché ne viendra plus les tourmenter. Ils seront plus heureux et plus en sécurité ainsi. Tu ne penses pas que c'est la meilleure option, Ethan Chase ? Toi qui as été harcelé par les fées toute ta vie ? Tu dois sûrement comprendre.

— Je… ce… ce n'est pas une excuse.

— Ah, non ?

La Lady m'a souri avec gentillesse.

— Ils sont plus heureux maintenant, ou du moins, ils le seront quand ils rentreront chez eux. Plus de cauchemars de fées. Plus de peur de ce que les « sang-pur » pourront leur faire.

Elle a penché de nouveau la tête, l'air sincère.

— Est-ce que *toi-même*, tu ne préférerais pas être normal ?

— Et les Exilés ? ai-je répliqué, déterminé à ne pas lui laisser l'avantage dans cet étrange débat.

Je ne devrais même pas être en train de discuter de ça. Bon sang, Keirran, mais qu'est-ce que tu fiches ?

— La question de ce que vous leur avez fait ne se pose même pas, ai-je repris. Vous ne pouvez pas me dire qu'ils sont plus heureux en étant morts.

— Non.

La Lady a fermé brièvement les yeux.

— Malheureusement non, en effet. Il n'y a pas d'excuse à cela, et je suis infiniment désolée de ce que nous devons faire à nos anciens frères pour survivre.

Keirran a bronché très légèrement — sa mâchoire a paru se crisper un instant. *Eh bien, c'est déjà ça. Cela dit, je ne sais toujours pas ce que tu comptes faire, prince. A moins que tu n'aies une dette envers elle, ou qu'elle t'ait fait quelque chose avec son glamour.* J'en doutais cependant. Keirran avait l'air tout à fait normal quand j'étais arrivé. D'après moi, il possédait encore tout son libre-arbitre.

— Seulement, a poursuivi la Lady, il y va de notre survie. Je fais ce que je dois faire pour que mon peuple ne s'éteigne pas une nouvelle fois. S'il y avait une autre façon de vivre, d'exister, je la choisirais avec joie. Mais actuellement, nous ne nous nourrissons que d'Exilés, ceux qui ont été bannis dans le monde mortel. Le fait de savoir qu'ils auraient de toute façon fini par disparaître n'est qu'un petit réconfort, mais nous devons bien trouver notre réconfort là où nous le pouvons.

J'ai fini par tourner les yeux vers Keirran.

— Et toi ? Tu es d'accord avec ça ?

Keirran a baissé la tête et n'a pas croisé mon regard. La Lady a tendu le bras et a touché la nuque de l'elfe aux cheveux d'argent.

— Keirran comprend combien notre situation est critique, a-t-elle murmuré sous mes yeux médusés. Il sait que je dois préserver mon peuple de la non-existence. Le genre humain a été cruel et nous a oubliés, tout comme les cours de Faérie. Nous venons juste de renaître. Comment pourrions-nous revenir en arrière ?

J'ai secoué la tête, n'en croyant ni mes yeux ni mes oreilles.

— Désolé de vous décevoir, mais j'ai promis à quelqu'un que je ne partirai pas sans le prince de Fer.

J'ai touché Keirran du bout de mon épée ; il a levé la tête et m'a enfin regardé.

— Et je vais tenir cette promesse, même si je dois lui casser les deux jambes pour ça et le porter moi-même hors d'ici.

— Dans ce cas, je suis désolée, Ethan Chase.

La Lady s'est rassise et m'a considéré avec tristesse.

— J'aurais aimé que nous puissions trouver un accord. Mais je ne peux pas te laisser repartir chez la reine de Fer maintenant que tu sais où nous vivons. J'espère que tu comprends : je ne fais cela que pour protéger mon peuple.

La Lady a levé une main, et les chevaliers ont dégainé soudain leurs épées en prenant une posture de combat. Leurs armes d'un blanc immaculé étaient dentelées sur un tranchant, comme une sorte de scie. J'ai contré l'assaut du premier garde en écartant son épée avant de viser sa tête avec ma seconde lame. Tout s'est passé à la vitesse de l'éclair, mais mon assaillant a esquivé de justesse le coup que je lui portais.

Bon sang, ils sont agiles. Un autre coup d'épée a sifflé à côté de moi, me manquant de peu ; les dents de la lame ont effleuré mon vêtement. Esquivant un nouvel estoc, j'ai été rapidement contraint de reculer tandis que d'autres gardes approchaient, ne me laissant pas le temps de contrer. Ils m'ont acculé dans un angle en maniant le fer avec une célérité et une dextérité déconcertantes. Trop nombreux. Ils étaient trop nombreux, et trop bons en escrime.

— Keirran ! me suis-je écrié en me réfugiant derrière une colonne. Un petit coup de main, peut-être ?

Les chevaliers m'ont suivi lentement derrière le pilier, et durant cette brève accalmie, j'ai vu que le prince de Fer était toujours debout près du trône, en train de nous regarder. Son visage était neutre ; aucune émotion ne transparaissait sur ses traits, alors que les chevaliers se rapprochaient de nouveau dangereusement de moi. La peur m'a saisi pour de bon. Mais même après tout ce que je venais d'entendre, je croyais toujours qu'il allait m'aider dans une situation pareille.

— Bon Dieu, mais qu'est-ce que tu attends ? Annwyl est en sécurité… Aide-moi !

Le dilemme s'est lu brièvement sur son visage, mais il n'a pas bougé. Stupéfait et hors de moi, j'ai fait vivement demi-tour et percé la garde d'un chevalier qui m'attaquait par-derrière. Ma lame a traversé son plastron pour s'enfoncer profondément dans sa poitrine, entre ses côtes. Le garde a convulsé, s'est mis à tituber, et s'est évaporé en brouillard.

Seulement, cette attaque avait laissé mes arrières à découvert, et je n'ai pu esquiver assez rapidement quand une autre épée a fendu l'air pour venir toucher ma jambe. Tout d'abord, je n'ai pas eu mal. Mais dès que j'ai reculé, le sang a coloré rapidement mon jean et la douleur a éclaté. J'ai vacillé en serrant les dents. Les trois chevaliers qui restaient me talonnaient sans relâche, épées brandies. Pendant tout ce temps, Keirran est demeuré près du trône, immobile, tandis que les yeux bleus de la Lady me suivaient par-dessus sa tête.

Je n'arrive pas à croire qu'il va rester planté là et me regarder mourir ! Pantelant, j'ai contré tant bien que mal un nouvel assaut des trois gardes, mais une épée m'a touché au bras, et j'ai fait tomber une de mes lames. J'ai décoché alors un coup dans la mâchoire de l'un des trois, qui a fait marche arrière sous la douleur, mais un autre m'a visé à la tête, et j'ai su que je ne serais pas capable de me débarrasser de celui-là.

J'ai dressé mon épée ; la lame du chevalier l'a percutée, me poussant sur le côté. Ma jambe blessée a alors cédé sous moi, et je suis tombé. La lame s'est échappée de mes mains et a glissé sur le sol. Désarçonné, j'ai levé les yeux. Les chevaliers se tenaient au-dessus de moi, brandissant leurs épées pour me porter le coup de grâce.

Voilà, c'est fini. Je suis désolé, Kenzie. Je voulais qu'on soit ensemble, mais au moins, tu es en sécurité, maintenant. C'est tout ce qui compte.

L'éclair d'une lame m'a aveuglé. J'ai fermé les yeux.

Un crissement d'armes a retenti soudain au-dessus de ma tête, me hérissant tous les poils du corps. J'ai retenu mon souffle pendant un instant, me demandant quand la douleur allait frapper, ou si j'étais déjà mort. Rien de tel ne s'est passé. J'ai rouvert les yeux.

Keirran était agenouillé devant moi, un bras levé, bloquant l'épée du chevalier avec la sienne. Une détermination amère se lisait maintenant sur son visage. Il s'est levé, a repoussé le garde et a dévisagé les autres, qui ont reculé d'un pas sans pour autant baisser leurs armes. Il est resté entre moi et les gardes, et s'est tourné alors en direction du trône.

— Je ne suis pas d'accord, a-t-il lancé.

J'ai fait de mon mieux pour me redresser et m'asseoir, tout en le maudissant intérieurement. J'avais mal aux bras, aux jambes, aux épaules, partout. Keirran m'a jeté un regard furtif, comme pour s'assurer que j'allais bien ou que j'étais au moins vivant, et s'est tourné de nouveau vers la reine des Oubliés.

— J'ai de la compassion pour votre situation, honnêtement. Mais je ne peux pas vous laisser blesser ma propre famille. Tuer le frère de la reine de Fer ne créerait que du tort à votre cause, et déchaînerait la colère de toutes les cours sur vous et vos sujets. Je vous en prie, laissez-le partir. Laissez-nous partir, tous les deux.

La Lady l'a regardé d'un air ébahi, puis a levé de nouveau une main. Immédiatement, les chevaliers en armure d'os ont reculé et rengainé leurs armes pour revenir se poster à ses côtés. Keirran ne me regardait toujours pas ; il a rengainé lui aussi sa lame et s'est incliné brièvement.

— Nous allons partir, maintenant, a-t-il déclaré.

Son ton avait beau être poli, il ne s'agissait ni d'une question ni d'une requête.

— Je penserai à ce que vous avez dit, mais je vous demande de ne pas essayer de nous arrêter.

La Lady n'a pas répondu. Keirran s'est alors penché et a passé mon bras autour de ses épaules. J'ai été un instant tenté de le repousser, mais je ne savais pas si ma jambe tiendrait le coup. Et puis, la pièce semblait tourner dangereusement autour de moi.

— C'est gentil d'être venu m'aider, ai-je grincé alors qu'il me remettait sur mes pieds.

La douleur m'a transpercé, et j'ai serré les dents en le foudroyant du regard.

— Tu as changé d'avis au dernier moment, ou bien attendais-tu juste le moment le plus spectaculaire pour intervenir ?

— Excuse-moi, a murmuré Keirran en me retenant. J'espérais… que ça n'irait pas jusque-là.

Il a soupiré et m'a regardé avec anxiété.

— Annwyl… Elle n'a rien ? Elle est en sécurité ?

— Je te l'ai déjà dit.

Ma jambe m'a lancé, exacerbant ma colère.

— Et ce n'est pas grâce à toi ! Mais qu'est-ce que tu as dans le crâne, Keirran ? Je croyais que tu voulais prendre soin d'elle ? Ça ne te fait rien qu'ils l'aient laissée croupir dans une *cage*, pendant que tu prenais gentiment le thé avec la Lady, ou je ne sais qui d'autre ?

Keirran a blêmi.

— Annwyl, a-t-il murmuré en fermant les yeux. Je suis désolé. Pardonne-moi, je ne savais pas…

Il a rouvert les yeux et m'a jeté un regard implorant.

— Ils ne voulaient pas me laisser la voir. Je ne savais pas où elle était. Ils m'ont dit qu'elle serait tuée si je ne coopérais pas.

— Eh bien, pour coopérer, tu as coopéré ! lui ai-je rétorqué en l'entraînant vers une de mes armes qui gisait par terre. On ne part pas sans mes épées. Je veux les avoir avec moi au cas où ta merveilleuse Lady nous ferait un sale coup.

— Elle ne fera pas ça, m'a dit Keirran en se penchant pour ramasser mon arme. Elle est plus honorable que tu ne le crois. Il faut juste comprendre ce qui lui est arrivé, ce qu'elle essaie d'accomplir…

Je lui ai pris la lame des mains et l'ai dévisagé.

— Attends. Dans quel camp es-tu, là ?

Le dilemme se lisait de nouveau sur son visage.

— Ethan, s'il te plaît…

— Laisse tomber, ai-je maugréé en grimaçant sous la douleur de ma jambe. Sortons de là, tant que je peux encore tenir debout.

A peine avions-nous fait quelques pas vers la sortie que la voix de la Lady s'est élevée de nouveau.

— Prince Keirran. Attendez, s'il vous plaît. Juste une chose.

Keirran s'est arrêté, mais ne s'est pas retourné.

— Les meurtres peuvent cesser, a poursuivi la reine d'un ton calme et sincère. Aucun Exilé ne sera plus sacrifié pour nous maintenir en vie, et aucun demi-sang ne sera plus enlevé. Je peux ordonner à mes sujets de ne plus le faire, si c'est ce que vous voulez.

— Oui, a répondu immédiatement Keirran, qui lui tournait toujours le dos. C'est ce que nous voulons.

— Cependant, a prévenu la Lady, si je fais cela, vous devez revenir discuter avec moi. Un jour prochain, je demanderai à vous voir, et vous devrez venir, de votre plein gré. Pas en tant que prisonnier, mais comme un invité. Un égal. M'accorderez-vous au moins cela ?

— Keirran, ai-je chuchoté, ne l'écoute pas. Elle veut juste t'avoir encore à sa merci parce que tu es le fils de la reine de Fer. Tu *sais* que les marchés avec les fées ne finissent jamais bien.

Il regardait droit devant lui sans répondre.

— Prince de Fer ?

La Lady a parlé plus bas, d'un ton apaisant.

— Quelle est votre réponse ?

— Keirran..., l'ai-je mis en garde en roulant des yeux.

Son regard s'est durci.

— D'accord, a-t-il répondu. Vous avez ma parole.

J'avais envie de le frapper.

— Tu as perdu la tête, ou quoi ? me suis-je emporté alors que nous quittions la salle du trône. Tu as déjà oublié de quoi elle est capable ? Est-ce que tu as eu l'occasion de voir tous les demi-sang qu'elle a kidnappés ? Est-ce que tu as vu ce qu'elle leur a fait, la façon dont elle les a vidés de leur magie, pour en faire des espèces de zombies ? As-tu oublié tous les Exilés qu'ils ont tués pour se maintenir en vie ?

Il n'a pas répondu. J'ai plissé les yeux.

— Ça aurait très bien pu arriver à Annwyl. Mais

peut-être l'as-tu oubliée, elle aussi, si tu t'es entiché de ta nouvelle copine ?

Cette dernière remarque était un coup bas, mais je voulais le faire sortir de ses gonds, et qu'on se dispute pour de bon. Ou au moins qu'il me confirme qu'il n'avait pas oublié les atrocités commises ici, ou ce qu'il était venu y faire ! Mais ses yeux bleus se sont faits encore plus froids, tandis que sa voix demeurait calme.

— Je ne m'attends pas à ce qu'un humain puisse comprendre.

— Dans ce cas, explique-moi, ai-je dit entre mes dents, même si sa dernière phrase me hérissait totalement.

— Je ne cautionne pas ses méthodes, a poursuivi Keirran alors que deux gnomes-piranhas s'écartaient devant nous en le saluant. Mais elle essaie seulement de faire ce que ferait tout bon souverain : assurer la survie de son peuple. Tu ne sais pas à quel point il est horrible pour les Oubliés de se confronter au néant. De perdre des morceaux de soi tous les jours, jusqu'à cesser d'exister.

— Et le mal qu'elle a causé pour que son peuple puisse survivre, qu'est-ce que tu en fais ?

— Ce n'est pas juste, en effet, a concédé Keirran, le front soucieux. Il n'est pas normal que d'autres aient dû périr pour ça. Mais les Oubliés essaient seulement de vivre et de ne pas disparaître, comme les Exilés. Comme tout le monde en Faérie.

Il a soupiré et bifurqué pour emprunter un tunnel empli de cristaux et de fragments d'os. Plus nous avancions, plus les pierres et les ossements se raréfiaient, jusqu'à ce que le sol redevienne de la roche normale sous nos pieds. Devant nous, j'ai aperçu le bout du tunnel et un petit chemin pavé qui serpentait entre les arbres. Les ombres de la caverne s'atténuaient peu à peu.

— Il doit bien y avoir un moyen pour eux de survivre sans faire de mal à quiconque, a enfin marmonné Keirran.

Je l'ai regardé, les sourcils froncés.

— Et s'il n'y en a pas ?

— Alors nous devrons tous choisir notre camp.

Nous avons quitté la caverne des Oubliés pour retrouver le monde réel en arrivant sous un pont de pierre dans Central Park. J'ignorais combien de temps nous étions restés dans le Milieu, mais au-dessus de nos têtes, le ciel était parsemé d'étoiles ; le calme ambiant laissait cependant présager que l'aube était imminente. Keirran m'a entraîné sur un banc vert au bord d'une allée, où je me suis effondré en poussant un grognement.

Le prince m'a jeté un regard anxieux.

— Comment va ta jambe ? m'a-t-il demandé, l'air vaguement coupable.

Pas assez coupable, ai-je songé amèrement. J'ai tâté l'entaille et fait la grimace.

— Ça me fait un mal de chien, ai-je maugréé, mais ça saigne déjà moins.

J'ai enlevé ma ceinture et l'ai enroulée plusieurs fois autour de ma jambe pour faire un bandage de fortune. La blessure de mon bras suintait encore, mais je devrais m'en occuper plus tard.

— On va où, maintenant ? m'a demandé Keirran.

— Belvedere Castle, ai-je répondu, espérant que

Kenzie et les autres nous y attendaient déjà. On a convenu de se retrouver là-bas, quand ce serait fini.

Keirran a considéré la forêt touffue qui nous entourait, et a poussé un soupir.

— Tu as une idée de la direction dans laquelle ça se trouve ?

— Pas vraiment.

Je lui ai coulé un regard peu aimable.

— C'est toi qui as du sang féerique dans les veines. Tu ne devrais pas posséder un sens inné de l'orientation ?

— Je ne suis pas une boussole, m'a répondu Keirran d'un ton neutre en continuant de scruter la forêt. Bon, eh bien il ne nous reste plus qu'à choisir un chemin, en espérant que ce soit le bon. Tu peux marcher ?

Malgré ma colère, je me suis senti légèrement soulagé. Il redevenait peu à peu lui-même. Peut-être la scène abracadabrante qui s'était jouée dans la salle du trône n'était-elle due qu'à un coup de glamour, finalement.

— Ça ira, ai-je marmonné en faisant de mon mieux pour me tenir debout. Mais je vais devoir dire à Kenzie que tu n'es pas le compagnon rêvé pour partir en camping.

Il a ri doucement et a paru soulagé, lui aussi.

— Essaie quand même de ne pas trop la brusquer, elle va être déçue, m'a-t-il dit en calant de nouveau son épaule sous mon bras pour m'aider à avancer.

Un quart d'heure plus tard, nous ne savions toujours pas où nous allions. Nous empruntions un étroit sentier sinueux en espérant qu'il débouche sur un endroit que nous connaissions, quand Keirran a soudain fait halte, une expression indéchiffrable sur le visage. J'ai observé les environs, sur le qui-vive, me demandant si je devais sortir mes épées. Sauf que, de toute évidence, il serait plutôt malaisé de me battre en sautant sur une seule jambe ou en me tenant à Keirran. Moi qui espérais en avoir fini avec les combats pour cette nuit…

— Qu'est-ce qu'il y a ? lui ai-je demandé.

Keirran a soupiré.

— Ils sont là.

— Quoi ? Qui ?

— *Maître !*

Un cri familier a retenti dans l'obscurité, et Keirran s'est arc-bouté tandis que Rasoir se jetait contre sa poitrine. Le gremlin a grimpé sur son épaule, où il s'est mis à gazouiller et à sauter de joie.

— Maître, Maître ! Maître indemne !

— Salut, Rasoir.

Keirran a souri pendant que le gremlin continuait ses petits bonds sur lui.

— Oui, je suis content de te revoir, moi aussi. Est-ce que la cour te suit ?

J'ai froncé les sourcils.

— *La cour* ?

Tout autour de nous, des dizaines de chevaliers sidhes en armures rutilantes ont soudain surgi des bois, arborant le symbole du grand arbre de fer sur leur plastron. Ils ont émergé de la végétation dans un silence étonnant pour une armée portant un tel équipement, et ils sont venus former un demi-cercle étincelant autour de nous. A leur commandement, j'ai reconnu deux visages familiers : un certain elfe ténébreux aux yeux d'argent, tout de noir vêtu, et un rouquin avec un rictus plaqué sur les lèvres.

Keirran s'est raidi à mon côté.

— Tiens, tiens, a commencé Puck en avançant avec

Ash. Regardez-moi ça. Vous voyez, m'sieur Glaçon, je vous avais dit qu'ils seraient là.

Le regard perçant d'Ash était braqué sur Keirran, qui a promptement incliné la tête mais n'a pas reculé ou ne s'est pas détourné pour autant. Ce qui nécessitait un certain courage, vu le regard glacial qui pesait sur lui.

— Est-ce que ça va, tous les deux ?

Le ton employé par Ash ne me permettait pas de dire s'il était soulagé, secrètement amusé — ou totalement furieux. Son regard est passé sur moi, me jaugeant silencieusement, et ses yeux se sont plissés.

— Ethan, tu es gravement blessé. Que s'est-il passé ?

— Je vais bien.

Remarque un peu dérisoire, je le savais, étant donné que ma chemise et la moitié de mon pantalon étaient imprégnées de sang. Près de moi, Keirran se tenait immobile, droit comme un piquet. Rasoir a bourdonné avec inquiétude dans son cou.

Eh bien, que se passe-t-il ? ai-je pensé avec ironie. *Tu as peur que je raconte à ton papa que tu as failli me laisser me faire embrocher ?*

— Je me suis battu avec des gardes.

J'ai haussé les épaules, pour aussitôt grimacer sous la douleur que ce geste a réveillée en haut de mon bras.

— Et il se trouve qu'affronter plusieurs adversaires tous vêtus d'armure n'est pas une excellente idée, ai-je terminé en tentant de faire bonne figure.

— Ah, tu trouves ?

Puck s'est avancé, a écarté Keirran de moi et a désigné un rocher non loin de nous.

— Assieds-toi là. Dis-moi, je ne ressemble pas à une infirmière, au moins ? Pourquoi es-tu en sang chaque fois que je te vois ? Tu es pire que monsieur Glaçon.

Ash n'a pas relevé ce commentaire, et Puck a commencé à nouer des bandages autour de mes blessures sans prendre de précaution particulière.

— Où sont-ils ? a soudain demandé l'elfe noir.

J'ai serré les dents tandis que Puck ajustait un morceau de tissu autour de mon bras.

— Il y a un passage sous un pont, qui mène directement à leur repaire, ai-je expliqué en montrant le chemin du doigt. Mais il faut faire attention : ils sont nombreux à traîner dans le coin.

— Ne leur fais pas de mal, s'est soudain écrié Keirran, plein de fougue.

Tout le monde, même Rasoir, l'a regardé avec surprise.

— Ils ne sont pas dangereux, a-t-il renchéri. Juste… un peu paumés.

Puck s'est gaussé par-dessus mon épaule.

— Excuse-moi, mais est-ce qu'on parle bien de ces horribles petites créatures qui ont essayé de nous tuer devant le château la nuit dernière ? Tu sais, ces vilains gnomes aux mains pleines de dents qui essayaient d'aspirer le glamour de tout le monde ; ça te revient ?

Il s'est levé, s'est essuyé les mains, et je me suis remis debout tant bien que mal. Ma jambe blessée était seulement engourdie, maintenant. Qu'est-ce que Puck avait bien pu lui faire… Magie, glamour, autre chose ? Quoi que ce soit, je n'allais pas m'en plaindre.

— Les meurtres vont cesser, a insisté Keirran. La reine me l'a promis.

— Parce qu'ils ont une reine ?

La voix d'Ash était posée mais lugubre, et même Puck a paru s'inquiéter, pour une fois. Keirran a baissé la tête en pinçant les lèvres, prenant conscience de la gaffe qu'il venait de commettre.

— Oh ! une nouvelle reine, a badiné Puck, un sourire diabolique sur les lèvres. Peut-être qu'on devrait passer se présenter, m'sieur Glaçon. Discuter un peu, genre, « On était dans le coin et on se demandait justement si vous n'aviez pas l'intention d'attaquer le pays de Nulle Part ». En amenant un panier de fruits, bien sûr.

— Père, s'il te plaît.

Keirran a soutenu le regard d'Ash.

— Laissez-les. Ils essaient seulement de survivre.

Ash a dévisagé son fils pendant quelques instants, puis a secoué la tête.

— Nous ne sommes pas venus ici pour déclarer la guerre, a-t-il dit, au grand soulagement de Keirran. Nous sommes venus pour toi et Ethan. Les cours décideront quoi faire face à l'émergence d'une nouvelle reine. Pour l'instant, nous voulons juste vous sortir de là. Et, Keirran…

Il a toisé son fils, qui a tressailli sous son regard glacial.

— Ce n'est pas fini pour toi. La reine t'attendra quand tu rentreras à la maison. J'espère que tu as une bonne explication à lui fournir.

Meghan, ai-je pensé alors que Keirran et Puck venaient m'épauler pour reprendre notre chemin. Les questions ont fusé dans ma tête, toutes centrées sur elle et Keirran. Il fallait absolument que je discute avec ma sœur ; pas seulement pour qu'elle me parle de mon neveu et de l'« autre » côté de ma famille, mais aussi pour lui dire que j'avais compris. Je savais maintenant pourquoi elle nous avait quittés, il y a si longtemps. Ou du moins, je commençais à le comprendre.

Je ne pouvais pas lui parler tout de suite, mais j'allais le faire, très bientôt. Keirran était mon passeport pour la Faérie, pour revenir vers ma sœur, parce que maintenant que nous nous étions rencontrés, j'étais presque certain que même tous les chevaliers du royaume de Fer ne pourraient plus jamais le tenir à l'écart.

— Ah…

Puck a soupiré et a secoué la tête alors que nous nous dirigions vers la forêt.

— Ça me rappelle des souvenirs.

Il a jeté un coup d'œil par-dessus son épaule et a souri.

— Ils ne vous font pas penser à un autre duo, m'sieur Glaçon, il y a quelque temps de ça ?

Ash a eu une moue ironique.

— Ne m'en parle pas.

Epilogue

Le Belvedere Castle avait des airs surnaturels sous le clair de lune ; une rangée de chevaliers en armure montait la garde le long de ses murs, et la bannière de la reine de Fer claquait au vent. J'avais l'impression d'avoir remonté le temps pour revenir à la cour du roi Arthur, ou quelque chose de ce genre. Mais le petit groupe d'humains rassemblés sur le balcon venait rompre cette image ; et de toute évidence ils ne pouvaient pas voir les chevaliers non humains qui grouillaient autour d'eux. De temps en temps, l'un d'entre eux s'écartait du groupe et marchait vers l'escalier. Arrivé en haut des marches, il faisait alors demi-tour et revenait vers les siens, une expression confuse sur le visage. Une barrière de glamour avait été placée sur le château afin de les empêcher d'aller n'importe où. Ce qui était probablement une bonne idée ; les anciens demi-sang ne savaient même pas qui ils étaient et ne pourraient pas survivre bien longtemps ici, livrés à eux-mêmes. Malgré tout, une fois encore, le fait que la magie des fées puisse s'opposer à la volonté d'êtres humains et les garder prisonniers m'a fait froid dans le dos.

— Que va-t-il advenir des demi-sang, maintenant qu'ils sont humains ? ai-je demandé alors que nous approchions de la première volée de marches sous le salut des chevaliers.

Ash a secoué la tête.

— Je ne sais pas.

Il a regardé vers le haut de l'escalier et a plissé les yeux.

— Certains d'entre eux viennent de chez Leanansidhe, alors peut-être les reprendra-t-elle pour voir s'ils retrouvent la mémoire. Sinon…

Il a haussé les épaules.

— D'autres ont dû être portés disparus. Nous signalerons aux autorités humaines qu'ils se trouvent ici. Après, ce sera à leur famille de s'occuper d'eux.

— L'un d'entre eux est un de nos amis, ai-je dit. Il est porté disparu depuis des jours. Nous devons le ramener en Louisiane avec nous.

Ash a acquiescé d'un signe de tête.

— Je m'assurerai qu'il rentre dans de bonnes conditions.

Keirran a subitement fait halte au pied des marches. J'ai serré les dents, la jambe malmenée par cet arrêt brutal, et j'ai suivi son regard : Annwyl l'attendait en haut de l'escalier.

Dans un soupir, j'ai retiré mon bras de son épaule.

— Vas-y, lui ai-je dit en roulant des yeux.

L'instant d'après, il escaladait les marches quatre à quatre. Sans se préoccuper d'Ash, de Puck, ou des chevaliers qui l'entouraient, il a pris la fée de l'Eté dans ses bras et l'a embrassée avec passion, tandis que Rasoir gazouillait, ravi, en leur souriant de toutes ses dents.

Puck a coulé un regard grave à Ash.

— Je vous l'avais dit, m'sieur Glaçon : votre gamin, il court après les ennuis. Et c'est *moi* qui vous le dis.

Ash s'est passé une main sur le visage.

— Leanansidhe, a-t-il murmuré, l'air songeur. C'est donc chez elle qu'il s'enfuyait.

Il a soupiré, et son regard argenté s'est durci.

— Il va falloir qu'on parle, tous les trois.

Où est Kenzie ? ai-je soudain pensé, en regardant en haut des marches. Si Annwyl et les anciens demi-sang étaient indemnes, elle devait être là, elle aussi. Seulement, je ne la voyais pas à proximité d'Annwyl et de Keirran, ni parmi les humains qui arpentaient le balcon. Oui, c'est vrai, je me suis senti légèrement blessé à l'idée qu'elle ne soit pas là pour m'accueillir, mais j'ai essayé d'oublier ça aussitôt. Elle devait avoir ses raisons.

Mais au fond, avoue que tu ne pouvais pas t'empêcher de penser que, en arrivant tout dégoulinant de sang, tu recevrais un accueil triomphal.

— Sire.

Bug a soudain surgi d'entre les arbres, à la tête d'une autre escouade de chevaliers. Les éclairs de ses cheveux luisaient d'une couleur violette quand il s'est incliné.

— Nous avons trouvé une deuxième entrée au repaire des étranges fées, a-t-il dit solennellement.

Ash a hoché la tête.

— Cela dit, la caverne était vide lorsque nous l'avons fouillée. Il y avait des traces d'autres passages, débouchant à différents endroits du parc, mais il ne restait rien des habitants eux-mêmes. Ils ont quitté les lieux très récemment.

J'ai regardé Ash en fronçant les sourcils.

— Vous aviez une seconde escouade venant d'une autre direction, ai-je fait.

Il m'a ignoré et a adressé un bref signe de tête à Bug.

— Bon travail. S'ils sont partis, il ne nous reste plus qu'à attendre qu'ils refassent leur apparition. Retourne à Mag Tuiredh et informe la reine. Dis-lui que je serai bientôt de retour, avec Keirran.

— Oui, sire.

Bug s'est incliné, a rassemblé ses chevaliers et s'est évanoui dans l'ombre.

— Je suppose que c'est le signal de départ pour nous aussi, a dit Puck en s'écartant un peu de moi. Alors, retour en Arcadie ?

— Pas encore.

Ash a tourné les yeux vers la forêt, le regard grave.

— Je veux faire une dernière petite inspection dans cette grotte, juste au cas où quelque chose nous aurait échappé.

Il a regardé par-dessus son épaule avec un sourire en coin.

— Tu veux venir avec moi, Goodfellow ?

— Oh ! monsieur Glaçon ! Une balade au clair de lune avec vous ? Comment pourrais-je dire non ?

— Ethan, a dit Ash tandis que Puck me décochait une bourrade amicale sur le bras avant de bondir vers les arbres. Nous revenons dans quelques minutes. Dis à Keirran que s'il *envisage* seulement de bouger d'ici, je lui congèlerai les jambes pour qu'il ne puisse plus jamais quitter sa chambre.

Un éclat argenté a traversé ses yeux, me confirmant qu'il ne plaisantait pas.

— Ah. Et aussi…

Il a soupiré en regardant derrière moi.

— Dis-lui que la fée de l'Eté ferait mieux de ne plus être là lorsque nous reviendrons. Je pense qu'elle a assez souffert comme ça.

J'ai acquiescé, surpris de cette dernière remarque. *Waouh. Finalement, tu n'es peut-être pas le salaud sans cœur que je croyais,* me suis-je dit pendant que l'elfe ténébreux partait rejoindre Puck dans les bois. *Je ne pensais pas que tu étais du genre à te mettre à la place des autres.* Je me suis repris rapidement. *N'empêche, je ne t'aime pas. Tu peux bien crever quand tu veux.*

— Ils ne trouveront rien, a déclaré Keirran, quelques marches derrière moi.

Je me suis retourné. Le prince de Fer se tenait derrière Annwyl, les bras noués autour de sa taille, regardant par-dessus son épaule. Il contemplait la forêt d'un regard sombre.

— La Lady aura emmené tous ses sujets dans une autre partie du Milieu. Peut-être ne réapparaîtra-t-elle pas. Peut-être ne les reverrons-nous jamais.

— J'espère bien.

Annwyl a soupiré, et Rasoir a émis un bourdonnement d'approbation. Cependant, Keirran continuait de scruter les arbres, comme s'il espérait que la Lady surgisse de l'ombre et l'appelle.

Ce qu'elle ferait, un jour.

Mais ce n'était pas le moment de nourrir ces sombres pensées.

— Où est Kenzie ? ai-je demandé en m'agrippant à la rambarde pour monter l'escalier.

Keirran et Annwyl sont descendus précipitamment pour m'aider, mais j'ai repoussé leurs mains tendues.

— Je ne l'ai pas vue avec les humains, ai-je dit en

montant les marches avec peine mais obstination. Est-ce qu'elle va bien ?

— Elle parle avec l'un des sang-mêlé, a dit Annwyl.

— Todd ? Le plus petit des humains ? a complété Keirran. Je crois qu'il commençait à se souvenir d'elle, du moins, un petit peu. La dernière fois que je les ai vus, il pleurait.

J'ai hoché la tête et me suis hâté tant bien que mal de rejoindre le haut de l'escalier, malgré la douleur qui se réveillait dans ma jambe. Alors que je m'acharnais à monter les marches, j'ai entendu les voix d'Annwyl et de Keirran derrière moi.

— Je crois que je devrais y aller, moi aussi, disait Annwyl. Tant que je le peux encore, si Leanansidhe veut bien me reprendre.

Sa voix s'est faite plus basse, et quelque peu effrayée.

— Je ne sais pas ce qu'on va devenir, Keirran. Tout le monde a vu…

— Je m'en fiche.

Le ton de ce dernier était calme et déterminé.

— Ils n'ont qu'à me bannir, si c'est ce qu'ils veulent. Je ne ferai pas marche arrière maintenant. Je supplierai Leanansidhe de te reprendre, s'il le faut.

Une note plus sombre est venue teinter sa voix.

— En tout cas, je ne te regarderai pas sombrer dans le néant sans rien faire, a-t-il dit à voix basse. Il doit y avoir un moyen. Je *trouverai* ce moyen.

Les laissant enlacés au milieu de l'escalier, j'ai enfin atteint le balcon où le groupe d'humains déambulait toujours, hagards, comme autant de somnambules. Je me suis frayé un chemin entre eux et j'ai bientôt repéré deux silhouettes près du mur ; l'une était assise, voûtée, la tête entre ses genoux, et l'autre accroupie à son côté, une main posée sur son épaule.

Kenzie a levé la tête, et ses yeux se sont arrondis en me voyant. Elle s'est penchée vers Todd pour murmurer quelque chose à son oreille, et il a acquiescé vaguement.

Elle s'est ensuite levée et a traversé le balcon en évitant les humains qui traînaient les pieds devant elle.

Deux secondes après, elle était enfin là, devant moi.

— Oh ! Ethan.

Son murmure était mi-soulagé, mi-horrifié. Ses yeux sont passés de mon visage à mon bras ensanglanté, de ma chemise à mon jean. On aurait dit qu'elle avait envie de me serrer dans ses bras, mais qu'elle craignait de me faire mal. Je lui ai décoché un petit sourire.

— Est-ce que tu vas bien ? a-t-elle demandé.

— Oui.

J'ai fait un pas vers elle, ne laissant plus que quelques centimètres nous séparer.

— Assez bien pour faire ça.

Je l'ai attirée contre moi.

Ses bras ont immédiatement glissé autour de ma taille pour me rendre mon étreinte. J'ai fermé les yeux et je l'ai serrée fort, sentant son petit corps épouser le mien. Elle s'agrippait à moi avec fougue, comme si elle défiait quiconque de m'arracher à ses bras. Je me suis détendu, enfin, envahi par le soulagement. J'étais vivant, Todd était en sécurité, et tous ceux que j'aimais étaient sains et saufs. C'était assez pour le moment.

Elle a fini par s'écarter légèrement et m'a regardé en traçant une balafre imaginaire sur ma joue.

— Salut, gros dur, a-t-elle murmuré. On dirait que tu as réussi.

J'ai souri. Sa main dans la mienne, je l'ai emmenée

vers la rambarde, où le muret donnait sur le lac, la forêt, et une grande partie du parc devant nous.

J'ai fait un signe de tête en direction de la silhouette recroquevillée dans l'angle opposé.

— Comment va-t-il ?

— Todd ?

Elle a soupiré et a secoué la tête.

— Il ne se souvient toujours pas de moi. Ni du lycée. Ni d'aucun de ses amis. Mais il a prétendu se souvenir d'une femme, très vaguement. Sa mère, j'espère. Il s'est mis à pleurer après, alors je n'ai pas pu en tirer grand-chose de plus…

Elle s'est appuyée contre la balustrade, les coudes posés sur son rebord.

— J'espère qu'il redeviendra normal.

— Moi aussi, ai-je dit, même si j'en doutais fortement.

Comment pouvait-on redevenir « normal » quand on vous avait enlevé tout un morceau de vous-même ? Existait-il un remède pour restaurer le glamour d'une créature, une fois qu'il était perdu ?

L'ironie de la situation m'a soudain sauté aux yeux : j'étais en train de rêver d'une façon de restituer sa magie à quelqu'un, de le rendre au monde de la Faérie, alors qu'il y a quelques jours encore, je ne voulais même pas entendre parler des fées !

A quel moment avais-je pu changer à ce point ?

Kenzie a poussé un nouveau soupir en contemplant le lac. Les rayons de la lune scintillaient sur ses cheveux, soulignant sa silhouette élancée et créant un léger halo autour d'elle. C'est alors que j'ai su. Su exactement quand j'avais changé.

Tout a commencé le jour où je t'ai rencontrée.

— On peut dire que ça a été une semaine de

folie, m'a-t-elle dit, le menton appuyé sur ses mains. Enlèvements, poursuites dans le pays de Nulle Part, des fées, des Oubliés, des chats qui parlent… La vie va me sembler bien fade quand on va rentrer à la maison.

Elle a grogné et s'est enfoui le visage dans ses mains.

— Oh la la, on va se faire *tuer* par nos parents, je n'ose même pas y penser.

Je me suis placé derrière elle et j'ai mis mes mains sur sa taille.

— C'est sûr, ai-je confirmé, ce qui l'a fait grogner de nouveau. Alors n'y pensons pas pour le moment.

Nous aurions largement le temps de nous inquiéter de notre situation, des Oubliés, de la Lady, de la maladie de Kenzie ou de la promesse de Keirran. Mais pour l'heure, je ne voulais pas y penser. La seule chose qui m'intéressait, c'était une promesse que j'avais faite.

J'ai passé mes bras autour de la taille de Kenzie et lui ai chuchoté à l'oreille :

— Tu te souviens de ce que je t'ai promis ? Dans le puits ?

Elle s'est figée un instant puis s'est tournée lentement, les yeux ronds et brillants sous le clair de lune. Je lui ai souri et je l'ai attirée tout contre moi, un bras autour de ses reins, l'autre montant vers sa nuque. J'ai baissé la tête, et elle a fermé les paupières. Et sur ce balcon, sous les étoiles, devant tous ces gens qui pouvaient nous voir, je l'ai embrassée.

Pour la première fois de ma vie, je n'avais plus peur.

Remerciements

Tout d'abord, un grand hommage à mon Guro, Ron. Merci à lui d'avoir répondu à toutes mes questions absurdes sur le kali, pour les « médailles de courage » que j'ai collectionnées, et pour avoir fait de ces séances les meilleures soirées de ma semaine. Je n'aurais pas pu écrire ce livre sans lui.

Merci aussi à Natashya Wilson, T. S. Ferguson, et tous les membres de l'incroyable équipe Harlequin. Tashya mérite tout particulièrement une *standing ovation*. Je ne sais pas comment elle parvient à gérer autant de choses en vous donnant l'impression que tout est simple.

A mon agent, Laurie McLean. Encore une folle aventure que nous avons partagée ensemble, ce dont je lui suis très reconnaissante. Continuons comme ça !

Et bien sûr, merci à mon mari, compagnon d'armes, premier éditeur et meilleur ami, Nick. En espérant encore beaucoup d'années d'écriture, de rire, et d'échange de « médailles de courage » en kali. Il est ma jeunesse éternelle.

Déjà parus dans la collection DARKISS
par ordre alphabétique d'auteurs

Aimée Carter	Le Manoir des Immortels La reine des Immortels
P.C. Cast	La prophétie maudite Chamane
Kady Cross	L'étrange secret de Finley Jayne* L'étrange pouvoir de Finley Jayne
Melissa Darnell	Le baiser interdit Mortelle attirance
Laura Anne Gilman	Noire magie
Paige Harbison	Moi et Becca
Julie Kagawa	La princesse maudite Le passage interdit* La captive de l'Hiver Le serment d'une reine Dangereuse Faerie* Le prince exilé Je suis une Immortelle L'héritier oublié
Caren Lissner	La vie (pas) très cool de Carrie Pilby
Katie McGarry	Hors limites
Louise Rozett	Confidences d'une fille en colère
Gena Showalter	Dark attirance Les fiancés de l'ombre Le pacte de sang Alice au pays des Zombies
Cara Lynn Shultz	Envoûtement L'élixir magique

* *exclusivement en e-book*

.../....

Déjà parus dans la collection DARKISS
par ordre alphabétique d'auteurs

Rachel Vincent	Mon âme en sursis* De toute mon âme La voleuse d'âmes Sauve mon âme ! La rose et l'ombre Le Faucheur d'âmes* Survivante N'ouvre pas les yeux
Allison van Diepen	Les secrets d'une blogueuse amoureuse La blogueuse amoureuse se reconnecte !
Maria V. Snyder	Le poison écarlate Le souffle d'émeraude Les secrets d'opale Inside Out : Enfermée Inside Out : Menacée*

* *exclusivement en e-book*

14,50 €

Confidences d'une fille en colère

de Louise Rozett 384 pages

Bienvenue dans ma vie !

1. Ma famille a explosé,
2. Mon lycée est une jungle,
3. Mes « camarades » de classe n'ont que deux mots de vocabulaire : *cool* et *fuck*,
4. Ma meilleure amie ne pense qu'à perdre sa virginité,

Et moi, je me sens comme au milieu des Aliens et j'ai constamment la rage.

Je donnerais tout pour remettre les compteurs à zéro : ramener papa à la maison, entendre de nouveau rire maman, me chamailler avec mon petit frère — comme avant. Seulement plus rien n'est comme avant, même pas MOI. La preuve, je viens de recevoir mon premier baiser…

16,41 €

Mortelle attirance

de Melissa Darnell 672 pages

Au lendemain d'une étrange maladie, Savannah se réveille mi-sorcière comme sa mère, mi-vampire comme son père. Elle ne se reconnaît plus, ne se comprend plus. Ses amies non plus ne la comprennent plus. Mais le pire est ailleurs : elle est devenue un danger pour Tristan, le garçon qu'elle aime depuis l'enfance et qui appartient au puissant Clan des sorciers. On leur interdit de se revoir. Renoncer à leur amour ? Jamais. Savannah et Tristan sont des rebelles. Mais jusqu'où les entraînera leur désobéissance?…

Tome 2 de la série «The Clann»

Composé et édité par les

éditions HARLEQUIN

Achevé d'imprimer en Allemagne
par GGP Media GmbH, Pößneck
en mai 2013

Dépôt légal en juin 2013